Le Dernier Orage

Tome 2

Les Colères du ciel et de la terre

Gilbert Bordes

Le Dernier Orage

Tome 2

Les Colères du ciel et de la terre

ÉDITIONS FRANCE LOISIRS

Édition du Club France Loisirs,
avec l'autorisation des Éditions Robert Laffont.

Éditions France Loisirs,
123, boulevard de Grenelle, Paris.
www.franceloisirs.com

ISBN : 2-7441-8896-4

Première partie

La peste atypique

— Notre champ de choux de printemps, entièrement dévasté ! Regardez cette masse noire, cet amas grouillant de bestioles qui recouvre nos pauvres choux ! C'est à n'y rien comprendre !

Adrien Leblois se tient devant Julien Montrémy, les bras écartés en signe de désespoir. C'est un homme de grande taille, très maigre ; son visage osseux, ses yeux globuleux lui donnent l'air d'un bon bougre, mais il ne faut pas se fier aux apparences : Adrien est un grand nerveux redouté pour ses colères.

— Qu'est-ce que tu me dis ? Le nouveau produit qui nous a coûté une fortune n'a fait aucun effet ?

— Si, pendant trois ou quatre jours. Les pucerons ont disparu et nos choux recommençaient à pousser, mais, ce matin, ces maudites bestioles recouvrent la totalité des légumes ! C'est à se demander d'où elles viennent !

Il fait chaud et lourd. L'air est humide, sans vent, l'orage se prépare. Depuis quelques années, les printemps sont ainsi, trop chauds, souvent très humides, favorables aux insectes sur les cultures que la grêle épargne. Les agriculteurs ont bien trouvé des parades en déployant des voiles de plastique sur leurs champs, mais cela coûte cher et ce n'est pas d'une efficacité totale.

— Cette année sera donc pire que les précédentes, poursuit Julien Montrémy. On a tout eu, les vers blancs, les noctuelles, les acariens, sans parler de ces petits limaçons noirs qui détruisent les semis en une nuit et, le matin venu, ils se cachent sous les mottes de terre.

Julien Montrémy n'en peut plus. L'énergie qu'il a dépensée depuis huit années pour monter sa ferme de production de légumes se heurte au pire fléau qu'il n'avait pas prévu : les parasites pullulent malgré les quantités considérables de produits chimiques qu'il déverse. Il y a aussi la *vamp*, cette nouvelle herbe qui proviendrait des plantes transgéniques, s'implante partout, et résiste aux désherbants ordinaires. Sorte de graminée, elle envahit le moindre lopin de terre, pousse entre les rangs de légumes qu'elle étouffe. Contre cette invasion, seules les vieilles méthodes conviennent : l'arrachage à la main qui coûte de plus en plus cher et qui est toujours à recommencer car les graines, minuscules, légères comme de la poussière, sont disséminées par le vent...

Ainsi, la Terre poursuit sa mutation. Le réchauffement a détruit tous les équilibres qui semblaient « naturels » et immuables. La montée de plus de un mètre du niveau des mers a changé le paysage côtier mondial, le régime des pluies, les courants marins. Les cyclones éclatent de plus en plus tôt en été, ravagent les anciennes zones tempérées en se réactivant au contact des perturbations locales pour multiplier les tempêtes à vents violents et à trombes d'eau dévastatrices. Les saisons, moins marquées qu'autrefois, se mélangent : aux pluies torrentielles succèdent souvent des périodes d'intense sécheresse, aux canicules, des fraîcheurs anormales.

Ces changements météo ont eu des conséquences biologiques. Aux effets mécaniques des pluies ou des périodes d'intenses chaleurs qui font chuter les rendements en céréales s'ajoutent les cultures dévastées par des ennemis jusque-là parfaitement contenus par différents traitements.

— Tout ça parce que nos gouvernements sont vendus aux puissances d'argent ! explique Adrien Leblois qui ne comprend plus rien à cette terre rebelle autrefois si généreuse. Un système économique entièrement tourné vers le profit est condamnable car il ne peut générer que des catastrophes ! C'est une remise en cause de la notion de liberté héritée de nos ancêtres.

Julien sait bien qu'il ne tiendra pas longtemps. L'année dernière, il a vendu sa production à perte en espérant que les bénéfices de cette année permettraient de combler son déficit, mais ce sera pire cette année avec les pucerons.

— Tu sais, ajoute Leblois, que le pouvoir de reproduction de ces petites bêtes est tel que s'il n'existait aucun frein naturel, elles couvriraient la totalité des terres émergées en moins de trois mois ! Et nos insecticides les ont singulièrement stimulés.

Cela commence toujours de la même manière : une dizaine d'insectes rassemblés sur une feuille de chou ou une longue tige de petit pois au milieu d'un champ. Autour des pucerons, des fourmis noires qui semblent les surveiller. Le lendemain, les insectes sont éparpillés sur la totalité de la parcelle cultivée. Trois jours plus tard, le champ n'est plus qu'une masse grouillante. La première fois qu'Adrien Leblois a constaté le phénomène dans un champ pourtant couvert de voiles en plastique, il s'est mis en colère, il a pulvérisé un insecticide très puissant. Les insectes sont morts, les jeunes choux ont repris vigueur, et puis les insectes sont revenus, toujours plus nombreux !

Devant cette nouvelle catastrophe, Julien n'en peut plus. Il a envie de tout laisser tomber ; depuis huit ans il se bat pour qu'un Montrémy, le seul rescapé de la faillite des Eaux Saint-Jean, garde la tête haute, et le voilà poussé à bout par des pucerons ! C'est qu'il a dû en vaincre des réticences pour en arriver là ! La ferme de Placet, qui appartenait à sa grand-mère, abandonnée depuis de nombreuses années, n'était pas en état de produire quoi que ce soit. D'importants travaux étaient indispensables et les financiers hésitaient à prêter de l'argent à quelqu'un qui ne connaissait rien au métier de maraîcher, en plus un handicapé.

Aurait-il eu la force de se lancer dans un tel combat s'il en avait connu la difficulté ? Sûrement pas. Après la vente des Eaux Saint-Jean, Julien a éprouvé le besoin d'une revanche. Il s'est jeté dans la bagarre. Les terres à l'abandon des Placet en amont du lac Neuf, sur un petit tributaire du Ribet, se trouvaient en pleine région maraîchère, mais que pouvait faire un invalide face à une telle entreprise ? Sans argent, il était condamné ; son nom, jusque-là gage de sérieux, de respectabilité, restait associé à une faillite.

— Et puis, si vous étiez né dans ce métier, si vous connaissiez le travail, ce serait plus simple, lui avait dit Jean Morenceau consulté pour qu'il intervienne en sa faveur, mais vous n'avez aucune compétence !

— Ainsi, vous refusez de m'aider ! s'était écrié Julien dans un élan d'exaspération. Après avoir laissé les faucons s'abattre sur les Eaux Saint-Jean, vous vous obstinez à écraser une des plus anciennes familles de Chastelnaud ! C'est tout ce qui me reste : un lopin de terre pour retrouver mon honneur et celui des Montrémy. Mon père est parti je ne sais où, se cacher comme un rat. Par un jeu d'écritures, les frères Delprat sont les propriétaires des Eaux Saint-Jean, même s'ils ne peuvent pas les exploiter ! Que me reste-t-il, à moi, l'homme sur roulettes ?

Morenceau s'était fait conciliant. Peut-être aussi parce qu'il se sentait coupable de son attitude peu claire dans la fin des Montrémy, il avait décidé :

— Je vais me porter garant pour vous à la Banque de France. Voilà ma manière de vous aider et de vous montrer que j'ai toujours soutenu votre famille, même si les apparences vous ont laissé supposer le contraire.

L'appui du maire avait été déterminant. En quelques jours, ce qui semblait impossible avait été réalisé. Les projets que Julien avait présentés sans succès jusque-là devenaient tout à coup intéressants et les sommes nécessaires furent débloquées. Toutes les portes s'ouvrirent comme si, alertée par Morenceau, l'administration cherchait à se faire pardonner ses anciennes fautes. Julien put faire construire les serres indispensables à la production de légumes fragiles, comme la tomate ou le concombre, et mettre en état les terres dont les analyses prouvèrent qu'elles étaient particulièrement favorables aux cultures maraîchères. Il fallut aussi restaurer l'ancien système d'irrigation qui amenait aux parcelles l'eau du Rivassou, simple filet d'eau en été, mais terrible torrent au moindre orage.

Depuis sa tentative échouée d'escalader le mont Aïzot, le jeune homme n'avait pas repris ses exercices physiques et ses jambes retrouvèrent rapidement leur raideur d'après l'accident, mais il s'en accommodait. Il préparait un projet qui devait lui permettre de laver la ruine de sa famille, d'être digne de son nom. L'image de son père s'éloignant la tête basse après avoir refusé de monter dans l'appartement que prêtait Morenceau ne le quittait pas, comme elle ne l'a pas quitté depuis. Un an avait été nécessaire avant de semer les premières parcelles. Trois employés avaient été embauchés pour les travaux manuels, des ouvriers qui connaissaient le métier puisqu'ils venaient d'une entreprise de Saint-Robert, localité réputée pour ses endives.

La maison d'habitation des Placet était vétuste ; sa remise en état demandait beaucoup trop d'argent que Julien n'avait pas. Il se fit aménager un appartement dans le bâtiment principal, à côté de l'entrepôt où il vécut seul les premiers temps, ne pouvant accueillir sa grand-mère qui avait sombré dans la folie et tournait le dos à la réalité. Aminthe s'était réfugiée dans un passé lointain et racontait avec une précision étonnante, la visite de personnes disparues depuis trois décennies. Hospitalisée à Chambéry, elle ne survécut que quelques mois à sa démence.

Véronique rejoignit Julien peu de temps après. La jeune femme avait quelques économies qui furent bien utiles au ménage pendant les premiers mois où les terres en culture ne rapportaient rien. Gaétan n'aimait pas Julien et ne manquait pas une occasion de le montrer. De son côté, Julien ne cessait de se mettre en colère contre ce garçon indiscipliné qui refusait toujours de donner un coup de main. Il fallut trouver une solution et Véronique, qui s'était voulue la mère absolue, finit par accepter de mettre son fils en pension. Ainsi, Julien n'avait à le supporter que deux ou trois fois par an, lors de courtes visites. Pendant les vacances scolaires, le jeune garçon refusait de revenir aux Placet, préférant les camps ou les colonies de vacances pour éviter de se trouver chez le concubin de sa mère.

Julien ne reprochait plus à Véronique de travailler dans l'usine qu'on avait volée à sa famille. La jeune femme lui était entièrement dévouée et lui donnait la totalité de son salaire. Ce fut elle qui rendit possible sa réussite dans un premier temps.

Car l'affaire de Julien fut très vite un succès et les banques se félicitaient de lui avoir fait confiance. Dirigée par Adrien Leblois, un ancien maraîcher de Saint-Robert qui connaissait parfaitement le travail, la ferme des Placet put produire des légumes d'excellente qualité biologique qui se vendaient bien. Des camions les emportaient deux fois par semaine à Rungis.

Julien et Leblois avaient su, pendant l'aménagement, prendre en compte les risques des tempêtes. Ils avaient utilisé des matériaux modernes très résistants pour la construction des serres, équipé chaque parcelle de légumes d'un voilage protecteur. Un petit barrage stockait les eaux du Ribassou pour les périodes sèches, un système d'évacuation protégeait les terres des inondations pendant les gros orages ou les fortes pluies d'automne et d'hiver. Dans toute la vallée, les anciens maraîchers considéraient Julien comme un innovateur et prenaient modèle sur ses réalisations.

Au bout de trois années euphoriques, les premières difficultés apparurent ; la nature qui lui avait concédé une première victoire se rebellait. Des champignons, mildiou sur les tomates, oïdium sur les autres cultures commencèrent à se glisser insidieusement dans les serres. Puis les insectes, acariens, chenilles, vers blancs et enfin pucerons s'infiltrèrent sous les voiles de protection. Il fallait traiter, de plus en plus souvent, avec des produits nouveaux toujours plus chers. Pendant deux ans, Julien réussit à tenir, même si une grande partie des recettes était dépensée en traitements. Les remboursements progressifs de ses emprunts, les assurances toujours plus élevées et les salaires de ses employés engloutissaient le reste. Julien s'assombrissait de jour en jour ; Véronique ne pouvait que constater la catastrophe. Son salaire disparaissait dans le gouffre du déficit. Cela n'empêchait pas Julien de reporter sa colère sur elle, de la rendre responsable de son échec.

Dans ses moments d'abattement, Julien pensait à

sa famille, à son père surtout et enfin à son frère. Il n'avait aucune nouvelle de Renaud : « Il est peut-être mort dans un fossé, dit-il un jour, comme un chien errant renversé par une voiture ! » L'image de son père vaincu le harcelait : « J'aurais dû le rattraper, l'appeler, lui dire que j'étais avec lui et nous serions partis ensemble. À nous deux, nous pouvions nous en tirer ! » Jamais il ne parle de Pétronille qui habite désormais la maison de famille des Montrémy avec Lionel et Aurélie Delprat, ce qu'il perçoit comme le pire des affronts. Il n'a jamais cherché à l'attirer chez lui et, quand il la voit, se contente d'un bonjour froid et distant.

Voilà deux ans qu'il se démène comme un beau diable, passe le plus clair de son temps dans les bureaux des banques à chercher le moyen de retarder une échéance inévitable. Il s'en prend à Véronique qui supporte ses colères sans protester, subit l'injustice. La jeune femme ne sait pas se défendre et se cache pour pleurer, consciente de ses erreurs de mère et de femme. Parfois, elle décide de quitter Julien, mais elle s'en veut aussitôt de son égoïsme, de sa faiblesse. À l'usine, elle est très appréciée du directeur des Eaux de Pétronille, Raoul Ravenault, un peu trop selon les bruits qui courent dans les couloirs : sa place d'assistante de direction ne serait pas seulement due à son mérite...

— Je vais téléphoner à Roseret, décide Adrien Leblois. Il faut qu'il vienne voir. Peut-être aura-t-il une solution.

— C'est ça, fait Julien, abattu. Une solution maintenant qu'il est trop tard !

Il revient à son bureau. Véronique fait le ménage avec l'application d'une bonne ménagère pour qui la propreté est une préoccupation quotidienne. Elle passe le balai sous les deux meubles bas, l'armoire de rangement. Quand Julien entre, elle se tourne vivement, comme prise en faute.

— Tu fais encore le ménage ! Tu passes tous tes congés à faire le ménage ! Tu crois qu'il n'y a rien de plus important ?

Véronique le regarde comme une enfant prise en faute. Elle ne supporte pas la poussière et les sols marqués de traces de pas, tout son être en est sali. Son visage n'a pas perdu ses douces rondeurs, mais des cernes se sont formés sous ses yeux, quelques rides plissent son front.

— Tu ne veux pas que les autres rentrent dans ton bureau, alors il faut bien que je le nettoie de temps en temps !

— Tu m'exaspères à te consacrer uniquement à des taches d'ouvrière ! Sors d'ici, j'ai à réfléchir et tu me gênes !

Véronique prend la pelle posée sur le coin du bureau et s'éloigne sans un mot. Elle se sent trop coupable pour oser la moindre protestation. Si Julien savait ce qu'elle a fait par égoïsme, par solitude, comme un cri lancé vers lui et qu'il n'a pas entendu... D'ailleurs, il n'entend que son propre désarroi. Il éprouve le besoin constant d'exprimer sa mauvaise humeur pour échapper à lui-même et la jeune femme reçoit les coups. Elle serait prête à l'accepter s'il se faisait par instants un peu tendre, s'il avait un geste, une parole aimable, mais non, Julien en veut au monde entier et elle paie pour tous les valides. « Tu crois que c'est facile, avec mon fauteuil roulant ! » répète-t-il sans cesse et Véronique pense au jeune homme qui faisait chaque jour ses exercices dans sa salle de gymnastique, à celui qui défiait le mont Aïzot. Son corps a pris de l'épaisseur et, s'il réussit encore à quitter seul son fauteuil pour se mettre au lit, Véronique doit l'aider à se doucher.

La jeune femme ne lui parle jamais de Gaétan même si elle y pense tout le temps. Le garçon est en pension à Chambéry, un internat très bien, mais son insoumission préoccupe Véronique. « De la graine de voyou ! » assène Julien, partisan des méthodes fortes et du coup de pied au cul. Elle a été avertie que si le comportement de son fils ne s'améliorait pas, il ne pourrait pas rester l'année prochaine. Cela la tracasse, car elle sait bien que Gaétan ne fera aucun effort, qu'il a le sentiment d'être abandonné par la seule personne sur qui il pouvait compter, au profit d'un homme détestable.

Leblois vient annoncer que Jérôme Roseret, de la chambre d'agriculture, est arrivé. Julien s'étonne d'autant de diligence de la part d'un fonctionnaire mais n'en dit rien. L'homme qui l'attend à la porte est bedonnant, il a le visage sanguin, les cheveux rares sur un crâne d'un rouge prononcé. Chaque fois qu'il le voit, Julien pense que c'est la dernière car il va sûrement mourir brutalement d'un « coup de sang », comme on dit ici, mais le technicien est solide. Son gros appétit ne l'empêche pas d'arpenter les chemins du département de son pas pressé sans jamais s'essouffler.

— Je vous remercie d'être venu aussi vite.

— Nous vivons des temps difficiles pour l'agriculture, dit Roseret. Moi qui suis dans le métier depuis vingt ans, j'ai pu constater l'évolution. Il y a eu tout d'abord les champignons, de plus en plus résistants aux traitements ordinaires, à la bouillie bordelaise et au soufre, puis les insectes qui se sont montrés rebelles à nos produits...

— Qui sont de plus en plus chers, qui nous ruinent ! précise Julien.

— On a voulu jouer aux plus malins et on s'est gouré, voilà la vérité ! poursuit Roseret. C'était tellement plus facile de combattre les parasites et les mauvaises herbes avec des produits chimiques pour augmenter les rendements ! Le résultat ne s'est pas fait attendre : ces espèces qui étaient naturellement contenues dans des proportions acceptables se sont comportées comme toutes les espèces animales menacées, elles ont acquis un pouvoir de reproduction considérable et la sélection a abouti à des champignons ou à des insectes résistants à nos poisons. L'effet de serre a accentué ce processus. Tenez, la *vamp* qui envahit toutes les terres agricoles de la zone tempérée en est une illustration : enlevez un degré de température moyenne sur l'année et avec un régime des pluies mieux réparti cette plante disparaît. Pour les bestioles, déjà bien armées contre nos défenses, les deux degrés que nous avons gagnés allongent la période favorable, donc plus de générations, et une adaptabilité accrue. Et c'est d'autant plus vrai pour les espèces à cycles courts comme les pucerons qui renouvellent leurs générations en moins de trois semaines !

Ils arrivent au champ de choux qui se trouve à

moins de cinquante mètres des bâtiments. Leblois, Roseret et Julien s'arrêtent devant les rangs de légumes bien protégés par le voile de plastique et pourtant couverts des plaques noires de pucerons.

— Il n'en restera rien ! fait Julien, désespéré.

Le technicien ne cherche pas à le rassurer. Son silence est éloquent, ce n'est pas la première fois qu'il est confronté à ce désastre et n'a aucune solution à proposer.

— Vous pouvez épandre un insecticide total. Dans deux heures, tous les pucerons seront tombés, mais les fourmis ont leurs réserves sous la terre et dans moins de quinze jours, quand les légumes recommenceront à pousser, à se remplir de sève, les pucerons seront de retour. La solution ? Il n'y en a pas à ce jour : on peut retourner la terre, la stériliser, les insectes viendront d'ailleurs et finiront toujours par trouver un passage pour entrer dans les serres où la chaleur humide leur est favorable.

— Je vais devoir changer de métier ! constate Julien avec amertume.

— Les Droits de la Terre ont raison, poursuit Roseret. Nous avons voulu produire toujours plus au moindre coût, avec peu de main-d'œuvre. Voilà le résultat : des prix qui augmentent partout, certains agitent déjà le spectre des grandes famines du Moyen Âge.

— Tout de même pas ! fait Leblois. On trouvera toujours des endroits favorables sur la Terre !

— Eh bien non, rétorque Roseret. Les blés, dont les rendements sont chaque année plus catastrophiques à cause des coups de chaleur et des pluies qui arrivent aux mauvais moments, ne peuvent pas se déplacer. On a fait des essais dans des régions septentrionales et ça ne marche pas bien à cause de la lumière, des hivers trop longs, des printemps trop brefs. Ainsi, la zone du blé est-elle bien délimitée et ne se déplace pas. Voilà, nous avons cassé une excellente mécanique, maintenant nous allons en subir les conséquences !

Julien n'a pas écouté le propos de Roseret. Il est parti devant et pousse les roues de son fauteuil en direction de sa maison. Il en sait assez : la ruine est au bout de cette année, sans aucune chance d'y échapper. Il a le sentiment d'avoir gâché tout ce temps pour rien, toute son énergie pour nourrir des pucerons !

Il rentre dans son bureau. Véronique est là, grave. Elle voudrait tant qu'il soit heureux, qu'il réussisse.

— T'en fais pas, on s'en tirera. J'ai toujours mon salaire !

Il la repousse vivement.

— Je m'en fous, de ton salaire ! Je ne veux vivre aux crochets de personne, tu entends : personne !

Elle s'éloigne en retenant ses larmes. De son bureau dont il a fermé la porte, Julien crie :

— Tous les Montrémy sont maudits, voilà la vérité !

Le bureau du directeur général des Eaux de Pétronille se trouve à l'emplacement même de celui d'Armand Montrémy, au temps des Eaux Saint-Jean. L'architecte qui a conçu l'aménagement de la nouvelle usine a respecté ce lieu de décision et de commandement. Une large fenêtre donne sur la cour où le va-et-vient des camions n'en finit pas d'emporter dans toute l'Europe la précieuse eau désormais cotée en Bourse. Le soleil illumine les toitures métalliques. C'est le printemps à Chastelnaud, un printemps de plus sur la vieille ville qui a retrouvé son aspect immuable avec son église au cœur du village, en face de la mairie et, sur la butte, un peu en retrait de l'usine Saint-Jean, la chapelle édifiée à une époque lointaine. Les chamboulements considérables du monde, les terribles menaces qui pèsent sur l'humanité n'altèrent pas le quotidien de cette vallée alpine. Le monde est menacé, personne n'en doute, il risque de sombrer, mais dans la ville martyre on veut croire au miracle et à un retournement de situation au dernier moment.

L'usine d'embouteillage tourne à plein rendement ; jour et nuit, les équipes d'ouvriers se succèdent et le vieux maire, Jean Morenceau, ne peut que se féliciter de cette résurrection inespérée de la principale entreprise de la commune.

Le bureau du directeur général est éclairé d'une bande de soleil qui tombe en biais de la fenêtre, frôle le fauteuil du visiteur sur lequel s'assoit un homme de haute taille, maigre, la tête rasée comme trop lourde pour son cou étroit. L'homme sort de sa sacoche un dossier qu'il pose devant lui sur le coin du bureau et lève sur le directeur général ses yeux aux pupilles couleur de verre. À côté de lui, un second visiteur, brun, sportif, vêtu avec soin, portant une superbe moustache noire, prend place sur le deuxième fauteuil de velours.

— Mon cher Ravenault, commence Lionel Delprat, j'ai une bonne nouvelle dans la multitude des mauvaises. Regardez ce rapport d'analyse que je viens de recevoir. Notre politique de rachat des terres et nos encouragements à les laisser en friche commencent à porter leurs fruits. Voyez ces analyses des anciennes Eaux Saint-Jean : les teneurs en nitrates ont été divisées par deux en moins de trois ans. Cela nous ouvrirait des horizons prometteurs si la conjoncture internationale était un peu plus souriante !

Raoul Ravenault prend le document que lui tend Lionel Delprat, y jette un regard rapide. Les cheveux épais et très noirs, le visage rasé, il porte un complet sombre. C'est un bon patron, très policé, courtois avec le personnel, mais qui ne revient jamais sur ses décisions. Humain, il connaît tous les employés et entretient avec chacun des relations personnalisées. C'est ce qui fait sa force depuis huit années qu'il est à la tête des Eaux de Pétronille. Lionel et Marc Delprat se félicitent chaque jour d'avoir choisi cet ancien employé d'Armand Montrémy pour diriger leur entreprise dont le chiffre d'affaires n'a cessé de croître. Le représentant de l'association Homme et Nature a rasé sa barbe, coupé ses cheveux et s'est glissé avec aisance dans la peau du cadre supérieur qu'ils en ont fait. Ils lui demandent souvent son avis, même s'ils n'en tiennent pas compte. Ce matin, ils semblent vouloir bavarder pour rien, ce qui intrigue Ravenault : ses patrons ne parlent jamais sans raison. Ils continuent de réaliser de gros bénéfices, mais leur réussite ne leur cache pas le gouffre vers lequel le monde se dirige.

— Le premier orage de la saison a éclaté voilà deux jours ! précise Lionel. C'est un mois plus tôt que l'année dernière. Il faut donc s'attendre à un été tourmenté, un de plus ! Depuis que les quatre barrages sont construits, nous n'avons eu qu'une seule année à peu près correcte.

— Ce n'est pas une raison pour rendre les armes et se livrer aux Droits de la Terre ! rétorque Ravenault, toujours humaniste convaincu.

— La conjoncture n'est vraiment pas bonne pour nous, poursuit Marc en effleurant de l'index les ailes de sa moustache. La situation ne pourra pas durer, le bouchon va bientôt sauter et tout le monde sera aspergé. Regardez les dizaines de millions de personnes qui tentent de quitter les pays touchés par le changement de climat, l'Afrique, l'Amérique du Sud, l'Asie et ses hordes de pauvres décidés à tout pour rejoindre les régions du Nord où l'eau ne manque pas, et que l'on parque comme des animaux au rebut, dans ce que les diplomates appellent des « villages de travail ». Ils fuient ce qui nous menace, la famine qui touche les quatre cinquièmes de l'Humanité. Les prix des denrées les plus courantes ne cessent d'augmenter, et puis, il y a cette menace d'Asie dont tous les journaux parlent, la peste du porc qui frappe désormais les hommes sous la forme d'une peste atypique. L'Europe a été protégée jusque-là, mais pour combien de temps ? Tout cela prépare l'avènement des Droits de la Terre qui ne vont pas tarder à passer à l'offensive. Franchement, je ne suis pas optimiste !

Raoul Ravenault lève ses yeux noirs sur Marc et constate que ses tempes grisonnent. Des rides traversent son front. Assurément, il vieillit moins bien que son frère aîné. Il s'est un peu voûté et ne soutient plus le regard de ses interlocuteurs, comme s'il voulait cacher des pensées, un tracas, qui ne concernent que lui et qui le dévalorisent.

— Certes, reprend Lionel qui veut rester sur un terrain concret. Nos barrages ont montré leur efficacité en protégeant Chastelnaud et Saint-Geniez. Depuis huit ans qu'ils existent, il n'y a eu aucune inondation, pas le moindre débordement des eaux, la preuve est faite qu'on peut très bien se protéger des excès de la météo et que dans ce domaine, le travail ne manque pas.

— Et les hommes ne font rien pour arranger les choses ! objecte Raoul Ravenault. Nos gouvernements ont pratiqué la politique de l'autruche pendant des années alors qu'ils auraient dû agir dès les premiers signes du mal. Déjà, lors du congrès des Droits de la Terre à Chastelnaud, il y a huit ans, il était trop tard. Désormais nous allons dans le mur. Je ne vous ai jamais caché mes engagements humanistes contre les fascistes que sont les Droits de la Terre. Je suis un homme de conviction. Le moment venu, je ne reculerai pas, je me ferai soldat de la liberté.

Raoul Ravenault a appuyé sur les derniers mots. Il n'ignore pas que les frères Delprat ont des relations d'affaire avec les cadres des Droits de la Terre qu'ils soutiennent ; ses patrons ne doivent pas se méprendre sur ses intentions, il ira au bout de sa lutte et ne s'en cache plus.

— Écoutez, les Droits de la Terre ne disent pas que des bêtises ! insiste Lionel pour affirmer sa position et justifier ses contacts avec l'organisation internationale. Ils ont raison de recadrer l'humanité dans son environnement, de proposer des remèdes aux maux qui nous assaillent ! Les autres, en face, ne savent que critiquer, mais n'apportent aucune solution. D'ailleurs, il est trop tard pour faire autre chose. La situation exige un remède de cheval. Les hommes doivent enfin comprendre les limites de la liberté individuelle.

— Certes, répond Raoul, mais l'espèce humaine ne se gère pas comme les espèces animales. Les Droits de la Terre, sans le dire, veulent mettre en place un plan mondial d'épuration ethnique, supprimer les peuples les moins autonomes par rapport à des comportements occidentaux. Je réfute la sélection des hommes par n'importe quel moyen. L'âme humaine a toujours droit au même respect quel que soit le corps qui l'héberge.

— Vous avez raison, mais rien ne dit que les Droits de la Terre veulent opérer une sélection en diminuant la population mondiale, ajoute Marc Delprat. Il faut bien trouver des solutions à la surpopulation, principal fléau de notre temps. Que proposez-vous ?

— Les Droits de la Terre se servent d'une vérité catastrophique pour installer leur dictature et supprimer ce qu'ils considèrent comme le rebut de l'Humanité. Nous proposons des solutions humaines auxquelles tout le monde pourrait adhérer.

— La situation est tragiquement simple, insiste Lionel en s'animant. Trop d'hommes, pas assez de ressources pour subvenir à leurs besoins ! Qu'est-ce qu'on fait ?

— On commence par partager ces ressources qui restent encore réservées à une petite minorité. Le surplus des uns ferait largement l'ordinaire des autres. On éduque les pays du tiers-monde, on leur rend une dignité que les pays riches, toujours décidés à s'enrichir un peu plus, leur ont extorquée, ensuite, vous verrez que les solutions seront acceptées par tout le monde et que la surnatalité, ce fléau de la pauvreté, disparaîtra.

Lionel se lève de son fauteuil et va vers la fenêtre, reste un long moment silencieux, le visage offert au soleil.

— Tout cela me donne le frisson ! dit-il pour mettre un terme à une discussion qu'il ne veut pas poursuivre. Nous sommes assis sur une bombe, reste à savoir quand elle va exploser. En attendant, ce besoin de nature propre fait la fortune de nos eaux minérales. Nous devons cependant prévoir l'avenir : l'eau est devenue et restera la denrée la plus recherchée, la plus précieuse, donc la plus chère. Nous allons agrandir nos capacités de production en vue des marchés du Moyen-Orient. Les réserves en pétrole s'épuisent, les bioénergies et le charbon prennent la place. Nos barrages seront de plus en plus précieux et nous avons un gros programme de construction.

— C'est vrai, ajoute Marc, en se tournant à son tour vers la fenêtre. Les difficultés internationales nous servent pour l'instant, mais il ne faudrait pas qu'elles nous engloutissent avec les autres !

Raoul Ravenault préfère ne pas répondre : ses patrons ne changeront jamais. Ils ne cherchent qu'à tirer profit d'une hécatombe générale sans réfléchir au moyen d'y survivre. Il regarde discrètement Marc, un Marc qui a l'air abattu, préoccupé, moins convaincu que d'habitude. Le directeur général des Eaux de Pétronille n'ignore pas ce qui se raconte en ville à propos de Florence Delprat, peintre extravagant. Lui-même n'est pas assuré sur son siège de patron envié et il s'y sent de moins en moins à sa place quand le combat pour ce en quoi il croit l'appelle. Et puis, trop de mystères planent encore autour de cette usine pour envisager un avenir serein et prospère. Qui a assassiné son père deux heures avant le second tremblement de terre ? Jusque-là, la justice n'a pu trouver aucune réponse et a classé l'affaire malgré l'aide précieuse des

Droits de la Terre. Qu'est devenu Armand Montrémy que l'on a revu brièvement à Chastelnaud le jour de sa libération de prison ? Pétronille Montrémy-Delprat (mais on dit Pétronille Delprat pour aller plus vite) est désormais une superbe jeune fille dont la fortune allume bien des convoitises. Et Renaud Montrémy ? Le fils maudit, le camé, est-il mort ? Est-il perdu dans la mouvance de ce monde qui se cherche une fois de plus ? Non, Raoul n'est pas optimiste et sait bien que tout cela aura une suite, et que ses patrons commettent l'erreur fatale de ne pas se méfier.

— Donc, nous envisageons le rachat des terrains et des maisons qui se trouvent à côté de l'usine pour un agrandissement, ajoute Lionel en rangeant sa sacoche et en s'apprêtant à sortir. Nous espérons relancer les Eaux Saint-Jean. Autre nouvelle qui nous intéresse parce que Julien Montrémy est un des derniers pollueurs de la zone que nous souhaitons neutraliser : notre agriculteur est sur le point de céder devant les attaques des parasites qui ravagent ses cultures.

— Je crois savoir qu'il croule sous les dettes ! annonce Raoul d'une voix sèche. Ce n'est pas quelqu'un que j'apprécie.

— Nous non plus ! Il est à bout. Nous allons lui proposer de racheter ses terres et sa ferme à un prix avantageux. Nous aimerions, Marc et moi, que vous vous chargiez de la transaction. Vous pourrez aller jusqu'à lui proposer unc place dans les Eaux de Pétronille, un bureau dans un coin et un travail fictif, histoire de lui permettre de sauver la face...

— Il n'y a pas de place pour lui et moi dans cette

maison ! réplique Raoul, visiblement contrarié. Je refuse.

Lionel n'insiste pas. Il échange un regard avec son frère et se dirige vers la porte. Bien sûr, il ne dit pas le fond de sa pensée ; Lionel ne délègue jamais aucun de ses pouvoirs, pas même à Raoul Ravenault, pour ne pas le laisser prendre trop d'importance. Il n'ignore aucune des faiblesses du directeur des Eaux de Pétronille, pas le moindre détail de sa vie privée qui, dans ce cas, a beaucoup d'importance.

Après le départ de ses patrons, Raoul Ravenault réfléchit un long moment. Lui non plus n'est pas né de la dernière pluie et n'ignore rien de leur jeu. Leurs chemins se séparent : les Delprat ne sont pas du même bord que lui et il a dû se faire violence pour ne pas dévoiler le fond de sa pensée. Il s'est prêté une dernière fois au jeu menteur qu'après huit années de bons services, Raoul a l'intention de renverser en sa faveur.

Il sait que des espions à la solde de Lionel notent chacun de ses faits et gestes, mais l'heure n'est plus aux finasseries. La confiance est perdue et, malgré les apparences, les frères Delprat, qui ont eu besoin de lui pour organiser la production et faire tourner l'usine, envisagent désormais de le lâcher parce que ses engagements politiques contre les Droits de la Terre risquent de leur porter préjudice. Leur visite n'était pas innocente. C'est ce qui décide Raoul à agir tant qu'il le peut car il n'oublie pas qu'une balle a tué son père pour des raisons qu'il ignore et que le meurtrier, toujours libre, peut encore frapper.

Il appuie sur le bouton de l'Interphone et demande :

— Véronique, venez dans mon bureau, je vous prie.

Quelques instants plus tard, Véronique Montel entre, son bloc-notes à la main. Cela fait deux ans qu'elle est assistante du directeur général. Beaucoup se sont étonnés de son ascension fulgurante et murmurent qu'elle est la maîtresse du patron. Elle ne répond pas aux remarques jalouses de ses collègues et a su leur montrer qu'elle était désormais attachée de direction avec les pouvoirs de sa fonction. Véronique, indécise en face de Julien et de Gaétan, a dans son travail la tête bien en place. Ses grandes qualités n'échappent à personne et Lionel Delprat avait envisagé d'en faire sa secrétaire personnelle quand Mme Dufoy est partie en retraite, puis il a renoncé à cause de Raoul Ravenault qui ne le lui aurait pas pardonné, et de Julien Montrémy avec lequel il ne veut avoir aucun contact.

La jeune femme a le visage fatigué, les cernes accentuent les rides au coin de ses yeux. Elle a maigri en peu de temps. Raoul la contemple un long moment sans un mot.

— Tu t'es décidée ? Les frères Delprat sortent de ce bureau. Ils venaient renifler l'air du temps. Je pars.

Véronique baisse la tête, consciente d'être la pire des femmes, et cherche des arguments pour justifier un refus. Après avoir trahi son fils, va-t-elle trahir son amant ? La lâcheté serait-elle le ressort de chacun de ses actes ?

— Julien est tellement seul ! Avec les années son handicap ne cesse de grandir. Et puis, s'il n'avait pas tous ses soucis d'argent...

Ravenault fronce ses épais sourcils noirs.

— Écoute, tu lui as tout donné, tu as renié ton fils, tu lui laisses tout ce que tu gagnes ici et même un peu plus. Il ne t'est reconnaissant en rien. Au contraire, il ne cesse d'être désagréable avec toi et tu cèdes encore ! Il est temps que tu revives, que tu reprennes Gaétan qui va sombrer dans la délinquance, que tu redeviennes une femme et non une esclave. C'est cela que je te propose.

Elle baisse la tête ; les larmes roulent sur ses joues. Quand elle pense à Gaétan, à sa trahison envers des engagements de mère qu'elle croyait définitifs, elle ne peut que se réfugier dans les larmes. Quelle maladie incurable l'a fait suivre Julien Montrémy dans un enfer dont elle ne réussit pas à se libérer ?

— Tu connais mon sentiment. Il ne date pas d'aujourd'hui et je ne l'ai jamais trahi. Tout est prêt et le temps presse. L'Humanité craque de toutes parts. Il va y avoir beaucoup de morts. Les Droits de la Terre affûtent leurs armes dans tous les pays. Des armées considérables sont déjà prêtes, les immigrants, les sans-logis, les crève-la-faim sont leurs soldats déterminés et sacrifiés à leur cause. La conquête du monde est en route pour ces fascistes prêts à détruire ceux qui vont leur donner le pouvoir ; nous organisons notre défense, mais le combat sera long et sans merci. L'avenir de l'Humanité et de la Terre est en jeu, d'un côté les dictateurs veulent imposer leur ordre, détruire les hommes et les ethnies qui ne leur conviennent pas ; de l'autre, les rêveurs, dont je fais partie, se dresseront en face de cette armée mondiale pour défendre les valeurs qui ont toujours été l'essence même de l'esprit humain. Alors, je veux vous sauver, Gaétan et toi. Tant pis pour Montrémy.

— Ne parle pas comme ça de lui ! Il a tout perdu, sa famille, ses jambes...

— Il n'a que ce qu'il mérite. C'est un égoïste capable de sacrifier ceux qui l'aiment pour son bien-être. Je ne sais pas pourquoi tu perds toute force, toute volonté devant lui. Pense que c'est une maladie qui te ronge. Maintenant, l'heure est grave. Ne pas agir serait pour moi la pire des lâchetés et je ne suis pas un lâche.

— Tu n'as rien dit aux frères Delprat ?

— Non. Je ne leur fais pas confiance. Ils sont du côté des Droits de la Terre et je les gêne.

Véronique secoue la tête. Le moment de passer à l'action est donc arrivé et, une fois de plus, elle ne parvient pas à se décider. Elle qui milite dans la formation de Raoul Ravenault, elle qui croit en ce combat de la générosité contre le déterminisme le plus froid, de la compassion contre la technocratie, hésite encore. Et cette hésitation fait d'elle tout le contraire de ce qu'elle a désiré. La mère absolue a abandonné son fils pour se donner corps et âme à un homme qui la méprise et dont elle ne peut pas se passer. Sa drogue à elle.

— Il faut que tu te décides tout de suite. Je pars demain matin, samedi.

Elle qui a tant rêvé de partage, elle qui voudrait se faire pardonner ses faiblesses par des actions désintéressée et universelles a, enfin, l'occasion de sortir de son indignité, de sa soumission qui la rabaisse à la passivité d'un animal de compagnie. Elle serre les dents et dit enfin :

— Je viens avec toi !

Elle a parlé ainsi pour se donner l'impression d'exister, mais le doute s'insinue déjà dans son esprit. Raoul Ravenault, qui le sait, se lève de son siège et précise :

— Demain matin, six heures. Je te prends à l'entrée de l'usine. À Paris, on s'arrangera.

Elle se lève et regarde le directeur général d'un air incrédule.

— Franchement, tu te rends compte de ce que tu fais : tu laisses une situation exceptionnelle pour devenir un combattant, un camisard ?

— J'y pense depuis trop longtemps pour ne pas avoir choisi en conscience. Se préoccuper de sa situation quand les hommes sont menacés, quand ce qu'ils ont de plus précieux va être traîné dans la boue est indigne ! Non, je ne peux pas !

Véronique sort sans rien ajouter, regrettant déjà d'avoir accepté de quitter Julien. Elle regarde sa montre, range son bureau, prend sa veste et emprunte l'escalier jusqu'au parking de la direction. A-t-elle le droit d'abandonner une aisance relative pour l'inconnu, l'anonymat, le risque ? La vie s'ouvre une nouvelle fois ; sa fuite pourrait être le rachat de ses fautes, mais ce n'est qu'une lâcheté de plus qui l'enfonce dans l'obscurité de son être. Tout en roulant sur la petite route qui conduit à la ferme des Placet, elle pense à ces huit années passées avec Julien Montrémy, huit années de dévouement, de renoncement, de don total, une punition méritée. Ce soir, elle a choisi la désobéissance, la fuite sournoise pour oublier qu'elle n'est qu'un pantin soumis, passant d'un maître à l'autre. En aura-t-elle la force ?

— Ainsi vous n'avez rien fait Michaurt, rien trouvé ? Bravo !

Achille Plantagrin a frappé son bureau de son poing rond. Ses joues qui tombent sur le col de sa chemise vibrent. Ses petits yeux bridés fixent son visiteur qui opine. Le vaste bureau de la société Littoral Placements est baigné d'une lumière douce qui vient de l'immense baie ouverte sur le lac de Genève et les vieux quartiers de la ville, immuables et solides. Sur la table, à côté de l'entrée, le seau à champagne et les coupes sont toujours là pour les invités de marque. Un peu en retrait, Irma Tarassi, très brune, très maquillée, assiste à la conversation, mais ne dit pas un mot. Elle n'a proposé aucun rafraîchissement au visiteur, preuve qu'il fait partie de ceux avec qui le patron ne fait pas de manières.

L'homme est assis sur le bout du fauteuil, comme s'il n'osait pas prendre ses aises devant l'énorme directeur général. Il est lui-même assez rond, un peu empâté, très brun, la peau mate. Il jette un regard rapide vers la baie, une liberté à portée de main qu'il ne peut saisir.

— Écoutez, Michaurt, tout ce que nous avons fait ensemble a réussi. Nous sommes devenus amis des

Droits de la Terre et nous sommes informés à chaque instant de ce qui se passe dans les instances américaines. Tony Lierering ne peut rien nous refuser, preuve que même les saints peuvent s'acheter. Nous étions les seuls et les premiers et voilà que le temps passe et nous ne sommes pas prêts. Vous aviez pourtant l'air sûr de vous ! Première question : avez-vous retrouvé ce Georges Vitterez, le professeur Nimbus des Temps modernes que nous avions placé avec l'aide de nos amis des Droits de la Terre dans un village minier en Sibérie, histoire d'empêcher nos concurrents de l'attirer par quelques grosses sommes, car vous savez combien ce génie est aussi intéressé ?

Étienne Michaurt, responsable du laboratoire « Vie Bleue » financé par Plantagrin, secoue négativement la tête, pousse un gros soupir et bredouille :

— Les autorités m'assurent qu'il est mort ! Vous savez que les travailleurs ne sont que des numéros, mais il existe un fichier où ces numéros correspondent à un nom quand il y en a un. Or le 148, numéro du professeur Georges Vitterez, est mort et enterré dans la fosse commune couverte de chaux vive, donc aucune vérification n'est possible sur la dépouille.

Plantagrin soupire, accablé.

— On prend toutes les précautions, on camoufle l'affaire en disparition en Inde, on abreuve la presse de détails pour mieux l'égarer, on demande aux autorités russes qui sont du côté des Droits de la Terre, de surveiller le travailleur 148 comme le lait sur le feu et voilà le résultat ! Vous méritez le peloton d'exécution !

En même temps qu'il s'emporte ainsi, Plantagrin pense autrement : « Il y a là-dessous quelque chose que je ne comprends pas. Ce n'est pas possible que les autorités russes aient traité Vitterez comme un quelconque misérable. Si c'était une mascarade pour m'égarer ? » Il poursuit à voix haute :

— Vous voulez me faire croire que Moscou a laissé perdre un cerveau aussi prolifique, aussi génial ? Voyons, Michaurt, vous vous moquez de moi. Voilà cinq ans, alors que la peste atypique se contentait de tuer des porcs et des Africains, il annonçait sa découverte dans les revues spécialisées : un sérum qui arrivait un peu tôt pour nos affaires. Il fallait donc le mettre au frais, ce que nous avons fait avec l'aide des Droits de la Terre. Et voilà qu'il nous a filé entre les doigts. Voyons, c'est grotesque !

— J'ai fait des recherches au village de travail de la Lena. Je vous répète, pour les responsables, il est mort. Il semble d'ailleurs que les Droits de la Terre n'en sont pas contrariés. Ils avaient peur que le KGB, qui le cherche depuis trois ans, ne finisse par le dénicher dans cette multitude de « travailleurs ». Ils ont, paraît-il, de bonnes avancées...

— Des avancées ! Comme si on devait se contenter d'avancées dans une affaire aussi importante ! Donc, je ne peux plus compter sur vous pour me le ramener discrètement. Soit ! Deuxième point qui découle du premier : où en sont vos propres recherches ? Vous n'allez pas me dire qu'avec tout l'argent que je vous donne, vous ne pouvez pas trouver !

Michaurt secoue encore la tête. Il veut tellement se justifier qu'il en bégaie.

— Vitterez a pris la maladie à ses débuts, dit-il d'une voix tremblante. Le bacille UV2 était moins virulent qu'il l'est désormais, c'était plus facile. Nos expériences ont montré qu'il était sensible à la température ambiante et perdait sa vitalité en dessous de vingt-deux degrés. Il semble donc qu'une voie soit ouverte et nous sommes les seuls, mes collaborateurs et moi, à avoir mis en évidence cette particularité...

— Qu'est-ce que vous me racontez ? Tout le monde le sait, je l'ai lu dans le journal ce matin ! Le temps nous pousse, alors faites en sorte de trouver un sérum et un vaccin contre la peste atypique avant que mes concurrents n'en proposent un ! Ce sont des milliards de dollars en jeu, vous comprenez cela ?

— Oui, je comprends, fait humblement Étienne Michaurt, bloqué lui-même par l'esprit obtus d'un homme d'affaires qui n'entend rien à la science. Tony Lierering lui-même aurait demandé de ne pas aller trop vite, ose encore le chercheur malheureux pour justifier son retard.

— Nous étions bien d'accord, précise Plantagrin. Vous deviez faire vos recherches dans la plus grande discrétion. Il ne fallait pas contrer l'effet sur les populations par une trouvaille trop rapide. Il faut que les maladies nouvelles, les famines fassent le travail d'élagage, mais l'épidémie prend des dimensions inattendues : deux malades en Espagne, quatre autres en Italie ! Quand pensez-vous pouvoir me proposer quelque chose ?

— C'est difficile à dire. En biologie, on ne fait pas ce qu'on veut. Notre difficulté première, c'est que UV2 doit être expérimenté sur des cobayes humains. Il nous a fallu du temps pour réussir à recréer les conditions naturelles avec des organes de greffe et ce n'est pas la même chose qu'avec un homme.

Achille Plantagrin se lève de son fauteuil, fait quelques pas d'obèse dans l'immense bureau et se tourne vers son visiteur. Irma Tarassi s'est assise et l'observe de ses yeux gris.

— Écoutez, la maladie vient du porc, alors tuez tous les porcs que vous voudrez, mais trouvez ! Et s'il vous faut des hommes, on peut aussi s'arranger. Ce n'est qu'un détail. Prenez des enfants ou des adultes dans les villages de travail. Personne ne vous le reprochera, d'autant qu'ils n'ont plus d'état civil, donc ils n'existent pas ! Il me faut un sérum et un vaccin le plus vite possible et dans le plus grand secret. Imaginez les sommes colossales qui sont en jeu !

Michaurt promet des résultats dans quelques jours. Il promettrait n'importe quoi pour quitter ce bureau, pour rejoindre la rue ensoleillée.

— Et puis, où en sont les recherches sur les insecticides que votre département agriculture devait mettre au point et qui étaient censés venir à bout de tous les parasites des cultures ? Les pucerons vous résistent-ils encore ? demande Plantagrin en écartant les bras sur ses cent cinquante kilos comme un jars qui ouvre ses ailes en face d'un assaillant. Votre labo spécialisé m'a demandé des fonds que je lui ai donnés et j'attends. Voilà le printemps, la période des gros bénéfices, et toujours rien !

Michaurt sourit, enfin fier d'apporter un résultat à celui qui finance ses travaux depuis plusieurs années. Il l'avait gardé pour la fin, pour demander une rallonge.

— Le problème des pucerons, ce sont les fourmis ! dit le chercheur en clignant de l'œil droit. Les pucerons sont élevés et conduits dans les cultures par une variété de fourmis particulièrement adaptées à nos méthodes de traitement. Nous avons des insecticides capables de détruire tous les pucerons, mais les fourmis se tiennent en dehors des cultures, sous la terre. Elles attendent que les produits nocifs se soient dilués et ramènent une nouvelle armée de pucerons qu'elles gardaient en réserve. Tout est à refaire ! Nous travaillons donc sur les fourmis avec un produit qui restera au sol et les tuera net dès qu'elles sortiront de terre. Nous serons en mesure de le commercialiser dans les jours qui viennent.

— Enfin, une bonne nouvelle ! fait Plantagrin qui se dirige vers la porte pour congédier son interlocuteur. Vous pouvez lancer la fabrication, je vais demander une campagne de publicité.

Michaurt n'ajoute rien. Il voulait profiter de l'effet d'annonce pour évoquer son manque de moyens, mais la réalité qu'il a escamotée l'en empêche : il est trop honnête pour savoir mentir. En effet, les pucerons, avec leur capacité de reproduction considérable et la succession des générations qui n'excèdent pas vingt jours, peuvent développer des souches résistantes à tous les insecticides possibles en un temps record. Quant aux fourmis, elles savent se protéger en n'envoyant qu'une partie de leurs effectifs sur la terre ferme, les autres attendent le moment d'agir avec un diabolique sens de l'opportunité.

Irma fait enfin entrer le prochain visiteur. Plantagrin sourit :

— Mon cher Genthil ! fait-il en tendant la main à l'homme qu'il invite à s'asseoir.

Vêtu de sombre, Genthil sourit au patron. Il est très brun, élégant avec un beau visage régulier, un peu féminin. Irma va chercher trois coupes sur la table du fond et sert le champagne.

— Les nouvelles, mon cher Genthil ? demande Plantagrin. J'espère qu'elles sont bonnes.

— Excellentes, Achille ! Notre Cellia Correti court de succès en succès. Numéro un au hit-parade mondial, ce soir elle chante à New York pour débuter sa tournée américaine avant de revenir sur le vieux continent. On l'attend à Paris le 12 septembre prochain et à Saint-Pétersbourg en juin. Son dernier tube, *Chanson pour Renaud*, fait un malheur en Amérique.

— Très bien ! Heureusement que nous l'avons dans ces temps difficiles. Elle nous rapporte beaucoup d'argent avec sa voix d'or, ce qu'elle ne pourrait pas faire avec son cerveau de moineau. Et son caractère ?

— Il ne change pas. Enfin, tu la connais, toujours entre deux colères, entre deux excès. Mais c'est une artiste. On est en train de lui négocier un rôle au cinéma.

— Parfait ! Surtout fais-la surveiller. Il ne faudrait pas qu'elle tombe amoureuse d'un gigolo. Nous avons assez de soucis comme ça. Et pour le reste ?

Genthil sort de sa sacoche une enveloppe d'où il extrait des photos qu'il pose sur le bureau devant Plantagrin.

— Voici d'abord celle qui nous intéresse : Pétronille Delprat photographiée ici avec ses amis dans la cour des Houilles Blanches. Dix-huit ans, superbe comme tu peux le constater, intelligente et riche : les Eaux de Pétronille sont une excellente affaire. Que demander de plus pour inciter toute une ribambelle de beaux garçons à lui tourner autour ?

Plantagrin soulève la photo et la contemple un bon moment en silence, la tend à Irma. Comment oublier ? D'abord cette belle amitié avec les frères Delprat, sa condamnation à sept années de prison pour une faute commise par Lionel, ses amours avec la belle Adeline Delprat, « la petite chipie ». Et sa sortie de prison pour entrer dans un autre enfer : celui de la haine. Adeline vivait avec l'aventurier de Chastelnaud, Armand Montrémy, Pétronille était née, il ne restait à Achille Plantagrin qu'à grossir exagérément pour combler sa solitude.

Irma lui rend la photo qu'il contemple de nouveau. Le visage souriant de la jeune fille semble lui faire un signe au-delà du papier glacé. Il reconnaît les traits de la femme qu'il a aimée : la même figure un peu ronde, les mêmes yeux largement fendus et ce sourire tout aussi perfide. Ce qu'Adeline a fait, Pétronille peut aussi le faire :

fouler aux pieds le sentiment le plus pur, trahir ses serments à la première occasion.

— Résumons-nous. Les Delprat ont cru que j'en voulais à leurs affaires, que je souhaitais les ruiner. C'est bien. Ainsi, j'ai fait quelques actions en Russie pour qu'ils répliquent sur ce terrain. C'est réussi, puis j'ai cédé. En cinq ans Les Houilles Blanches se sont considérablement développées et j'ai tout fait pour faciliter leur ascension.

— Au point que Lionel Delprat se prend pour un génie des affaires. Il est tellement sûr de lui qu'il n'a jamais vu notre main qui poussait les pions dans son sens. Le voilà complètement endormi.

— Parfait ! Nous allons enfin pouvoir agir sur ce qui le touche le plus, sa nièce. Et son frère ?

— Il déprime. Il n'en peut plus. Sa femme a le feu quelque part et il ne supporte pas d'être cocu.

— De mieux en mieux. Encore un peu et il commettra quelque sérieuse bêtise. Lionel qui est si malin laisse faire ! Cela m'étonne.

— Je n'ai jamais pu savoir ce que sont ses relations avec Florence, mais je pense qu'il redoute qu'elle ne parle trop. Enfin, tu comprends qu'il a dû se passer quelque chose entre eux.

Plantagrin vide sa coupe de champagne puis revient de son pas d'oie vers le bureau.

— Pétronille est terriblement capricieuse, poursuit Genthil. Lionel ne sait rien lui refuser et elle en profite. Il est fou d'elle, mais elle n'écoute que sa tante Ghislaine, tu sais, l'institutrice qui l'a sauvée lors du premier tremblement de terre.

— Donc, on ne change rien. Cette Ghislaine Margeride a pris beaucoup d'importance dans la

Mondass Ingénierie de Bernard Chaurrit. Bientôt, il sera plus riche que moi ! J'ai eu la patience d'attendre, mais il est temps de remettre les choses en place. Marc est déjà puni, reste Lionel et c'est à lui que j'en veux le plus. Il faut donc sacrifier cette Ghislaine. Je ne suis pas mécontent que cela porte préjudice à Chaurrit.

— Tout est en place, mon cher Achille.

Genthil a un petit sourire malin. Ce jeune homme à l'aspect puéril ne cache pas sa véritable nature que Plantagrin a su cultiver. Son ambition dépasse son état de pharmacien installé à Chastelnaud. Pour lui, l'officine n'est qu'un tremplin et Plantagrin a su lui faire, au bon moment, des promesses alléchantes.

— C'est parfait. Avant d'agir, tu attends mon feu vert. Il faut choisir le moment opportun... Tes relations avec la femme de Lionel ?

— Aurélie est ma camarade d'enfance. Nous nous voyons souvent.

— Parfait ! Et puis...

Plantagrin ne va pas au bout de sa pensée. Il a passé des années à construire patiemment son puzzle, à mettre en place les éléments utiles à sa vengeance, à agir dans l'ombre, à soudoyer les collaborateurs de ses ennemis et maintenant que le dénouement approche, il n'est plus pressé. Savoir qu'il tient tout le monde dans sa main potelée suffit à le remplir d'aise. La perspective de sa victoire lui donne autant de satisfaction que la victoire elle-même. Compter les jours qui restent à ses ennemis le conforte et il veut en profiter pleinement, faire durer sa félicité sans oublier que, malgré les difficultés du monde, les affaires continuent. Il ne peut cependant s'empêcher de demander :

— Au fait, qu'est devenu le guitariste camé, le fils Montrémy, celui qui faisait équipe avec Cellia ?

Genthil vide sa coupe, la pose sur le coin du bureau.

— Personne n'en sait rien. Lionel Delprat l'a fait chercher, sans résultat. Il s'est évanoui dans la nature. On pense qu'il est mort : un drogué ne reste pas longtemps sans se montrer ! C'est pour lui que Cellia chante sa *Chanson pour Renaud.*

— Aucune importance puisque cela rapporte de l'argent. Il n'a pas su saisir l'occasion que je lui offrais, tant pis pour lui ! Et son père, as-tu des nouvelles ?

— Non, mais ce n'est pas dramatique. Nous connaissons son chemin : après sa libération de prison, il est revenu à Chastelnaud. Nous l'avons cueilli sur la route, drogué un peu pour qu'il soit docile et nous l'avons libéré avec ces milliers de migrants sans nom et sans autre but que de trouver à manger. Il a été cmmené avec d'autres miséreux dans le village de travail de la Lena en Sibérie, d'où personne ne revient jamais. Depuis, je n'ai aucune nouvelle...

Plantagrin se souvient que le docteur Vitterez a été enfermé dans ce même « village ».

— On ne pouvait pas l'emmener ailleurs ? À croire que c'est le seul lieu possible !

— Non, mais c'est le plus sûr. Au milieu de centaines de kilomètres de glace, personne n'en réchappe !

— Bien, conclut Plantagrin. Je pars demain matin à Paris pour parler de tout ça avec Loïc Lachenal. J'espère que l'amour ne lui a pas tourné complètement la tête.

Genthil éclate d'un grand rire dédaigneux.

— Je ne le pense pas. Sous son apparente bonne éducation, c'est un homme froid, calculateur, insensible. Qu'il se soit laissé mettre le grappin dessus par la belle Albane Morenceau n'est qu'une façade. Elle est plus radicale que lui.

— J'imagine que les langues vont bon train à Chastelnaud. Le pauvre maire va y laisser son siège !

— Je ne le crois pas. Jean Morenceau est très aimé de ses administrés. Sa bru est folle, et les gens ont pitié de ce bon gros nounours sans méchanceté. Même ses adversaires politiques n'osent pas l'attaquer sur ce front personnel.

— Je pense au contraire que cette Albane Morenceau est une femme de caractère. Ce journaliste, dont j'ai oublié le nom...

— Pierre Ragaud.

— Oui, Pierre Ragaud l'a révélée à elle-même. Désormais elle est capable d'immoler son propre fils à la cause universelle des Droits de la Terre !

En garant sa voiture au parking de Roissy-Charles-de-Gaulle Pierre Rousselot ne se doute pas un instant que, le soir même, son nom sera connu de la France entière. Rien ne prédispose ce paisible retraité des Chemins de Fer qui passe des jours tranquilles dans son pavillon de Nanteuil-lès-Meaux à accéder en quelques heures à une célébrité dont il se serait bien passé. À soixante-dix ans, il n'a qu'un souhait : poursuivre sa petite vie en bonne santé, bien inestimable qui ne lui a pas été refusé jusqu'à ce jour d'avril où, en compagnie de sa femme Jeanne, il conduit leur fille à l'aéroport. Blandine, après trois semaines de vacances dans sa famille, repart à Bombay en Inde où elle travaille à l'ambassade de France. Blandine est une agréable rousse de trente ans, toujours célibataire, ce qui étonne ses parents. Comment une aussi belle femme peut-elle rester insensible aux regards des hommes qui s'attardent sur elle ? Pendant le séjour de Blandine, Pierre Rousselot et surtout Jeanne ont posé des questions détournées pour en savoir plus, mais ils n'ont obtenu aucune réponse précise. Pour Jeanne, leur fille a fait sa vie en Inde et ne veut pas en parler.

Rousselot sort la grosse valise à roulettes du coffre de sa voiture et rejoint les deux femmes qui l'attendent dans l'allée du parking. Ensemble, ils se dirigent vers l'ascenseur. C'est lorsque l'appareil démarre que Pierre ressent un vague frisson au bas du dos, comme s'il avait pris froid. Il n'en dit rien à personne : ce frisson, il le ressent depuis plusieurs jours et ce n'est pas la première fois qu'un rhume, une légère indisposition s'annoncent de cette manière.

Dans le vaste aéroport envahi d'une foule bigarrée, ils cherchent le comptoir d'Air France et le guichet pour Bombay. Ils se placent dans la file d'attente, enregistrent le bagage de Blandine et se dirigent vers le satellite d'embarquement. Blandine embrasse ses parents, leur promet de revenir l'été prochain et s'éloigne en se retournant plusieurs fois pour leur faire un signe. Quand elle a disparu, Rousselot soupire, prend la main de Jeanne et, sans un mot, ils s'éloignent, tristes de laisser une fois de plus leur fille unique s'en aller à l'autre bout du monde. Ils lui ont suggéré de demander à travailler dans les bureaux parisiens de l'ambassade, mais sa vie est là-bas, ils l'ont bien compris et n'ont pas insisté.

Ils arrivent à la caisse automatique pour payer leur parking quand Pierre Rousselot est brusquement pris de tremblements. Il s'appuie contre la machine et, la respiration haletante, les jambes molles, s'assoit sur un banc voisin. Son visage blême vire au gris terreux. Un filet de bave s'écoule au coin de ses lèvres sans que cet homme très propre ne pense à l'éponger.

— Mais qu'est-ce qui te prend ?

Il secoue la tête, incapable de répondre à sa femme. Il claque des dents, ouvre de grands yeux vides, puis s'écroule dans un râle. Jeanne se précipite, le secoue en poussant des cris. Les gens se rassemblent autour d'eux. Quelques minutes plus tard, les pompiers sont là, assistés par un médecin qui ordonne son hospitalisation immédiate. Jeanne récupère sa voiture et accompagne son mari jusqu'à l'hôpital où des examens sont aussitôt entrepris. La nouvelle tombe dans la soirée, aussitôt reprise par tous les journaux télévisés et toutes les radios : Pierre Rousselot a été terrassé par une forme de la peste atypique, premier cas avéré en France d'une maladie qui fait déjà des ravages dans les pays pauvres d'Asie et d'Afrique. Les commentateurs présentent ce cas comme particulièrement inquiétant. Le bacille n'a pu être colporté que par la fille de la victime qui, elle, n'a pas développé la maladie. Interceptée à sa descente de l'avion, Blandine Rousselot a été aussitôt hospitalisée, mais les examens sont formels : elle n'est pas elle-même porteuse du bacille UV2. Le lendemain matin, Jeanne Rousselot est à son tour terrassée par la peste atypique, ce qui pose la dramatique question d'une contamination sournoise, jamais observée. Impossible, disent les spécialistes : UV2 est très fragile et ne survit pas au-delà de quelques minutes en dehors d'un organisme à une température inférieure à 22 °C. Alors, que s'est-il passé ? Les travaux en cours dans les différents laboratoires du monde n'aboutissent pas. La vérité, c'est que le bacille UV2, ainsi que l'a nommé le docteur Georges Vitterez qui l'a mis en évidence au début de sa mutation du porc vers l'homme, échappe à tout contrôle. Ce qu'on croyait savoir sur lui est remis en question par les spécialistes du monde qui le traquent avec des moyens de plus en plus sophistiqués. L'enjeu financier est désormais trop important pour confier les énormes budgets libérés à des chercheurs indépendants. Les grands laboratoires s'en réjouissent, mais leurs recherches piétinent.

Dès l'annonce des deux cas de peste atypique en France, une réunion extraordinaire des ministres de la Santé et de plusieurs spécialistes qui travaillent sur la question a lieu à Bruxelles. Étienne Michaurt, responsable des laboratoires « Vie Bleue », a été convoqué avec d'autres chercheurs européens. L'urgence de la situation justifie une aussi grande précipitation. Chaque heure qui passe expose à la mort des milliers de personnes.

Le docteur Pinchaz, ministre français et spécialiste des maladies contagieuses a multiplié, la veille, les interventions sur tous les médias ; on l'a vu à la télévision appeler les gens au calme, expliquer que deux cas isolés ne font pas une épidémie, d'autant que le bacille UV2 est très fragile et que la contagion ne peut se faire que par voie respiratoire, constatation rassurante dont les Rousselot sont la preuve formelle qu'elle est fausse. En médecin qui a un peu étudié les épidémies de peste atypique en Asie, il sait qu'il faut s'attendre au pire, mais il doit rassurer pour éviter une panique aussi grave que la maladie elle-même.

— Voilà où nous en sommes ! s'exclame-t-il en dehors des caméras. Nous pensions que les grandes épidémies étaient des fléaux du passé, des calamités propres au Moyen Âge. Nous pensions que nos sociétés modernes étaient assez fortes pour se protéger de ces catastrophes, or que se passe-t-il depuis une dizaine d'années ? Le réchauffement remet en cause un équilibre fragile que nous pensions solide et durable. Les tremblements de terre, les cyclones, une pluviométrie accrue par endroits, des déserts qui grignotent les terres cultivables ailleurs, ont obligé un grand nombre d'espèces animales à évoluer pour survivre en occupant de nouvelles niches et nous les avons bien aidés avec nos traitements intempestifs. Cela ne s'est pas fait sans dommages. Les mutations de plantes et d'insectes ont anéanti l'agriculture dans un grand nombre de pays. Là non plus, nous n'avons pas encore trouvé de solutions satisfaisantes. Et voilà la peste du porc devenue la peste atypique humaine avec deux cas avérés sur notre propre sol ! Deux cas aujourd'hui, cela signifie cent mille demain, des millions après-demain.

Un silence total règne dans la salle du Parlement européen. Les politiques ont bien conscience que leur laisser-faire est à l'origine de cette situation. Ils en veulent à leurs prédécesseurs de ne pas avoir pris leurs responsabilités, mais se sentent aussi coupables. Jusque-là, les catastrophes étaient toujours pour les mêmes, populations d'Afrique, d'Asie, le tiers-monde que la malnutrition chronique fragilise. La peste atypique y trouvait un terrain favorable, mais personne n'aurait pensé qu'elle pouvait émigrer en Europe.

— Tout est lié ! précise Gaston Morit, grand

spécialiste des mutations génétiques. Tout. Le réchauffement, nos comportements agricoles et sanitaires ont pu être tolérés par la Terre et les êtres vivants pendant des décennies, mais il arrive un moment où tout s'écroule. Les conséquences sont surtout sensibles pour les organismes au sommet de la pyramide et principalement pour l'homme à l'origine de ces chamboulements. Je dois vous prévenir, je ne suis pas optimiste. Je ne sais pas si les médias, poussés par les politiques que vous êtes, messieurs les ministres, ont raison de minimiser les retombées de l'effet de serre pour ne pas affoler les gens, je vous assure que le pire est à venir, croyez-moi. Le dérèglement, au lieu de se stabiliser, ne peut aller qu'en s'amplifiant puisque le réchauffement se poursuit ! Voilà la terrible vérité à laquelle nous sommes confrontés. Et jusqu'à présent nous n'avons eu à déplorer que des tempêtes, des mouvements sismiques, premières marques de la maladie de la Terre ; viennent maintenant les catastrophes logiques qui font partie du tout et le couronnent : invasion des cultures par la *vamp*, une luzerne transgénique échappée de parcelles pourtant bien contrôlées et capable de résister aux parasites ordinaires mais aussi aux herbicides les plus courants. La science a, pour l'instant, le dernier mot puisque de nouveaux produits nous débarrassent désormais de cette plante, mais ces produits ont aussi une influence sur la biomasse qui va réagir très vite comme elle sait le faire en période de crise et de recherche de nouveaux équilibres. C'est donc une histoire sans fin où chaque victoire annonce une nouvelle défaite.

— Revenons à ce qui nous réunit ce matin, tranche le docteur Pinchaz qui veut rester dans le cadre précis de la peste atypique. Nous devons éviter que l'épidémie nous prenne de vitesse. Où en sont les travaux ?

C'est Étienne Michaurt qui répond :

— À ma connaissance, personne n'a encore réussi à isoler une souche affaiblie du bacille qui permettrait de fabriquer un vaccin et un sérum, ni de créer un antidote chimique. Le UV2, comme en son temps le virus du sida, échappe à nos investigations. Je vous le répète : nous sommes en face d'une forme nouvelle de bacille générée probablement par notre emploi abusif et répété d'antibiotiques. À ma connaissance encore, seuls les travaux du docteur Vitterez étaient sur le point d'aboutir, mais le docteur a disparu sans laisser aucune trace de ses découvertes.

Le ministre Pinchaz est au courant de cette affaire et de tout ce qui a pu se dire en coulisse. On accuse les Droits de la Terre d'être à l'origine de la disparition du savant, mais personne n'a jamais pu rien prouver.

— Dans ces conditions, poursuit le ministre, quelles sont les mesures à prendre pour éviter une propagation rapide de la maladie ?

Le docteur Leblanc, spécialiste des épidémies, qui est allé se rendre compte sur place en Asie, est pessimiste :

— On affirme que le bacille UV2 meurt rapidement dans un air frais, qu'il ne peut se transmettre que par inhalation. C'est ce que l'on croyait, car désormais rien n'est sûr. Par contre, nous savons détecter sa présence dans le sang d'un patient grâce à un réactif, le PV2, mis au point par le laboratoire Chalson qui le commercialise ces jours-ci, un test simple et fiable...

— ... dont le propriétaire est un éminent responsable des Droits de la Terre ! rétorque le docteur Michaurt.

— En effet, mais l'avancée est notoire. On peut désormais savoir qui est atteint ou qui est indemne en quelques minutes et n'oublions pas que, selon les observations actuelles, la durée d'incubation de la maladie varie entre quelques jours et deux mois.

— D'après ces mêmes observations, insiste un médecin scandinave, seules les régions septentrionales où la température estivale n'excède pas quinze à vingt degrés sont, en principe, à l'abri. Pour la même raison, l'épidémie régressera à l'arrivée de l'hiver en Europe méridionale, mais avec l'été, il faut s'attendre à une explosion rapide, d'abord en Europe centrale, puis en Europe du Sud-Est et de l'Ouest.

— C'est bien ce que nous redoutons, insiste le ministre français, et ce que je vais dire doit rester entre nous. La seule solution serait de retrouver ce docteur Georges Vitterez. Hélas ! nos services de renseignements ont perdu sa trace à Karachi au Pakistan où il était parti étudier une forme de peste porcine très proche de UV2. Soit il a été assassiné, soit il a succombé à la contagion.

— Les Droits de la Terre qui, paraît-il, veulent le bien de l'Humanité sont derrière cette affaire ! s'écrie Jean Mottin, le ministre belge connu pour ses nombreux livres sur l'humanisme et la conscience.

Il ne fallait pas que les sommes considérables que peuvent rapporter un sérum et un vaccin leur échappent. Et puis, ces philanthropes, qui ont des idées très précises sur la manière de gérer l'Humanité, ne veulent pas qu'un vaccin arrive trop tôt : il faut laisser à la peste le temps de tuer quelques millions d'hommes, c'est toujours ça en moins !

— Écoutez, proteste Pinchaz agacé, l'heure n'est plus à la polémique, mais au moyen d'assurer la santé publique !

— Prenez toutes les mesures que vous voudrez, vous ne pourrez jamais arrêter la marche inexorable de la peste atypique sur l'Europe. Nous sommes au début des grandes chaleurs, et j'ai bien peur que tout soit paralysé : les trains, les avions, que les villes s'enferment dans leurs murs où l'on ramassera les morts abandonnés dans la rue par camions-poubelles pleins. Nous voici retournés plusieurs siècles en arrière.

Au même moment, sur les bords de la Lena en Sibérie, à l'intérieur du cercle polaire, dans un village de travail, une journée ordinaire commence...

Le numéro 661 n'a pas fermé l'œil pendant les quelques heures de repos entre deux factions. C'est bientôt le grand moment attendu depuis longtemps. Dans quelques heures, il sera libre ou condamné à mourir de froid dans l'immensité gelée de la toundra. Mais cela n'a pas d'importance. Il est à bout, le numéro 661. Son grand corps maigre arrive au terme d'une vie à laquelle il ne s'accroche plus. À quoi bon ? La pensée lui est souvent venue de commettre la faute de « faiblesse » : se laisser griser par le grand froid qui tue comme un alcool fort dans l'hilarité et le bien-être. Tous les ressorts de sa large carcasse sont brisés, un seul, minuscule, reste encore tendu, celui qui l'a retenu de ce côté de la vie, celui qui le tient éveillé depuis tant d'heures. Quand on n'est qu'un numéro, mourir est une délivrance. Seul le maigre espoir de s'en tirer, de crier au monde la détresse de ce bétail humain lui donne la force de se mouvoir encore.

Le soleil effleure l'horizon après des mois d'absence, incendie les collines qu'il frôle, répandant sur la campagne couverte de neige et de glace une lueur rougeâtre annonciatrice d'un été bref auquel tout le monde, même les gardiens, rêve après une aussi longue nuit gelée. La plupart de ces numéros viennent du sud, de pays où le soleil est trop fort, trop présent pour laisser un peu d'eau dans des puits séculaires. Ils se raccrochent au souvenir d'une lumière éclatante pour donner à leur cœur la force de battre encore dans les glaces du nord.

Le groupe de cinquante hommes marche en silence dans la pénombre sous la surveillance de deux chefs. Ils regardent tous, comme un don auquel ils ne croyaient plus, le disque rouge incendier l'horizon. Avec le printemps et le retour du jour reviennent les tentations de vie. La débâcle va bientôt fondre la glace de la cuvette et séparer les bâtiments par un lac aux eaux bleues et glacées dans lesquelles de jeunes travailleurs s'aventureront pour épater les femmes sous les regards amusés des gardiens qui, du pied, joueront à les empêcher de sortir jusqu'à ce qu'ils coulent, raidis par le froid. Cela fait partie des divertissements prisés, car ici, loin de tout, dans ce que l'on appelle un « village de travail » il n'y a pas de loi, pas de règle. Tout le monde obéit au bon vouloir des responsables qui ont la détente facile. Dans l'immense camp, loin des regards, sur les berges de la Lena, la vie n'est rien et l'on peut se distraire à bon compte avec ces hommes réduits à un numéro et quelques renseignements contenus dans une puce implantée sous la peau de leur poignet droit. Ces rebuts de la société humaine n'ont aucune valeur marchande, les morts sont remplacés régulièrement, un coup de téléphone suffit pour renflouer les effectifs.

Ils marchent dans la pénombre, la tête baissée vers les bâtiments éclairés d'où claquent des ordres brefs. Sous le ciel clair, l'immense roue de l'ascenseur tourne avec un bruit feutré. Les équipes de nuit remontent pour se reposer quelques heures, les équipes du matin arrivent, encore harassées de leur travail de la veille. Mais ici, le confort et la tranquillité des ouvriers n'ont pas d'importance. Ce qui compte, c'est le charbon extrait du ventre de ce coin de Sibérie. Entre les collines pelées, le soleil nouveau incendie les glaces de la Lena.

Les hommes parviennent à la mine. Avec les prix du pétrole qui ne cessent de flamber, une demande en énergie toujours croissante, les immenses réserves de houille de Sibérie sont devenues extrêmement rentables, d'autant que la main-d'œuvre bon marché ne manque pas. Les millions de miséreux parqués dans ces « villages » ne réclament pas de salaire, ils mangent, et c'est déjà un luxe.

Ils acceptent de n'être que des numéros, eux qui n'étaient rien avec leur patronyme. Ceux qui tentent de s'en aller ne vont pas loin : la toundra ne rend pas les fugitifs. Tout est fait pour apaiser les bonnes consciences : les télévisions viennent parfois dans ces villages, mais ne montrent que ce qui peut être vu.

661 entre dans le local où, par groupes de vingt, les ouvriers descendent au fond du puits. Le travail est assez moderne, avec des machines, mais la main-d'œuvre abondante limite les efforts d'automatisation. Ici, cent travailleurs coûtent moins cher qu'un marteau-piqueur et on ne va pas les nourrir à ne rien faire.

Avec son équipe, 661 attend son tour. Il dévisage ceux qui sortent de l'ascenseur, méconnaissables, noirs de poussière ; ils remontent des tunnels torrides pour retrouver l'air glacial de la surface. Ces changements de température ont souvent raison des nouveaux venus. Une fosse commune attend les plus faibles qui, compte tenu du froid, n'incommodent pas les survivants par leurs mauvaises odeurs. Ceux qui résistent apprennent vite les règles essentielles de la survie : se laisser pousser la barbe quand elle est bien fournie, sinon se raser chaque jour, attendre à l'abri des bâtiments que le corps s'habitue au changement de température avant de sortir... Tout cela, 661 le sait depuis longtemps, depuis huit longues années qu'il est ici, et son grand corps a résisté. Le froid, il l'a connu dans une autre vie, au sommet des montagnes escaladées pour rien : son expérience lui a été salutaire.

Devant lui, les ouvriers sortent de l'ascenseur.

L'un d'eux, le 148, petit, malingre, mais très vif, a tracé un signe bizarre sur son large front noir de poussière. Un signe qui ressemble à un V mais que personne ne remarque. Un léger sourire se lit sur ses lèvres. Ses yeux étincellent. Les deux hommes se regardent brièvement, ils se comprennent : tout est en ordre. Ils ont mis leur stratégie au point depuis longtemps, mais il fallait attendre le soleil, le jour, la lumière qui ouvre les collines sur le restant du monde. Une complicité inattendue leur est venue de l'extérieur avec un téléphone portable oublié.

Les mineurs vont vers la salle de douche avant de passer à la cantine où un repas leur sera servi : toujours le même plat : fèves, lentilles ou haricots. La viande, ils se la procurent sur place, preuve qu'ils ne sont pas des prisonniers. Avec l'été, les plus malins vont pouvoir se faire de l'argent qui leur permettra, tout au long de l'interminable nuit, d'acheter de l'alcool pour supporter le froid et la solitude. Ils iront pêcher les truites et les saumons dans la Lena et ses petits tributaires, qu'ils revendront aux plus offrants, braconneront lièvres arctiques et lagopèdes, traqueront les rennes sauvages dont ils conserveront la viande congelée dans des trous creusés dans la terre.

Les travailleurs de la Lena vivent avec leur femme ou leur compagne dans des petits logements de quelques mètres carrés sans le moindre confort. Cela n'a pas d'importance, les couples ne peuvent pas avoir d'enfants et ne rentrent chez eux que pour dormir. Ils proviennent de pays pauvres à fort taux de chômage dont les gouvernements sont proches des Droits de la Terre, Russie, Afrique du Sud, Australie et quelques pays du Moyen-Orient et d'Amérique latine. On y trouve aussi quelques fauteurs de troubles européens et asiatiques.

661 se souvient de l'arrivée de 148, il y a déjà deux ans. Comme les scientifiques, 148 n'allait pas à la mine. Il travaillait dans des bâtiments gardés, avec d'autres chercheurs et scientifiques de haut niveau. 661 s'est arrangé pour le rencontrer lorsqu'il a entendu son accent français.

Bien que devenus des numéros, les habitants du village de travail n'ont pas oublié leur passé et se regroupent par nationalités. Des bandes se forment et s'affrontent parfois, mais l'ordre est vite rétabli. Quelques exécutions sommaires dans de vastes locaux, à l'abri des satellites espions, remettent tout le monde en place. 148 et 661 ne se sont pas mêlés à ces querelles d'identité. Ils avaient décidé d'agir dans leur coin, sournoisement, tout au long de l'hiver. La surveillance n'est pas stricte : sur cet immense plateau, aussi grand que la France, loin de tout et battu par des vents violents, la liberté d'aller à sa guise ne conduit pas très loin.

— Je suis là parce que je gênais, avait précisé 148. J'étais sur le point de publier une découverte essentielle. Cela ne plaisait pas à de gros bonnets qui voulaient s'emparer des énormes profits de ma découverte !

— Moi, avait avoué 661, on m'a volé mon usine, on m'a accusé d'un crime que je n'ai pas commis. Je me suis retrouvé errant sur les routes, mais c'était encore trop : je devais disparaître sans laisser de traces.

Ils ont décidé de s'enfuir ensemble, d'unir leurs compétences pour un projet jugé impossible. Deux années ont été nécessaires pour mettre au point leur évasion, deux années et un peu de chance. Depuis un mois, 148 a demandé et obtenu, sous le prétexte de tester la résistance de certains bacilles, de descendre dans la mine quand il le souhaite, mais c'est pour justifier ses absences du laboratoire où il travaille. 661 a gravi les échelons de la hiérarchie. Son intelligence, son aptitude à parler plusieurs langues lui valent de commander une brigade, un emploi peu exposé qui lui laisse aussi plus de temps qu'aux ouvriers ordinaires.

661 descend au fond du puits pour la dernière fois avec un pincement au cœur. Les dix heures de travail passent assez vite. 661 n'a pas la tête à ce qu'il fait et le rendement des équipes mal coordonnées s'en ressent, mais personne ne lui fait aucune remarque : ici, on a tout le temps, ce qui ne se fait pas aujourd'hui se fera demain ! Le chef d'équipe est oppressé. Il n'a pas peur, depuis longtemps, ce sentiment lui est étranger. La mort lui est indifférente, pourtant, cette évasion minutieusement préparée depuis si longtemps, si elle réussit, va le plonger dans un monde qui ne l'épargnera pas.

— Je m'appelle Armand Montrémy ! se répète 661. J'ai vaincu les plus hauts sommets du monde, ce n'est pas la toundra qui va m'arrêter !

— Je m'appelle Georges Vitterez, dit de son côté 148, je suis médecin, chercheur en biologie. Ma découverte peut sauver le monde !

Leur premier objectif a été de mourir. Chaque

habitant du village de travail n'est qu'un numéro, mais ce numéro correspond à un nom dans le répertoire du responsable du camp et dans la mémoire de leur puce. 148, en médecin méticuleux, a procédé à l'échange des puces prélevées sur deux pauvres bougres terrassés par le froid.

Ensuite, il y a eu le téléphone portable, trouvé par 148 dans une poubelle et qu'il a pu bricoler...

La fin du travail sonne dans les galeries à mille mètres sous la terre gelée. 661 éprouve comme chaque fois un soulagement. La pensée de mourir enterré dans ces galeries où règne une chaleur humide et étouffante lui est insupportable. Les accidents sont si nombreux : coups de grisou, oxyde de carbone, éboulements, tout arrive puisque la sécurité n'est pas essentielle : ceux qui travaillent là devront mourir un jour ou l'autre, que ce soit de froid à la surface ou asphyxiés au fond ne change rien.

La remontée dure de longues minutes dans le grincement des câbles, des poulies et de cette énorme cage dans laquelle les hommes s'entassent au point de ne pouvoir faire le moindre mouvement. Parfois l'air manque, ils arrivent suffocants à la surface. Les plus faibles s'écroulent dès que la porte s'ouvre, se font piétiner. Les gardiens les ramassent sans ménagement quand le flot des travailleurs est passé.

661 sort au milieu de ses camarades de misère, Noirs, Arabes, Asiatiques, Européens des bords de la Méditerranée, tous candidats à une vie meilleure. C'est toujours l'aube sur les collines gelées, une aube qui va durer longtemps jusqu'à ce que le soleil

soit monté au-dessus de l'horizon. De longues ombres s'étalent au sol, lambeaux de la nuit boréale sous un ciel lumineux, d'un bleu léger encore piqué d'étoiles. L'absence de vent rend l'air respirable. 661 attend avec les autres le moment de sortir dans une pièce non chauffée où la température, voisine de zéro, est intermédiaire entre les cinquante degrés du fond et les moins quinze de l'extérieur.

Enfin, 661 et son groupe rejoignent les baraquements qui leur servent de logement. 148 l'attend, fébrile avant l'action : tout est prêt. Ils avaient pensé, au début de leur projet, se cacher dans les camions de ravitaillement qu'ils déchargent deux fois par semaine. Mais pour aller où ? Au sud ? Sans papiers, ils n'ont aucune chance d'échapper aux patrouilles policières qui se multiplient dans toutes les régions du monde. 148 s'est alors souvenu d'une connaissance, un jeune Russe de Saint-Pétersbourg avec qui il avait été en relation.

— Je ne lui fais pas confiance ! a-t-il expliqué à 661, mais c'est la seule porte possible vers la liberté. Il est intéressé et ma découverte peut lui faire gagner beaucoup d'argent.

L'occasion, c'est l'avion de Parrinoff. 661 sait piloter, une chance. Les deux Français se complètent : l'un a trouvé un contact extérieur, l'autre s'est occupé du moyen de fuir, mais leurs pensées divergent au-delà des nécessités du moment.

Parrinoff, c'est le dieu local qui a droit de vie et de mort sur tous. Il vit à l'écart du camp, dans une maison confortable construite pour lui, entouré d'une nuée de domestiques ou d'esclaves, piochés parmi les plus belles femmes et les jeunes hommes les plus robustes. Tout le monde envie ces privilégiés qui ne descendent pas à la mine et sont nourris correctement pour que la tambouille ordinaire ne gâte pas leur teint. Parrinoff a obtenu de l'administration un avion qui lui permet de rejoindre aisément sa famille au sud en deux heures de vol. Pilote confirmé, il entretient lui-même son appareil avec lequel, à la belle saison, il va à la pêche et à la chasse. C'est cet avion, un Beach Craft, que les deux candidats à la fuite ont décidé d'utiliser. Ils ont dû voler et stoquer de grosses réserves d'essence indispensables pour rejoindre Saint-Pétersbourg. Ils ont dû aussi trouver le moyen d'échapper aux radars et aux satellites. Tout est en place, mais il faut si peu de chose pour tout faire capoter !

— C'est un marché que j'ai conclu avec l'Univers, dit Vitterez. Si Dieu existe, cette volonté d'amour ne me laissera pas crever dans un coin de désert glacé avec mes connaissances qui peuvent soulager le monde de la peste atypique. Tu comprends, explique-t-il à Montrémy, cette tentative sera celle d'une révélation.

Montrémy sourit. En deux années, il s'est fait une idée précise de son « ami » et sait que ce dernier n'hésitera pas à le lâcher à la première occasion. Pour l'instant, ils ont besoin l'un de l'autre, ils verront plus tard.

— Ici, on ne risque rien ! affirme Vitterez. Le bacille de la peste atypique ne supporte pas les froids extrêmes. Ce serait pourtant une solution pour éliminer ces camps de réfugiés répartis dans les lieux les plus hostiles qui coûtent cher à nourrir.

Je pense qu'il ne faudrait pas travailler longtemps pour fabriquer un bacille qui fasse l'affaire. D'ailleurs, c'est peut-être fait ! Je frémis à la pensée des bombes vivantes qui sommeillent dans les coffres secrets des armées.

Armand Montrémy est parcouru de frissons. Il veut croire que c'est de froid, mais après tant d'années d'immobilité, de passivité, cet homme d'action redoute le moment d'agir, de se lancer dans la plus folle, la plus audacieuse des tentatives.

— On y va ? demande le biologiste en montrant deux masques à gaz fabriqués avec des boîtes de conserve en fer-blanc.

Il sourit en regardant par la petite fenêtre les campements encore sombres, découpés par la lumière qui incendie l'horizon.

— J'espère qu'on ne s'est pas trompés dans nos branchements. Il fait moins quinze dehors, à cette température le gaz est très lourd et l'absence de vent nous oblige à agir au plus vite. C'est une chance inouïe, je te dis que l'œil du fond de l'Univers est braqué sur nous.

— Partir est une chose, le tempère Montrémy. Je crois être capable de piloter l'avion du gouverneur, mais après le décollage, tout restera à faire !

— Nous serons loin quand l'alerte sera donnée. Il nous suffit de traverser le plateau de Sibérie...

— Avec ses tempêtes de neige, ses vents violents... disons que la météo nous laisse une chance sur dix !

— Très bien, c'est plus qu'il n'en faut. Ensuite, nous atterrirons à Norilsk et là, mon ami Bratnieff m'attendra. Il a autant besoin de moi que moi de lui.

— Je trouve tout cela bizarre, rétorque Montrémy. J'espère que ce n'est pas un piège. Tout a été trop facile. Si c'était un coup monté ?

Vitterez sourit et regarde son compagnon avec un air malin :

— Je te répète que Bratnieff a besoin de moi. Ma connaissance du bacille UV2 vaut une fortune. Il le sait !

— Ce qui m'étonne, insiste Montrémy, c'est que lorsque tu l'as connu, il était proche des Droits de la Terre. N'oublie pas que ce sont eux qui t'ont mis au frais.

— Bratnieff va où se trouve l'argent. Il est associé avec un certain Plantagrin, un Français qui dirige une importante affaire financière à Genève.

Montrémy pousse un profond soupir, jette un regard circulaire autour de lui. Comprend-il qu'il s'était attaché à cette campagne désolée, uniformément blanche, qui miroite sous le soleil levant ? Non, le froid l'a probablement protégé des pires maladies qui ravagent le monde, mais la douceur des Alpes lui manque.

— C'est parti !

Vitterez pousse les couvertures de son lit, déplace les planches qui cachent une trappe, allume une lampe électrique prise dans la réserve quelques heures auparavant. L'arrivée du jour après plusieurs mois de nuit rend les gardiens euphoriques ; ils passent de longs moments à regarder la lumière monter de l'horizon et fêtent l'événement en débouchant les bouteilles de vodka. C'est une des raisons qui leur ont fait choisir cet instant pour l'évasion.

— Dépêche-toi ! dit Vitterez. L'heure n'est plus aux états d'âme ni à la réflexion, mais à l'action.

Il entre le premier dans le souterrain en dirigeant sa lampe devant lui. Armand Montrémy le suit, conscient qu'il ne reviendra jamais là, qu'il se dirige vers un point de non-retour, la mort peut-être qui le soulagerait d'une vie trop lourde pour ses cinquante ans, ou bien une nouvelle vie, mais laquelle ?

Ils se glissent dans le boyau creusé dans la terre gelée, arrivent à un élargissement, avec une cheminée dans laquelle seul un homme de petite taille comme Vitterez peut se faufiler.

— Si nos calculs sont bons, nous sommes en dessous de la maison du gouverneur, donc en dehors du camp. C'est le premier pas vers la liberté.

Montrémy fait oui de la tête.

— Maintenant, c'est quitte ou double !

Ils poursuivent leur progression. Vitterez se faufile avec agilité, mais Montrémy, cassé en deux, à moitié rampant, a du mal à progresser dans cette pénombre.

— Ton masque à gaz, nom d'une pipe ! Tu veux tomber comme une mouche ? J'ai mis une dose capable d'anéantir une armée d'éléphants !

Montrémy ajuste sur son visage l'espèce de bricolage de son compagnon, l'attache avec des lacets derrière son crâne. À cet instant, il pense à l'orage, au coup de foudre qui a terrassé son ami Lorrain et touché Julien aux jambes. Julien... Que devient-il ? Peut-il désormais marcher comme tout le monde ? Et Renaud ? Et Pétronille... Il a l'impression de vivre dans un rêve dont il va bientôt se réveiller. Il y a si longtemps qu'il a quitté le monde, huit longs jours et huit nuits interminables !

Georges Vitterez soulève la petite bouteille de gaz, la fixe à un tuyau de caoutchouc qui pend et tourne le robinet.

— On a eu du pot de trouver la canalisation des chiottes en perçant ce trou. Dans cinq minutes, tout le monde dormira là-dedans.

Il appuie son masque sur son visage et poursuit sa progression dans un second tunnel. À cet instant, Armand Montrémy pense au souterrain semblable à celui-ci découvert près du lac Neuf où la petite Pétronille était tombée et où il avait placé l'explosif. Il a l'impression d'avoir déjà vécu ce moment.

— Le téléphone fonctionne toujours ? Tu as vérifié que la batterie est chargée ?

— Sois sans crainte. Il faut surtout espérer que ma préparation va endormir tout le monde, sinon c'est une balle qui nous attend à la sortie.

Au fond, cela ne le gênerait pas. À l'heure de l'action, Montrémy se sent terriblement fatigué.

— Une volonté supérieure, tournée vers le bien de l'Humanité, souhaite que nous réussissions, insiste Vitterez pour se convaincre et oublier qu'il a peur. Nous ne pouvons que réussir !

Le bien ? Est-ce faire le bien que d'apporter la guérison à des malades en espérant s'enrichir sur leur dos ? À ce moment, terré dans ce boyau de terre gelée, Montrémy pense la même chose que son compagnon.

Ils arrivent au bout de leur souterrain, sous le

hangar où se trouve l'avion. L'endroit n'est pas gardé, mais des mécaniciens peuvent être à l'intérieur, raison pour laquelle Vitterez branche une nouvelle bouteille de gaz.

— Pour voler ces bouteilles, il a fallu en faire... Et le téléphone que j'ai pu réparer ! Tout ça ne pouvait arriver sans une volonté supérieure !

— À moins que ce ne soit un coup monté par ton ami de Saint-Pétersbourg ! Je te le répète : bien des choses me semblent étranges.

Vitterez tourne vers Montrémy sa tête de clown métallique puis, d'un geste brusque, pousse du dos la trappe en bois. Le hangar est désert. Les deux fugitifs le connaissent bien pour l'avoir exploré de nombreuses fois. Montrémy fait le tour de l'avion, vérifie que les réservoirs sont pleins et charge les bidons d'essence. Vitterez court à la vaste porte en tôle ondulée, la pousse sur le rail. Le danger est là ; l'arrivée d'air dilue le gaz narcotique, des surveillants peuvent surgir d'un moment à l'autre. Montrémy est déjà installé aux commandes ; l'hélice se lance, le moteur démarre. Vitterez court, monte sur l'aile et s'assoit à côté du pilote qui appuie sur la manette des gaz.

— Pas le temps de faire des essais moteur ! crie Montrémy, on se confie à la volonté supérieure.

L'avion roule vers la porte quand trois hommes surgissent, agitant les bras ; Montrémy accélère, l'avion se lance sur la neige étincelante au soleil levant, prend de la vitesse dans un nuage de poussière blanche qui le cache à ses poursuivants, s'élève dans l'air froid, monte vers la lumière.

— Première étape franchie ! s'écrie Vitterez avec une joie d'enfant. Nous voilà libres !

— Oui, mais pour combien de temps ? Tu n'oublies pas que nous sommes surveillés par des dizaines de satellites espions et que, probablement, les gars qui nous ont vus décoller ont donné l'alerte. Ils sont capables de nous foutre par terre avec un missile.

— Prends le bon cap et t'occupe pas du reste !

Vitterez compose un numéro sur le téléphone portable.

— Évasion réussie ! dit-il en anglais. Nous sommes dans l'avion en direction de Norilsk que nous devrions atteindre dans trois heures. Jusque-là...

— Aucun risque, répond la voix. Nos amis se sont arrangés pour infiltrer les services de l'immigration. Le patron du camp de la Lena s'est fait beaucoup d'ennemis, cela nous sert, et puis il y a l'argent que nous avons distribué. Je vous attends à Norilsk. De là, nous nous envolerons pour Saint-Pétersbourg. Tout est prêt pour vous accueillir.

— Ça roule ! fait en français Vitterez à Armand Montrémy qui peine à tenir son avion dans le vent de travers.

— On n'est pas encore arrivés, avec ce vent, et puis je n'ai pas piloté depuis plus de dix ans !

Ce que ne dit pas Montrémy, c'est cette douleur au ventre qui le tenaille, cette peur qu'il croyait avoir oubliée en huit années de détention où il n'était qu'un animal. Et cela gêne ses mouvements, ses décisions. Il claque des dents.

— Qu'est-ce qui te prend ?

— Je ne sais pas. J'ai froid, j'ai de la fièvre !

Baigné de la lumière rasante du soleil le paysage est magnifique, immense, immobile et blanc, ponctué de longues ombres. Les fugitifs poursuivent leur route sans incident, bringuebalés par le vent qui soulève au flanc des collines des tourbillons lumineux. Ils traversent une zone de plateau pour arriver au-dessus d'une dépression. Tout à coup, l'avion est aspiré par une bourrasque qui le prend dans ses rouleaux comme une feuille morte. Montrémy se cramponne aux commandes.

— Je ne sais pas ce qui se passe, mais on va se casser la gueule !

L'appareil part en piqué, touche le sol en soulevant un nuage de poussière blanche, rebondit comme une balle, tombe de nouveau, glisse sur le sol gelé et finit par s'immobiliser sous un monticule de neige. Le silence retombe sur la campagne immobile, un silence minéral, celui de l'Univers quand aucune conscience ne vient le troubler.

Pétronille Delprat-Montrémy ouvre au grand soleil la fenêtre de sa chambre. Elle a mal dormi et regarde un instant le va-et-vient des camions sur lesquels son nom s'étale en grosses lettres rouges. Elle respire longuement l'air frais, pousse le battant de la fenêtre. Le bonheur de vivre dans la grande maison restaurée des Montrémy ne lui suffit plus. Comme Lionel ne sait rien lui refuser, il est aussi venu habiter ici avec Aurélie, laissant à sa mère la maison de famille des Houilles Blanches à Saint-Geniez, puisque Marc et Florence se sont fait construire leur habitation à proximité pour avoir plus d'indépendance et fuir les remontrances acides de Géraldine.

Ce matin, Pétronille pense aux visages familiers de son enfance, la haute silhouette maigre de sa grand-mère paternelle qui allait d'une pièce à l'autre en maugréant, avec ses cheveux blancs attachés par un gros peigne, son pas sec qui martelait l'étage, qui en voulait au monde entier et ne trouvait d'excuses qu'à de rares privilégiés. À dix-huit ans, Pétronille ne comprend toujours pas ce personnage rugueux capable des pires haines et qui gardait sa confiance et son amour à Renaud, le drogué, le perdu, dont personne n'a aucune nouvelle depuis huit ans. Aminthe est morte misérablement à l'hôpital, seule, ruinée, rongée par le désespoir. Pétronille lui avait rendu visite quelques jours avant et n'a pas oublié les dernières paroles de la vieille femme :

— Je suis née dans la meilleure société, riche, enviée, courtisée, je meurs pauvre et surtout seule, entièrement seule !

— Je suis avec toi, grand-maman, avait répondu la jeune fille. Je viendrai te voir tous les jours. Et puis, quand tu sortiras, quand tu seras guérie, tu reviendras dans notre maison...

Aminthe avait secoué la tête. Les rides de son visage fripé s'étaient creusées.

— Je ne sortirai que pour aller rejoindre mon Edmond, dans le caveau des Montrémy. Rappelle-toi, Pétronille, toi qui es riche et belle, tout passe, il ne reste que l'amertume.

Dans cette grande maison dont l'intérieur a été entièrement refait pour effacer les traces du passé, Pétronille entend encore les gémissements obstinés de Julien dans sa salle de gymnastique. Le Julien d'aujourd'hui, dans son fauteuil roulant au milieu de ses serres et de ses cultures de salades, n'est plus celui d'autrefois. Il ne rêve plus de vaincre le monde en retrouvant l'usage de ses jambes.

Elle pense aussi et surtout à son père, sa haute stature, solide et déterminée, son visage long et grave, son regard fixe qu'elle ne pouvait pas soutenir. Qu'est-il devenu ? Elle a souvent demandé à son oncle Lionel de faire des recherches, il a promis, mais n'a jamais rien fait. Pétronille n'a pas insisté : chaque fois qu'elle pense à son père, un souvenir de son enfance, durement gravé dans sa mémoire, se profile. L'a-t-elle vraiment vu, ce dimanche après-midi, quand le tonnerre s'est mis à gronder, recroquevillé près d'un rocher tandis que sa mère l'appelait au secours avant de basculer dans la crevasse ?

La jeune fille s'éloigne de la fenêtre, s'assoit sur son lit et prend son portable posé sur la table de nuit. Un sourire éclaire son visage. Sa valise est ouverte sur le tapis, remplie des vêtements qu'elle y a empilés la veille. Lionel et Aurélie se sont d'abord opposés à ce qu'elle parte passer quelques jours à Paris, chez tante Ghislaine. Ils ont soutenu que la jeune fille devait travailler ses examens de fin d'année à la faculté de lettres de Grenoble, qu'elle devait absolument décrocher une mention pour obtenir la voiture promise. Mais Lionel et Aurélie ont fini par céder, ils cèdent tout le temps quand Pétronille se met en colère, trépigne et menace de s'enfuir.

Donc elle part pour Paris, chez tante Ghislaine. C'est ce qu'elle a dit à son oncle, mais elle a menti. La vérité est difficile à avouer, car elle va faire une grosse bêtise. Pétronille va rejoindre l'homme de sa vie et le suivre où il voudra : elle est amoureuse comme on l'est à son âge, au point d'en perdre la raison.

Aurélie, à qui rien n'échappe, a compris que quelque chose a changé dans le comportement de sa nièce. Elle l'a compris à ses sourires en coin, aux longues heures passées à rêver dans sa chambre, à ses sursauts quand sonne son petit téléphone.

Aurélie a voulu lui parler, la mettre en garde, mais elle s'est heurtée à un mur et s'est résignée : ces amours d'adolescence sont indispensables à la formation de l'adulte. Elle a seulement demandé au médecin de famille de prescrire la pilule à sa nièce.

La jeune fille pianote sur son portable et sourit en voyant s'afficher le message : « Je t'attends comme convenu à la gare de Lyon. Je t'aime. » Pétronille lève les yeux au plafond, un sourire béat aux lèvres. Tanguy n'est pas un littéraire et s'exprime toujours avec peu de mots. C'est un homme d'affaires qui deviendra un jour très riche. Ils se sont rencontrés à une garden-party dans la vallée de Chevreuse chez Bernard Chaurrit. Élancé, le teint brun, Tanguy de Finebourg a l'élégance et la retenue d'un grand noble. Bernard Chaurrit a tout de suite compris ce qui se passait dans l'esprit de la jeune fille et en a fait la remarque à Ghislaine qui s'est mise à rire :

— C'est de leur âge ! Laissez-les tranquilles.

— Pardonnez-moi, Ghislaine, d'être encore l'empêcheur de tourner en rond, mais mon neveu n'est plus un adolescent naïf. Il a vingt-sept ans et ce n'est pas la première jeune fille tendre qu'il séduit. Je me méfie de lui, car je le soupçonne de fréquentations peu avouables...

Ghislaine s'est offusquée :

— Comment cela ? Bernard, vous invitez à cette journée les meilleurs diplomates de Paris, des hommes d'affaires influents, et ce neveu qui semble ne pas vous plaire...

— À vrai dire, mon neveu s'est invité lui-même. C'est dans ses manières. Tanguy de Finebourg est le fils de ma sœur et du comte ruiné Henri de Finebourg qui a passé sa vie à monnayer son nom et ses influences. Ma sœur, une caractérielle de la pire espèce, s'est amourachée de ce rejeton au sang bleu et a eu Tanguy qu'elle a dû élever seule, le comte ayant d'autres occupations. Ce Tanguy est aussi vil que son père et s'est déjà fourvoyé dans plusieurs affaires véreuses !

— Bah ! a fait Ghislaine, Pétronille n'est pas une sotte, elle aura vite compris. Je lui fais une entière confiance !

— Cela ne vous dispense pas d'être vigilante.

Ghislaine avait raison de ne pas se tracasser : les deux jeunes gens se sont vus pendant le séjour parisien de Pétronille et se sont séparés sur le quai de la gare de Lyon sans faire de manières, en se jurant de se retrouver aux prochaines vacances.

Pétronille attend cet instant avec une impatience qui la mine. L'euphorie la gagne à mesure que l'heure de son départ approche et elle ne cherche plus à la dissimuler à sa tante. Machinalement, elle pianote sur son téléphone et découvre un message. La jeune fille fait une moue agacée : encore Jonathan ! Il ne se découragera donc pas. Elle lui a dit qu'elle ne l'aimait pas, qu'elle était à un autre, mais il s'accroche, la harcèle, lui fixe des rendez-vous où elle ne se rend pas.

— Un gamin ! dit-elle à haute voix, puis elle baisse les yeux pour lire le message.

« Je meurs de ne pas te voir, de ne pas t'entendre. Je t'en supplie, réponds-moi un seul mot que je puisse l'enfermer dans mes pensées comme un diamant. Je voudrais tant revivre la tempête qui a failli nous engloutir il y a huit ans, alors que nous étions encore des enfants. Je t'aime tant. Jonathan. »

Pétronille soupire une nouvelle fois : l'amour qu'elle porte à Tanguy de Finebourg se révolte. Comment le petit Jonathan Morenceau, ce gamin qui a tout juste seize ans, même s'il est costaud pour son âge, peut-il avoir l'audace de l'aimer, elle, Pétronille Delprat, qui est majeure depuis moins d'un mois ! Il est loin le temps où, pour fuir l'ennui de la grande maison qui se vidait de ses habitants, Pétronille demandait l'autorisation d'aller jouer avec Jonathan dans le parc du docteur Morenceau ! Elle n'a pas oublié la peur terrible lors de la grande tempête qui les a surpris, mais cela ne suffit pas pour construire un amour durable. Jonathan est encore un enfant et elle une jeune femme, enfin presque. Leurs chemins se sont séparés depuis longtemps, il n'y a pas à y revenir.

Elle s'apprête à lui répondre et cherche les mots les plus durs, ceux qui lui feront le plus mal, quand la sonnerie la fait sursauter. Elle pense un instant à Tanguy, mais le numéro qui s'affiche est celui de son oncle. Elle fait la moue et porte l'appareil à son oreille.

— Pétronille, bonjour. Peux-tu passer à mon bureau tout de suite ? J'ai à te parler.

La voix de tonton Lionel est grave, annonciatrice d'un événement dramatique. La jeune fille frémit, pressentant un empêchement, quelque chose qui pourrait contrecarrer son projet de fuite, lentement élaboré. Elle s'habille rapidement, jette sa chemise de nuit sur le tas de vêtements entassés dans la valise, passe dans la salle de bains, s'attache rapidement les cheveux. L'incertitude la broie, elle ne peut pas attendre plus longtemps. Que se passe-t-il encore ?

Elle court au bureau de son oncle, installé dans l'ancienne bibliothèque de son père. Le besoin de Lionel de s'identifier au disparu l'a toujours étonnée. Pourquoi occupe-t-il exactement les mêmes pièces, avec les mêmes meubles ? Cela l'intrigue, mais elle n'en parle pas, consciente que les deux silhouettes, bien que très différentes d'aspect, se fondent un peu l'une dans l'autre et qu'elles projettent la même ombre.

Elle entre sans frapper et va embrasser son oncle qui a sa tête des mauvais jours. Il porte son habituel complet sombre, sa cravate noire, marque d'un deuil connu de lui seul. En grandissant, Pétronille a découvert des zones cachées dans la personnalité de son oncle qui en font un être différent de ce qu'il paraît. Elle a compris aussi que Marc supporte de moins en moins son poids d'aîné et de grand patron. Ces tensions dissimulées lui révèlent à mesure que le temps passe les failles dans la belle organisation des Houilles Blanches.

— Assieds-toi, je te prie. Ce que j'ai à te dire est d'une extrême gravité.

— Fais vite, mon oncle. Il faut que j'aille me préparer, boucler ma valise et surtout ne pas rater le train de 15 h 50.

— Tu ne pars pas !

Le sang se glace dans les veines de la jeune fille qui reste un long moment sans voix, le souffle court. Enfin, elle reprend ses esprits, prête à sortir ses griffes.

— Et pourquoi, je te prie ? C'est décidé depuis longtemps. Et tu me l'as promis !

— Tu ne pars pas, je te le répète. Ghislaine n'est pas à Paris et ne peut pas t'accueillir.

— Mais qu'est-ce que tu racontes ? T'es dingue ou quoi ?

Elle se lève brusquement, renverse le fauteuil et se jette sur son oncle avec une violence qui déborde largement la déception de devoir ajourner son départ.

— Ghislaine a été kidnappée, ainsi que M. Chaurrit, par une branche armée des frères Bivoques au Nigeria. Les contacts diplomatiques s'établissent dans la plus grande discrétion pour obtenir leur libération. Les rebelles exigent une énorme rançon, sinon ils exécuteront leurs otages. Tu comprends que la situation est très grave et dépasse un caprice de petite fille.

Le sang afflue aux tempes de Pétronille qui se mord la lèvre inférieure jusqu'au sang. Elle n'a pas l'habitude d'être contrariée, même par des rebelles dont elle ne sait rien. Elle se détend, fauche d'un geste du bras ce qui se trouve devant elle sur le bureau et pousse un cri strident.

— M'en fous ! Je pars quand même !

— Je te répète que Ghislaine n'est pas rentrée comme prévu et que tu ne peux pas partir !

Alors la jeune fille pique une crise de nerfs qui couvait depuis longtemps et par laquelle elle peut exprimer le fond de sa pensée, ses ressentiments et tout ce qu'elle ne sait pas dire dans le calme. Elle s'en prend à Lionel et à tous les Delprat. Ils ont ruiné sa famille ; elle a attendu avec impatience d'être majeure, maintenant elle va s'en aller et personne ne pourra la retenir !

Lionel Delprat la laisse gesticuler, balayer les dossiers du bureau. Il reste imperturbable, ses longues mains posées devant lui sur le journal qu'il lisait. Il sait pourquoi la jeune fille réagit avec autant de violence, mais n'en dit mot. Les propos de Pétronille doivent être pris à leur juste valeur : ceux d'une enfant à qui on a tout passé. Il s'est souvent questionné sur la manière de la faire mûrir, de la préparer aux responsabilités qui l'attendent. Pétronille a le caractère de sa mère qui ne supporte pas la contrariété et ne maîtrise jamais ses élans. Aurélie voudrait l'envoyer à l'autre bout de la Terre sous le prétexte d'études quelconques pour la couper de son environnement quotidien et l'obliger à se prendre en charge. Lionel pense aussi que ce serait une bonne chose, mais il redoute d'être séparé de sa nièce pendant une longue durée, il ne peut envisager de vivre loin d'elle.

Pétronille se calme enfin. Comme après chaque colère, elle se laisse tomber dans les bras de son oncle et pleure abondamment. Ce n'est pas une mauvaise fille, mais elle n'a jamais appris à maîtriser ses pulsions.

— Sois sans crainte ! Toute la diplomatie s'est mise en marche pour libérer tante Ghislaine. Avec un peu de chance, elle sera de retour dans un jour ou deux et alors tu pourras partir chez elle comme convenu.

Pétronille sort. Lionel reste un moment pensif.

« Elle crie, elle fait du bruit, elle dépense toute son énergie en tapage et elle cède. Il faut que je lui apprenne à canaliser ses forces dans un but qui la serve, donc à ne pas céder ! »

Pétronille se retire dans sa chambre, ferme la porte à clef et compose un numéro sur son petit téléphone.

— Allô, Tanguy ? Il y a un léger contre-temps. Tu as peut-être entendu les infos, ma tante est retenue en otage en Afrique.

Un silence profond suit ces paroles, qui plonge Pétronille dans un abîme d'angoisse. Puis les mots crus, terribles, tombent dans son oreille :

— Mon impatience est trop grande, je ne peux plus repousser notre rencontre. Si tu ne viens pas, ne cherche pas à me revoir, ce sera fini entre nous.

— Mais, Tanguy...

Sa voix s'arrête dans un sanglot.

— Si tu m'aimes, tu viens ! Tu es majeure ou quoi ?

À Paris, Tanguy de Finebourg appuie du pouce sur un bouton de son téléphone portable qu'il pose sur sa table de nuit. Un coup d'œil à sa montre lui indique que la matinée est déjà bien avancée. À onze heures et demie, il est temps de se lever.

Dans sa chambre, Pétronille reçoit un coup de poignard. C'est la première fois que Tanguy lui parle de la sorte, elle a envie de mourir.

— Puisque c'est ainsi... fait-elle, le visage dur.

Elle compose un autre numéro.

— Jonathan, c'est moi, Pétronille. J'ai reçu ton message. Si tu veux, on peut se voir cet après-midi.

Julien Montrémy se verse un autre verre de vin. Il n'a pas mangé depuis la veille, à part un paquet de gâteaux secs moisis trouvé au fond du placard de la cuisine : les gâteaux du chien oubliés là par Véronique, il y a un an ou plus puisque le chien est mort depuis longtemps. Il erre dans l'appartement aménagé au bout du bâtiment neuf construit pour stocker les légumes. Tout lui rappelle Véronique. Le silence des murs, l'immobilité des meubles hurlent à ses oreilles qu'il est désormais seul, car Véronique ne reviendra pas et elle lui manque.

Hier matin, elle est partie au bureau plus tôt que d'habitude, prétextant beaucoup de travail en retard comme cela lui arrive de temps en temps. Julien n'a posé aucune question. Ses soucis financiers l'accaparent. Son désarroi est celui de toute une profession. Les maraîchers, les agriculteurs sont au bord de la ruine. Les subventions accordées par Bruxelles ne suffisent plus. Les dépenses en produits de traitement, les équipements en serres et voiles de protection font monter les prix de production qu'il est impossible de répercuter totalement sur les ventes. L'agriculture est menacée aux latitudes de la France, de l'Italie et de l'Espagne. Seuls les pays scandinaves, la Pologne, les régions du nord de l'Europe centrale, le Canada échappent en partie aux nouveaux fléaux et proposent des légumes de qualité médiocre à des prix abordables.

Des manifestations éclatent chaque jour, savamment orchestrées par les Droits de la Terre. Pour le parti extrémiste, les agriculteurs sont les premières victimes d'une humanité en surnombre qu'il faut nourrir par tous les moyens. La course à la production, aux gros rendements les a conduits au désastre. Désormais contraints à mettre la clef sous la porte, ils ne doivent rien attendre de ceux qui les ont conduits dans l'impasse.

Ainsi, le beau rêve s'achève pour Julien Montrémy. Il avait pensé être celui qui sauverait sa famille, il sait maintenant qu'il restera le handicapé sur qui on ne peut pas compter. Il n'est qu'un incapable, un vaincu qui n'a pas su avoir l'obstination qu'exigeait la victoire sur l'inertie de ses jambes. Il n'a même pas su garder la femme qui s'est sacrifiée pour lui. Seul en face de son verre et du paquet de gâteaux vide, il doit supporter la déchéance de sa famille. Les autres ont quitté les lieux, lui laissant la honte. Où est Renaud ? Clochard repoussant en train de mendier quelques pièces, de fouiller les poubelles d'une grande ville pour trouver un os à ronger ou bien mort sans identité, comme une bête perdue que l'on a jetée dans la fosse commune ? Et son père ? Où l'a conduit l'errance d'un aventurier écrasé par ses anciennes victoires ?

La colère gronde en lui. Véronique n'a pas eu le

courage de l'affronter, elle est partie sans lui parler, sans lui téléphoner. Il a appris la nouvelle par Leblois qui habite Chastelnaud où l'on ne parle que de ça. Ce soir, il mesure la place que la jeune femme avait prise à côté de lui. Seul, il est incapable de subvenir à ses besoins les plus essentiels. Le départ de Véronique le condamne, il ne l'a pas compris assez tôt.

Il se verse un autre verre de vin, le boit d'un trait. Ce n'est pas un ivrogne ; il n'a jamais eu l'esprit suicidaire de son frère, ni la détermination de son père. Julien a perdu une grosse partie de sa personnalité avec ses jambes, ce jour d'orage sur le mont Blanc. Depuis, il joue à l'homme, mais n'en est plus tout à fait un. Boire le met en face de lui-même, de sa déchéance, de son incapacité à être un véritable Montrémy et à l'accepter. Son père n'a pas cédé, son père, réduit à l'état de vagabond, a fui une image qu'il ne voulait pas donner de lui dans le berceau de sa famille. Julien est resté en méprisant l'amour désintéressé d'une jeune femme qui pouvait le sauver une fois de plus. Il a perdu la supériorité des Montrémy et n'en a gardé que l'arrogance.

Ce soir, il est en face de sa nullité. Il s'est battu pendant huit ans pour reconquérir le droit d'être, de vivre comme les autres, combat perdu d'avance qui correspondait pourtant à un désir profond. Pendant son enfance, il rêvait de vivre comme ces paysans des Alpes qui fauchaient l'herbe sur les pentes à la rosée du matin et prenaient le temps de faire la sieste à l'ombre des hêtres. Maintenant, il sait que rien ne le retiendra dans sa chute. Devant lui, étalées, les factures impayées, et leur menace de saisie.

Le dernier des Montrémy doit avaler la coupe de la déchéance jusqu'à la lie. On va lui saisir sa maison, son matériel, sa terre. Il ne lui restera que son fauteuil roulant pour porter son corps infirme, à moins qu'on ne le saisisse lui aussi ! Et Véronique, avec ses manières de sainte-nitouche l'a poussé vers l'abîme. Après plusieurs verres de vin, il se convainc que c'est elle la responsable. Raoul Ravenault tirait les ficelles d'un leurre destiné à l'endormir. Cocu, voilà ce qu'il est ! Il s'est cru le maître absolu de la femme qui a éloigné son fils pour lui faire plaisir. Celle qui acceptait tout de lui préparait le coup fatal. Chacun de ses mots d'amour était un cri de haine.

L'ivresse grossit la détresse de Julien. Cocu ! Ce mot infernal revient à son esprit, profonde blessure d'amour-propre. Il n'a jamais éprouvé un sentiment d'amour pour Véronique, mais il s'était habitué à elle, et qu'un Ravenault la lui ravisse le place au niveau de sa déchéance.

Il boit pour souffrir, pour aller au bout de sa détresse. Il boit pour mieux voir le fond de lui-même et se plaindre, se lamenter, accuser le reste du monde de son malheur. L'ivresse réveille en lui des pulsions profondes ressenties dans ses moments de découragement quand il tentait de récupérer l'usage de ses jambes. Depuis qu'il a reculé devant ce combat, il n'y pense plus, conscient de ne plus être digne de l'image qu'il s'était faite de lui. La montagne et la foudre ont gagné.

La bouteille est vide, il va en ouvrir une autre. La

réserve se trouve dans le cellier et il n'y a pas d'escalier pour en interdire l'accès. Le bouchon fait un bruit sec, sésame d'un paradis hermétique, brusquement accessible. Des tremblements agitent le jeune homme, un frisson court sur son dos ; il repense à la grève de la faim destinée à sauver les Eaux Saint-Jean. Les médias n'avaient pas joué le rôle espéré par son père, preuve de sa grande naïveté. L'assassinat de Ravenault avait contribué à pourrir la situation et à la dévier de ses objectifs. Donc le crime avait été commandé par ceux qui voulaient en finir au plus vite avec les Montrémy. Ils ont gagné sur toute la ligne. Le seul qu'ils n'avaient pas encore abattu est enfin dans le gouffre !

Un sourire d'homme ivre effleure ses lèvres, éclaire son visage dont la peau se tend. Julien, l'espace d'un instant, retrouve sa figure fine d'autrefois, quand il avait encore la force de se battre aux côtés de son père, quand sa lutte contre le handicap attirait l'admiration. L'alcool dissout les barrières et met à sa portée un moyen de réveiller les anciennes querelles, mais ne lui souffle pas comment emporter les coupables dans sa chute.

Il se voit dans la rue, à Chastelnaud où les gens ont repris l'habitude de le saluer, de lui donner du M. Montrémy, puis il imagine les regards moqueurs. Cocu, le maraîcher, le propriétaire foncier qui rêvait de créer une entreprise moderne, de retrouver le rang de ses ancêtres, et par celui qui dirige les Eaux de Pétronille des frères Delprat, un ancien ouvrier de son père. Le voilà éclaboussé d'une boue indélébile.

— Il ne me reste plus qu'à crever !

Cette pensée n'est pas nouvelle dans son esprit, c'est l'ultime recours. Julien y avait songé après son accident. Devant son infirmité que les médecins déclaraient définitive, devant l'impossibilité de mener la vie qu'il espérait, il s'était décidé à mourir pour échapper aux regards curieux et surtout compatissants qui lui faisaient mal : « C'est bon pour les faibles, pensait-il, pour ceux qui ne peuvent pas se passer des autres. Il est essentiel de ressembler à l'image qu'on se fait de soi sous peine de vivre dans la peau d'un étranger que laminent les regrets. » Alors, il s'est battu, il a tenté l'ascension d'une nouvelle montagne, celle de sa paralysie. Il a fait mentir les médecins en retrouvant une certaine mobilité par sa seule volonté. Que n'a-t-il mesuré cette victoire à sa juste valeur ? Maintenant, il ne lui reste que la certitude d'avoir reculé sur tous les fronts. Le gladiateur a compris que le combat est au-dessus de ses forces et rend les armes sans avoir combattu. Et en plus il est cocu !

Il n'a pas eu de chance. La foudre aurait dû le tuer, cela lui aurait évité beaucoup de désillusions. Maintenant, Julien doit disparaître ou se cacher avant que les gendarmes ne viennent avec un huissier le sommer de payer, de mettre les scellés sur les bâtiments et de condamner le portail d'entrée. Ainsi se fermera le dernier accès à une terre appartenant aux Montrémy. Le prochain propriétaire videra ce lieu rempli de souvenirs aussi lourds que des sarcophages. Il ne va pas laisser ce plaisir aux hyènes attirées par la mauvaise odeur des bourreaux. L'homme sur roulettes, le cocu, a son plan depuis longtemps, même s'il se le formule pour la première fois.

Il éclate d'un rire étrange qui se répercute dans la maison déserte et amplifie sa propre démence. Il va à son bureau et, dans un mouvement de fureur, vide toutes les étagères de leurs dossiers. Les feuilles de papier se répandent sur le sol, volent sur les meubles. Il craque une allumette en riant, content du mauvais tour qu'il joue à ses créanciers en ne leur cédant aucun livre de comptes, aucune preuve de ses dettes. La flamme démarre sur un journal, gagne les dossiers épars. Julien la regarde progresser, dévorer les feuilles de papier, courir sur le bois des étagères en riant aux éclats. Puis le feu embrase la pièce qui devient fournaise, lèche de son haleine brûlante le visage de l'infirme qui, surpris, veut reculer. Dans sa précipitation, il fait volte-face ; un geste brusque de son torse déséquilibre le fauteuil qui se renverse. Julien, dégrisé par le choc, tente de se remettre sur ses jambes pour atteindre l'extincteur pendu à l'entrée, mais il tombe de nouveau. Le feu court désormais sur les lambris du couloir, le talonne, lèche ses vêtements, s'accroche à sa veste. Il réussit une seconde fois à se mettre debout et fait un pas vers la sortie. Ses membres manquent de force, plient sous son poids ; il trébuche, s'étale, rampe sur le parquet vers la porte fermée, les flammes le rattrapent et l'entourent, il pousse un cri.

L'incendie gagne la charpente, fait voler les tuiles ; les flammes sortent par les lucarnes, éclairent la nuit jusqu'à la route voisine. Une voiture passe, ralentit. Quelques instants plus tard les pompiers arrivent, mais déjà la toiture s'effondre dans un nuage d'étincelles.

Les uns branchent des pompes dans la réserve d'arrosage, noient les flammes qui crépitent, les autres tentent de pénétrer à l'intérieur où un mur de fumée âcre arrête le faisceau de leurs torches.

— Julien Montrémy doit être quelque part ici ! crie un secouriste. Vite, on peut encore le sauver !

Le corps de l'infirme qu'ils trouvent dans le couloir a été miraculeusement protégé du brasier par la chute d'une plaque de plâtre. Il a perdu connaissance ; ses vêtements en lambeaux sont brûlés en de nombreux endroits. Son fauteuil n'est plus que ferraille fumante tordue par la chaleur.

Au même moment, à Paris, Loïc Lachenal, responsable français des Droits de la Terre, pose son téléphone et tourne vers Albane Morenceau un regard contrarié. Loïc Lachenal n'a pas beaucoup changé en huit années, depuis le temps où il présidait le congrès de son parti à Chastelnaud. Ses tempes ont blanchi, mais son visage y a gagné en gravité, en sérieux. Il est toujours aussi bel homme. Responsable du premier parti d'opposition, les hommes politiques le redoutent et refusent souvent de débattre avec lui, car c'est un habile tribun. Député européen, il n'a jamais brigué le moindre mandat en France, considérant qu'il ne doit pas se compromettre avec les partis de la déchéance.

Albane Morenceau est toujours la même. La mort de Pierre Ragaud a eu une influence déterminante sur ce qu'elle est devenue. Faisant siennes les thèses des Droits de la Terre, adoptant les convictions de son cher disparu, elle est rapidement devenue un membre essentiel de l'organisation jusqu'à seconder Loïc Lachenal dont elle est la maîtresse et pour qui elle a accepté de vivre à Paris, abandonnant l'éducation de Jonathan à ses beaux-parents. Consciente de sa mission supérieure de sauvegarde de l'Humanité et de la Terre, son intransigeance, son autorité naturelle en font une femme écoutée que consulte volontiers le leader international, l'Américain Tony Lierering.

— Les cons ! Les cons ! Les cons ! s'écrie Lachenal en frappant son poing sur le bureau, dans une attitude qui ne convient pas à l'homme policé et élégant qu'il est resté.

En face de lui, Albane n'a pas un mouvement, pas une contraction des muscles du visage qui indiqueraient sa pensée. Sa froideur rebute les séducteurs et attire la soumission des faibles. Lachenal se demande parfois jusqu'où peut aller la détermination de cette femme qui n'extériorise pas ses réflexions et n'en donne que les conclusions sur un ton brutal. Son sens de la synthèse, sa manière d'aller à l'essentiel sans tenir compte des détails sont pour beaucoup dans son autorité.

— Des incapables, voilà ce qu'ils sont ! Ils ont laissé mourir Georges Vitterez que nous avions mis au frais en Sibérie. On leur avait pourtant dit que ce gars était extrêmement précieux. Voilà où on en est, alors que deux cas de peste atypique sont recensés en France !

— J'ai dit que ce n'était pas une bonne idée de le placer dans ce camp pour réfugiés. C'était trop risqué. Pour un homme de son importance, les règles générales ne s'appliquent pas. Mais personne n'a voulu m'écouter !

— Tu faisais le jeu de nos adversaires qui pouvaient le soudoyer, l'acheter. En le plaçant là, on était tranquilles : il ne pouvait pas publier sa découverte. Les gardiens qu'on croyait grassement payés pour le surveiller l'ont laissé mourir de froid, ce qui nous ramène au niveau de nos adversaires dans la recherche sur la peste atypique, c'est-à-dire au point de départ !

— Je maintiens, poursuit Albane, qu'il aurait mieux valu le faire disparaître définitivement après lui avoir arraché ses secrets de gré ou de force. On ne sait pas ce qui se passe dans ces villages de travail. Imagine que sa mort ne soit qu'une manière de cacher son évasion pour le compte d'un laboratoire qui aurait éventé la combine ! Vitterez est sûrement un grand savant, mais c'est aussi un homme intéressé, il a pu céder à des offres alléchantes.

— Enfin, Albane, imagine un instant qu'on s'en soit débarrassé après lui avoir fait cracher sa découverte, rien ne prouve qu'on aurait pu en profiter et confier la poursuite de ses travaux à un autre. C'était trop risqué ! Pourtant ce que tu viens de dire n'est peut-être pas faux.

— Ce qui n'est pas possible pour un petit parti l'est pour un grand. La règle est simple : on veut le bien de la Terre et de l'Humanité, on ne doit pas reculer devant une action utile, même si la presse la dénonce. D'ailleurs, il faudra la mettre au pas, la presse !

Lachenal se tait un instant, le regard plongé dans

celui d'Albane. Comment cette femme, ancienne secrétaire, veuve à vingt-huit ans et vouée à une vie provinciale terne, a-t-elle pu devenir cette égérie décidée dont les avis comptent et influencent les décideurs du plus grand parti politique du monde ?

— Écoute, Albane, notre parti est sur le point de gagner sa guerre. Nous dirigeons d'une manière ouverte ou en sous-main les trois quarts de la planète. L'Afrique est à nous malgré l'apparent désordre et les factions qui se combattent. La plupart des gouvernements totalitaires d'Amérique latine affichent ouvertement leur adhésion aux Droits de la Terre parce que notre programme les sert. Aux États-Unis, Tony Lierering est aidé par les plus gros trusts industriels. Nous sommes bien placés en Europe et notre majorité à Bruxelles nous permet de dicter des lois qui nous servent. Encore quelques détails à organiser et l'heure sera venue de frapper fort, de diriger toutes les nations du monde et d'imposer notre programme. Tu penses bien qu'on ne peut pas risquer de...

— On ne risque rien quand les sondages nous donnent une majorité populaire sur tous les continents. Nos contemporains sont dans la merde et comptent sur nous pour les en sortir en espérant pouvoir nous abattre par la suite. Alors qu'est-ce qu'on attend ?

— C'est Tony Lierering qui coordonne notre action et décide, précise Loïc Lachenal. Il ne faut pas non plus, par une trop grande précipitation risquer de tout faire rater. La peste atypique a gagné la France et toute l'Europe occidentale. C'est notre meilleure alliée ! Il faut la laisser se développer, miner les résistances. Bien sûr, un vaccin et un sérum, après quelques millions de morts, nous auraient assuré un substantiel revenu...

— Et, par leur laxisme, les gens de notre parti se sont privés d'un Georges Vitterez qui pouvait en quelques semaines proposer ce sérum et ce vaccin à l'heure où nous l'aurions décidé. Où en sont les recherches ?

— On stagne, malgré les fortes sommes que des hommes d'affaires amis comme Achille Plantagrin investissent. Le bacille se renforce en s'attaquant à de nouvelles populations, ce qui ne simplifie pas le travail. Pourtant, je me demande si notre maître Tony Lierering, méfiant comme je le connais, n'est pas là-dessous. Ce pourrait être lui qui aurait organisé la mort et l'évasion discrète de Vitterez. Tout cela lui ressemble.

— Dans ce cas, il a agi en chef.

Loïc Lachenal prend sa veste et s'apprête à sortir. Son regard s'arrête encore sur Albane à laquelle il trouve une beauté peu ordinaire, un charme vénéneux. Il s'en veut de lui avoir cédé. L'ardente maîtresse est un brûlot qui peut se mettre en travers de sa carrière, il devra s'en débarrasser le moment venu.

— Je vais à la réunion du groupe d'intervention dans le sixième, annonce-t-il. Je rentrerai tard. En cas de besoin, tu peux me laisser un message sur mon portable, je trouverai le temps de te rappeler.

À son tour, Albane lui lance un regard curieux dont il ne comprend pas le sens. Partenaires comblés au lit, ne sont-ils pas déjà des rivaux dans leur course à l'influence ? Lachenal sort, ferme la porte, Albane prend son téléphone, compose un numéro. La voix d'un jeune homme lui répond.

— Ah, c'est toi, maman ! Comment vas-tu ? Ici ça va ! Grand-papa et grand-maman seraient si contents que tu viennes les voir.

— Mais je ne peux pas ! Ce qui se passe est trop important et ma présence est indispensable à Paris.

Ce que personne ne sait, c'est qu'elle a fait un aller-retour à Chastelnaud, il y a quelques jours, mais sans prendre le temps d'aller embrasser son fils.

— Et toi, tu ne veux pas me voir ?

— Moi, c'est pas pareil !

Jonathan a raccroché. Albane pose le téléphone, attend un instant en proie à des pensées qui la gênent. La sonnerie fait fleurir un léger sourire sur ses lèvres.

Elle appuie sur le petit bouton vert, une voix inconnue lui annonce la terrible nouvelle :

— Loïc Lachenal vient d'être assassiné, rue de Sèvres. Le coup de carabine est parti d'une fenêtre, la police est en train de boucler le quartier.

Albane tourne ses grands yeux noirs vers la fenêtre entrouverte d'où monte la rumeur de la rue.

Lionel Delprat passe sa longue main sur son volumineux crâne rasé et repose le téléphone. Il lève enfin un regard accablé sur Marc qui se tient en face de lui, un Marc fatigué, les ailes de la moustache sont moins fières qu'autrefois, comme dissymétriques, son attitude n'a plus rien de conquérant. Le beau jeune homme est devenu un quadragénaire quelconque, insignifiant en face d'un Lionel qui n'a pas changé, toujours aussi déterminé. Le regard clair de l'aîné traduit une volonté qui n'accepte aucune opposition. Il pose son téléphone et pousse enfin un gros soupir.

— J'ai des nouvelles du dernier Montrémy. Il a eu de la chance. Il se trouvait dans le couloir, une plaque de plâtre s'est effondré, le protégeant des flammes. Il s'en tirera avec quelques brûlures. Cela ne change rien à nos projets, disons que cela les facilite.

— Tu as sûrement raison, fait Marc, sombre.

— Raoul Ravenault est parti à Paris comme je m'y attendais. C'est bien le moment ! On signale déjà dix-huit cas de peste atypique recensés dans la capitale. Demain, des milliers de personnes seront affectées. Nous aurions dû investir dans les pompes funèbres...

— Quel sens de l'humour ! constate Marc, renfrogné. Cela risque d'être le coup de grâce pour le vieux monde, mais vers quoi nous dirigeons-nous ? Les Droits de la Terre ne gagneront pas aussi facilement qu'ils le pensent, même si les circonstances leur donnent raison. Regarde, l'agriculture mondiale s'écroule, seuls les pays les plus riches peuvent encore subvenir à leurs besoins. Que va-t-on faire de ces cohortes d'affamés qui courent les continents à la recherche de quelque chose à grignoter ? Les villages de travail sont archipleins et les vagues d'immigration se multiplient. Comment lutter contre ces populations prêtes à tout ?

Le visage de Marc reste impassible. La misère du monde lui est étrangère. Trop de choses l'accablent pour qu'il se sente concerné par ce qui se passe autour de lui. Depuis quelques jours, il ne soutient plus le regard de son frère. Lionel sait pourquoi, mais ne veut pas aborder le sujet sensible qui les divise.

— Ravenault a emmené Véronique Montel. Il paraît que c'était sa maîtresse depuis très longtemps. Les femmes resteront toujours un mystère pour moi.

— Et pour moi donc ! renchérit Marc en pensant à Florence.

— J'ai beaucoup réfléchi ces derniers temps, continue Lionel. Nous devons diversifier nos activités. Les Eaux de Pétronille nous rapportent beaucoup, mais nous ne sommes pas à l'abri d'un accident, d'une pollution. La production d'électricité est aussi un bon créneau, mais avec les difficultés qui nous attendent, qui attendent le monde, je suis persuadé que les anciens schémas vont revenir en force. L'agriculture qui connaît une crise majeure devient le bon filon de demain, Julien Montrémy n'avait pas tort. Quoi qu'il arrive, il faudra nourrir les populations. Or les méthodes actuelles ne permettent pas de satisfaire la demande, d'où l'augmentation des prix et une filière qui est de plus en plus juteuse. Il me semble que l'électricité que nous produisons et que nous vendons avec nos quatre barrages sur le Ribet et le Minuret serait mieux employée à chauffer des serres et à produire ce qui en cas de crise devient essentiel, la nourriture, et cela dans des zones suffisamment froides pour que les parasites ne les atteignent pas.

Lionel regarde son frère, les yeux pétillants. Marc connaît les motivations de son aîné. Pétronille est devenue sa seule raison de vivre et il cherche de nouvelles idées pour elle, pour elle seule. Marc se sent abandonné dans ce combat, devenu un second, un adjoint, un subalterne qu'on utilise pour arriver à ses fins. Il n'en peut plus, pourtant il contient la colère profonde qui l'anime depuis quelque temps et qui trouve là l'occasion de s'exprimer.

— Tu as peut-être raison, dit-il en se levant.

Lionel à qui rien n'échappe a bien remarqué la rougeur du visage de son frère, la contraction de ses muscles faciaux, ses poings serrés sur ses genoux. Il sait ce qui se passe dans l'esprit de Marc, sa terrible rancœur face à sa vie qui part en charpie, face à Florence de plus en plus légère et inconséquente. « S'il lui avait botté les fesses quand c'était le moment ! » pense Lionel, avant d'ajouter à haute voix :

— Marc, tu sais que tu peux compter sur moi.

Cette phrase est de trop. Lionel, d'habitude si fin, n'a conscience de sa bourde qu'après l'avoir commise. Rappeler leur solidarité naturelle signifie qu'elle s'est peut-être perdue. Marc prend la mouche.

— Bien sûr, fait-il.

Mais il sait à quoi s'en tenir. Lionel le trompe depuis des années. Leur belle entente est fêlée et l'un comme l'autre retardent le moment d'en faire le constat parce que cela remettrait en cause la bonne marche de leurs affaires.

Lionel regarde sa montre, se dresse.

— Bon, je file, je suis déjà en retard pour me rendre au congrès des producteurs de fruits et légumes. Un congrès de crise, cela s'entend. J'ai ma petite idée sur la question.

C'est la première fois que Lionel se rend sans son frère à une manifestation pour prospecter un nouveau secteur. Marc en est contrarié, terrassé par l'évidence : Lionel, une fois de plus, cherche à l'évincer en minimisant son rôle de jour en jour avec un but précis : être le chef absolu du clan et ne pas partager Pétronille.

L'aîné comprend sa maladresse et explique :

— Toi, tu dois te rendre à Chastelnaud pour le bilan de l'année passée de nos trois centrales hydroélectriques, sinon, bien sûr, nous nous serions rendus ensemble à Lyon...

C'est encore une façon de se positionner en patron qui donne ses directives. Marc ne fait aucun commentaire ; il rentre chez lui, même si beaucoup de travail l'attend à son bureau. Il n'a pas la tête à préparer ce bilan d'une année de fonctionnement quand tout son être part en charpie, qu'il rêve d'en découdre, de se dresser face au monde pour crier qu'il existe. Car il souffre d'être le cadet, le perpétuel second. Quand il était enfant, sa mère disait qu'il était de pâte et Lionel de pierre. Cela reste vrai, Lionel n'éprouve aucun sentiment, aucune compassion, et son cœur de granite, dans la droite ligne de tous les égocentriques, ne s'est ouvert que pour une seule personne : Pétronille à laquelle il passe tout.

Florence sort de l'atelier de peinture qu'elle s'est fait aménager au rez-de-chaussée de leur maison. Avec les années, son statut de peintre s'est affirmé. Elle a réussi à vendre quelques tableaux, ce qui l'installe désormais dans son personnage d'artiste, mais cela ne convient pas à Marc.

— Ah, c'est toi ! s'exclame la jeune femme. Je m'apprêtais à partir. Tu sais que je vais à Lyon.

— Une fois de plus ! Tu t'apprêtes toujours à partir ! Et tu rentres quand ?

— Dans deux jours, trois au plus. Je dois visiter deux galeries qui me proposent de travailler pour elles.

Marc pousse un gros soupir. La coïncidence ne lui laisse aucun doute. Ce soir, il sera encore seul avec sa rancœur et ses soupçons, pendant que Florence se trouvera dans la même ville que Lionel. La première fois qu'il a su que sa femme le trompait avec un marchand de tableaux, Marc a voulu la tuer, puis il s'est renfermé sur sa peine pour ne pas montrer sa faiblesse, pour que son frère ne lui fasse pas la morale. Ce n'était qu'une amourette, une passade vite oubliée, alors il a ravalé sa jalousie. Il s'est expliqué avec Florence plusieurs mois plus tard quand, poussé à bout par ses multiples absences, il a voulu crever l'abcès. Ce soir, Florence lui rappelle leur accord qui a scellé sa défaite en le plaçant dans une position de quémandeur, d'amoureux geignant.

— Tu n'oublies pas : je vis comme je l'entends, toi aussi ! Nous nous retrouvons quand nous en avons envie.

Marc n'a jamais pu se résoudre à ce que Florence ait une vie en dehors de leur couple, qu'elle le méprise alors qu'elle ne manque pas une occasion de clamer son admiration pour Lionel. Ce soir, une pensée terrible l'effleure pour la première fois, tellement destructrice qu'il n'ose pas la formuler. Le regard qu'il lance à sa femme est une menace, un coup de poignard.

— Qu'est-ce qui te prend ? Ce n'est pas la première fois que je m'absente. Nous serons ensemble à la fin de la semaine.

C'est elle la plus forte parce qu'elle ne l'aime plus, parce qu'elle n'attend plus rien de leur relation. L'indifférence ne redoute aucun sentiment.

— Tu vas à Lyon ? demande-t-elle. C'est le

congrès des producteurs de fruits et légumes. Tu sais que Lionel y est ?

— Ah bon ? Qu'est-ce que tu veux que ça me fasse ?

Il se lance. Florence le pousse à bout, tant pis s'il va trop loin !

— Chaque fois que Lionel a un déplacement, tu t'arranges pour aller visiter des galeries...

Elle le regarde d'une curieuse manière qui l'exaspère un peu plus. Il attendait qu'elle proteste, qu'elle le rassure, mais elle ne dit rien, prend son sac et sort. Une fois que la porte est fermée, dans le silence de sa maison qui lui renvoie sa détresse, Marc est certain que Florence rejoint son frère, cela ne peut être autrement. Rien ne l'obligeait à partir pendant le congrès, elle pouvait le faire à un autre moment, le maigre doute qu'il voulait conserver comme un lointain refuge se dissipe : un brûlot éclate en lui.

Le téléphone le fait sursauter. Qui l'appelle pour lui parler, pour l'arracher à ses pensées morbides ? Il reste un moment la main levée sur l'appareil avant de décrocher. La voix calme et sûre d'Aurélie le ramène à la réalité, Aurélie qui a une confiance aveugle en Lionel, qui ne s'est jamais posé la moindre question sur la fidélité de son époux. Depuis que Lionel, Aurélie et Pétronille habitent l'ancienne maison des Montrémy, à côté de l'usine, ils se voient moins, les kilomètres qui les séparent ne sont pas la seule cause.

— Marc, je te cherche depuis un bon bout de temps. Tu n'as pas vu Pétronille ?

— Moi ? Non, pourquoi ?

— Elle est partie en début d'après-midi sur son vélo. Elle m'a dit qu'elle allait faire un tour et je ne l'ai pas revue. Lionel l'a cherchée pour lui dire au revoir et il a dû s'en aller sans l'embrasser.

— Je ne sais pas ; elle ne m'a rien dit !

Pétronille pédale dans la rue principale de Chastelnaud. Il fait beau, le soleil chauffe les collines fleuries. Des oiseaux piaillent sur les jeunes platanes qui bordent la rue. Elle passe le centre-ville et sa mairie reconstruite, sa nouvelle école, sort par la route qui conduit au lac Neuf et serpente le long de la vallée du Ribet. L'odeur désagréable des colzas en fleur alourdit l'air. Elle arrive au lac, s'arrête dans un renfoncement de la route en pente qui conduit à la centrale électrique des Houilles Blanches. Elle pose son vélo, le dissimule derrière des arbustes et monte s'asseoir dans le bosquet en consultant sa montre. Quelques instants plus tard une moto s'arrête. Le motard pose son énorme casque ; il n'est pas très grand, mais ses larges épaules, son visage carré indiquent un garçon solide. Brun, ses joues imberbes tranchent sur l'apparente maturité de sa silhouette. Pétronille sourit en le voyant, marche à son devant et l'embrasse sur les deux joues.

— Bonjour, Jonathan ! s'exclame la jeune fille en faisant un demi-tour rapide qui soulève ses cheveux libres. Tu as une très belle moto. C'est bien pour draguer les filles, mais quand je pense à ce qui est arrivé à ton père, je m'étonne que tes grands-parents t'aient acheté un engin aussi puissant !

— Ils n'avaient pas le choix, répond le garçon

d'une voix pleine d'assurance. S'ils avaient refusé, j'arrêtais de travailler à l'école et je faisais des bêtises !

Il éprouve le besoin de se faire valoir, de jouer le dur. Pétronille a deux ans de plus que lui et il veut le lui faire oublier.

— Merci d'être venue à mon rendez-vous. Je suis si content de te voir, poursuit Jonathan. Tu te rappelles ce que tu m'as dit quand on était sous l'orage, noyés sous les trombes d'eau qui coulaient au sol, quand on a cru mourir ?

La jeune fille sourit et se dirige vers le bois, suivie du garçon qui marche lourdement, en cherchant ses mots et le moyen d'aborder le sujet qui le préoccupe.

— On était des enfants. Ce que j'ai dit n'a plus d'importance. J'avais très peur, voilà tout !

— Tu m'as dit que si nous sortions vivants de cet orage, tu m'épouserais !

Pétronille éclate d'un grand rire et tourne vers le jeune garçon ses yeux pleins de malice. Jamais il ne l'a trouvée aussi belle avec ses joues rondes, ses cheveux noirs qui tombent sur ses épaules, son petit nez agréablement retroussé. Jamais non plus il ne l'a sentie aussi inaccessible.

— J'ai peut-être dit ça, mais ça ne se peut plus puisque je vais épouser quelqu'un d'autre.

Jonathan reçoit la gifle sans broncher. Pétronille n'a jamais su ménager les gens et leurs sentiments, alors, le jeune homme se lance à l'eau.

— Mais Pétronille, je t'aime. Je ne pourrai pas vivre sans toi. Dis-moi ce qu'il faut que je fasse pour que tu m'aimes aussi...

— Rien, puisque je ne t'aimerai jamais ! J'aime

quelqu'un d'autre que je vais rejoindre ce soir même. Un homme, un vrai, puisqu'il a vingt-sept ans. Il s'appelle Tanguy, avec un nom à particule, en plus !

Jonathan a envie de pleurer, de se lamenter, il se traîne derrière la jeune fille qui revient vers son vélo.

— Alors, pourquoi tu es venue à mon rendez-vous ?

— Pour te dire que tu dois me laisser tranquille. Je ne t'aime pas et je ne t'aimerai jamais ! Voilà ce que tu dois savoir ! Adieu !

— Où tu vas ?

— À Paris où j'ai un rendez-vous !

Elle regarde de nouveau sa montre et enfourche son vélo. Jonathan se laisse tomber sur les feuilles mortes et pleure longuement en face de sa moto rutilante, son casque posé sur le siège. Il avait voulu cet engin en pensant à Pétronille, en espérant la conquérir, mais Pétronille est à un autre. Vaincu, désespéré, il rentre chez lui la tête pleine de noires pensées.

Il s'enferme dans sa chambre et se met à rédiger une lettre qu'il veut très belle, une lettre qui fera regretter à Pétronille de ne pas aimer ce futur champion, car Jonathan sera pilote de moto. Il battra tous les records de vitesse et sera célèbre dans le monde entier !

Il s'absorbe dans son travail d'écriture car il n'est pas très doué en français, en oublie l'heure. Sa grand-mère entre dans sa chambre et lui trouve un air bizarre, mais ne fait aucune remarque : voilà qu'il s'occupe à autre chose que lire des magazines de moto, autant ne pas le décourager.

— Je viens de recevoir un coup de téléphone de Mme Delprat qui est à la recherche de Pétronille. Il paraît que vous étiez ensemble, cet après-midi.

— C'est vrai, fait le garçon sans lever les yeux du clavier de son ordinateur. Je l'ai vue. Elle est partie à Paris, pourquoi ?

Il baisse la tête pour ne pas montrer son envie de pleurer. Léonie pense que les deux jeunes gens se sont disputés, ce qui ne l'étonne pas : Pétronille a si mauvais caractère !

— Je vais en informer sa tante qui se fait du souci.

Aurélie Delprat mesure tout de suite la gravité de la fugue et pose le téléphone, en proie à une angoisse profonde. Ce qu'elle avait soupçonné est donc vrai : Pétronille a un amoureux à Paris. Que doit-elle faire ?

Le souvenir de son premier amour, sa première fugue pour rejoindre un garçon boulanger dans la région de Montpellier lui reviennent à l'esprit. Son père s'était mis en colère, il avait eu raison : les amours d'Aurélie et de son beau mitron n'avaient pas survécu à l'été qui les avait vues naître.

Ce retour à un passé qu'elle découvre heureux ne calme pourtant pas son inquiétude. Pétronille ne fait que de courts séjours à Paris pendant les vacances scolaires chez sa « tante » Ghislaine. Là, elle rencontre peu de gens de son âge, et surtout des diplomates, des journalistes, des gens d'une société brillante et peu scrupuleuse. Aurélie imagine quelque profiteur à l'affût du gibier innocent venu de province et pense que Pétronille, compte tenu de sa situation, de sa fortune, est en danger. Elle décide d'avertir Lionel qui doit être arrivé à son hôtel.

En apprenant la nouvelle, Lionel pousse un cri. Aurélie tente de le calmer :

— Mais enfin, chéri, ce n'est pas si grave ! Nous savons maintenant pourquoi elle voulait tant aller voir Ghislaine. Elle va rejoindre son amoureux, nous allons la récupérer, ce n'est qu'une petite aventure sans conséquence !

— Sans conséquence ? hurle Lionel. Mais tu ne penses pas au terrible danger qu'elle court par sa seule présence à Paris !

— N'exagère pas ! Je suis certaine qu'elle va m'appeler dans un instant en regrettant ce qu'elle a fait !

— Mais il ne s'agit pas de cela, c'est sa vie qu'elle risque ! Cent dix cas avérés de peste atypique dont quatre-vingt-dix mortels ! Les Parisiens fuient, c'est la débandade ! À quelle heure est-elle partie ?

— À quinze heures cinquante, je pense.

Le silence qui suit est celui de la réflexion : quand Lionel réfléchit, l'air est plus lourd autour de lui et le téléphone transmet cette lourdeur à Aurélie.

— Bon, fait Lionel avec sa maîtrise habituelle. Elle aura pris le direct. Je vais m'arranger pour qu'on la récupère à son arrivée à Paris.

Le TGV a passé la gare d'Auxerre et se dirige à près de trois cents kilomètres à l'heure vers Paris. Il fait beau ; de sa place, Pétronille jette un regard distrait au paysage, aux villages aperçus et aussitôt avalés par l'horizon. Tout son être va à la vitesse du train, vole à travers cette campagne inconnue vers celui qui l'attend. À la gare de Chastelnaud, avant de prendre la navette qui la conduisait à Chambéry, la jeune fille a acheté plusieurs journaux et magazines. Contrairement à beaucoup de jeunes gens de son âge, elle s'intéresse à l'actualité. Après avoir supporté deux secousses sismiques, les hoquets de la planète la touchent particulièrement. Elle a le sentiment d'être en danger constant. Le traumatisme subi en compagnie de Jonathan, quand les trombes d'eau noyaient la vallée, reste lourd des terreurs qui surgissent à la moindre occasion.

À mesure qu'elle s'approche de Paris, son cœur bat plus fort ; des douleurs irradient sa poitrine. Elle va rejoindre l'homme qu'elle aime et qui l'aime. Enfin son errance prend fin ! Pétronille est aimée par un garçon qui lui est tellement supérieur ! De neuf ans son aîné, c'est un véritable homme qui a connu d'autres femmes et a pourtant posé les yeux sur elle. Pour la première fois, ils vont se retrouver, seuls dans la grande ville ; ils iront chez lui, ils s'aimeront à en perdre le souffle, à en mourir. Avec lui, Pétronille sort de l'enfance et de ses misères, se défait à jamais de la querelle entre les Delprat et les Montrémy dont elle est l'enjeu. Lionel lui-même ne la surprotège que pour ce qu'elle représente. Les eaux auxquelles il a donné le nom de la jeune fille ne font que cacher le vol des Eaux Saint-Jean. Pétronille n'a été qu'un prétexte pour des actions condamnables. Enfin, elle quitte ce lieu de haine pour ne jamais y revenir, pour être à celui qu'elle aime. Le train qui s'éloigne de Chastelnaud et de son enfance tourmentée la rapproche de ce qu'elle veut être : une femme libre qui a tourné la page.

Elle pense aussi à tante Ghislaine. La seule qui a eu pour elle des pensées affectueuses, mais Ghislaine, depuis qu'elle vit dans le monde des affaires, a peu de temps pour s'occuper de celle qu'elle a sauvée de la mort. Pétronille est exigeante, boulimique d'amour. Seuls l'excès, la passion effrénée, l'embrasement de tout un être lui conviennent, même si elle a conscience que des sentiments trop forts portent leur propre destruction.

Elle a acheté *Le Figaro* pour son titre en très grosses lettres noires : « La panique ! » et pour supprimer le temps qui ne passe pas. Elle lit sous les grosses lettres qui barrent la première page : « Déjà cent cinquante morts dans Paris, une centaine à Lyon, Marseille, Toulouse, Bordeaux. Les Français redécouvrent la menace d'une épidémie qui pourrait prendre des proportions inconnues des temps modernes, semblables à la peste noire de 1348. Les citadins fuient à la campagne. Malgré les recommandations des autorités, les gares sont prises d'assaut. Des embouteillages monstrueux paralysent les routes. Cette panique a des conséquences économiques désastreuses et favorise la contamination. À l'échelle des continents, compte tenu des circonstances particulièrement dramatiques, elle risque d'accroître jusqu'au chaos la plus grave crise économique des temps modernes. Les rares avions qui arrivent à Roissy ou Orly sont presque vides. »

Pétronille lève la tête vers le bouleversement des collines, le tohu-bohu des maisons, des routes, à peine entrevues. Elle pose de nouveau les yeux sur son journal et reprend sa lecture : « Il faut s'attendre, précise le professeur Legal de l'Institut Pasteur, à la recrudescence de nombreuses maladies qu'on croyait vaincues. La peste atypique est une première illustration de ce retour en force des fléaux anciens pour lesquels nous sommes presque aussi démunis que nos ancêtres ! »

Pétronille tourne une page, regarde de nouveau les silhouettes fuyantes d'un village puis, lasse de lire, ajuste ses écouteurs sur les oreilles et cherche de la musique sur sa radio. Elle s'arrête sur une radio d'informations : « Qui a tué Loïc Lachenal ? » Le journaliste commente les événements de la journée. Les responsables des Droits de la Terre se servent pour se présenter en victimes d'un monde rétrograde. L'article poursuit : « Le coup, œuvre d'un tireur d'élite caché dans un immeuble de la rue de Sèvres, a touché en plein cœur le leader des

Droits de la Terre, alors qu'il descendait d'un taxi. Cette balle a parlé et réveillé le souvenir d'un autre meurtre vieux de huit ans qui n'a jamais été élucidé, celui d'Auguste Ravenault, lui-même responsable des Droits de la Terre à Chastelnaud. Les spécialistes sont formels : Lachenal et Ravenault ont été tués par la même arme. L'enquête a été confiée au commissaire Vernouillet qui avait instruit, en son temps, la première affaire. »

Pétronille pense à Albane, la mère de Jonathan, compagne de Loïc Lachenal. Léonie et Jean Morenceau n'aiment pas en parler. Le docteur, toujours maire de Chastelnaud, a beaucoup vieilli. Ses formes ont perdu leurs amples rondeurs, son visage poupin s'est creusé, des bruits ont couru sur sa santé qu'il n'a pas cherché à démentir. Il en veut à sa bru de laisser à ses grands-parents la charge de Jonathan qui, en grandissant, manifeste des goûts nouveaux, des envies qui dépassent le vieux couple. Le docteur a voulu lui apprendre la pêche à la mouche, le mystère de la traque du saumon, Jonathan ne s'intéresse qu'aux motos, comme si une malédiction pesait sur lui et l'emportait vers ce qui a été fatal à son père...

Comme beaucoup de jeunes de Chastelnaud, Pétronille pense que le maire est trop vieux. Par contre, elle admire Albane qui a tout abandonné pour l'homme qu'elle aime et la plaint sincèrement en imaginant sa douleur.

Elle tourne les pages de son journal et tombe sur un nouvel article intitulé : « Peste atypique : un espoir ». Elle le parcourt car, malgré son envie extrême de rejoindre Tanguy de Finebourg, cette maladie infligée comme une punition la tracasse, et fait que le train de l'amour qui l'emporte à pleine vitesse vers Paris est quasi désert. Un homme en face d'elle se cache derrière le même journal. Elle lit : « L'extrême virulence du bacille UV2 ne fait aucun doute. En revanche, Pierre et Jeanne Rousselot, les deux premiers malades, sont considérés comme hors de danger. Le professeur Legal ne s'explique pas cette rémission et cherche avec son équipe à décrypter les mécanismes de lutte des deux personnes qui se sont mises à la disposition des médecins. Cela ouvre une voie qui, même si elle reste incertaine, laisse un peu d'espoir. *Le bacille UV2 est très complexe,* explique le professeur Legal. *Nous ne le connaissons pas suffisamment pour envisager un traitement, mais si deux organismes lui ont résisté, il n'y a pas de raison que les autres ne lui résistent pas !* »

L'homme en face de Pétronille se gratte le front, lève sur la jeune fille ses yeux aux lourdes paupières, sourit :

— Vous n'avez pas peur d'aller à Paris ? Regardez, le wagon est vide ! Nous sommes deux alors qu'en temps ordinaire il n'y aurait pas une seule place disponible.

— Et vous ? demande Pétronille.

L'homme secoue sa grosse tête aux joues rouges.

— Non, je n'ai pas peur. Tout cela est fait pour affoler les gens et vendre des journaux. Soyez sûre que dans moins de huit jours ils auront trouvé le moyen de guérir cette foutue maladie. À notre époque, avec tout ce que savent les médecins...

— Oui, vous avez sûrement raison.

— Sauf que je viens d'apprendre par un de mes

amis du ministère de la Santé qu'on parle d'embargo, de blocus total autour des villes. Il faudra montrer patte blanche, subir le test et tous les porteurs du bacille seront mis en quarantaine. On redoute que le commerce ne soit bloqué. Plus de trains, plus d'avions, plus de camions de ravitaillement, la famine pourrait faire autant de victimes que la maladie ! C'est ce qui sème la panique et remplit les gares de candidats à la fuite, multiplie les incidents et les bagarres sur les quais et dans les aérogares. Nos dirigeants auraient voulu déstabiliser la société, ils ne s'y seraient pas pris autrement. Que de maladresse et d'énergie perdue !

Le train arrive enfin à la gare de Lyon, ralentit pour s'arrêter dans un bruit de ferraille. Les quais sont envahis d'une foule dense portant d'énormes paquets, traînant de lourdes valises. À l'ouverture des portes, cette foule se rue à l'intérieur du train. Le cœur battant à se rompre, Pétronille, qui se tenait près de l'ouverture pour descendre rapidement, est refoulée. En s'abritant derrière son voisin de voyage qui se fraye un passage en jouant des poings et des coudes, elle parvient à descendre, gagner le quai où les gens s'entassent, puis le hall central de la gare. La voix d'un haut-parleur annonce : « Mademoiselle Pétronille Delprat est priée de se présenter au guichet des renseignements. » Pétronille l'entend et se demande ce qu'elle doit faire. Qui la demande aux renseignements, Tanguy ou bien Lionel ? Elle hésite un instant. Son téléphone portable sonne. Elle a le réflexe de vérifier le numéro, ce n'est pas Lionel, mais Tanguy. Une sourde appréhension plombe les pas de la jeune fille perdue dans cette gare en ébullition. Elle porte l'appareil à son oreille et murmure un « Allô » plein d'anxiété.

La voix de Tanguy la rassure. Elle redoutait, en ne le trouvant pas sur le quai, qu'il n'ait pu se libérer, qu'il soit parti précipitamment en voyage d'affaires à l'autre bout du monde, mais non, le jeune homme précise :

— Impossible de venir te chercher à la gare de Lyon. Trop de circulation ! Prends un taxi, je t'attends chez moi, c'est plus simple.

Il raccroche sans lui laisser le temps de parler. Pétronille en est vexée et se dit tout à coup qu'elle n'aurait pas dû désobéir à ses oncles, que son rêve d'amour total va se heurter à une réalité sordide. Chassant ce pressentiment, cette impression que Tanguy n'éprouve pas pour elle un sentiment aussi fort que le sien, la jeune fille cherche un taxi.

La nuit tombe, les lumières s'allument dans les rues ; les vitrines que plus personne ne prend le temps de regarder s'illuminent. Les rues sont encombrées de véhicules qui ne respectent plus les couloirs de bus et forment de longues files aux feux de croisement. Sur les trottoirs, la bouche et le nez couverts d'un masque, les gens marchent très vite, se bousculent, s'injurient. Le taxi se faufile entre les voitures et atteint, au bout d'un temps interminable, la rue Soufflot. Pétronille paie et reste un long moment devant le porche en regardant la façade en pierres taillées, la porte d'entrée que Tanguy emprunte chaque jour, le trottoir sur lequel il marche. Elle est un peu déçue qu'il ne l'attende pas dehors et se dit que le taxi a roulé trop lentement et qu'à force d'attendre le jeune homme a perdu patience. Elle appuie sur le bouton de la sonnette, le cœur battant. Enfin une voix, déformée par l'Interphone, dit un « oui » qui la fait sourire.

— C'est moi, Pétronille !

— Déjà ? Entre, c'est au rez-de-chaussée.

La porte s'ouvre. Pétronille se dit qu'elle laisse dehors sa sordide vie d'enfant, de fillette, que ce hall qu'elle traverse lui ouvre le monde adulte. Quand elle sortira demain ou plus tard, elle ne sera plus la même ; sa vie aura pris un tournant décisif et elle ne pourra pas revenir en arrière, oncle Lionel devra se faire une raison. Ce soir, elle l'appellera pour le rassurer.

Elle marche lourdement sur le tapis rouge qui recouvre les dalles et amortit le bruit de ses talons. Partie sans se donner un coup de peigne après son rendez-vous avec ce pauvre Jonathan qui croyait l'épater, elle regrette de ne pas avoir pensé à vérifier son maquillage et sa coiffure, tant pis, Tanguy comprendra.

Elle arrive devant la porte fermée, pétrifiée par l'émotion, avec tout à coup l'envie de fuir. La porte s'ouvre, Tanguy est devant elle, en chemise et pantalon sombre.

Elle ne se souvenait plus de ses cheveux courts, bouclés, de son visage tout en longueur, de sa bouche largement fendue. Ainsi, le jeune homme en face d'elle n'est pas tout à fait semblable à celui qu'elle a l'habitude de voir tous les jours sur son téléphone. Il sourit, ses yeux clairs ont quelque chose des yeux de Lionel, mais en moins profonds, avec un pli des paupières qui donne au regard une supériorité hautaine. Pétronille hésite un instant avant de se jeter dans ses bras comme si celui qui occupe ses pensées depuis deux mois était devenu un étranger. Pourtant, le jeune homme qui est en face d'elle est bien celui avec qui elle a flirté, avec qui elle est sortie chaque soir lors des dernières vacances, qu'elle aime de toute sa personne.

C'est lui qui tend les bras, qui l'attire contre lui avec une assurance qui la gêne, mais, bien vite, le doute cède la place à la brûlure d'un bonheur total, à l'envie d'être à lui, de se confondre avec lui pour ne former qu'un corps, qu'une pensée. Elle s'accroche à son rêve comme à une voile qu'un bon vent emporte.

Ils entrent dans l'appartement dont Pétronille, dans le tumulte qui l'agite, ne remarque pas le désordre. Tanguy, sans un mot, pousse la jeune fille vers le lit alors qu'elle voudrait retarder ce moment pour mieux le savourer, qu'elle voudrait le préparer et l'attendre, mais il est impatient, ce que Pétronille met sur le compte de la passion. Il la renverse sur les couvertures. Elle le croyait doux, plein d'attention, elle découvre ses gestes brutaux pour déboutonner sa robe, sa précipitation grossière.

— Je t'en prie, on a le temps ! dit-elle entre deux baisers.

— Non, on n'a pas le temps !

Pétronille a envie de se dégager, mais ses protestations sont molles et Tanguy sait bien qu'il va gagner. Ce qui se passe ensuite, la jeune fille n'en a pas totalement conscience. Elle se retrouve nue contre le corps nu de Tanguy qui s'agite, qui lui fait mal. Au bout d'un moment, le jeune homme roule à côté d'elle, tire les couvertures sur le bas de son corps. Elle a envie de pleurer, il s'en rend compte.

— Pardonne-moi, dit-il enfin. La première fois c'est toujours ainsi, mais il faut une première fois pour que s'ouvre la porte du plaisir, voilà pourquoi j'étais pressé. Ce sera de mieux en mieux. Nous allons être très heureux, tous les deux.

Elle fait oui des yeux, mais ne bouge pas, comme mortifiée par ce qu'elle vient de subir, ce que Tanguy lui présente comme une formalité ennuyeuse et dont elle avait rêvé autrement. L'envie de pleurer lui noue la gorge ; elle se serre contre le jeune homme, tout à coup consciente que ses peurs, ses doutes, ses hésitations sont autant d'obstacles à la vraie vie de couple qui l'attend. Elle s'abandonne, murmure des mots d'amour. Désormais sa vie est liée à cet homme et elle le suivra partout sans rechigner quoi qu'il arrive.

— Tu n'as pas eu peur de me rejoindre dans cette ville pestiférée ? demande Tanguy en se dressant sur les coudes.

— Non, j'allais vers la vie. J'aurais pu te rejoindre en enfer !

— Comme tu as raison ! C'est le moment de faire des affaires. On en parlera plus tard, pourtant tu dois savoir que je suis sur un projet fabuleux qui va nous permettre de vivre des siècles sans le moindre souci financier, une opportunité offerte par les difficultés du temps.

— Ah bon ?

— Oui, un complexe de production *in vitro* de légumes. Le principe en est simple : les cultures se font sans support de terre et dans un milieu sans le moindre contact avec l'extérieur, ce qui évite les contaminations des parasites et des maladies. L'économie en produits de traitement est considérable et rend le projet très rentable à une époque où les prix s'envolent. D'autant que l'implantation du projet est prévue dans un pays à main-d'œuvre à bas prix.

— Et tu fais cela seul ?

— Non. Je ne suis que le financier, le cerveau, si tu veux. Je ne fais qu'apporter les idées et les capitaux, ensuite nous récolterons les dividendes et passerons une belle vie sous les cocotiers. Mais avant, il me faut de l'argent, beaucoup d'argent. Toute ma fortune personnelle va y passer et ce ne sera pas suffisant !

Il presse Pétronille contre lui. La jeune fille s'abandonne encore ; le monde n'existe plus, le monde est ailleurs. Ils refont l'amour et, cette fois, elle y trouve un plaisir intense, atteint la jouissance. L'instant devient éternité.

— Maintenant, on va s'habiller et on va aller dîner tant qu'on le peut encore ! On dit que des mesures restrictives vont être prises.

— À propos, demande Pétronille qui, d'un regard bref, constate qu'elle a coupé son téléphone. As-tu des nouvelles de ton oncle et de tante Ghislaine ?

Finebourg est parti se doucher, il fait répéter la question, puis coupe l'eau, sort en s'essuyant sans la moindre gêne.

— Ils sont toujours retenus quelque part au Nigeria par une faction rebelle qui ne sait même pas ce qu'elle revendique. Mais ne te fais pas de soucis pour eux, Bernard Chaurrit se tire toujours des mauvais pas.

Pétronille, d'un geste machinal, pianote du bout du pouce sur son portable, lit ses messages.

— C'est étrange, fait-elle en regardant Tanguy qui glisse sa cravate sous le col de sa chemise. J'ai l'impression que tu ne l'aimes pas, pourtant c'est à une de ses soirées que nous nous sommes rencontrés.

— Une soirée où il ne m'avait pas convié ! réplique sèchement Tanguy. Il n'a jamais supporté sa sœur, ma mère. Tu connais Bernard dans son aspect mondain et ouvert aux autres. Mais il est bien différent de tout cela.

— Tante Ghislaine l'aime beaucoup !

— Ouais ! Ta tante Ghislaine sait se tourner du côté d'où vient l'argent.

— Je t'interdis de dire ça !

Il la prend de nouveau dans ses bras et l'embrasse longuement.

— C'était pour te faire enrager, ça a réussi !

Pétronille porte son téléphone à l'oreille pour écouter ses messages. Le premier est de son oncle : « C'est Lionel. Je suis très inquiet pour toi. Quelle idée as-tu eue de fuir à Paris en un temps aussi terrible. Tu te rends compte que je n'ai aucun moyen de te sortir de ce pétrin ? Si tu t'étais rendue à la sortie du train au guichet de renseignements, tout était prêt pour que tu quittes cette ville. Maintenant, tu risques d'être contaminée par une maladie sans remède ! Écoute ce que tu vas faire : tu vas te rendre au laboratoire Formiel – je connais bien le patron et je l'ai averti – il te fera le test indispensable pour sortir de Paris. Ensuite tu prendras le TGV pour Chambéry, je t'attendrai à la gare. »

— Pauvre tonton, fait Pétronille en riant aux éclats et en prenant le bras de Finebourg, il se fait bien du souci pour rien !

— Tu l'appelleras demain pour le rassurer. On va dîner ?

Ils traversent le hall sur l'épaisse moquette rouge. Avant de sortir sur le trottoir, Pétronille se tourne vers son compagnon :

— Je pense à mon père, disparu depuis huit ans, et à cet instant, je suis persuadée qu'il est vivant !

Depuis deux mois, les restes de l'avion ont émergé de la neige qui a lentement fondu. L'été illumine la vaste toundra sibérienne couverte de fleurs rouges et bleues. Les morceaux métalliques gisent sur l'herbe, entre les bouleaux nains, les ailes arrachées à côté du fuselage, des morceaux de tôle épars. Dans une immensité nue, cette épave rappelle que des hommes ont eu un accident à cet endroit, mais ni les loups qui passent parfois à proximité ni les rennes n'y prêtent la moindre attention. Les passagers ont disparu ; rien n'indique qu'ils ont péri lors de l'accident. Une équipe de sauveteurs de Norilsk est venue inspecter les restes de la machine et n'ont rien trouvé. C'est bien ce qui tracasse les milieux diplomatiques européens.

L'affaire serait restée secrète si les satellites espions européens et américains n'avaient pas repéré l'avion, un Beech Craft qui volait en direction du nord-est, et s'ils n'avaient signalé son décollage du village de travail de la Lena. La presse aurait pu croire les sources officielles affirmant que l'appareil était piloté par un ingénieur des mines venu inspecter les galeries. Mais alors, pourquoi un gros hélicoptère militaire, escorté d'une patrouille de chasse, a-t-il atterri quelques instants plus tard sur les lieux de l'accident d'où il est reparti presque aussitôt pour gagner une base secrète voisine ? Une heure plus tard, la patrouille militaire a décollé de cette base pour escorter, cette fois, un avion du Kremlin en direction de Saint-Pétersbourg. « Ce sont des affaires internes à la Russie », a fait savoir Moscou. Que la présidence emploie autant de moyens pour un banal fait divers n'a pu qu'exciter la curiosité des journalistes. Ils ont envisagé toutes sortes d'hypothèses, une expérience de drone chargé d'expérimenter un système de brouillage des satellites, ils ont pensé que l'avion transportait un dignitaire du Kremlin et qu'un attentat était à l'origine du crash, des containers de produits très dangereux auraient été récupérés dans les débris.

Cette dernière version a retenu l'attention des observateurs qui se sont questionnés sur la nature de ces produits. L'épidémie naissante de peste atypique a stimulé bien des imaginations.

Un témoin a déclaré que l'avion du Kremlin, sitôt posé à Saint-Pétersbourg a été protégé par un cordon de policc. Plusieurs personnes en sont descendues, mais les photos qui ont pu être prises sont trop floues pour permettre de les identifier. Ce mystère a rctenu l'attention de la presse pendant quelque temps, jusqu'à ce que les conséquences du réchauffement de la Terre ne les remplace : les premiers cyclones de l'été, les invasions de parasites dans les cultures occidentales, la famine qui jusque-là ne touchait que le tiers-monde et qui menace de s'étendre à toute la planète.

Quand il apprend la nouvelle, dans son bureau

de Genève, Achille Plantagrin, qui se méfie de tout le monde et même de ses collaborateurs les plus proches, devient rouge, porte une main à sa poitrine, suffoque. Son correspondant de Moscou ajoute dans un anglais approximatif :

— Deux travailleurs étaient à bord de l'avion qui a quitté le village minier de la Lena, le 661 et le 148. Nous avons vérifié leurs noms, ce sont des Lituaniens.

— Je me fous des Lituaniens. Je veux savoir ce qu'est devenu le docteur Georges Vitterez que les Droits de la Terre vous ont confié, il y a un peu plus de deux ans. Si je vous ai demandé de faire des recherches après ce crash d'avion, c'est que je sens un coup fourré.

— Le docteur Vitterez, qui avait le numéro 391, est mort depuis un an.

— Je sais qu'il est mort ! Mais si je vous ai demandé de mener une enquête, c'est qu'il est peut-être ressuscité ! Pourquoi croyez-vous que je vous paie ? Pour me raconter ce qui est écrit dans le journal ?

L'autre bredouille de vagues excuses. Les autorités russes ne laissent pas n'importe qui fouiller dans les ordinateurs de l'administration. Il a fait tout ce qu'il a pu, et comment découvrir ce qui ne laisse aucune trace ?

— La seule chose que j'ai pu vérifier avec certitude, c'est que Vitterez est mort en même temps qu'un autre Français, un certain Armand Montrémy.

Un silence. Ce nom réveille le passé dans l'esprit du gros Plantagrin et conforte ses doutes.

— Ça, c'est une véritable information qui va dans le sens de ce que je pense depuis le début.

Une certitude se fait en lui. Ce n'est pas un hasard si Vitterez et Montrémy, qui n'auraient jamais dû se rencontrer, sont morts le même jour. Il repense à ce vagabond qui s'éloignait de Chastelnaud, l'homme qui lui a ravi Adeline Delprat et qu'il avait fait rafler par des services très spéciaux de ses frères gitans... Il ne dit rien de tout cela à son correspondant aussi niais qu'un mulet de Sibérie ; il se tourne vers Irma Tarissi qui est restée debout à côté de lui.

— Je sens là-dessous une belle embrouille ! dit l'obèse. Tu veux parier que Bratnieff, que j'ai toujours considéré comme un fourbe, essaie de me rouler dans la farine ? Je crois qu'on va aller passer l'été à Saint-Pétersbourg. L'air y est très sain. Et puis, je veux tirer ça au clair, car tout correspond : l'avion qui part du village minier, or Montrémy savait piloter, le secret des autorités russes à qui Bratnieff graisse la patte, les moyens mis en œuvre pour récupérer les occupants de l'avion accidenté...

Il reste un long moment silencieux, les yeux perdus dans le vague. La certitude de s'être fait coiffer sur la ligne d'arrivée par ses propres amis lui fait regretter sa mansuétude. Pourquoi a-t-il eu pitié du père de Pétronille ruiné, déshonoré ? Au lieu de le faire disparaître définitivement, avait-il besoin de l'envoyer dans ce bagne moderne où sont rassemblés ceux qui ont commis la faute d'être nés sur une terre inhospitalière et d'avoir faim ?

— C'est toi qui m'as incité à la clémence,

reproche-t-il à Irma. Je ne devrais jamais t'écouter quand tu plaides en faveur de quelqu'un !

Irma sourit. Elle, qui n'a pas plus de cœur que son patron, ne saurait dire pourquoi elle s'est sentie, il y a huit ans déjà, touchée par la ruine de ce grand bourgeois, cet aventurier qui avait parcouru le monde à la recherche de lui-même. Est-ce parce qu'il a séduit la seule femme que Plantagrin a aimée ?

— Mais, pour une fois, tu n'as pas eu tort, rectifie Plantagrin. Si ce que je suppose est vrai, Montrémy, en ramenant Vitterez à Saint-Pétersbourg, m'a rendu un grand service.

Plantagrin lève ses petits yeux noirs sur Irma Tarissi. C'est une belle brune au visage long, au regard profond. Elle est la seule dans la société Placements Littoral à tutoyer le patron.

— Imagine, poursuit Irma, ton professeur Nimbus seul dans ce village ? Il serait mort en peu de temps malgré le traitement de faveur et les recommandations des autorités, parce que tout le monde s'en fout !

— On va aller respirer l'air frais de la ville des tsars. Au fait, as-tu pu contacter notre correspondant au Nigeria ? Que deviennent nos amis de la Mondass Ingénierie ?

— Bernard Chaurrit et Ghislaine Margeride sont toujours retenus par une faction dont on ne sait pas grand-chose sauf qu'elle réclame pour les libérer un million d'euros.

— Et notre chère Pétronille ?

— Tout va bien. Elle file le parfait amour avec Tanguy de Finebourg.

— Parfait. De ce côté-là, tout fonctionne ! Fais préparer un avion, nous partirons cet après-midi.

Saint-Pétersbourg – la ville lumière du Nord mire ses ors dans les eaux de la Neva. La mer du golfe de Finlande lèche les plages encore désertes de promeneurs car le vent du nord est frais malgré le soleil de juin. Sur la place du palais d'Hiver, les passants, vêtus de manteaux, prennent cependant le temps de profiter de la lumière nouvelle et s'attardent à regarder les pigeons s'ébattre dans les flaques d'eau laissées par la dernière averse.

De son bureau au centre de la vieille ville, Nicolaï Bratnieff observe un instant le clocher majestueux de la cathédrale Pierre-et-Paul. Ce fils d'un ouvrier métallurgiste de l'époque où la ville s'appelait encore Leningrad jette ensuite un regard à la rue, aux passants pressés, à cette foule laborieuse qui redoute les longs mois d'hiver. Il a connu, dans son enfance, les appartements insalubres de la périphérie dans les quartiers neufs où s'entassaient les ouvriers pour qui la ville la plus riche du Nord restait fermée aux misérables.

Le nouveau régime a bien favorisé Nicolaï Bratnieff. Élève surdoué, il est devenu un biologiste confirmé et, après avoir travaillé plusieurs années pour le compte des hôpitaux, a créé son propre laboratoire. Inventeur de plusieurs molécules efficaces dans différents traitements allergiques, il s'est aussi spécialisé en immunologie. L'un des premiers à découvrir le virus de la bronchite atypique et à le combattre efficacement, on lui doit aussi un vaccin utilisé dans le monde entier contre la fièvre aphteuse des bovins. Ainsi, ce jeune homme de moins de quarante ans a sauvé les immenses troupeaux d'Amérique et d'Australie.

Nicolaï Bratnieff, fort de ses premiers succès, s'est évidemment attaqué au bacille UV2, mais n'a pas obtenu les avancées qu'il espérait. Ses dettes envers le pouvoir, la nébuleuse des affairistes russes, de cette nouvelle classe riche née après la chute du communisme, lui créent des obligations tout en lui apportant des moyens considérables dont ne bénéficient pas les chercheurs de l'Europe occidentale. Par un réseau de renseignements, d'espionnage ultrasecret et très sophistiqué mis en place par ce contre-pouvoir qu'est la mafia, Bratnieff bénéficie d'informations très confidentielles et a connaissance des découvertes du monde entier. Mais ce géant aux pieds d'argile doit se montrer reconnaissant envers ceux qui ont favorisé son ascension : les Droits de la Terre. Il doit aussi de très grosses sommes à un homme d'affaires français installé à Genève, Achille Plantagrin. Maintenant qu'il a fait sa place dans le monde de la recherche, cette dépendance lui pèse et il voudrait s'en affranchir sans avoir à rembourser sa dette.

Très élégant, doté de la grâce slave, son savoir-vivre cache ses modestes origines. Il demande à sa secrétaire de faire entrer l'homme qui l'attend depuis une demi-heure.

— Professeur Piotr Moninski, dit-il dans un mauvais français, je suis très heureux de constater que mes chirurgiens ont fait du beau travail. Vous êtes méconnaissable. Nous avons perdu un peu de temps depuis votre départ du village de travail sur la Lena, mais vous connaissez la lenteur de mes concitoyens ! Donc, nous sommes d'accord, vous allez pouvoir disposer des moyens les plus modernes pour travailler. Notre société est enfin constituée : trois parts, quarante pour cent pour vous et pour moi, vingt pour M. Plokov. Officiellement, vous êtes un spécialiste des insectes génétiquement modifiés, fourmis, coccinelles et autres associés des agriculteurs.

Piotr Moninski est petit et maigre. Sur un gros crâne, ses cheveux courts et raides ne cachent pas les récentes cicatrices du cuir chevelu.

— Nous sommes d'accord. Cependant, deux personnes connaissent ma véritable identité : vous et Plokov. C'est une de trop.

— Justement, fait Bratnieff avec un petit sourire. On ne pouvait pas se passer de lui pour vous faire sortir du village de travail. Maintenant, un accident...

— En effet, c'est si vite arrivé ! Mais revenons à notre affaire, poursuit Moninski. Le virus UV2 a évolué, il me faut tous les échantillons que j'ai prélevés il y a deux ans sur les premiers cas en Asie. Ils se trouvent dans un coffre de la banque Humley à Jersey.

— C'est fait. Ils sont arrivés ici sous bonne escorte et c'est ce qui nous a pris du temps. Ces banquiers sont tellement retors !

Moninski fait une petite grimace et un geste rapide de la main droite. Le numéro 148 du village de travail de la Lena est bien comme on le lui avait décrit, tout en nerfs et déterminé, inflexible.

— Les Droits de la Terre sont prioritaires et nous

ne pourrons rien publier sans leur accord, annonce Bratnieff. On ne pouvait faire autrement. On parle d'une prochaine réunion internationale pour adopter par un traité un programme de sauvetage de la planète, des bavardages, comme d'habitude !

— Et Plantagrin ? Où en est-il ?

Bratnieff fait une grimace. Il espérait plus de discrétion dans l'évasion des deux travailleurs de la Lena. Une fois la presse au courant, la maîtrise de la situation lui a échappé. Désormais, il doit se méfier de son gros financier qu'il aurait aimé tenir à l'écart de cette affaire. Il lève ses yeux très bleus sur Moninski.

— C'est un vieux renard qui se doute que nous sommes en train de le pousser sur la touche, précise-t-il. Si la presse n'avait pas fait autant de bruit après l'accident d'avion, tout se serait passé sans que personne en sache rien. Il faut dire que nos amis n'ont pas été très discrets : une division de chasseurs armés de missiles pour escorter l'avion venu vous récupérer, c'était quand même un peu gros !

Cette manière qu'a Bratnieff de présenter un échec comme un demi-succès éveille les soupçons de Moninski mais il n'en montre rien. Il se doute que Plantagrin, mis au courant par tant de bruit, prépare sa riposte. Cela n'a pas d'importance : c'est lui le maître puisque personne ne peut rien faire sans ses travaux... Il poursuit sa réflexion à haute voix :

— Nous formons une bonne équipe : moi pour la gestion financière, vous pour les travaux de recherche et Plokov, grâce à sa connaissance de plusieurs langues, pour les relations commerciales. Il semble vouloir jouer le jeu, mais êtes-vous certain que personne ne le reconnaîtra ?

— Non !

— Des femmes, des enfants, des ennemis, enfin des gens qui pourraient le chercher ?

— Pas de femmes, son épouse est dans une secte du sud de la France et n'en ressortira jamais. Deux fils et une fille. Des ennemis, les frères Delprat, à l'origine de sa ruine. Personne ne le cherche plus : il a disparu depuis huit ans. Quand nous préparions notre évasion, il m'a toujours dit qu'il voulait refaire sa vie dans une ville nouvelle et surtout ne plus jamais penser à son passé. Je crois qu'on peut lui faire confiance.

— C'est d'accord ! fait Bratnieff. Il a ce qu'il veut : des faux papiers en règle et une activité. Nous aviserons plus tard.

Quelque part sur les bords du lac Kainji, au Nigeria, une vaste étendue de boue se craquelle en écailles sombres hérissées au milieu des sables mouvants. Du lac, il ne reste que de l'eau sale qui stagne loin de ses anciennes berges. Le pays s'assèche. Le grand fleuve Nipi ne retrouve qu'un peu de courant après son confluent au-delà de la Benaué. Il pleut encore dans cette région autrefois très arrosée, mais le régime des pluies a changé : de forts cyclones engendrent des trombes dévastatrices, ravinent les terres agricoles et laissent la place à un soleil brûlant. Les villes se vident ; les gens désertent les campagnes, errent par bandes de pillards jusqu'au littoral et cherchent le moyen de s'embarquer pour l'Europe. Les flots d'immigrants, toujours sans papiers, sont parqués dans des camps de transit en Espagne, en Italie, en France, en Grèce, puis envoyés dans des villages de travail (principalement pour l'extraction de la houille et de différents minerais) dans les régions les plus inhospitalières du monde.

Les Droits de la Terre incitent les Africains à rester chez eux pour exploiter les moindres points d'eau, mais tout manque, les pompes, les engrais et surtout les produits de traitement. On s'entretue entre factions, entre ethnies, entre villages pour un puits, une oasis, une plaine giboyeuse, une forêt qu'avaient oubliée les monstrueux incendies de ces dernières années.

Et puis il y a les maladies. Nombreuses et terriblement contagieuses. Colporté par l'eau polluée, le choléra sévit dans une partie de l'Afrique centrale mais ne s'étend pas. Des milliers de victimes que les survivants n'osent approcher pourrissent ou sèchent au soleil. La peste atypique tue chaque jour des milliers de personnes. Elle s'est répandue sur le continent avec une incroyable rapidité en développant des formes particulières, toujours plus virulentes. La peste pulmonaire bloque lentement les voies respiratoires, la mort survient par étouffement ; la peste gastrique commence comme une vulgaire indigestion et tue en moins de trois jours. Les masques de protection manquent ; la misère, le dénuement sont des atouts pour l'épidémie qui poursuit ses ravages jusque dans les villages les plus reculés.

Sur ce qui était autrefois une rive du lac Kainji, dans une campagne noire de cendres où pointent les chicots des troncs calcinés, cinq tentes secouées par un vent tiède se dissimulent à l'ombre d'une corniche. Des hommes en armes surveillent les alentours et patrouillent par groupes de deux, pointant l'oreille au moindre bruit, prêts à tirer. Ces gardiens sont aussi les pourvoyeurs du groupe en viande fraîche quand les phacochères et de rares antilopes se hasardent jusqu'au point d'eau, à la tombée de la nuit. La lutte pour la vie est âpre, sans merci. Bêtes et hommes se battent presque à égalité pour une flaque putride, un bout de forêt épargnée où se rassemble le gibier.

Dans l'une de ces tentes, assis dans un coin sur la terre poussiéreuse, deux prisonniers aux mains liées gisent dans un état de déshydratation intense. Maigres, décharnés, ils tournent vers leurs ravisseurs de grands yeux vides qui n'ont plus la force d'implorer. Lui était plutôt rond, le visage poupin, le regard malin qui savait si bien lire dans les pensées des autres, elle, une femme assez jolie qui aimait s'habiller et se farder, une femme qui savait jouer de ses yeux et des expressions de son visage pour emporter une décision importante. Ils formaient une paire irremplaçable et, en huit ans de collaboration, ils ont multiplié par quatre le chiffre d'affaires et les bénéfices de la Mondass Ingénierie. Ainsi Bernard Chaurrit ne pouvait jusqu'à une date récente que se féliciter d'avoir attiré chez lui la jeune institutrice recommandée par Achille Plantagrin.

Les jours passent, identiques et douloureux pour les prisonniers. La peste ne veut pas d'eux pour l'instant. Plusieurs de leurs gardiens sont morts, eux survivent. Cette maladie déconcerte, frappant au hasard, tuant tous les hommes valides pour épargner les vieillards, une femme enceinte, deux prisonniers à bout...

Ils ne peuvent désormais compter que sur eux, la diplomatie n'ayant aucune prise sur les factions rebelles qui ne reconnaissent aucune autorité. Ils ont soif et faim, surtout soif ; on a pris leurs téléphones et ils ne peuvent appeler au secours. S'ils savaient seulement ce que veulent leurs ravisseurs, ce qu'ils attendent d'eux, mais les revendications changent au fil des jours...

Tout s'est passé très vite. Ghislaine et Bernard ont atterri, voilà dix jours maintenant, à Lagos où ils venaient proposer aux instances locales la construction d'un grand complexe de dessalage de l'eau de mer, mû par des éoliennes et l'énergie solaire. Ce complexe aurait permis d'abreuver la plus grande partie de la côte du Nigeria et d'irriguer des cultures alimentaires, ce qui ne plaisait pas aux groupes rebelles qui veulent prendre les commandes du pays pétrolier en l'assoiffant. Ils multiplient les révoltes contre les pouvoirs organisés, sèment la désolation, massacrent sans discernement. Armés jusqu'aux dents, ils ont investi l'hôtel dans lequel se trouvaient Bernard Chaurrit et Ghislaine Margeride. Ils ont tué le personnel et les clients, n'épargnant que les plus importants : six personnes dont les deux Français à qui ils ont réclamé une énorme rançon. Quand Bernard leur a annoncé qu'il était en mesure de la payer, les ravisseurs l'ont accusé d'avoir eu des contacts avec le gouvernement en place et l'ont menacé de mort. Chaurrit a eu beau protester, jurer de sa bonne foi, ils l'ont placé en face du peloton d'exécution, mais l'ordre de tirer n'est pas venu. Les deux prisonniers ont été ligotés et enfermés dans une tente. Depuis, ils attendent. Bernard proteste, invoque ses relations, menace ses geôliers qui ne comprennent ni le français ni l'anglais. Il s'en veut surtout d'avoir entraîné Ghislaine dans cette situation sans issue.

— Voilà où te conduit ta nouvelle vie, celle que

j'ai voulu t'offrir sur un plateau d'argent, il y a huit ans déjà, lors d'un voyage mouvementé en avion ! se reproche-t-il de sa voix toujours chaude et enveloppante.

— Tu n'y es pour rien. J'ai cédé parce que je le voulais bien. Maintenant, l'heure n'est plus aux regrets.

— Je dois t'avouer la vérité, car nous pouvons être séparés d'un instant à l'autre ou fusillés. Si je ne t'ai rien dit pendant toutes ces années, c'était pour te protéger. Ma prévenance te paraissait souvent exagérée, comme si je n'avais voulu te partager avec personne. Je me sentais coupable.

— Cela n'a plus d'importance, fait-elle, l'esprit perdu dans un brouillard qui ne se dissipe pas.

— Si, il faut que tu saches ! Je t'ai abordée dans ce vol qui rentrait d'Agadir sous la recommandation d'Achille Plantagrin, que tu connais. Tu entrais dans son plan de vengeance contre les frères Delprat !

Ghislaine sursaute, se tourne vivement vers l'entrée de la tente. Des rafales de mitraillette crépitent, des hommes crient, puis le silence retombe. Bernard Chaurrit poursuit :

— Il veut régler ses comptes avec les frères Delprat en les privant de Pétronille. Tu étais un maillon de cette vengeance et je me demande s'il n'a pas déjà réussi. Je pense à mon neveu, Tanguy de Finebourg, qui est un infect personnage.

— Pétronille m'a beaucoup parlé de lui, je crois qu'elle en est amoureuse.

— C'est bien ce qui me tracasse. Cela aurait été

manigancé de toutes pièces par l'énorme Plantagrin, je n'en serais pas étonné. Je le soupçonne même d'être à l'origine de notre détention...

Les mitraillettes crépitent de nouveau, les rafales se rapprochent, accompagnées de cris. Des gens courent en hurlant. Tout à coup, le battant de toile s'ouvre. Les gardiens qui étaient assis près des prisonniers bondissent, l'arme au poing. Un nouveau tir les renverse. Chaurrit a le réflexe de se jeter devant Ghislaine pour la protéger. L'un des assaillants lui adresse la parole en français :

— N'ayez aucune crainte. Nous faisons partie des forces spéciales nigérianes et avons pour mission de vous ramener à Lagos. Je vais vous faire apporter de l'eau.

De l'eau ! Par un instinct de sauvegarde insensé, ils ont eu la force de résister à l'eau pourrie que leurs geôliers puisaient dans les flaques du Kainji, espérant, malgré les apparences, un heureux dénouement. Ils ont supporté la brûlure de la soif et ils ont eu raison. De l'eau, enfin ! De l'eau qu'ils peuvent boire sans appréhension. Bernard Chaurrit lève des yeux interrogateurs sur Ghislaine avant de porter le goulot à ses lèvres : existe-t-il une seule goutte d'eau potable sur tout le continent africain ?

Un des hommes leur indique qu'ils peuvent boire en confiance. Ghislaine avale le précieux liquide avec avidité. Elle s'en remplit le corps, s'en délecte ; la tête lui tourne : même l'eau apporte de l'ivresse quand on en a été privé depuis longtemps. Une fois sa soif étanchée, il lui semble que la mort sera moins douloureuse. À côté d'elle, ne perdant pas le sens des réalités, Bernard Chaurrit demande :

— Vous venez pour nous libérer ?

— Oui, répond l'homme qui prend les gourdes vides. Nous avons ordre de vous ramener à Lagos ; la route n'est pas sûre.

Chaurrit se met sur ses jambes, chancelle puis réussit à faire quelques pas. Il tend la main à Ghislaine.

— C'est notre dernière chance.

— On y va ! ordonne le nouveau maître des lieux en se présentant à la sortie de la tente et en jetant un regard circulaire, l'arme pointée. La voie est libre, tous ces chiens sont morts !

Ghislaine marche difficilement en s'appuyant contre l'épaule de Bernard Chaurrit. Des blessés gémissent au milieu d'une flaque de sang sale que lèchent des chiens efflanqués. Un des assaillants, mesurant le danger, les achève d'une balle dans la tête. Ghislaine et Bernard montent dans une Jeep qui démarre aussitôt dans un nuage de poussière, suivie par d'autres véhicules d'où dépassent les canons des armes de guerre. Les ordres sont simples : tirer sur tout ce qui bouge, tuer tout ce qui se trouve sur le passage, femmes portant de jeunes enfants en quête d'eau, vieillards oubliés après une fuite éperdue, blessés à l'agonie... Dans cette immensité brûlée, le moindre sentiment constitue une faiblesse impardonnable.

Ils roulent ainsi plusieurs heures dans une poussière grise qui les enveloppe, évitent les villages de Llorin, d'Ogbomosho et s'enfoncent dans la savane calcinée, vide des grands animaux qui la peuplaient autrefois. La voiture qui les précède prend de l'avance pour s'assurer que la voie est libre, puis se laisse rattraper.

La nouvelle attaque a lieu dans un détroit, lit de rivière asséchée entre deux collines ocre. Des rafales nourries arrêtent le convoi. Chaurrit a le réflexe de renverser Ghislaine sur le plancher et de la maintenir ainsi, immobile près de lui. Leur voiture fait une embardée, se renverse. Chaurrit est expulsé, Ghislaine a réussi à s'accrocher à un montant du siège, ce qui la sauve. Les balles sifflent ; des cris montent dans l'air surchauffé, puis le silence retombe sur les voitures arrêtées et les cadavres, toujours les mêmes, hideux, grimaçants, morts sans raison, victimes d'un horrible jeu. Les agresseurs sortent de leur cachette derrière des rochers et s'approchent prudemment, l'arme pointée, prêts à tirer. Ce sont des pillards qui cherchent les réserves d'eau, de nourriture et d'essence. Ils fouillent les voitures, estiment leur butin et se congratulent avec de grands gestes. L'un d'eux découvre Ghislaine, toujours coincée entre les deux sièges qui l'ont protégée pendant la fusillade. Il appelle les autres dans une langue qu'elle ne comprend pas, puis, riant grossièrement, pointe sur elle le canon de sa carabine. Un homme l'écarte d'autorité, demande en anglais à la jeune femme ce qu'elle fait là. Ghislaine explique qu'elle est française, qu'elle est en Afrique avec son ami Bernard Chaurrit pour mettre au point l'installation d'une usine de dessalage de l'eau de mer, qu'ils ont été faits prisonniers, puis qu'il y a eu une attaque, qu'on les a emmenés. Elle cherche Bernard des yeux et l'aperçoit, à quelques mètres derrière le véhicule, gisant sur le dos dans la poussière. Ghislaine pousse un cri. Bernard est mort ! Elle court vers lui, le prend dans ses bras en pleurant à gros sanglots, tente de le soulever. Une main rude se pose sur son épaule.

— On s'en va ! annonce en anglais celui qui semble être le chef. C'est trop risqué de rester ici.

Il l'emmène de force jusqu'à un camion dissimulé derrière la petite colline et l'oblige à monter entre deux gardes.

Elle a juste le temps de voir plusieurs personnes charger avec précaution Bernard Chaurrit sur la plate-forme d'un véhicule tout-terrain. Le convoi repart, avec d'autres combattants, semblables à ceux qui viennent de se faire massacrer, roule dans la poussière jusqu'à la prochaine embuscade, jusqu'à la prochaine fusillade.

L'attaque attendue n'a pas lieu. Ils arrivent sans encombre dans un ancien village au bord du fleuve Niger dont les eaux croupies miroitent au milieu de l'immense lit desséché où des oiseaux fouillent la boue de leur long bec fin. Des enfants maigres, au ventre ballonné, s'approchent des véhicules. Les hommes les font fuir en agitant les bras. Des femmes sont sorties devant les cases, grandes et maigres, les joues creuses, le regard ardent. Il n'y a pas le moindre animal, poule ou chien, qui grouille d'habitude dans les villages africains. Surveillant la brousse, des jeunes garçons, un fusil-mitrailleur dans les mains, sont prêts à tirer à vue sur tout ce qui approche et qui ne répond pas aux sommations.

Ghislaine est invitée à descendre ; deux gardes lui font signe de les suivre. Ils pénètrent dans une tente dont l'intérieur est orné de tapisseries chatoyantes. Le Blanc, assis sur un siège de toile, petit, plutôt rond, ne présente aucune des marques de sous-nutrition des indigènes qui peuplent l'endroit. Ses cheveux blonds aux reflets roux, sa peau boursouflée montrent qu'il supporte mal le soleil africain. Il sourit à Ghislaine et demande qu'on lui apporte des fruits et de l'eau fraîche.

— Bonjour, dit-il en français. Je m'appelle David Gandlay. Ici, vous ne risquez rien.

Elle pense à Bernard Chaurrit étendu sur les rochers. L'autre le comprend et précise :

— Votre ami n'est pas mort, rassurez-vous. Il a été touché par une balle mais d'une manière superficielle. Par contre, il a quelques fractures consécutives à l'embardée du véhicule dans lequel il se trouvait. Il a été transporté à la cité des Droits de la Terre, c'est à une trentaine de kilomètres d'ici. Même dans ce coin le plus défavorisé du monde, mes médecins peuvent faire des miracles !

Il parle un français très correct, avec un accent anglais. Une femme apporte un plateau avec des fruits, des gâteaux secs ct une cruche d'eau.

— Voilà bien peu de chose, affirme Gandlay, mais pour cela, des milliers d'Africains sont prêts à mourir. Ceux quc la peste ne tue pas sont tués par des balles qui peuvent venir de partout à la fois. Vous comprenez qu'il est temps de mettre en place un ordre nouveau.

Ghislaine jette un regard de convoitise à la corbeille de fruits. Depuis combien de temps n'a-t-elle pas mangé ?

— C'est pour vous ! Servez-vous, je vous en prie.

— Et toutes ces femmes, ces enfants dans les villages qui n'ont plus rien ?

Gandlay fait un geste fataliste des bras.

— Qu'y pouvons-nous ? Nous avons dépassé les limites acceptables pour notre planète. Nous nous sommes comportés comme des animaux, sans réflexion, et les Africains plus que les autres ! Tous nos ennuis n'ont qu'une cause : la surpopulation. Les massacres qui se produisent ici sont regrettables, mais ont un effet salutaire.

Ghislaine regarde son interlocuteur avec scepticisme. Ces propos, elle les a déjà entendus, et elle les condamne.

— J'appartiens au bureau central des Droits de la Terre. Je suis ici pour coordonner les actions indispensables à la maîtrise de l'Afrique. Ce continent est l'objet de toutes les luttes internationales. Les hommes y sont pauvres, raison pour laquelle ils doivent disparaître, mais le sous-sol recèle des trésors considérables.

— Comment pouvez-vous parler de la sorte ?

— Il faut être réaliste. Si nous voulons sauver l'Humanité, il faut prendre des décisions radicales. Huit milliards d'humains, cela ne vous semble pas épouvantable ? Il faut réduire cette surpopulation et, pour cela, laisser faire la nature.

— C'est-à-dire laisser mourir les pauvres !

— J'ai dit : laisser faire la nature. Les mieux armés survivent, les autres disparaissent. Il faut chasser de l'esprit humain la moindre pensée de compassion. Ce n'est qu'une forme de décadence. Les Droits de la Terre sont sur le point de dominer tous les lieux stratégiques du monde : l'Afrique nous appartient, car nous contrôlons parfaitement les multiples factions qui s'y entretuent. La peste atypique nous rend de grands services. L'Asie n'est plus qu'un amas de pestiférés. L'Amérique du Sud est à nous, l'Europe se fait prier : notre influence au Parlement européen ne suffit pas à faire voter toutes les lois qui nous seraient utiles. Les États-Unis et le Canada sont presque conquis. Bientôt notre ordre régnera sur la Terre pour le bien de tous les êtres vivants.

Ghislaine connaît bien la détermination de ces militants du bonheur offert à une Humanité façonnée à leur manière. Elle pense aux propos de Bernard Chaurrit qui accepte toujours quelques morts pour en éviter des milliers. Ce qui est chez son ami une manière mi-sérieuse mi-plaisante de justifier ses bénéfices révèle chez David Gandlay une conviction profonde qui la terrorise.

— Quand il y aura moins d'hommes, moins de consommation d'énergie, les forêts reprendront leur place et absorberont le gaz carbonique de l'atmosphère. Le climat retrouvera sa sérénité ancienne. Alors les hommes pourront vivre heureux sur une Terre qui ne les rejettera plus !

— Qu'attendez-vous de moi et de Bernard Chaurrit ?

— Nous en parlerons quand votre ami sera rétabli. Que vous cherchiez à gagner de l'argent nous semble louable, mais pas n'importe comment. La seule chance de survie de votre société, c'est de se placer du bon côté, tant que c'est possible. C'est-à-dire de celui des Droits de la Terre qui dirigent le monde en sous-main, avant de le faire ouvertement de son gouvernement central situé aux États-Unis. Je vais vous faire conduire sous bonne escorte à votre case, où vous serez en parfaite sécurité en attendant d'avoir le plaisir de vous accueillir dans un endroit plus confortable, la cité des Droits de la Terre qui commande une grande partie de l'Afrique.

David Gandlay frappe des mains. Sous bonne escorte, Ghislaine est conduite jusqu'à une maison en terre au centre du village. La jeune femme retrouve une nouvelle prison dans cette case surchauffée meublée d'une table, de trois chaises et d'une paillasse posée à même le sol. Elle a pu boire et manger, la fatigue broie son corps. Elle s'allonge sur la paillasse, bouge lentement ses membres douloureux et sombre dans un sommeil lourd, peuplé de fantômes qui finissent par s'effacer devant la silhouette d'un homme de grande taille, portant un blouson de cuir noir et marchant sur la route de Chastelnaud. Pourquoi Ghislaine ne s'est-elle pas arrêtée ? Ce jour-là, le destin lui a fait signe et elle n'a pas su le comprendre.

Dans ses rêves, Armand Montrémy a la résistance d'une statue de pierre, énorme, indestructible, qui projette sur elle une ombre apaisante et régénératrice. Qu'est-il devenu ? Une pensée extravagante s'impose à son esprit pour se dissoudre aussitôt dans l'incrédulité : il est vivant et il l'attend.

Le 18 juin, Paris sous un ciel plombé qui attend l'orage. Les regards des passants se tournent vers les nuages menaçants. La véritable saison des tempêtes ne commence qu'en août, mais les caprices de la météo se multiplient et sont d'autant plus graves qu'ils surprennent. Météo France a mis en service une cohorte d'ordinateurs extrêmement puissants, sans réussir à obtenir des prévisions totalement fiables.

Le rassemblement devant les Invalides est considérable. Depuis ce matin, des milliers de personnes attendent le corbillard qui doit conduire la dépouille de Loïc Lachenal au cimetière Montparnasse. Enterrement civil, avec pour oraison funèbre une allocution de Tony Lierering de New York. Le leader des Droits de la Terre n'a pas pu faire le déplacement pour cause de peste atypique.

En une semaine, l'épidémie a tué près de cinq mille personnes en France. Les hôpitaux sont surchargés. Des hôpitaux de campagne, dressés sur les places, dans les jardins publics, accueillent les flots de malades, mais beaucoup préfèrent mourir chez eux sans l'assistance d'aucun médecin. Les gens valides cachent leurs proches contaminés pour éviter les mesures sanitaires contraignantes. Des files ininterrompues se pressent aux portes des cimetières. On n'arrive plus à enterrer tous les morts et la mairie de Paris décide de rassembler dans des fosses communes les corps qui engorgent les morgues car personne ne les réclame.

L'enterrement de Loïc Lachenal a fait sortir dans la rue les plus fervents adeptes des Droits de la Terre, confortés dans leurs convictions et certains que le pouvoir en place est à l'origine de l'assassinat de leur leader. L'épidémie leur donne raison une fois de plus et ils veulent le crier, réclamer que justice leur soit rendue, eux qui détiennent l'avenir du monde.

Il fait chaud et lourd. L'air est chargé d'une désagréable odeur de pourriture, odeur présente sur les trottoirs et dans les couloirs du métro depuis le début de l'épidémie. Au bras de Tanguy de Finebourg, malgré le risque et les recommandations de Lionel (elle s'étonne de n'avoir eu aucune nouvelle de Marc), Pétronille se trouve dans la foule serrée, appuyant sur sa bouche et son nez le masque blanc désormais obligatoire.

Depuis une semaine qu'elle est à Paris, le contrôle des portes de la ville, l'interdiction aux Parisiens de quitter la capitale sans montrer un certificat sanitaire lui ont ôté tout remords de se livrer sans retenue à son amour. Lionel et Aurélie l'appellent régulièrement, lui laissent des messages angoissés, mais elle ne leur répond pas. Entièrement livrée à l'homme qu'elle aime, la force de son sentiment la persuade que la maladie ne peut pas l'atteindre. Une confiance totale en l'avenir l'accroche au bras de Finebourg qu'elle est prête à suivre au fond de l'enfer.

Au milieu de cette foule silencieuse et résolue, la jeune fille n'a pas le sentiment d'être à un enterrement. Tanguy de Finebourg ne parle pas. C'est son habitude, bougon, un peu brutal, Pétronille l'aime comme il est. Chaud partisan des Droits de la Terre, il n'est pas là par hasard et se tient au premier rang au bras de celle à qui il a confié une mission :

— La compagne de Lachenal, Albane Morenceau, est originaire de la même ville que toi. Tu as vu son fils avant de me rejoindre. Il faut que tu lui parles, je veux la connaître.

Pétronille sait combien son ami est ambitieux et ne comprend pas qu'avec son talent, son intelligence, personne ne l'ait remarqué. Il répond à cette interrogation qu'elle n'a pourtant pas formulée :

— Pour paraître, pour se faire remarquer, l'audace ne suffit pas. Il faut une certaine prétention qui rassure sur son propre talent et que je n'ai pas.

Un mouvement profond agite la foule, tous les visages se tournent. Le corbillard, protégé par un cordon de CRS, se faufile lentement dans la rue encombrée. Derrière, marchent Albane Morenceau, vêtue de noir et les responsables des Droits de la Terre. Le commissaire Vernouillet, un peu en retrait, se tient à l'affût d'une parole en l'air, d'un indice qui pourrait le guider.

— Viens ! fait Tanguy de Finebourg en tirant Pétronille dans la bousculade générale.

Il tente de se rapprocher d'Albane et de la délégation des Droits de la Terre. Pétronille observe le visage sec et sérieux de la mère de Jonathan. Une mantille noire devant la figure, son masque blanc ajoute à ses yeux qu'elle lève de temps en temps vers le corbillard une détermination froide. Elle marche avec dignité au bras d'un homme d'une quarantaine d'années, vêtu d'un costume sombre.

— Je sais bien que ce n'est pas le moment de parler de ça, dit Finebourg à l'oreille de sa compagne, mais où en es-tu avec le transfert d'argent vers notre société à Monaco ?

— J'ai fait ça hier, pendant que tu étais avec ton collaborateur. J'ai tout transféré et, quand Lionel va s'en apercevoir, il sera furieux : l'argent de mon compte d'épargne, l'argent de mon portefeuille d'actions que j'ai vendu. J'ai vendu aussi, place Vendôme, les bijoux que j'ai eu la bonne idée d'emporter. L'argent sera viré sur le compte que nous avons ouvert avant la fin de la semaine. Au total, cela fait pas loin de trois millions d'euros.

Un léger sourire se lit dans les yeux du jeune homme qui baisse la tête pour cacher son intense satisfaction.

— C'est parfait. Nous allons pouvoir commencer à monter notre affaire. Au fond, c'est une bonne chose, cette peste atypique : le climat d'insécurité favorise les audacieux !

Le cortège arrive lentement au cimetière Montparnasse. Une immense cohue a envahi les trottoirs. Le corbillard bloqué doit attendre que les CRS aient ouvert un passage. Un écran a été disposé au-dessus de la tombe où reposera désormais Loïc Lachenal, martyr des Droits de la Terre. Le cercueil, couvert d'un drap blanc, est posé à côté du caveau ouvert. Alors, devant une foule recueillie, apparaît la silhouette maigre de Tony Lierering. Sa grande barbe grise, son visage sérieux, ses yeux ardents, sa détermination totale en imposent aux centaines de personnes qui s'entassent dans les allées. Enfin, il s'adresse à la foule en français :

« Mon ami Loïc Lachenal a succombé à une balle des ennemis des Droits de la Terre. Loïc était la franchise, l'honnêteté, la rigueur. Mais rassurez-vous, ses meurtriers seront punis. Mes amis, pour être fidèles à la mémoire de celui qui nous quitte, nous devons poursuivre notre combat, être présents sur les cinq continents, partout où il y a des hommes de bonne volonté. L'heure de l'offensive généralisée arrive.

« Chaque jour, nous obtenons de nouvelles preuves de la justesse de notre combat. La peste atypique qui frappe l'Europe et Paris n'est qu'une goutte d'eau parmi les dangers immenses qui menacent l'Humanité désormais incapable de se protéger. Il est temps pour nous de retrouver un monde accueillant, agréable, un monde dans lequel l'homme n'est plus un destructeur, mais une partie de l'harmonie générale. Rassure-toi, Loïc, ton combat est déjà gagné ! »

Les applaudissements fusent. Quand le silence est revenu, le cercueil, accompagné d'une sonnerie aux morts, est glissé dans le caveau. L'homme à qui Albane donne le bras s'avance, se tourne vers la foule. Albane craque, fond en larmes et ne se cache pas : en politique une trop grande froideur est toujours mal perçue. Son compagnon prend la parole :

— Je suis Luc Montré, l'adjoint de Loïc ; je vivais dans l'ombre car je n'aime pas les caméras et les médias, mais les circonstances m'obligent à sortir de ma réserve. Désormais, en attendant les nouvelles élections du parti, je dirigerai le mouvement dans la continuité de ce qui a été fait. Albane, je t'assure de mon soutien et du soutien de tous les membres des Droits de la Terre. Je ne trahis pas un secret en annonçant que tu vas bientôt rejoindre Tony Lierering à New York. Je sais que tu feras du bon travail à la tête de notre mouvement. Pour nous, sur le vieux continent, le combat continuera. L'heure arrive où nos décisions radicales protégeront le monde et l'humanité des catastrophes à venir !

Il est applaudi. La cérémonie s'achève ; les gens sont invités à rentrer chez eux et peu s'attardent pour bavarder. Ils savent l'ennemi sournois présent dans chaque inspiration et redoutent qu'il ne se glisse sous leur masque de protection. L'écrasant sur leur bouche, ils s'éloignent sans parler, la tête basse. Quelques journalistes restent autour d'Albane et de Luc Montré. Finebourg pousse Pétronille devant Albane pour qu'elle la remarque. À plusieurs reprises, en effet, la femme lève un regard curieux sur la jeune fille. Enfin, Finebourg, avec l'assurance qui le caractérise, ose l'aborder.

— Madame, nous sommes avec vous. Pétronille Delprat-Montrémy est venue à Paris pour participer à votre combat.

Incrédule, Albane demande :

— Pétronille ? La fille d'Armand Montrémy, qui venait jouer avec Jonathan ?

Pétronille fait oui de la tête et esquisse un léger sourire. Albane la prend dans ses bras et la garde ainsi, contre elle, un bon moment.

— Passe me voir cet après-midi, murmure Albane, je serai si heureuse de bavarder avec toi. Cela me fera du bien d'évoquer Chastelnaud et ce passé qui me semble si lointain. Tu l'as peut-être entendu, je pars pour les États-Unis dans quelques jours. Il se prépare des événements très importants.

— Ce sera avec grand plaisir. Nous viendrons après déjeuner. Les rues de Paris ne sont pas encombrées, on y circule facilement depuis quelque temps ! répond Finebourg à la place de Pétronille.

— Gardez-vous bien ! recommande Albane. Ne traînez pas, la peste guette les oisifs et les frappe avant les autres.

En s'éloignant, Tanguy de Finebourg, satisfait du bon déroulement de ses affaires, soulève son masque pour un baiser sur le front de sa compagne.

À Chastelnaud, Lionel Delprat ne décolère pas. Il a téléphoné plusieurs fois à Pétronille, laissé de nombreux messages sans jamais réussir à la joindre. Il tourne en rond depuis une semaine, cherche le moyen de sortir l'écervelée du bourbier parisien où elle s'est enlisée et ne sait plus à qui se confier pour la protéger contre elle-même, car Pétronille risque la peste, pendant qu'elle se fait dépouiller par un gigolo. Lionel a multiplié les contacts, les supplications auprès des gens qu'il connaît dans les différents ministères, personne n'a voulu prendre la responsabilité de reconduire contre son gré la jeune femme à Chastelnaud : majeure, Pétronille est libre de fréquenter qui elle veut et de se ruiner.

— Je crois que je vais aller la chercher, dit-il à Aurélie.

— Surtout pas ! Il ne faut pas la braquer, mais la manœuvrer en douceur, sinon on n'obtiendra rien d'elle.

Il a touché le fond de l'abîme. Jamais il n'avait imaginé qu'il pourrait être aussi soucieux, aussi impuissant face à une situation très simple. Son être s'emplit d'une douleur profonde à la pensée que Pétronille risque de mourir. Il en veut à tout le monde, à Aurélie qui n'a pas su découvrir à temps les intentions secrètes de la jeune fille, à son frère qui ne cesse de lui chercher des querelles de jaloux, à Ghislaine à l'origine de la rencontre de sa nièce avec ce bon à rien de Finebourg.

Comme chaque fois qu'il est tracassé, Lionel éprouve le besoin de se rapprocher de son frère. La nuit tombe ; l'usine éclairée a toujours la même activité. L'équipe de l'après-midi va bientôt laisser sa place à celle de la nuit. Les machines à embouteiller ne peuvent pas s'arrêter, seul le va-et-vient de camions de livraison s'interrompt dans la cour où les palettes s'entasseront jusqu'au lendemain. Malgré cela, sans Pétronille, Lionel se sent étranger dans cette maison qu'il a fait restaurer et qu'il habite par un caprice de sa nièce. « L'odeur des Montrémy est partout ! » grogne-t-il en errant d'une pièce à l'autre et le long du couloir d'où il a décroché les ancêtres au regard sévère.

Il annonce à Aurélie qu'il se rend à son bureau

des Houilles Blanches et sera de retour dans peu de temps. Ces allers-retours en voiture lui pèsent chaque jour un peu plus et l'absence de Pétronille les rend ridicules. Que n'est-il resté dans sa maison, l'ancienne minoterie Delprat où son bureau se trouvait à quelques pas de son appartement ?

Il gare sa voiture dans la cour déserte. Une seule lumière éclaire la fenêtre à l'étage de l'immense maison autrefois si vivante. C'est Marc qui travaille dans son bureau, Marc qui a refusé jusqu'à ce jour de porter les pieds dans la maison des Montrémy. « C'est un viol, a-t-il dit en lissant sa moustache. Moi, je reste dans mon camp. » C'est peut-être de ce jour que date leur différend.

Lionel monte rapidement l'escalier, pousse la porte du bureau. Marc lève sur lui des yeux injectés de sang, comme s'il était ivre alors qu'il ne boit jamais.

— Qu'est-ce que tu fais ici ? Tu t'es trompé de chemin ? s'écrie Marc. Monsieur Lionel vient vérifier que son frère est attelé aux petites besognes de l'entreprise ? Ou alors tu viens m'accuser d'avoir favorisé la fugue de ta nièce pendant que tu étais à ton prétendu congrès à Lyon où, comme par hasard, se trouvait Florence ?

Lionel reste un instant stupéfait, la main droite posée sur la poignée de la porte. Il ne s'attendait pas à un tel accueil de la part de Marc. Les difficultés de couple de son frère l'ont poussé à cacher sa bonne entente avec Florence, mais il a toujours pensé, en cas de besoin, pouvoir s'en expliquer, avouer aussi un petit dérapage qu'il regrette sincèrement.

Lionel pousse la porte derrière lui, fait un pas vers son frère, les mains ouvertes.

— Voyons, Marc, qu'est-ce qui te prend ? Tu ne vas quand même pas m'accuser de...

— Si, fait Marc laissant libre cours à la colère qu'il contient depuis des mois. Si, tu es l'amant de Florence et tous les deux, vous vous moquez bien de moi ! Ce congrès à Lyon, c'était du bidon ! Tu n'y as jamais mis les pieds, j'ai pris mes renseignements !

Lionel s'assoit sans manière en face de son frère, l'air exaspéré par ses accusations insensées. Bien sûr, il n'a pas mis les pieds au congrès, il voulait seulement rencontrer des personnes avec qui il est en contact par téléphone, bavarder et s'informer avant de se lancer dans une nouvelle aventure. Cela, il l'a fait à l'hôtel.

— Écoute, Marc, tu sais exactement ce que j'allais faire à Lyon. C'est vrai que je n'avais aucune raison de participer aux travaux de professionnels qui m'auraient regardé de travers. Je voulais simplement m'informer auprès de gens avec qui j'avais besoin de nouer des relations personnelles. Tout cela, tu le sais !

— Je le sais, mais je sais aussi que Florence t'a rejoint et que je ne te supporte plus avec tes airs supérieurs, ta manière d'écraser tout le monde, moi en particulier. Je te hais, voilà la vérité ! Il fallait cela pour que je te le dise !

— Enfin, Marc, ne sois pas idiot ! Il ne s'est jamais rien passé entre Florence et moi, rien qui puisse te porter ombrage, sinon une curieuse complicité qui va dans le sens de nos intérêts communs à toi et à moi. Tu ferais mieux de m'écouter : Pétronille est à Paris, entre les mains d'un gigolo qui lui a déjà asséché ses comptes. Et nous ne pouvons rien faire, tu entends, rien !

Marc jette un regard de feu sur Lionel. Il reconnaît bien sa manière de tergiverser, de changer de sujet quand cela l'arrange, d'invoquer les malheurs du monde quand il est seul en cause. Cela finit de l'exaspérer ! Un voile rouge l'aveugle. La colère le met en face de son infériorité de second.

— Tu as couché avec Florence ! Je le sais, elle me l'a dit !

— Écoute, répond Lionel embarrassé, je pourrais le nier, tu n'as aucune preuve. Mais je me dois d'être sincère avec toi. J'avais bu. Ça s'est passé dans des circonstances particulières. Je regrette ! Ça ne s'est jamais reproduit, je te le jure. Jamais !

— Tu avais bu, toi ? C'est nouveau ! D'ailleurs l'alcool ne crée pas la tentation, il la permet !

Marc bondit comme un diable sorti de sa boîte, une attaque tellement rapide que Lionel n'a pas le temps d'esquiver le coup de poing qui le frappe en plein visage. Il roule au sol, son grand corps cassé en deux. Marc le frappe de nouveau à coups de pied dans les côtes.

— Salaud ! Je veux plus jamais te voir !

Tout à coup vidé de sa force, Marc recule vers le fond du bureau, comme s'il attendait la réplique de son aîné, sa punition méritée. Qu'a-t-il fait ? Lionel se dresse, son visage est d'un blanc de plâtre, il passe la main sur son crâne lisse, sur ses côtes. Marc attend la réplique qui ne vient pas, qui clôturerait une querelle ordinaire, mais Lionel garde ses distances. Comment se peut-il qu'une entente de toute une vie cache autant de haine accumulée ? Enfin, toujours très pâle, il sort.

— Puisque c'est comme ça ! fait-il en fermant la porte derrière lui.

Venant de lui, cette parole est lourde de menaces.

Avec l'été, à mesure que les températures moyennes s'élèvent, la peste atypique gagne les régions septentrionales. Trois cas ont déjà été signalés dans le sud de l'Angleterre, le bacille suit la belle saison en Europe centrale. La France est bloquée, entièrement paralysée, les villes se ferment, les aéroports se vident. De nombreux trains sont annulés, faute de voyageurs. Quelques marchandises continuent de circuler, mais en quantités bien insuffisantes. Les pouvoirs publics multiplient les interventions pour rassurer les gens : les masques de la nouvelle génération assurent une protection totalement fiable. Le bacille UV2 ne pouvant survivre dans une température inférieure à 22 °C, ils recommandent de réfrigérer les appartements. Les marchands de climatisation sont débordés.

Malgré cela, la maladie poursuit son avancée et tue plus de mille personnes par jour en France. Des villes, elle gagne les bourgs et les villages. À Paris, Lyon, Bordeaux, Toulouse, Nantes, Grenoble, on ouvre à grands coups de pelleteuses des fosses en dehors des cimetières devenus trop petits. Les pompes funèbres n'arrivent pas à faire face à la situation. Comme il n'y a plus de place dans les morgues, les cadavres sont stockés dans des camions réfrigérés stationnés sur les places publiques et les parkings. Imposant leur présence lugubre, ils rappellent à tous que le monde a sombré dans le cauchemar.

Les interminables queues devant les magasins qui ont encore quelque chose à vendre évoquent les pires moments de l'Histoire. Les rues sont envahies de pauvres bougres qui n'ont plus de quoi se nourrir et errent en peine d'eux-mêmes, négligeant souvent les précautions élémentaires.

Les historiens auxquels les journalistes donnent la parole affichent un pessimisme puisé dans les exemples du passé. Les grandes pestes du Moyen Âge, celle de 1348 en particulier, ont d'abord connu une phase d'acalmie avant d'emporter les trois quarts de l'Europe. Les scientifiques estiment, en effet, qu'il faut s'attendre au même désastre avec la peste atypique, mais se font rassurants pour éviter les mouvements de panique.

Plusieurs cas signalés sur le continent américain montrent que l'épidémie est désormais mondiale. Les responsables des Droits de la Terre, tout en déplorant ouvertement la catastrophe, lui trouvent une explication rationnelle : la surpopulation. Toute espèce animale en surnombre devient très fragile et est ainsi décimée. Des innocents sont nés pour payer les erreurs des dirigeants et, sur les cadavres de ces millions d'inconnus, Tony Liering répète à longueur de journée ce constat qui accable les gouvernements traditionnels.

Des révoltes éclatent un peu partout ; les régions riches, jusque-là épargnées, n'échappent pas à la violence. La foule a besoin de coupables. Les instances religieuses appellent au calme et à la prière, mais l'heure n'est plus au recueillement.

Malgré cela, la vie continue. Le commissaire Vernouillet n'a pas besoin de quitter Paris pour mener sa nouvelle enquête et il va vite en besogne. Après la mort d'Auguste Ravenault, son échec lui a été reproché, ses erreurs aussi, même si ses supérieurs les lui avaient suggérées. Cette fois, il est pressé de montrer enfin ses capacités. Il n'a pas oublié qu'Albane Morenceau, devenue la compagne de la victime, vient de Chastelnaud. De même, Raoul Ravenault arrivé à Paris quelques jours avant le dernier crime, militant humaniste, soupçonné un temps d'être l'assassin de son père. Lors de la seconde secousse sismique et du meurtre d'Auguste Ravenault, Raoul avait affirmé être chez son mécanicien car sa voiture était en panne. Depuis, Vernouillet a appris que ce n'était pas vrai, que le jeune homme était couvert par son ami et complice garagiste. La mise en accusation d'Armand Montrémy à cause d'une voiture identique à la sienne vue sur les lieux du crime n'avait été qu'une diversion.

Tout pousse le commissaire vers ses premiers soupçons. Il convoque le militant d'Homme et Nature ainsi que sa compagne, Véronique Montel, les interroge séparément. Au moment du crime, Ravenault précise qu'il se trouvait rue de Sèvres chez un militant dont il refuse de donner le nom. Véronique Montel confirme les affirmations de son ami. Elle n'a jamais vu d'arme dans ses bagages, mais ce n'est pas un argument suffisant pour arrêter le commissaire, pressé d'obtenir un résultat qui comptera pour sa carrière. Placé en garde à vue, Raoul Ravenault, qui a eu quelques paroles malheureuses à l'encontre de Lachenal, est écroué et accusé de deux meurtres : celui de Lachenal et celui de son père. Les membres de son organisation protestent mais personne ne les écoute : la peste atypique a envahi tous les écrans et fait les gros titres des journaux. Le peu de battage médiatique autour de cette affaire permet au juge de maintenir en prison un présumé coupable contre lequel il n'a aucune charge.

Tony Lierering, toujours vêtu de blanc, rassurant comme un mage avec sa longue barbe grise tombant sur son poitrail, multiplie les attaques contre les gouvernements qui refusent les propositions des Droits de la Terre désormais majoritaires : « Attendre, précise le leader que l'on considère dorénavant, dans les milieux démocratiques, comme le pire des manipulateurs et un dictateur qui ne recule devant rien, serait la pire erreur. C'est un crime contre l'Humanité et la Terre. Conscients que la sauvegarde du monde passe par notre action, nous n'excluons aucun moyen de faire céder ceux qui persistent à s'approprier le monde pour leur intérêt et contre celui des milliards d'êtres humains qui souffrent. Y compris des attentats aveugles ! » Les populations confrontées aux difficultés croissantes de la vie quotidienne, l'écoutent avec attention puisque les pays contrôlés par les amis de Lierering se débrouillent mieux que les autres : il n'y a pas de mécontents, les denrées alimentaires y sont équitablement distribuées.

Ses partisans, de plus en plus nombreux, bloquent les grandes villes, multiplient les menaces directes contre les pouvoirs en place dont les dirigeants se replient dans un silence coupable, comprenant un peu tard que la situation leur échappe. Ainsi, à Moscou et à Pékin, des manifestations rassemblant des centaines de milliers de personnes sont dispersées par l'armée qui n'hésite pas à tirer sur des civils. Des centaines de victimes s'inscrivent au tableau des martyrs de la Terre et ne font que conforter dans sa position dominante le parti de Tony Lierering qui affirme que le monde lui appartiendra avant la fin de l'année ou sombrera dans le néant.

Les services secrets des différents États tentent d'infiltrer la nébuleuse des Droits de la Terre qui s'appuie sur une multitude d'organisations selon les pays, dont certaines n'hésitent pas à manier les attentats terroristes pour se faire obéir. Ils se heurtent à une organisation extrêmement complexe, présente partout, même au cœur des gouvernements qui affichent ouvertement leur opposition à un parti fascisant. Ainsi, le monde apprend, mais n'est-ce pas déjà trop tard, que des camps d'entraînement militaires existent sur les cinq continents. D'importants stocks d'armes de destructions massives, missiles, fusées sont entreposés dans des abris secrets, prêts à être utilisés quand le décidera le maître Lierering. Et cela s'est fait malgré des dizaines de satellites espions auxquels nulle activité terrestre n'est censée échapper.

Que peuvent les pays démocratiques contre cette déferlante que servent les événements mondiaux et la peste atypique ? Cette année, deux mois avant la saison des cyclones, plusieurs tempêtes tropicales ont dévasté l'Indonésie et la côte ouest de l'Amérique. En Europe, on ne se fait pas d'illusion : les premiers orages violents ont éclaté avant la moisson, des pluie diluviennes ont dévasté les récoltes que les insectes avaient épargnées.

En arrivant à Saint-Pétersbourg, Achille Plantagrin et Irma Tarassi se font conduire à leur hôtel situé en face du palais d'Été dans le quartier chic de la ville des tsars. Le couple retrouve la suite qui lui est réservée à chacun de ses voyages. Irma constate que le personnel n'a oublié aucun de ses objets personnels, tableaux, sculptures, psyché et garde-robe qui restent à demeure à l'hôtel. De même, Achille Plantagrin a son bureau personnel, des tableaux de maîtres et une immense photo qui représente une femme, cette même photo qui se trouve dans tous les palaces du monde qu'il visite. C'est une belle figure souriante de brune aux yeux bleus pleins de malice, aux lèvres très rouges : Adeline Delprat.

Quand il entre dans son appartement, l'obèse porte un long regard à la photo. Son visage se voile, il soupire, c'est le rituel ordinaire. Irma sourit, va poser sa mallette dans la pièce voisine et revient vers Plantagrin qui constate avec satisfaction que la direction a respecté son souhait en ne mettant pas de fleurs sur la table, comme c'est la coutume : il a horreur des fleurs. Quand Irma est en colère contre lui, elle paraît à une réception avec une rose dans les cheveux, et Plantagrin sait à quoi s'en tenir.

— Bien ! dit-il, la peste n'a pas que des côtés négatifs. Elle fait les affaires de ce pays septentrional où la température n'atteint que rarement 22 °C. Nous sommes partis de Genève à temps : deux cents cas de peste atypique en deux jours et les masques manquent ! Les autorités viennent de fermer la ville : impossible d'entrer sans subir le test UV2 et interdiction d'aller dans la rue et les lieux publics le visage découvert. Ici, nous n'aurons pas ces désagréments.

Irma s'installe au bureau où elle met en marche un ordinateur grâce auquel son patron pourra communiquer avec ses collaborateurs restés à Genève ou dans le monde entier.

— Je pense que le traître Bratnieff est très surpris de nous savoir ici. Il ne s'y attendait pas et va chercher à nous mener en bateau.

Irma pianote lentement sur le clavier, le regard fixé sur l'écran. Voilà quinze ans qu'elle partage la vie d'Achille Plantagrin, celui qui mange au lieu de faire l'amour, un lien curieux entre un homme et une femme, sans désir, uniquement tourné vers les affaires. Ils se sont rencontrés alors que Plantagrin, sorti de prison, créait sa société. Deux intelligences froides et décidées qui n'attendaient rien de la vie sinon une position sociale, une reconnaissance pour oublier le passé.

— Tu as un message de Paris ! dit-elle en levant ses yeux vers le gros homme qui, debout depuis cinq minutes, cherche un siège des yeux.

— Paris ? Tu dis bien Paris ? La ville aux cent mille pestiférés ? Alors, c'est une bonne nouvelle.

Il s'approche de la machine et lit : « Comme convenu, la belle Pétronille Delprat est avec moi. Très docile. Mais la vie est tellement chère que nous nous ruinons pour manger. »

— Ce Finebourg est un rat ! commente Plantagrin en s'asseyant dans le fauteuil qu'Irma lui abandonne. Tu donnes ordre à notre banque de Paris de virer dix mille francs suisses sur son compte.

— Attendez, il y a une photo !

Irma pousse un petit cri d'étonnement. Plantagrin regarde l'image qui couvre tout l'écran sans un mot, le souffle court. Cette photo, en plus jeune, dans une autre attitude, est d'une ressemblance frappante avec celle du mur.

— Tout le portrait de sa mère ! finit par dire Achille Plantagrin. Mais en plus fade, en moins distingué, c'est ce qui me prouve qu'Adeline était irremplaçable. Regarde ce sourire quelconque, ces yeux pleins d'espièglerie. Une capricieuse, voilà ce qu'ils ont fait de leur Pétronille !

— Moi, je la trouve mignonne, objecte Irma.

— Quoi qu'il en soit son sort est décidé, mais cet idiot de Finebourg est capable de tout pour lui extorquer sa fortune.

— Autre message, poursuit Irma, cette fois de votre indicateur de Chastelnaud. Il dit que... Mais c'est incroyable !

Elle a monté le ton tellement la nouvelle lui semble impossible. Plantagrin lit rapidement, puis se tourne vers la jeune femme.

— Qu'est-ce que c'est cette histoire ? demande-t-il d'une voix sourde.

Lui-même n'y croit pas.

— Non, ce n'est pas possible ! Les frères Delprat ne peuvent pas se disputer ! Ils vont très vite se raccommoder. Cette Florence Delprat est une sacrée rouée ! Réussir ce prodige ! Ce n'est qu'un détail, mais nous avons bien fait de faire acheter ses tableaux par la galerie américaine Tennessee qui s'en félicite, car il y aurait des amateurs. Bon, nous verrons les détails plus tard, il va être l'heure de descendre. Notre ami Bratnieff nous invite à prendre le verre de la bienvenue, puis nous irons écouter Cellia Correti qui se produit au palais d'Été. Ensuite nous reviendrons dîner avec ces crabes à qui je vais bientôt arracher les pinces et la petite Cellia qui conduit rondement sa carrière, ce qui prouve que nous avons eu raison de lui faire confiance. Au fait, as-tu prévenu notre garde rapprochée ? Il ne faudrait pas que Bratnieff fasse une bêtise !

— Rassure-toi. De toute manière, je crois savoir que Bratnieff a compris et qu'il va jouer le jeu avec nous.

— J'en doute, car je vois là-dessous quelque chose de beaucoup plus grave que m'avait signalé un de mes informateurs : les dirigeants des Droits de la Terre, dont Tony Lierering, cherchent à s'affranchir des financiers qui leur ont permis d'asseoir leur autorité. Ils pensent que le monde leur appartient et qu'ils n'ont plus besoin de se montrer reconnaissants.

Achille Plantagrin réfléchit. Tout en attendant

Irma, partie se changer, son instinct auquel il se fie souvent lui dit que cette soirée sera déterminante dans la suite de ses projets. Il serait bien incapable d'en donner la raison, mais le flair qui l'a toujours aidé dans ses affaires le tient en éveil, avec ce pincement au ventre qui précède les grandes étapes de sa vie.

Irma sort de sa chambre, vêtue de sombre, maquillée avec goût. C'est assurément une belle femme à la maturité un peu sèche. Souvent Plantagrin s'est dit qu'il avait eu beaucoup de chance de la rencontrer. Leurs destins sont désormais liés et cela les réconforte, lui qui vit encore aux crochets d'une morte, elle qui se sait investie d'un grand pouvoir. Ils descendent lentement au salon où les invités les attendent. Bratnieff se dirige vers le gros homme, un large sourire aux lèvres. Un peu en retrait se tiennent deux hommes : l'un élégant, le visage couvert d'une barbe blanche immaculée, le regard droit, l'autre, petit, maigre, portant sur ses épaules étroites une grosse tête au crâne hérissé de cheveux très courts. Achille Plantagrin, avec son sans-gêne habituel, s'exclame :

— Mon cher Bratnieff, quel plaisir de vous retrouver ! Je vous avoue que ce n'était pas prévu, mais les premiers cas de peste atypique à Genève nous ont obligés à avancer notre visite !

— Permettez-moi de vous présenter mes deux associés dans une nouvelle société : d'abord, M. Haround Plokov. Un Français malgré son nom russe. Sa famille a émigré au moment de la révolution bolchevique. J'ai pensé qu'il vous serait agréable de bavarder avec un compatriote. Il partage sa vie entre Moscou et Paris, mais possède une résidence dans notre belle ville et a décidé de passer l'été ici, car vous n'ignorez pas que les températures montent très haut en été dans la capitale russe et que la peste atypique va sûrement y faire des ravages. Et puis, voici Piotr Moninski, un biologiste polonais qui parle parfaitement le français. Piotr est spécialisé dans les insectes destructeurs des cultures.

— Enchanté ! fait Plantagrin en anglais en serrant la main des deux hommes.

Irma ne quitte pas Plokov du regard. Sous l'abondante barbe blanche, son visage lui dit quelque chose. Elle échange un rapide coup d'œil avec Plantagrin qui comprend. « Mon petit Bratnieff, tu voulais me rouler, mais c'est moi qui te tiens ! Une question me taraude pourtant : pourquoi as-tu invité ces deux hommes au dîner ? J'en aurai vite le cœur net ! »

— Mes associés sont très heureux de faire votre connaissance, poursuit Bratnieff. Je leur ai dit toute la chance que j'ai eue de vous connaître. Ils savent que vous êtes un des soutiens des Droits de la Terre depuis le début et que vous avez toute la confiance de Tony Lierering.

— Très bien, très bien, fait Plantagrin qui comprend ce qui se cache sous cette dernière affirmation.

Les serveurs apportent le champagne français et tous trinquent au succès de chacun. Bratnieff aborde enfin le sujet qui lui tient à cœur :

— Piotr Moninski et son équipe ont beaucoup avancé dans leurs recherches sur les insectes modifiés, en particulier les coccinelles mangeuses de pucerons. Il vous en parlera lui-même.

— Mais les Droits de la Terre vous laissent faire ? Je croyais qu'ils combattaient toutes les modifications génétiques, qu'ils voulaient restaurer une nature « naturelle »...

— Certes, mais les coccinelles de Piotr sont stériles. Elles ne serviront que dans des cas ponctuels et seulement pendant la phase critique de reconquête de la planète par le milieu naturel !

Plantagrin comprend tout de suite l'intérêt d'une telle recherche et se tourne vers Piotr Moninski pour avoir plus de précisions. Il lève sur le Polonais un regard qui se veut indifférent mais dans lequel Irma voit briller une lueur de convoitise. Elle le connaît si bien son obèse, son monstrueux patron ! Faire des affaires est un jeu après sa terrible blessure de jeunesse qui ne se referme pas. Sa boulimie est à l'image de son abandon, il se suicide en mangeant et en osant les entreprises les plus hasardeuses. Et il gagne !

— Ces recherches, monsieur Moninski me semblent du plus haut intérêt. Je suppose qu'elles peuvent s'étendre à tous les insectes, utiles ou néfastes à nos cultures ?

— En effet, répond Moninski en souriant. Je pense fabriquer des générations d'abeilles capables de faire du miel à partir de sucres et de parfums synthétiques...

— Et la peste ? demande tout de go le financier genevois.

— Nous laissons cela aux pays plus concernés que nous. Ce n'est plus un objectif prioritaire !

« Cause toujours ! se dit Plantagrin en échangeant un regard entendu avec Irma. Je ne suis pas dupe ! »

La conversation s'oriente enfin sur les événements mondiaux, sur les modifications du climat et les tragédies qu'ils entraînent, sur les Droits de la Terre en train de conquérir le monde.

— Cela me rappelle la révolution russe, précise Bratnieff. Ils s'appuient sur le mécontentement populaire pour affirmer leur autorité et prendre le pouvoir. J'espère qu'ils ne commettront pas les mêmes erreurs ! Mais nous bavardons, il est temps de rejoindre la salle de concerts du palais d'Été.

Cellia Correti est la vedette du spectacle. La célèbre chanteuse a dû amputer son tour de chant pour cause de peste atypique. Un grand nombre de capitales lui sont interdites et elle a dû accepter des concerts dans les villes du Nord, dans des salles moyennes et petites où elle ne se produit jamais en temps ordinaire. Car tous ses concerts se déroulent à guichet fermé. Sa voix envoûtante, son regard, son attitude, son sens de l'interprétation, sa fragilité apparente émeuvent les foules. Jeunes et vieux se reconnaissent dans cette fille issue d'un milieu modeste. Elle sait aussi soigner son image et passe pour une femme généreuse. Riche, adulée, elle sait employer les mots du cœur qui touchent. Sa vie privée intrigue : seule, ses mœurs austères montrent un chemin trop longtemps délaissé et revenu dans l'air du temps à l'heure où la peste et les catastrophes qui touchent le monde sont ressenties comme une punition.

Bratnieff a retenu pour ses amis le balcon le

mieux placé. Plantagrin s'y installe au centre, de sorte que, de la scène, Cellia sera obligée de le voir. C'est lui le roi de la soirée. Bratnieff a sûrement beaucoup de choses à cacher pour offrir un accueil aussi princier à son bienfaiteur. Tous ces détails n'échappent pas à l'intéressé. Irma qui se tient à côté de son patron sent, à sa gauche, la forte présence de Plokov.

Enfin le silence se fait dans la salle. La vedette de la soirée arrive sur scène. L'orchestre est en place, debout pour l'accueillir. Vêtue de noir, ses grands cheveux bouclés tombant sur ses épaules nues, Cellia Corretti sourit au public sous un tonnerre d'applaudissements. Plantagrin, qui ne l'avait pas vue depuis plusieurs années, la retrouve jouant parfaitement son personnage réservé de jeune fille ordinaire à la voix de feu. La chanteuse promène ses grands yeux noirs sur l'assistance, en souriant, un sourire étudié, discret, un peu mélancolique. Plantagrin se dit que ceux qu'il a payés pour s'occuper d'elle ont fait du bon travail. Sur ce coup-là, du moins, il ne s'est pas fait doubler. Il perçoit un pourcentage des immenses revenus de la vedette et personne ne peut le lui contester. Cellia le voit et lui adresse un sourire accompagné d'un petit signe qui fait chaud au cœur de l'obèse, puis les grands yeux noirs s'arrêtent sur Plokov qui ne bronche pas. Irma remarque ce regard appuyé dont elle ne devine pas le sens. Par un hasard dont personne n'a conscience, il s'agit presque de retrouvailles de famille dans cette salle du palais d'Été, mais personne ne le sait.

La musique opère son charme. Cellia chante et

les menaces du monde disparaissent. Les ouragans, les pluies diluviennes, les récoltes dévastées qui font monter le prix de la vie, la peste atypique qui ferme les aéroports, bloque la vie commerciale du monde, tout cela est oublié, gommé par la voix envoûtante qui exprime ce que l'homme a de meilleur, un monde chaleureux où pleurer fait du bien, une compassion universelle capable de réconcilier les forces contraires de l'Univers.

Enfin, Cellia interprète son titre phare, sa fameuse *Chanson pour Renaud*, succès mondial adapté dans toutes les langues et, quand la musique commence, l'assistance applaudit. Le regard de la chanteuse se fixe sur une seule personne dans la salle, Achille Plantagrin, qui se sent gêné. La presse à scandale qui ne sait rien sur elle a cherché à découvrir qui est ce fameux Renaud, mais n'a jamais rien trouvé. La chanson raconte l'histoire d'un garçon très doué pour la musique, un guitariste appelé aux plus grands succès qui se laisse emporter par la drogue pour disparaître à jamais. « Cette fois, j'ai compris, pense encore Irma. Je crois savoir qui se cache derrière la barbe blanche de Plokov, il y a des visages qui marquent et qu'on n'oublie pas. » La chanteuse salue sous les applaudissements et les bouquets de fleurs, remercie le public et se retire.

— Venez, fait Bratnieff, nous nous rendons dans un restaurant discret, Cellia Corretti nous rejoindra plus tard. Monsieur Plantagrin, je sais que vous êtes attaché à cette jeune personne que vous avez beaucoup aidée. Elle est ravie de passer cette fin de soirée en votre compagnie. Je vous prie d'être très discrets. Cellia ne peut se déplacer sans provoquer une émeute.

Ils sortent par une porte dérobée où un taxi les attend et les conduit à travers la ville éclairée vers un restaurant en bordure de la Baltique. Quelques instants plus tard, une énorme limousine se gare devant l'entrée. Plusieurs personnes en sortent, protégeant des curieux la jeune femme enveloppée dans un manteau de fourrure. Des lunettes sombres, un large chapeau cachent le haut de son visage de sorte qu'elle est méconnaissable. Elle est conduite dans le salon où se trouvent déjà Bratnieff et ses invités. La jeune femme pose alors son manteau, ses lunettes, son chapeau et ils reconnaissent tous Cellia qui leur sourit. Elle embrasse d'abord Plantagrin, puis salue les autres jusqu'à Plokov qui se tient en retrait.

— Notre ami est français, précise Bratnieff. Un Français d'origine russe.

— Ah bon ? répond Cellia, curieuse.

L'homme au visage imperturbable a un regard particulier pour la chanteuse, un léger sourire. Ses yeux s'allument d'une lueur étrange, il dit :

— Votre chanson pour Renaud m'a beaucoup touché.

« Cette voix, pense encore Irma, je la reconnaîtrais entre toutes. Donc si cet homme n'est pas Haround Plokov, Piotr Moninski n'est pas plus polonais que moi ! »

Cellia sourit et précise :

— Renaud a vraiment existé. Il m'accompagnait à la guitare dans un cabaret près d'une ville rendue célèbre par un tremblement de terre : Chastelnaud.

Un garçon torturé qui portait son talent comme un boulet trop lourd. Je ne sais pas ce qu'il est devenu, mais je ne l'ai pas oublié.

Le visage de Plokov s'est assombri. La sincérité de la jeune femme le met en face de lui-même, de ce qu'il ne peut dévoiler.

Le dîner se passe à parler de tout et de rien. Piotr Moninski raconte une enfance polonaise qui pourrait être la sienne, Plantagrin parle beaucoup de Genève et des Alpes, Plokov reste silencieux. Cellia l'observe discrètement, quelque chose l'attire vers cet homme silencieux. Son regard peut-être, la forme de son visage, sa voix qui lui rappelle celle de Renaud...

Ghislaine Margeride n'en peut plus. Depuis dix jours, elle tourne en rond dans la cité des Droits de la Terre. Au milieu d'une terre brûlée, pas très loin d'un village autrefois grouillant de vie et désormais habité par des silhouettes trébuchantes, le domaine luxuriant révolte par ses gaspillages. La jeune femme n'est pas libre. Sous des aspects souriants et agréables, David Gandlay reste inflexible dans ses intentions. La Mondass Ingénierie doit travailler avec eux, partager ses bénéfices avec le seul parti qui œuvre pour sauver la planète, sous peine de disparaître. Comme Ghislaine ne peut rien décider, il faut attendre la guérison de Bernard Chaurrit. Un tel chantage, un racket aussi ouvertement avoué révolte Ghislaine.

— Vous n'avez pas raison, lui répond David Gandlay, vous êtes convaincue que le monde a besoin de réformes et vous refusez à ceux qui peuvent travailler pour l'avenir les moyens de leur action. Votre société sera la première bénéficiaire des nouvelles mesures.

— Je n'accepte pas qu'on décrète la suppression de plusieurs milliards d'hommes ! rétorque Ghislaine. Je crois en l'âme. Je suis persuadée qu'une meilleure répartition des richesses apaiserait la faim et conduirait naturellement à une limitation des naissances.

— Vous êtes utopiste. Vous croyez l'homme meilleur qu'il n'est. Seule une organisation mondiale, au départ contraignante, peut sauver notre espèce. Plus tard, quand les mentalités auront évolué, il sera possible de lâcher la bride, pas avant ! Si vous avez une autre solution...

Ghislaine n'insiste pas. Les Droits de la Terre veulent imposer une ségrégation qui heurte sa morale ; elle ne peut pas se résoudre à accepter la mort comme une nécessité. Tout son être se révolte à la pensée d'éliminer des populations au profit des autres jugées plus avancées. Mais alors que faire ? Comment sortir de l'impasse dans laquelle se trouvent des valeurs innées, à la base même de tous les comportements humains ?

Bernard Chaurrit va mieux. Ghislaine a pu le voir deux fois, encore faible, incapable de parler longtemps, mais vivant, bénéficiant des meilleurs traitements dans ce pays où boire un verre d'eau est un luxe.

— Il a perdu beaucoup de sang, lui a expliqué le chirurgien qui l'a opéré, mais il est sauf et va se rétablir très vite.

À la bonne heure. Sans lui, Ghislaine est perdue. Ses longues journées se passent à réfléchir, ce que lui reproche David Gandlay : n'est-ce pas un comportement stérile quand le monde réclame de l'action ?

Elle voudrait rentrer à Paris, mais sait bien que le maître des lieux ne la laissera pas partir tant que

Bernard Chaurrit ne sera pas rétabli et n'aura pas signé un accord avec les Droits de la Terre. Par mesure de sécurité, mais surtout pour qu'on ne puisse pas la localiser, il lui est interdit de communiquer avec l'extérieur. Gandlay se montre volontiers généreux et lui permet cependant d'écouter ses messages téléphoniques, de lire ses SMS sur un appareil à lui. Elle s'étonne au fil des jours de ne pas avoir de nouvelles de Pétronille qui devait venir passer une semaine à Paris. Que s'est-il passé pour que la jeune fille qui d'ordinaire ne reste pas deux jours sans lui écrire ou lui téléphoner soit ainsi muette ? La peste atypique est en France, c'est vrai... Ghislaine sent un poids terrible lui écraser l'estomac.

Les jours s'éternisent, identiques. La prisonnière tourne en rond, ressasse ses angoisses, qui la ramènent toujours à Paris, et multiplie les visites à Bernard Chaurrit, son seul soutien dans cette Afrique qui s'écroule, qui cède à la violence d'une telle multitude de clans qu'on ne sait plus qui égorge qui, mais le sang coule, abreuve la poussière en attente d'une pluie salvatrice.

L'attaque de la cité des Droits de la Terre se produit un soir, au coucher du soleil. Elle surprend tout le monde, même les dizaines de mercenaires surarmés chargés de la défendre. La nuit tombe, presque agréable après la fournaise de la journée. Ghislaine est dans sa case, seule, son esprit vagabonde bien au-delà de ces terres brûlées et inhospitalières. Les premières détonations ne la surprennent pas : les gardiens s'entraînent souvent avec des armes de gros calibre où s'amusent à atteindre une cible lointaine. Pourtant, les tirs des mitraillettes se multiplient. Des cris montent dans la nuit et encore des rafales de mitraillettes. Ghislaine se recroqueville dans un coin, redoutant une balle perdue qui peut facilement traverser les murs en terre. Sa porte vole en éclats, deux hommes cagoulés surgissent devant elle, l'arme levée. Ghislaine, terrorisée, ne bouge pas.

— N'ayez crainte, dit l'un d'eux. Nous ne vous ferons aucun mal. Venez avec nous.

— Où m'emmenez-vous ? Je ne veux pas partir sans Bernard Chaurrit !

— Venez, on vous dit. Ne posez pas de question, votre vie est en danger.

Ils la saisissent chacun par un bras, l'emmènent. Un groupe qui était resté près de la porte marche devant eux pour protéger leur fuite jusqu'à un camion stationné au portail de la résidence. Ghislaine est poussée sans ménagement dans le véhicule qui démarre en trombe dans un nuage de poussièrc. L'attaque n'a pas duré plus de dix minutes.

Ghislaine reprend ses esprits. Ballottée sur une piste couverte d'ornières, elle demande :

— Où m'emmenez-vous ?

— Le président Georges Moduhi vous attend.

Moduhi ! Ghislaine a eu à faire à lui plusieurs fois au cours des dernières années. La Mondass Ingénierie lui a vendu des centaines de pompes destinées à procurer de l'eau à son peuple et qui servaient le plus souvent à alimenter les fontaines de son parc. Un homme d'une quarantaine d'années, visqueux, grossier et qui ne voulait négocier qu'avec elle, la première à avoir résisté à ses avances. Il a poussé l'outrecuidance, lors de leur dernière entrevue, jusqu'à la demander en mariage. Ghislaine lui a ri au nez, ce qui a mis un peu de distance entre les relations d'affaires de la Mondass et ce fat prétentieux, maintenu en place par des intérêts internationaux. Moduhi a été renversé, voilà un an. Depuis, on dit qu'il prépare son retour avec une poignée de fidèles, mais la confusion est telle qu'on ne sait pas qui se sert du président déchu pour se placer dans un jeu extrêmement compliqué.

La fuite recommence donc après quelques jours de répit. Ghislaine pense surtout à Bernard Chaurrit dont l'état nécessite encore des soins. Qu'en ont fait ces mercenaires payés pour tuer ?

Ils roulent bringuebalés dans une nuit chaude. La poussière dessèche les poumons ; les phares éclairent une campagne ocre et noir toujours aussi désolée. Ils arrivent à un campement. Des gardes, mitraillette au poing, surgissent devant le véhicule. Le chauffeur s'annonce et le camion roule lentement entre les tentes, puis s'arrête. Les portières s'ouvrent, Ghislaine est priée de descendre.

— Georges Moduhi, qui est votre ami, vous attend. Vous n'avez rien à craindre.

Ils la conduisent à une tente plus grande que les autres. Deux sentinelles à l'entrée s'écartent pour les laisser passer. L'homme qui l'accueille s'incline avec un grand sourire.

— Chère Ghislaine, soyez la bienvenue. Je viens de vous arracher des griffes de cet affreux David Gandlay. Ici, vous êtes libre.

— Je voudrais bien savoir ce que signifie être libre au milieu du désert ! proteste la jeune femme, de mauvaise humeur. Où est Bernard Chaurrit ?

— Soyez rassurée : votre ami Chaurrit aura tous les soins dont il a besoin. Ce n'est que vous que je veux, vous qui allez devenir ma femme, car j'ai toujours l'intention de vous épouser. Mais rassurez-vous, nous allons quitter l'Afrique pour la France, beaucoup plus sûre malgré les ravages de peste atypique.

À Saint-Pétersbourg, sur le bord de la Baltique, un homme se met à la fenêtre de son appartement qui donne sur la baie de Finlande et regarde longuement la mer et les crêtes blanches des vagues. La voix chaude et ensoleillée de Cellia Correti répète pour la dixième fois les mots pleins d'émotion de la *Chanson pour Renaud.* Haround Plokov en connaît les paroles par cœur et ne parvient pas à détacher ses pensées de ce Renaud qui lui a craché à la figure et qu'il avait décidé de ne plus jamais revoir. Il l'a supprimé de sa mémoire pendant les huit années au bord de la Lena, bien au-delà de la barrière de l'Oural. Pourtant un garçon capable d'inspirer une si belle mélodie, un aussi vibrant poème d'amour, ne peut être totalement mauvais. La voix de Cellia montre à Plokov ses propres torts : il n'a pas su écouter son fils, artiste trop sensible pour avoir des comportements ordinaires. La magie d'une seule chanson, quelques mots le replacent dans ce qu'il n'a pas su être. Avec les années, tout au long des interminables nuits à l'intérieur du cercle polaire, n'ayant que son passé pour survivre, il a compris que la sérénité ne peut s'atteindre dans le ressentiment. Il s'est jugé et a mesuré sa part de torts dans ce qu'il reproche aux autres. La *Chanson pour Renaud* a scellé sa réconciliation avec lui-même et son intention de retrouver sa place, non pour régler des comptes, mais pour vivre enfin.

On frappe. Un garçon d'étage lui annonce le visiteur qu'il attendait. Parce qu'il le raccroche à son passé, parce qu'il vit une haine hors du commun, ce visiteur de cent cinquante kilos l'intéresse. Depuis la soirée au concert, depuis le dîner, Achille Plantagrin a voulu revoir Plokov. Il a remis un nom sur ce visage caché par une barbe blanche et en a déduit que Moninski était Vitterez.

Plantagrin entre de son pas de jars, lent et maladroit. Le moindre effort l'essouffle, il s'assoit sur le premier fauteuil sans attendre d'y être invité.

— Je vais vous dire franchement que je commence à m'ennuyer dans cette ville où il fait toujours froid, même à la fin du printemps. Genève et les Alpes me manquent, déclare l'homme d'affaires.

Plantagrin veut surtout percer le silence de Plokov, découvrir ses intentions. Peut-il espérer en faire un allié dans le bras de fer qui va l'opposer au jeune Bratnieff ?

— Monsieur Plokov, poursuit Plantagrin, je constate que vous vous intéressez à la musique et que vous êtes sensible à la voix de notre amie Cellia Correti. Je l'ai un peu aidée à se propulser sur le devant de la scène. Le monde est ainsi fait qu'il ne suffit pas d'avoir du talent pour réussir, il faut aussi des capitaux. Figurez-vous que ce Renaud a existé. C'était un drogué, fils de bonne famille et musicien de talent. Je l'ai fait chercher, impossible de le retrouver.

— Peut-être est-il mort d'une overdose, remarque Plokov en prenant un air détaché et indifférent.

— Je ne sais pas pourquoi je vous parle de ce jeune homme sans importance. Cellia m'a raconté qu'il était originaire d'une petite ville des Alpes. C'était le fils du patron des Eaux Saint-Jean, une marque célèbre. Toute une histoire ! Le propriétaire lui-même a disparu après sa ruine.

— Une bien curieuse histoire, en effet.

— Parlons de choses sérieuses. Je viens vous proposer une collaboration. Les affaires sont difficiles et j'ai pu remarquer combien vous êtes écouté.

— Je ne suis pas votre homme. Mes affaires me suffisent !

À cet instant, Plantagrin a envie de jouer franc-jeu, de dire à son interlocuteur qu'il l'a démasqué et que sa vie est en danger. Il se retient pourtant, car il est hanté par une question : Adeline n'a-t-elle jamais parlé de son premier fiancé au père de Pétronille ? Chaque fois que Plantagrin se trouve en face de Plokov, c'est Adeline qu'il voit, une Adeline infidèle qu'il veut reconquérir.

La nouvelle tombe dans toutes les salles de rédaction en même temps. Elle n'émeut personne, la peste atypique occupant les antennes et les premières pages des journaux : les élections générales en Inde viennent de donner le pouvoir au président Djoubhi, membre avoué des Droits de la Terre. Pour la première fois, un immense pays, peuplé de près d'un milliard d'habitants, affiche ouvertement son appartenance au mouvement radical international. « Ils ont osé ! » écrit *Libération* en page intérieure. « Un uppercut pour la démocratie ! » titre *Le Monde.* Mais personne ne prend vraiment cette élection au sérieux. Ce qui se passe en Asie n'a rien à voir avec l'Europe et l'Amérique qui dirigent la pensée mondiale, même si l'Inde emmène dans son sillage un grand nombre de pays indécis représentant une très grosse majorité de la population mondiale et de ses richesses. La Chine est sur le point de basculer, mais cela ne change rien à son organisation étatique. Elle applique depuis longtemps deux des grands principes chers aux Droits de la Terre : limitation des naissances et, d'une manière plus discrète, élimination systématique de certaines populations.

Toute l'Amérique latine est désormais conquise. Le Brésil, l'Argentine, le Chili, la Bolivie, la Colombie ont adopté le programme de Tony Lierering. Deux bastions d'opposition refusent encore de céder à la pression populaire : l'Europe, malgré une importante présence parlementaire des nouvelles idées, et l'Amérique du Nord, États-Unis et Canada confondus. La plupart des intellectuels, fatalistes, et coupables de ne pas vouloir regarder une réalité qui leur fait peur, opposent une résistance de façade qui ne s'appuie sur aucun support populaire et risque de voler en éclats avec la crise majeure que la peste atypique est en train de déclencher.

La victoire du président indien n'est pas saluée comme un événement important parce que tout le monde s'y attendait. « Les grands rêves humanistes sont nés trop tôt, dans un monde trop jeune qui n'a pas fait sa crise d'adolescence, s'exclame Éric Pogent qui se dit "philosophe de la nature". Laissons l'Humanité atteindre sa maturité et nous pourrons réinventer des valeurs qui, jusque-là, n'ont été que des rêves ! » Des organisations comme Homme et Nature, qui regroupent à Paris et en Europe les utopistes d'un passé révolu multiplient les interventions, les mises en garde, rabâchent les grands principes, mais restent incapables de proposer la moindre solution concrète. Beaucoup de leurs membres éminents cèdent à la pression de la pensée unique et se trouvent de bonnes raisons pour affirmer qu'il n'y a pas d'autre solution. Ainsi, les anciens démons refont-ils surface sous de nouveaux masques et ne trouvent que quelques illuminés pour les combattre.

Tout cela, Lionel Delprat en a conscience et a su s'en accommoder jusque-là. Les périodes de crises majeures favorisent souvent les plus habiles et les grosses fortunes. Mais pour lui, tout va de travers ; les bénéfices de tant d'années de travail vont s'envoler en fumée, l'énergie pour réagir lui manque. Son imagination si proche du génie l'a quitté ; il est au bord du gouffre et ne fait rien pour ne pas être englouti. Il espère parfois contracter la peste atypique pour avoir une raison ordinaire de ne plus se battre.

Lui qui a toujours agi froidement, lui que l'on compare au serpent pour ses froides décisions, qui ne laisse aucune place au hasard, est vaincu par un excès de sentiments négatifs. Deux êtres l'ont quitté et il se sent perdu, incapable de redresser sa grosse tête trop lourde pour son cou étroit. Vivre lui pèse. Aurélie dépense des trésors d'attention pour le réconforter, mais cela ne lui procure aucun répit. D'ailleurs, Aurélie souffre comme lui du départ et du reniement de la seule personne qui a compté pour ce couple volontairement stérile : Pétronille.

Au début, Aurélie a insisté pour considérer la fugue de la jeune fille comme un caprice et ne pas lui accorder d'importance. La menace de la peste atypique l'a fait changer d'avis. Devant l'urgence, Lionel n'a pas cédé à la panique et, considérant que les règles les plus strictes pouvaient être contournées, a tout fait pour récupérer sa nièce qui a refusé de quitter son gigolo. Il s'est montré prêt à accueillir Tanguy de Finebourg. Le couple n'a pas répondu à cette nouvelle proposition.

Ce que Lionel a toujours redouté se produit : le passé s'impose au présent. Sa nièce n'a pas oublié ses racines même si elle ne les évoque jamais. Les Eaux Saint-Jean prennent le pas sur les Eaux de Pétronille. Lionel n'en prend conscience que lorsqu'il reçoit le message suivant : « Mon oncle, je te déteste. Puisque tu y tiens, je te le dis ! » Par quelle série de maladresses en est-il arrivé là ? Pour la première fois de sa vie, il pense qu'il a été trop sûr de lui, trop sectaire avec sa nièce qui est autant une Montrémy qu'une Delprat. Il a voulu supprimer la partie de cette dualité qui le contrariait et il n'a fait que la renforcer.

La dispute avec Marc lui a donné le coup de grâce, le coup de poignard décisif au moment où il était le plus faible. Ce matin, en y réfléchissant après une nuit sans sommeil, il comprend que cette dispute a les mêmes origines que le rejet de Pétronille.

On frappe. Sa secrétaire lui apporte plusieurs lettres qu'elle dépose devant lui. Lionel lève sur elle des yeux fatigués, cernés de profondes rides. La jeune femme ne dit rien, mais constate que la fatigue lui donne un aspect humain, plus proche des autres. Elle a envie de le plaindre : l'homme de fer a donc un cœur et des sentiments ordinaires qui peuvent lui faire mal.

— Maître Orlandet attend depuis quelques minutes, dit-elle en se dirigeant vers la porte.

— Faites-le entrer.

Elle sort sans fermer la porte. Lionel est désormais au pied du mur. Il a fait attendre un quart d'heure l'avocat de Marc pour se donner un peu de répit avant le déballage de la défaite car maître Orlandet attend dans le hall pour parler du partage des biens, pour concrétiser une séparation, pour prendre acte d'une cassure pire qu'un divorce. Alors, il a envie de décrocher son téléphone, d'appeler Marc, mais il ne le fait pas, retenu par un sentiment mêlé de pudeur, de honte et d'orgueil.

Maître Orlandet a une forte corpulence qui en impose souvent à ses adversaires, un physique de lutteur, un visage carré qui semble fait pour recevoir des coups sans fléchir. La quarantaine grisonnante, il a cependant un regard profondément humain, attentif aux autres. Lionel, qui connaît cet avocat pour avoir eu à faire à lui dans plusieurs litiges avec des clients, sait qu'il met toutes ses forces d'athlète à défendre les causes pour lesquelles il accepte de se battre. Cela lui vaut une grosse clientèle qui lui permet de choisir les affaires qu'il défend et qu'il gagne presque toujours. Sa présence aux côtés de Marc place Lionel dans une position d'accusé.

Les deux hommes se saluent courtoisement et bavardent un instant de tout et de rien. Orlandet remarque combien Lionel est affecté et pense que c'est un bon signe. En sortant de sa sacoche plusieurs dossiers, il choisit alors l'attaque de face afin de profiter des faiblesses de l'adversaire.

— Monsieur Delprat, dit-il en changeant tout à coup de ton, votre frère me charge de représenter ses intérêts dans le partage de vos biens et acquis en commun au sein des différentes sociétés que vous avez créées.

Cette fois, Lionel chancelle : les mots qu'il ne voulait pas entendre viennent d'être prononcés, interdisant de faire machine arrière. Sa grosse tête s'incline vers l'avant, il baisse les paupières, pose ses mains ouvertes devant lui. Orlandet attend la contre-offensive dissimulée sous l'abattement soudain d'un homme qui se trouve en face de l'inéluctable et cherche à l'éviter. Si les consignes de Marc n'étaient pas précises – pas de négociation en vue d'une impossible réconciliation –, l'avocat aurait probablement tergiversé. Il poursuit :

— Commençons par les Eaux de Pétronille, société indépendante qui appartient en propre à votre nièce Mlle Pétronille Delprat-Montrémy et dont vous êtes les gestionnaires. Votre frère vient de recevoir un courrier de votre nièce précisant qu'elle souhaite vendre cette affaire pour, pardonnez-moi de la citer : « ne plus jamais avoir à revenir à Chastelnaud ni dans sa région où elle pourrait rencontrer des membres de sa famille ».

— Elle ne peut pas vendre sans mon accord !

— Si. Elle peut vendre et a chargé maître Ledoux, notaire à Paris, d'entrer en contact avec maître Jacquart, notaire à Chastelnaud, pour cette opération qui va très vite être conclue, un gros groupe de boissons a fait des propositions fort intéressantes. Votre frère est d'accord sur les indemnités que lui propose votre nièce, je dois donc vous remettre ce dossier que vous pourrez examiner tranquillement avant de me faire part de votre décision.

— Je refuse.

— Dans ce cas, l'affaire sera tranchée par le tribunal où je représenterai aussi les intérêts de votre nièce.

Orlandet énumère ensuite les propositions de Marc, précise qu'il attend les contre-propositions de Lionel et qu'il souhaite que l'affaire se règle à l'amiable car les tribunaux ne savent qu'embrouiller les choses simples, puis prend congé.

Une fois la porte de son bureau fermée, Lionel cède à l'abattement. Une vie de travail pour offrir un empire à celle qu'il aime plus que tout est réduite à néant. Que lui restera-t-il ? La réussite, l'argent, le pouvoir, le paraître sont autant de voiles qui cachent l'essentiel : la peur d'une solitude qu'il découvre cachée derrière une brillante destinée.

Non, il ne doit pas abandonner ! Lionel, le grand Lionel Delprat qui a toujours aimé se battre, ramener les autres à ses arguments, qui a eu raison des pires requins des affaires, ne va pas se laisser vaincre par une gamine capricieuse qui n'a pas plus de cervelle qu'une mésange et par son frère qui, à force de soigner les apparences et sa belle moustache, ferait oublier qu'il n'a aucun talent ! Poussés par maître Orlandet, Pétronille et Marc vont certainement se réconcilier pour le terrasser, mais Lionel saura les mettre à genoux, les faire ramper devant lui. L'un et l'autre ne perdent rien pour attendre et vont vite comprendre qu'on ne gagne jamais contre Lionel ! Il les écrasera comme des vers !

La porte du bureau s'ouvre lentement. À son mouvement lent mais assuré, il sait qui actionne la poignée. La femme qui entre est blonde, presque aussi grande que Lionel dont elle a adopté, par habitude, les attitudes et les tournures de phrases. Jusque-là, Aurélie a bien caché ses sentiments et son envie de donner libre cours à sa jalousie : la brouille avec Marc la concerne puisqu'au centre se trouve la pétillante Florence. Son instinct lui a souvent soufflé qu'entre sa belle-sœur et Lionel existait une entente secrète née de deux natures différentes, mais pas opposées. Elle en est malheureuse, l'heure est venue de le dire.

— Maître Orlandet sort de ce bureau pour me parler du partage avec Marc et de la vente des Eaux de Pétronille, dit-il sur un ton qui se veut dégagé, mais où Aurélie sent la pression d'une animosité contenue.

— Marc est honnête et sincère. Il a probablement cédé à la jalousie qui le ronge depuis longtemps. Reconnais que cette jalousie, aussi bien Florence que toi n'avez rien fait pour la dissiper !

Lionel se lève de son fauteuil, et, dans une attitude qui lui est habituelle, regarde autour de lui en tournant sa grosse tête vers la fenêtre. Dans la cour de l'usine, des ouvriers chargent des palettes d'eau minérale.

— Qu'insinues-tu ? demande-t-il sur un ton qui se veut sûr de lui. Je ne vois pas quels points communs j'aurais avec cette hystérique. Tout ce qui se dit est destiné à me détruire. Florence a le feu au cul et, si mon frère l'avait un peu bridée, elle serait rentrée dans le rang. Mais là n'est pas le plus grave : Pétronille veut vendre son affaire poussée par son gigolo. Il faut que je trouve le moyen d'empêcher notre nièce de commettre l'erreur de sa vie !

Parler ainsi à Aurélie le replace dans le rôle de celui qui décide et qu'on ne contredit pas. Il y retrouve un peu de force et d'assurance. Aurélie comprend que c'est une fuite et menace sur un ton plus vif :

— Ce que tu as gagné à vouloir diriger le monde est consternant ! Tu vas te retrouver seul et détesté par ceux que tu souhaitais garder près de toi. Je ne dis pas que tu les aimes, car tu n'aimes que toi, mais ils te sont nécessaires quand même. Fais bien attention, Lionel : la solitude, la vraie, celle qui ne s'exprime que par des regrets, même sur une montagne d'or, est le pire des enfers. Que va-t-il se passer ? Tu ne peux pas t'opposer à la vente des Eaux de Pétronille, ni au partage des sociétés Delprat, mais tu ne peux pas survivre à une séparation avec Marc, vos intérêts sont trop imbriqués pour ne pas se contrarier une fois séparés. Tout cela arrive parce que tu n'as jamais été franc envers personne. Pétronille te reproche d'avoir détruit sa famille et d'avoir pris la place de son père. Elle n'a pas tort !

— Elle n'a jamais parlé de son père et déteste les Montrémy. D'ailleurs, elle n'entretient aucune relation avec Julien Montrémy. Qu'est-ce que tu insinues ?

Aurélie se plante devant Lionel. Son regard bleu n'a pas la fixité incolore de celui de son mari, mais une force, une conviction qui en impose.

— Depuis son plus jeune âge Pétronille a appris

à dissimuler ses sentiments. Elle n'aime vraiment qu'une personne, Ghislaine Margeride, actuellement retenue prisonnière quelque part en Afrique. Cette Ghislaine est le seul lien qui la rattache à son enfance, donc à son père, beaucoup plus que ses demi-frères Montrémy et que ses oncles Delprat. Elle s'est toujours mieux entendue avec Florence qu'avec toi ou moi. Florence qui a le même esprit inconséquent et enfantin. Florence avec qui tu m'as trompée. Prends garde qu'elle ne réussisse complètement et qu'elle ne t'enlève la dernière personne qui te reste, celle que tu crois incapable de t'abandonner, ta femme !

Aurélie a parlé comme à son habitude, d'une manière détachée, sans hausser le ton. C'est là toute sa force, sa détermination n'en est que plus incisive, plus démonstrative.

— Qu'est-ce que tu veux dire ?

— Que Florence fait tout ce qu'elle peut pour nous séparer et que si je ne la haïssais pas, je lui donnerais satisfaction.

— Mais je ne t'ai pas trompée ! Pas plus avec Florence qu'avec personne !

— En plus, tu mens ! tranche Aurélie en posant devant son époux une photo qui le représente au lit avec sa belle-sœur.

Il accuse le coup. Face à l'évidence, il ne sait que biaiser.

— Ça n'est arrivé qu'une seule fois. J'avais bu.

— Ah bon ? Voilà que tu t'es mis à boire ?

— Je ne savais plus ce que je faisais, poursuit Lionel en baissant les yeux. Tu sais que j'utilisais

Florence pour des missions bien particulières, alors...

Aurélie fait vivement volte-face et sort, laissant Lionel perdu dans ses suppositions. Il glisse la photo dans la poche intérieure de sa veste et sort à son tour. Dans la cour, il répond au salut des ouvriers d'un geste rapide de sa longue main, monte dans sa voiture quand son portable sonne. C'est Florence !

— Tu tombes bien ! s'écrie Lionel, perdant un peu de son flegme habituel. C'est toi que je veux voir et tout de suite. Je me rendais chez toi.

— Je me doutais que tu chercherais à me voir. Tu peux venir, je t'attends.

Lionel parcourt à grande vitesse les kilomètres qui le séparent de Saint-Geniez. Il arrive devant la maison neuve de Marc. Florence est à la porte.

— Tu peux entrer, Marc n'est pas là.

— Je m'en moque. Tu vas m'expliquer ce que signifie ceci ! exige-t-il en lui mettant la photo devant les yeux.

Un léger sourire lisse les lèvres de Florence.

— Que veux-tu que j'y fasse ? Moi, cela ne me dérange pas. Je couche avec qui je veux et je ne dois rien à personne !

— Eh bien pas moi, figure-toi ! Que tu te moques de ton mari en le faisant cocu à tour de bras m'importe peu, mais moi je ne veux pas perdre Aurélie.

— Écoute, si tu n'avais pas voulu qu'on te photographie au lit avec moi, il ne fallait pas te mettre dans cette situation. Nous avons été amants, et il faudrait si peu de chose pour que nous le soyons encore ! Moi, j'ai fait une croix sur mon mariage, mais toi, tu veux tout garder, ton frère que tu as cocufié en te moquant de lui et ta femme que tu veux bien tromper avec cette coquine de Florence qui t'apporte un peu fantaisie. N'est-ce pas un peu trop ?

— Sache que je vais nier ! Je vais te faire un procès et cette affaire ira très loin.

Florence éclate d'un rire moqueur :

— Mais personne ne te croira ! Tu peux gagner le procès si j'accepte de dire que cette photo est un ignoble trucage. Personne ne sera dupe. Écoute-moi bien : je me demande si ton petit frère n'est pas en train de gagner !

L'été est chaud, souvent torride. Aux sécheresses stérilisantes succèdent des périodes de pluies dévastatrices. De nombreux barrages ont été construits sur les torrents pour limiter l'effet de leurs crues soudaines. Les toitures ont été renforcées, désormais les vitrages des serres résistent aux plus gros grêlons, mais les récoltes en pleine terre sont dévastées en de nombreux endroits. Et la malnutrition gagne du terrain, offrant à la peste atypique des populations fragiles.

La crise touche aussi les pays occidentaux. Les prix des fruits et des légumes atteignent des records. Les difficultés d'approvisionnement liées aux paralysantes précautions prises pour éviter la propagation de l'épidémie vident les étalages.

La chaleur favorise le développement d'insectes dévastateurs, toujours mieux armés contre les produits destinés à les détruire. En plus des pucerons qu'élèvent et que protègent plusieurs espèces de fourmis, les criquets mettent à sac l'Afrique du Nord, l'Espagne, le Portugal, l'Italie, le sud de la France et la Suisse. Les tonnes d'insecticides ne peuvent que limiter les dégâts de fléaux toujours plus résistants qui ne cessent de se multiplier et de gagner de nouveaux territoires.

La peste atypique poursuit son avancée. Tous les pays de la Méditerranée en sont infestés et les centaines de milliers de morts indiquent que la sécurité n'existe plus nulle part. La France recense plus de cent mille cas. Comme il n'y a aucune logique apparente dans la transmission du bacille, comme jeunes ou vieillards sont également exposés, l'épidémie déroute. Les populations accepteraient que des milliers de vieux constituent les premières victimes, n'ayant pas oublié les dégâts dans les maisons de retraite commis par les premières vagues de chaleur au début du changement climatique. Mais cette contamination véritablement « atypique » terrorise. Les gens s'enferment chez eux, cachent leurs morts, laissant ainsi se développer des foyers d'infection où le bacille gagne en virulence.

Au fil des jours, et à mesure que le chiffre des morts augmente, les gouvernements ne savent quelle décision prendre. Tous les laboratoires du monde, tous les biologistes s'acharnent sur le bacille UV2 pour lui arracher ses secrets et piétinent. Aucune avancée sérieuse n'est enregistrée et les travaux du docteur Georges Vitterez qui avait pu isoler, aux débuts de la maladie, une souche aux effets atténués, sont dans toutes les mémoires. Personne n'avait pris au sérieux les affirmations de ce chercheur aux gestes vifs, au visage dévoré de tics car le bacille de l'époque ne s'en prenait qu'aux porcs. Le docteur Vitterez, disparu en Asie, probablement supprimé par ceux que l'épidémie enrichit, a emporté avec lui un secret dont on mesure désormais l'importance.

Avec les mesures sanitaires strictes, les mises en garde, les savants espèrent que la maladie n'atteindra pas les proportions des épidémies du Moyen Âge, mais personne n'en est sûr car trop d'inconnues subsistent : le bacille meurt-il systématiquement dans un air frais ? On l'a cru, pourtant des expérimentations récentes sembleraient prouver le contraire. On pensait, jusque-là, qu'on ne pouvait être contaminé que par inhalation ; là aussi, les certitudes sont moins solides à mesure que les observations se précisent. Combien de temps dure l'incubation ? De deux jours à deux mois ! Les malades meurent généralement, mais quelques rares privilégiés en réchappent et c'est ce qui intrigue les biologistes. L'exemple de Pierre et Jeanne Rousselot n'a toujours pas trouvé d'explication. D'autres personnes ont été épargnées, une vingtaine au plus, qui se sont mises à la disposition de l'Institut Pasteur. Ce mystère permet de garder un petit espoir pour chaque nouveau malade quand tant de contaminations restent inexpliquées.

Beaucoup remettent en cause l'efficacité des masques qui filtrent l'air inspiré. Plusieurs brevets d'appareils respiratoires ont été déposés. Le principe en est simple : une réserve d'air comprimé maintenue à dix degrés pendant les sept minutes nécessaires pour tuer le bacille à cette température est respirée pendant qu'une seconde réserve se constitue, à partir de l'air ambiant filtré et refroidi. Ces dispositifs sont très encombrants et peu esthétiques, mais rassurants pour les quelques personnes qui les achètent.

Quel que soit le système de protection utilisé, les masques sont surtout de trop dans les rapports intimes. Pendant la période d'incubation, le futur pestiféré, en pleine forme, ne manifestant aucun symptôme de l'affection, est extrêmement contagieux. Ainsi, la propagation du bacille UV2 devient-elle pour les milieux puritains, comme son prédécesseur le virus du sida, la conséquence de mœurs trop libres. En France, le ministère de la Santé, qui ne sait où donner de la tête, y répond par une campagne d'information ciblée qui se veut rassurante : les gens sont responsables de leur survie, la contamination ne peut survenir si l'on est prudent.

Véronique Montel se morfond dans l'appartement loué par Raoul Ravenault. Le militant d'Homme et Nature, inculpé pour le meurtre de Loïc Lachenal, a beau clamer son innocence, le commissaire Vernouillet n'a pas du tout l'intention de le libérer. Le laisser sortir de prison provoquerait une insurrection des Droits de la Terre toujours plus puissants. Mieux vaut un faux coupable pour faire taire l'opinion publique que pas de coupable du tout et risquer des manifestations de rues. La vérité demande du courage et de la détermination, vertus peu courantes chez les dirigeants politiques.

Véronique regrette d'avoir quitté Julien sans rien lui dire. Elle analyse son comportement, cherche les raisons de sa fuite et comprend qu'elle n'a jamais cessé d'aimer son handicapé. Pourquoi est-elle devenue la maîtresse de Raoul Ravenault qui la courtisait depuis des années ? Pour être nommée assistante de direction ? Pour doubler son salaire ? Non. Pour protester, pour dire à Julien qu'il était exaspérant, pour échapper à son joug, à sa servitude, pour se libérer d'un fardeau. Julien s'est toujours servi d'elle avec mépris. Il l'a obligée à se séparer de son fils, à se renier, alors elle a voulu se prouver qu'elle pouvait plaire et lui échapper. Maintenant, elle le regrette. Emprisonnée dans cet appartement, elle multiplie les coups de téléphone et n'a aucune nouvelle des deux personnes qui comptent pour elle : Julien qu'elle voudrait rejoindre pour ne plus jamais le quitter, Gaétan, qu'elle a délaissé et qui lui manque.

Quitter ce Paris sordide où elle n'a rien à faire et où elle n'existe pas ! Le silence de ceux qu'elle aime lui fait trop mal. Depuis que Raoul a été incarcéré, les amis qui se succédaient dans cet appartement ne se montrent plus. Elle appelle Julien sur son portable, mais personne ne lui répond. Que fait-il, seul, incapable de se débrouiller ? Comment a-t-elle pu l'abandonner à un moment aussi grave ? C'est de sa faute s'il a arrêté ses exercices de rééducation, de sa faute s'il n'a pas réussi dans son entreprise ; son échec vient du manque de mobilité, de l'obligation de déléguer le travail. Libre de ses mouvements, il aurait pu surveiller ses légumes, combattre les parasites avant qu'il ne soit trop tard. Véronique est coupable de ne pas l'avoir incité à se battre contre lui-même.

La petite musique de son téléphone portable

retentit. Elle sursaute, surprise, presque heureuse que quelqu'un pense à elle. Si c'était Julien ! Le cœur battant, elle regarde le numéro qui s'affiche et ne le reconnaît pas. Elle hésite, prête à couper la communication, puis porte l'appareil à son oreille. Une voix d'homme demande :

— Madame Montel ?

Elle murmure un oui anxieux, consciente que cette voix lui apporte une mauvaise nouvelle.

— Je suis Jean Dulaud, le directeur du collège Legrand à Chambéry...

— Gaétan ? demande-t-elle, prise d'une terrible appréhension.

— Oui, Gaétan s'est enfui voilà une semaine et nous sommes sans nouvelle de lui. Je n'ai pu trouver votre numéro de téléphone que ce matin pour vous avertir.

Véronique sent son cœur s'arrêter, la vie se retirer d'elle. Elle pousse un gros soupir.

— Vous ne savez pas où il peut être ? Vous avez appelé Mme Pestrac, notre ancienne voisine, qu'il considère comme quelqu'un de sa famille ?

— Nous l'avons fait. Mme Pestrac n'a aucune nouvelle de Gaétan. Je dois vous préciser que les recherches sont très difficiles à cause des complications dues à la peste. Il est impossible d'aller et de venir à sa guise.

Véronique marque un silence puis, prenant une longue inspiration, demande :

— Mais Gaétan est-il équipé ? Est-il parti en prenant les précautions élémentaires ?

Nouveau silence, lourd d'une vérité difficile à dire.

— On ne sait pas ! Ici tous les élèves sont équipés d'un masque protecteur, et nous ne déplorons aucune contamination, mais malgré nos recommandations, nos menaces, Gaétan refusait de porter le sien.

— Alors il est en grand danger !

— Espérons qu'il sait ce qu'il fait. Mais, à treize ans, on est souvent imprudent.

Véronique pose son petit téléphone sur la table devant elle. La fugue de Gaétan la condamne. Le jeune garçon lui crie sa solitude et sa désapprobation. Il a voulu affronter la peste, risquer de mourir pour qu'elle daigne enfin s'occuper de lui. Encore une fois, Véronique mesure sa faiblesse, sa lâcheté et surtout son égoïsme. Elle est la seule responsable de cette fugue, la seule à devoir être punie et si la peste doit frapper quelqu'un, c'est bien elle.

Elle doit partir tout de suite, lancer un appel à Gaétan et le retrouver avant qu'il ne soit trop tard, avant que la peste n'ait fait une nouvelle victime innocente. Sa montre lui indique qu'il est dix heures du matin. Elle sera à Chambéry dans l'après-midi.

Pétronille se dresse en face de Tanguy de Finebourg, pour la première fois consciente que le grand amour auquel elle a rêvé n'est pas aussi pur qu'elle a voulu le croire.

— Écoute, j'ai fait ce que j'ai pu ! Ce n'est pas ma faute si la vente des Eaux de Pétronille traîne ! Le notaire dit qu'il faut prendre son temps pour éviter l'imbroglio juridique avec mes oncles, créateurs de la marque, et moi, propriétaire. Certaines clauses des actes sont ambiguës et prêtent à une interprétation qui pourrait se retourner contre nous. De plus, il faut laisser les acquéreurs surenchérir pour obtenir le meilleur prix.

— Tu as sûrement raison, répond le jeune homme en retenant la colère qui blanchit son visage et durcit son regard, mais j'ai un besoin urgent de cet argent pour lancer notre affaire. La crise de la peste atypique nous est favorable. C'est maintenant qu'il faut investir car, bientôt, les vaccins et les sérums vont nous ramener à des conditions ordinaires, plus difficiles. Les jours de la peste atypique sont comptés et nous devons en profiter. Tu comprends ça dans ta petite tête ?

Finebourg a parlé avec dureté, la voix pleine de

reproches. Pétronille n'en peut plus : l'idylle a fait long feu. Tanguy, qui a beaucoup d'affaires, beaucoup de rendez-vous, la laisse seule de longues journées et d'horribles soirées pendant lesquelles elle tente de se distraire en regardant la télévision. Il l'oblige à rester enfermée dans son appartement où la température est maintenue à dix-huit degrés.

— Écoute, je t'ai donné tout ce que j'ai, l'argent de tous mes comptes que mes oncles avaient provisionnés régulièrement pour me faire une belle dot, l'argent de mes bijoux, maintenant tu demandes les Eaux de Pétronille, je veux bien te les donner, mais sois patient !

Finebourg fait quelques pas en direction de la porte, se tourne, le regard méprisant. Pétronille chancelle. Un frisson gelé parcourt son corps ; elle claque des dents. Depuis que son amant s'est mis en colère contre elle pour la première fois, Pétronille se sent mal. Elle n'a plus d'appétit et tremble de froid malgré son gros pull.

— Et puis, tu ne vas pas me dire que tes affaires te retiennent chaque soir ? Je croyais qu'on devait tout faire ensemble et voilà que je passe mes soirées à t'attendre !

La réponse est directe, mais Pétronille, avec son instinct de femme, entend le mensonge :

— Si ! Négocier des affaires importantes demande de sacrifier un peu de son temps.

— Et cela t'arrange bien !

Finebourg prend un air exaspéré, s'approche de Pétronille et la regarde droit dans les yeux :

— Tu me casses les pieds avec tes jérémiades de petite fille gâtée. Je fais ce que je veux et ce n'est pas toi, petite provinciale, qui vas me dicter mon chemin !

Pétronille est bien loin de la belle histoire que lui promettait Finebourg : « On ne se quittera jamais, lui disait-il. On n'aura qu'un but, qu'une seule pensée pour nous deux ! » Désormais, assuré de la dépouiller, il trouve toujours une bonne raison pour s'éloigner d'elle.

Elle comprend que Tanguy de Finebourg ne s'est intéressé à elle que pour sa fortune. Ce soir, parce qu'elle se sent fébrile, Pétronille qui, le temps d'un éclair, a pensé à ce pauvre Jonathan prêt à tout pour elle et qu'elle a méprisé, ose se rebeller :

— Dis tout de suite que lorsque tu auras mis la main sur les Eaux de Pétronille, tu te désintéresseras complètement de moi !

Cette fois, il explose, se précipite sur la jeune fille, lui prend les poignets et les serre jusqu'à ce qu'elle pousse un cri de douleur.

— Qu'est-ce que tu vas croire ? Que j'ai besoin de toi pour trouver de l'argent ? Sûrement pas ! Je cherche au contraire à t'enrichir. Ta propriété des Eaux de Pétronille sera toujours contestée par tes oncles. Ils sont actuellement dans une très mauvaise passe puisqu'ils se sont disputés et ont d'autres soucis. La vente arrange même ton oncle Marc puisque Lionel souhaite garder les eaux minérales pour lui et te les racheter. Il faut qu'elle soit faite avant qu'ils ne se réconcilient ou prennent conscience qu'ils y perdent beaucoup.

— Tu me fais mal ! Tu comprends que je place notre amour avant l'argent, avant tes affaires !

— Tu es bien une femme, toi ! Mais qu'est-ce qui te prend ?

Pétronille, tout à coup très pâle, chancelle, s'affale sur le canapé, la tête renversée. Son corps est parcouru de soubresauts. Un filet de bave coule au coin de ses lèvres.

— Qu'est-ce qui te prend ? fait Finebourg en reculant comme s'il redoutait de toucher celle avec qui il a fait l'amour la nuit précédente.

— Je ne sais pas ! bredouille Pétronille. Je me sens très mal. Je crois que je vais m'évanouir.

Finebourg s'est reculé jusqu'à la porte. La colère a quitté son visage. Il regarde le visage terreux de la jeune fille allongée sur le canapé. Il a lu tant de choses sur la peste atypique qu'il sait en reconnaître les symptômes et ce teint grisâtre, ces tremblements, ce filet de bave, tout dénonce la terrible maladie. Il positionne aussitôt son masque devant son nez et sa bouche.

— Tu ne vas pas me dire que... Est-ce que tu es sortie cet après-midi ? Est-ce que tu as ouvert la fenêtre et laissé remonter la température dans l'appartement ?

Elle ne répond pas, se recroqueville sur elle-même, en proie au terrible tremblement qu'elle ne peut réprimer.

— J'ai froid !

— Dis, tu réponds ?

Les yeux révulsés, elle respire difficilement. Tanguy de Finebourg s'affole. Il a peut-être, à son contact, contracté la terrible maladie. Il s'affole, regarde autour de lui comme s'il cherchait un refuge. Sa compagne va mourir dans quelques heures, quelques jours, au plus. Finebourg ne se sent pas très bien lui-même. Le voilà tout à coup prisonnier d'une nasse impitoyable qui se referme sur lui. Il ajuste son masque et s'enfuit, abandonnant la jeune fille qui l'implore de lui apporter à boire. Il ne doit pas respirer un instant de plus l'air contaminé de l'appartement. S'il est encore indemne, sa seule chance de survie est de laisser la malade seule en face de son inéluctable destin. Il s'éloigne rapidement, entre dans un bistrot où la température fraîche maintient, en théorie, les consommateurs hors de danger. Mais Finebourg n'est pas venu chercher de la compagnie, il veut être seul pour écouter battre son cœur, traquer la moindre douleur, le moindre frisson. Pour l'instant tout va bien. Il hésite sur la nécessité d'aller se faire faire une prise de sang qui peut l'informer très rapidement : indemne, il sera rassuré, mais atteint, il subira le supplice d'une mort annoncée qui va l'effleurer, le quitter pour revenir aussitôt à l'assaut. Le squelette à la faucille dansera au bord de son lit ; chaque soir, il redoutera de s'endormir par peur de ne pas se réveiller.

Pourtant, il se décide. Dans peu de temps, quelques jours peut-être, un sérum et un vaccin seront sur le marché : plusieurs laboratoires annoncent de belles avancées ; des échantillons circulent déjà discrètement. S'il est atteint, avec ses connaissances et surtout avec l'argent de Pétronille, il aura le temps de s'en procurer avant que la maladie ne se déclare. Une chance de survie lui est ainsi offerte. Il ne doit surtout pas la négliger.

Il décroche son téléphone et demande à parler à

Juste Lemoins, un ami de son oncle Bernard Chaurrit qui possède un important laboratoire d'analyses médicales. Lemoins commence par demander des nouvelles de l'otage, quelque part en Afrique :

— On a bon espoir qu'il soit de retour dans quelques jours. Il a pu négocier sa libération, ment Finebourg, mais cela l'arrange d'annoncer le retour de son oncle pour obtenir ce qu'il veut. Au fait, je voudrais faire un test, c'est toujours possible chez vous ?

— Qu'est-ce qui se passe, vous avez pris des risques ?

— Non, mais c'est histoire de me rassurer.

Ils conviennent d'un rendez-vous dans une heure. Finebourg prend le temps de terminer sa bière et sort dans la rue pour se rendre au laboratoire Lemoins situé à proximité de son domicile. Au moment d'entrer, il hésite, puis se décide, passe saluer le docteur Lemoins qui lui fait une prise de sang.

— Vous serez rassuré dans moins d'une heure. Il n'y a aucune raison d'être contaminé si vous avez observé les précautions d'usage. Cette peste ne prend des proportions considérables que parce que les gens se montrent irresponsables. On en a fait des assistés avec la télévision et sa cohorte de spécialistes qui donnent leur avis sur tout. Les personnes les plus nocives de notre société sont les spécialistes !

— En attendant, la peste tue tous les jours des milliers de personnes en France !

— La faute à qui ? À ces gens qui attendent toujours que l'État – le grand mot de notre époque ! – prenne des précautions à leur place.

Le docteur Lemoins gratte le sommet de son crâne haut et dégarni. C'est un homme au visage décidé qui dénote beaucoup de classe et une forte personnalité.

— Rappelez-vous le sida ! Ce virus a surtout tué les pauvres et les irresponsables ! Microbes et virus ne s'attaquent qu'aux parties faibles de l'Humanité ; c'est la loi naturelle qui prend le dessus, une sorte de sélection indispensable.

— Ce sont là les théories des Droits de la Terre. Les Humanistes les contestent vivement !

— Les Humanistes poursuivent un rêve aussi vieux que la pensée, mais qui conduit à la décadence de notre espèce. Il est temps d'appliquer les lois de la nature. Seuls les êtres les plus performants ont le droit de se reproduire, c'est ainsi chez tous les animaux.

Enfin, l'infirmière qui a pratiqué l'analyse entre, un grand sourire aux lèvres :

— Vous pouvez être tranquille, monsieur de Finebourg. Vous êtes indemne de la peste atypique. Continuez de prendre les précautions d'usage et vous échapperez à cette maladie.

Tanguy de Finebourg pousse un profond soupir. Son visage s'éclaire d'un large sourire rassuré. Il a tout à coup une grande envie de vivre et d'entreprendre. Il règle sa note et s'éloigne, la tête pleine de projets. Il retourne à son appartement. Pétronille est toujours recroquevillée sur le canapé, mais consciente. Elle tend une main tremblante vers le jeune homme qui ne cache pas son dégoût. Enfin, elle réussit à lever la tête et, claquant des dents, regarde longuement son compagnon.

— Je vais mourir ! dit-elle dans un souffle.

Il ne la rassure pas. Une pensée le préoccupe : si Pétronille meurt avant la vente des eaux minérales, il n'en aura rien, l'héritage revenant à ses oncles. Il doit donc trouver une parade tant qu'il le peut.

— Je souffre, j'ai le ventre en feu. Je t'en supplie, donne-moi à boire et appelle un médecin, fais-moi hospitaliser, ils trouveront quelque chose pour calmer ma douleur.

Finebourg se rapproche de la jeune fille, le regard lointain. À la manière dont son état s'est aggravé en quelques heures, Pétronille n'a aucune chance d'échapper au bacille UV2. Au fond, cela arrange le jeune homme en simplifiant l'avenir.

— Qu'est-ce que tu crois ? fait-il, dédaigneux. Tu as été assez sotte pour t'exposer, pour sortir sans protection, en cachette malgré mes recommandations. Non, je ne vais pas appeler de médecin, ni t'envoyer à l'hôpital. D'ailleurs, les services sont encombrés et ça ne servira à rien.

— Je te promets que je ne suis pas sortie sans protection. Je t'en supplie, Tanguy, fais quelque chose, je souffre trop !

— Je n'y peux rien. C'est le châtiment divin. Cette maladie a été envoyée aux hommes pour punir les méchants !

— Qu'est-ce que j'ai fait ? C'est vrai, j'ai été un peu capricieuse, mais aussi très malheureuse.

Elle se tait, curieusement lucide face à elle-même, comme si sa dernière heure était arrivée et qu'elle devait faire son examen de conscience avant de comparaître devant le tribunal ultime. Ses nombreux caprices ne s'adressaient aux autres que pour qu'ils l'écoutent, pour qu'ils tournent un regard attentif vers elle. Sa seule erreur a été de téléphoner à son oncle pour lui exprimer une haine qu'elle ne ressent pas à l'instant de mourir. Non, elle ne hait pas Lionel et Marc, elle a parlé ainsi pour faire plaisir à Tanguy, parce qu'elle était un jouet sans volonté, entièrement livrée à l'homme qu'elle aimait.

— Donne-moi mon téléphone, dit-elle d'une voix à peine audible. Il faut que je répare mes fautes puisque je vais mourir.

Elle est tout à coup calme, comme si la douleur avait quitté son corps. Ses membres tremblent encore, mais elle ne claque plus des dents. Son regard a repris un peu de vie.

— Non, je ne te donne pas ton téléphone. Personne ne doit savoir que tu es malade.

— Je t'en supplie. Je ne dirai pas que je suis malade. Je veux seulement dire à mes oncles que je les aime. Et puis, il y a tante Ghislaine.

Ses yeux se perdent au plafond. Non, elle ne veut pas mourir sans laisser un message à sa chère institutrice, la seule personne qui a vraiment compté pour elle. Toutes les deux sont prisonnières, l'une de la peste, l'autre de l'Afrique, cette Afrique dont Ghislaine parlait souvent avec dégoût quoique avec une profonde fascination.

— Je t'en prie, donne-moi mon téléphone. Je ne peux pas mourir sans demander pardon à ceux que j'aime.

— Je t'ai dit que tu n'auras pas ton téléphone !

Finebourg prend le petit objet posé sur la table et le glisse dans sa poche en regardant fixement la jeune femme qui claque de nouveau des dents. Elle se recroqueville sur sa douleur, prononce quelques mots incompréhensibles. Insensible à ses souffrances, son compagnon passe dans la pièce voisine. Pétronille l'entend dans un brouillard gris démarrer l'ordinateur, puis le crissement de l'imprimante lui arrache une grimace. Finebourg, qui n'a pas enlevé son masque, revient dans la pièce, s'approche de la malade et lui tend la feuille et un stylo.

— Signe ici, après je serai gentil avec toi.

Elle voit, toujours dans un brouillard, les lignes noires sur le papier blanc, mais n'arrive pas à les déchiffrer. La douleur broie son corps, deux mâchoires armées de crocs acérés lacèrent ses entrailles. Elle n'arrive plus à fixer ses pensées.

— Signe, je te dis, tant que tu peux le faire !

— Qu'est-ce que c'est ? réussit-elle à articuler.

— Qu'importe, signe !

Faisant un effort considérable sur elle-même, Pétronille réussit à dissiper le brouillard qui l'enveloppe. Le sentiment de se faire escroquer à l'ultime instant de sa vie par ce jeune homme qui a profité de sa crédulité pour la dépouiller lui redonne un peu de lucidité. Les lignes se précisent devant ses yeux, les caractères tremblent encore, mais elle peut deviner le sens du texte que Finebourg veut lui faire signer : « Moi, Delprat-Montrémy Pétronille, saine de corps et d'esprit, désigne Tanguy de Finebourg comme mon chargé de pouvoir pour procéder à la vente des Eaux de Pétronille dont le siège social est situé à Chastelnaud, en Savoie. » Sous le bel amoureux se dévoile la crapule. Est-ce la proximité de la mort qui éclaire l'esprit de la malade d'une aussi grande lucidité ?

— Donne-moi à boire. J'ai du feu dans le corps. Je t'en supplie, donne-moi à boire.

Il passe dans la pièce voisine, ouvre un placard qui se referme avec un bruit de bois frappé, puis revient, un grand verre d'eau à la main. Il pose le verre sur le rebord de la table, hors de portée de la jeune femme, mais en évidence pour qu'elle le voie.

— Tu boiras, je te le promets, mais il faut d'abord que tu signes !

Boire enfin, apaiser les terribles brûlures qui l'assaillent, calmer les battements de son cœur prêt à éclater ! Il suffit de signer cette feuille qui tremble encore devant ses yeux, il suffit d'un griffonnage sur ce blanc pour une affaire qui ne la concerne plus, pourtant, dans un ultime effort, elle repousse la feuille de sa main droite.

— Non, je ne signe pas !

Il a un grand geste des bras, puis ses mains ouvertes comme des pinces se posent sur les épaules de Pétronille et les secouent violemment.

— Mais enfin, qu'est-ce qu'il te prend ? Il faut que tu signes !

— Je ne signerai jamais. Au point où j'en suis...

— Justement, au point où tu en es !

Finebourg serre les dents. La colère l'étrangle, mais il réussit à se contenir et à faire bonne figure.

— Je te jure que je vais aller chercher un médecin, que je vais te faire hospitaliser dans un service particulier grâce à mes relations. Tu vas guérir, mais signe, ça évitera de perdre du temps pour notre vie tranquille, sans souci, sous les cocotiers...

Elle secoue la tête puis s'abandonne à la douleur, serre ses genoux contre poitrine. Son visage déformé grimace hideusement. La voilà tout à coup vieille, sale, repoussante.

— Eh bien, va te faire foutre ! crie Finebourg en sortant de l'appartement et en claquant la porte.

Le silence retombe sur la pièce. Seule, Pétronille a peur. La mort la caresse de sa main gelée et va l'emporter. Des bribes de phrases sortent de ses lèvres sèches. Elle demande à boire, se tourne lentement. Le verre posé sur le rebord de la table lui fait des signes. Elle sombre dans une sorte d'inconscience peuplée d'images. L'une d'elles, qui avait déserté ses pensées et ses rêves depuis bien longtemps, refait surface. C'est un homme de grande taille, vêtu d'un blouson de cuir noir, un homme de classe, tellement différent de Finebourg. Où est-il ? Où est ce père qu'elle n'a pas pris le temps de connaître et vers qui, à l'approche de la mort, vont ses dernières pensées ? À l'instant ultime, au moment de franchir ce cap vers l'inconnu, l'envers de la vie, la jeune fille comprend que son amour pour Ghislaine est associé à celui d'un Armand Montrémy mythique : les deux souvenirs se confondent, ne font plus qu'un, comme si sa tante Ghislaine, son père et elle étaient réunis dans la même personne. Cette image a quelque chose de rassurant qui la ramène à la vie.

La fièvre a dû tomber. Pétronille ne tremble plus

et réussit à se dresser sur les coudes. Le verre d'eau est en face d'elle, à moins de trois pas ! Elle tente de se mettre sur ses jambes, trébuche, tombe sur le plancher en renversant une chaise. Une douleur vive la poignarde au ventre, mais elle trouve assez de force pour ramper jusqu'aux pieds de la table, hisser sa main près du verre dont le contact frais lui fait du bien. La main se ferme sur le verre, renverse un peu d'eau qui fait une langue sombre sur le tapis, réussit à l'approcher de ses lèvres. La jeune femme boit quelques gorgées, puis laisse échapper le verre qui roule à côté de la table. Le feu de son corps s'est un peu calmé, mais elle sent que la fièvre va bientôt la reprendre. Elle n'éprouve aucune tristesse, aucun regret, seulement l'envie de demander pardon à ceux qu'elle a offensés, qu'elle a peinés par ses caprices de petite fille. Que ses dernières forces servent à se réconcilier avec ses oncles, telle est sa dernière volonté.

Elle réussit à se traîner jusqu'à la pièce voisine à la recherche d'un téléphone, mais Tanguy n'en a pas laissé. Il veut que Pétronille meure dans son coin, abandonnée de tous, il ne reviendra pas de sitôt.

Seul l'ordinateur est à sa place sur le bureau. Tanguy n'a pas pensé à l'éteindre, c'est une chance, mais pourra-t-elle rédiger un e-mail quand la brûlure de son ventre la casse en deux ? Un brouillard gris s'étale de nouveau devant elle et dilue l'image de la machine, de l'écran, du clavier que sa main ne réussit pas à atteindre. Elle glisse encore sur la moquette, avec cette seule envie, au milieu de sa souffrance, de crier au secours par l'intermédiaire de cette machine qui la relie au monde. Elle se ressaisit, réussit, en faisant un effort considérable, à se connecter sur Internet. Le brouillard est de plus en plus épais, alors, dans une demi-inconscience, elle pianote une adresse, la seule qui lui vienne à l'esprit, avec ce message : « Au secours ! Pétronille, 12, rue Soufflot, Paris ». Elle appuie sur la touche pour envoyer le message, s'écroule, à côté du tabouret, et dans un dernier râle de douleur, sombre dans le néant. Mourir le plus vite possible pour être délivrée...

À Chastelnaud, la peste atypique n'a pas fait de victimes. Dans la région alpine, la maladie s'est cantonnée aux grandes villes comme Chambéry, Grenoble, Lyon, Annecy. Jean Morenceau a pourtant pris les mesures qui s'imposaient et peut ainsi s'octroyer le mérite d'avoir protégé ses administrés. Avec l'épidémie, il s'est autorisé une petite entorse à ses anciennes habitudes : il a installé son bureau dans sa maison où une climatisation toute neuve maintient la température à vingt degrés comme les spécialistes le recommandent, même s'ils sont de moins en moins certains de l'efficacité d'une telle mesure. Le maire communique par téléphone ; il reçoit ses collaborateurs dans son salon, le conseil municipal se réunit une fois par semaine dans sa grande salle à manger.

Ses désirs de pêche hantent toujours ses rêves. Il se replie sur son passé, revit les séjours heureux au bord des grandes rivières d'Alaska, la Tanana, la Mulchatna, le Yukon. Chaque instant apportait ses joies, d'abord l'attente des poissons qui durait parfois plusieurs jours. Guetter la rivière était un plaisir. L'arrivée des premiers émissaires de la migration qui marsouinaient dans le courant annonçait le début de la pêche. Morenceau regrette, maintenant qu'il se sent trop vieux pour entreprendre ces voyages lointains, de ne pas y être resté plus longtemps, de ne pas avoir plus profité des deux longs mois d'été pendant lesquels les remontées de saumons se succèdent. Il pense souvent à cet ours qui pêchait à quelques mètres de lui et ne le considérait pas plus que s'il avait été lui-même un animal ! Oui, ces souvenirs comptent pour le maire de Chastelnaud qui a voulu lors des dernières élections passer le flambeau à un plus jeune que lui pour un dernier voyage au bout du monde, mais les électeurs l'ont plébiscité et tellement supplié qu'il a abandonné pour eux son ultime désir d'Alaska, de nature sauvage que les hommes n'ont pas asservie. Que deviennent ces étendues nues et vivantes avec le changement de climat ? Une si belle mécanique vivante, où les saumons, gras des largesses de l'océan Pacifique, remontent enrichir les rivières de leur chair qui, en pourrissant, nourrit leur propre descendance, est-elle enrayée ?

Léonie entre dans son bureau. La vieille femme attache ses cheveux blancs en un chignon haut qui dénotait autrefois sa classe de femme issue d'un milieu aisé. Plus grande que la moyenne, elle marche toujours très droite, mais son visage, taillé de profondes rides, montre sa fatigue et ses soucis. Léonie ne s'est pas remise du départ d'Albane. Jonathan n'en fait qu'à sa tête. Enfant perdu, sans repères, il ne cesse de multiplier les bêtises. Ce n'est pas un mauvais garçon, mais il ne s'intéresse pas à son travail. Il ne réussit pas à l'école et si Jean Morenceau ne considérait pas qu'arrêter les études générales pour entrer en apprentissage serait un déshonneur pour sa famille où l'on est médecin de père en fils, ce serait la meilleure chose à faire. Jonathan change d'école privée tous les ans sans améliorer ses résultats et ses grands-parents doivent se rendre à l'évidence : il ne passera jamais le bac. Sa seule passion : la compétition à moto.

À la tête que fait Léonie en entrant dans le bureau, Jean Morenceau devine qu'il s'est passé quelque chose de grave. « Si, du moins, Jonathan s'intéressait à la pêche à la mouche ! » pense-t-il. Sans un mot Léonie s'assoit sur le siège du visiteur et laisse couler ses larmes qui disparaissent dans ses rides.

— Que se passe-t-il ? demande Morenceau en se levant de son fauteuil.

— Jonathan !

— Eh bien, quoi ?

— Il m'a laissé un SMS, parce que je suppose qu'il n'a pas eu le courage de m'affronter verbalement. Regarde.

Elle tend son téléphone portable que le maire prend dans sa main poteléee. Il lit sur le petit écran : « Je pars. Ne me cherchez pas. Je vous donnerai de mes nouvelles bientôt. Ne vous faites pas de souci, tout ira bien ! »

Le grand-père reste un moment immobile, les yeux rivés sur le message, cherchant à en comprendre le sens. Quelle idée est passée dans la tête de son petit-fils ? A-t-il l'intention de rejoindre sa mère avant qu'elle ne parte pour les États-Unis, départ prévu avant la mort de Loïc Lachenal et retardé à cause de la peste atypique ? Non, ce n'est pas possible, Jonathan ne peut pas aller à Paris seul avec sa moto. Alors, où est-il ?

Le vieux maire pousse un profond soupir de lassitude. Il a passé soixante-quinze ans et doit encore se tracasser avec les fugues d'un adolescent mal dans sa peau. Il en veut à Albane, non pas d'être allée vivre à Paris, mais de lui avoir laissé son fils dont le comportement est incompatible avec son âge. Autrefois, c'était un adorable petit garçon affectueux et obéissant. En quelques années, il est devenu cet adolescent étranger que Morenceau ne comprend plus et qui lui échappe chaque jour un peu plus.

— Il faut espérer que ce n'est qu'une petite escapade. Il est peut-être chez un de ses amis ou avec une fille ! Va savoir pour quelle raison il nous a envoyé ce SMS. J'espère au moins qu'il se protège correctement.

— Je n'en sais rien et c'est grave ! répond Léonie qui a surpris plusieurs conversations téléphoniques de son petit-fils. Je ne sais pas ce qu'il trafique depuis quelque temps, mais je me doutais qu'il préparait quelque chose !

Elle a raison, grand-mère Léonie. Les conversations téléphoniques qu'elle a surprises entre Jonathan et ses copains cachent un grand secret : une sortie en Auvergne, l'été prochain, promenade bien innocente. Ce qu'elle ignore, c'est que le jeune homme est amoureux de Pétronille avec la démesure de ses seize ans et que Pétronille ne l'aime pas. Depuis qu'elle est partie à Paris rejoindre un autre garçon, Jonathan ne dort plus, traîne son désespoir, se désintéresse de tout, même de sa nouvelle moto qu'il oublie dans un coin du garage. Que faire pour séduire Pétronille ? Il cherche un exploit à accomplir quand il découvre l'appel au secours de sa belle.

Il n'hésite pas. Le cœur battant, presque heureux de la détresse de celle qu'il aime, il court dans sa chambre, prend les économies qu'il faisait en prévision des vacances en Auvergne. Dans la cour, le soleil lui semble plus chaud que d'habitude. Un orage se prépare, mais ce n'est rien à côté de l'orage qui gronde en lui. Pétronille a besoin de lui !

Il rédige rapidement un SMS à sa grand-mère, ajuste son masque sur sa bouche et son nez alors que, d'ordinaire, il l'utilise peu comme la plupart des jeunes de Chastelnaud, et sort. La tentation de l'aventure, de gagner Paris sur sa moto, le pousse jusqu'à une station-service où il fait le plein, vérifie la pression de ses pneus, puis hésite. Sur la route, il risque d'être arrêté par la police et reconduit chez lui. Même s'il est costaud, s'il paraît beaucoup plus que son âge, on lui demandera ses papiers et il ne pourra pas tricher. La seule manière de voyager rapidement sans être interpellé reste le train. Il se rend donc à Chambéry sur sa moto, prend un billet de TGV pour Paris. « Tu m'appelles, me voilà ! écrit-il à Pétronille. Il n'y a pas de bandits, de dragons, de peste qui puisse m'arrêter ! »

L'anxiété le harcèle. Si Pétronille l'appelle à l'aide, c'est qu'elle ne peut le faire auprès de personne d'autre et que la situation est probablement très grave. La prudence lui souffle de donner l'alerte, mais il renonce : d'autres lui voleront sa victoire ! L'occasion est trop belle de montrer que son amour n'est pas une passade, mais un solide sentiment qui lui donne le courage de braver tous les risques. Jonathan décide de ne rien dire, car une question le rassure et l'angoisse en même temps : pourquoi n'a-t-elle pas appelé ses oncles ?

Le train s'élance dans la campagne. Une pensée perturbe le jeune homme. Ce qu'il fait pour Pétronille, ce voyage à Paris, il a refusé de le faire pour sa mère qui l'avait invité à venir passer les vacances de Pâques avec elle. Il se contente de lui téléphoner de temps en temps, et chaque fois il entend les mêmes litanies : sois sage, travaille bien à l'école, ménage tes grands-parents qui ne sont plus tout jeunes...

Le TGV ne roule pas assez vite, Jonathan est impatient d'arriver. Il s'imagine en train d'enfoncer la porte de l'appartement où Pétronille est retenue séquestrée. Il entre, elle le voit. Son ancien ami veut s'interposer, le jeune homme l'écarte d'un magistral coup de poing, prend Pétronille dans ses bras, la serre contre lui, échange avec elle un baiser de feu, le paradis...

Pendant que Jonathan explore son rêve jusque dans le moindre détail, Tanguy de Finebourg revient chez lui. En entrant, il plaque machinalement son masque sur sa bouche et son nez. L'odeur insupportable le fait hésiter quelques instants, une odeur de chair en décomposition, de mort. Il avance jusqu'au salon, Pétronille n'est plus sur le canapé, elle a renversé le verre d'eau sur le tapis. Il passe le bureau et trouve la jeune fille recroquevillée sur le sol, à côté de la chaise renversée, inconsciente, qui respire difficilement. L'ordinateur fonctionne ; il pianote sur le clavier, découvre le message qui vient d'être envoyé.

Quelles sont les conséquences de l'appel de Pétronille ? Aucune ! L'alerte va être donnée, les pompiers vont venir, ce qui n'a aucune importance puisqu'elle est mourante. Si Finebourg n'a pas pu mettre la main sur les eaux minérales, il a transféré l'argent qu'elle lui a donné sur un compte en Suisse, de ce côté tout va bien.

Par contre, il doit fuir au plus vite. Il racontera aux enquêteurs qu'à la suite d'une dispute avec Pétronille il est parti loger dans un petit studio qu'il possède à proximité. Les voisins pourront attester sa présence puisqu'il y est allé plusieurs fois ces derniers jours. Le jeune homme ne savait pas que Pétronille était malade, personne ne pourra rien lui reprocher, la thèse de la dispute étant invérifiable.

Son scénario le satisfait. Il s'approche de la malade, la pousse du pied pour la faire rouler sur le dos. Pétronille ouvre des yeux vitreux qui ne le voient pas, murmure quelque chose. Finebourg sourit : la mort est imminente, c'est mieux ainsi. Il vérifie qu'il ne laisse derrière lui aucune trace de son passage. L'ordinateur fonctionne toujours, il n'y touche pas. Ses empreintes se trouvent sur le clavier, mais c'est encore normal puisque c'est chez lui. Enfin, il pousse une nouvelle fois le corps du pied et sort.

Le TGV de Chambéry arrive à la gare de Lyon. Un cordon de policiers, masque sur le visage, surveille les passagers en petit nombre. Jonathan ne s'affole pas et avance au milieu des autres. Un policier lui pose la main sur l'épaule.

— Jonathan Morenceau ? demande-t-il.

Le jeune homme s'étonne, puis acquiesce.

— Suivez-nous.

— Qu'est-ce que j'ai fait ? Pourquoi vous m'arrêtez ? Je suis en règle.

— Votre moto a été retrouvée près de la gare de Chambéry, votre grand-père nous a demandé de vous ramener chez vous. Nous allons au commissariat.

— Mais je ne veux pas... Je...

Il était prêt à avouer la raison de son voyage à Paris, mais se retient. Il veut garder pour lui le sauvetage de Pétronille. Une idée lui vient pour justifier sa présence dans la capitale.

— Je suis parti sans rien dire à mes grands-parents, c'est vrai, parce que je veux voir ma mère !

Au commissariat, un des policiers qui l'a arrêté appelle Jean Morenceau à la mairie de Chastelnaud.

— Soyez rassuré ! Nous venons de récupérer votre petit-fils à la sortie du train, bien protégé, donc hors de danger. Je vous le passe.

Le policier tend le téléphone à Jonathan qui hésite, puis prend le combiné. Il s'attendait à des reproches, mais le ton est calme, prévenant.

— On s'est fait beaucoup de souci ! Ce n'est pas qu'on cherche à t'empêcher de te déplacer, d'aller te promener, mais avec la peste, tu comprends notre inquiétude !

— Je sais, mais j'avais envie de voir maman avant qu'elle ne parte aux États-Unis. Et j'étais à peu près sûr que vous refuseriez.

Un petit silence qui marque la désapprobation de Jean Morenceau. Enfin, après une lourde inspiration, le vieil homme décide :

— Bon, tu es à Paris, va donc voir ta mère, mais promets-moi de me téléphoner ce soir et de rentrer demain, car tu ne dois pas manquer tes cours de rattrapage.

— C'est promis, grand-père.

Le policier reprend le combiné et se met d'accord avec Morenceau, puis repose le téléphone.

— On va vous conduire chez votre mère.

Albane, qui prépare son voyage aux États-Unis, ne s'attendait pas à cette visite et s'en montre contrariée :

— Tu arrives au mauvais moment. Je pars demain après-midi. J'ai beaucoup à faire !

Albane embrasse son fils qu'elle trouve changé. Sa ressemblance avec les Morenceau s'est accentuée, le même visage rond que son grand-père, les mêmes cheveux bruns et souples, le même regard un peu lourd. Et cette nonchalance, ces mouvements lents et mesurés. Finalement, elle ne se sent plus du tout la mère de cet adolescent ; son destin est ailleurs, sous les feux de la politique. Un grand rôle l'attend dans les événements historiques qui se préparent.

— Il te faut encore quelques années. Après, tu pourras venir avec moi aux États-Unis. Tony te trouvera une occupation. Mais, en attendant, tu dois rester chez tes grands-parents.

Jonathan se cabre. Il n'attend plus rien de sa mère, mais ne veut pas lui entendre dire qu'elle ne peut pas l'aider. Sa réponse est cinglante, destinée à piquer :

— Ce n'est pas toi que je venais voir à Paris, mais une fille que j'aime et qui a besoin de moi.

— Je m'en doutais ! réplique Albane qui ne pose aucune question car l'identité de la fille que Jonathan rejoint la laisse indifférente.

Son téléphone sonne, elle l'approche de son oreille droite. Déjà, elle est dans sa nouvelle vie, l'arrivée de son fils n'a été qu'un bref intermède qui ne changera rien à sa destinée. Quand elle pose le téléphone, elle se tourne vers le jeune homme :

— Tu ne peux pas sortir ce soir. Tu ne connais pas Paris et la peste fait sortir les voyous qui dépouillent les gens. Tu vas donc dormir ici, demain tu iras rejoindre ta dulcinée.

— C'est que...

Finalement il ne dit rien parce que ça l'arrange. Il redoute la ville inconnue en pleine nuit et préfère attendre le jour. Pétronille l'a appelé en fin de matinée, tant de choses ont pu se passer, une heure de plus ou de moins ne changera pas grand-chose. Il n'empêche que Jonathan se sent coupable de son silence.

— Je ne sais pas ce que font ces pilotes, mais on n'avance pas !

Georges Moduhi consulte sa montre et fait une grimace d'exaspération. Le Falcon privé vole depuis trois heures et commence sa descente sur Lyon. Le ciel est lumineux, d'un bleu intense. Sur l'horizon, les nuages pommelés d'un orage en formation ressemblent à des montagnes enneigées.

— Nous ne sommes plus très loin, réplique Honoré Hyounké. Nous allons atterrir dans une demi-heure environ.

— C'est ça : une demi-heure ! s'exclame Moduhi, de mauvaise humeur. Nous sommes donc à environ quatre cents kilomètres de notre point d'arrivée. Je n'en peux plus !

Le petit avion est parti le matin du Nigeria désormais administré par les Droits de la Terre. Le nouveau gouvernement a renforcé l'armée et la police, mais n'arrive cependant pas à éliminer toutes les factions qui s'entretuent en semant la désolation dans un pays en ruine. L'ancien président, Georges Moduhi, a fui avec son inséparable ami, Honoré Hyounké, une dizaine de gardes du corps recrutés parmi les meilleurs tireurs et une femme recroquevillée sur son siège, Ghislaine Margeride.

Un mois s'est écoulé depuis que Ghislaine et Bernard Chaurrit, gravement blessé, ont été arrachés aux Droits de la Terre par les partisans du président déchu Gérard Moduhi. Un long mois d'attente, d'angoisse avec un blessé qui ne bénéficiait plus de tous les soins nécessaires comme c'était le cas chez Gandley. Mais Bernard Chaurrit, grâce à sa robuste constitution, est désormais hors de danger. Il ne fait pourtant pas partie du voyage : retenu prisonnier, il servira de monnaie d'échange.

— C'est simple, a expliqué Georges Moduhi de sa voix feutrée qui ne prononce pas une syllabe plus haut que l'autre, la vie de votre ami est entre vos mains. S'il lui arrive quelque chose, vous en serez la seule responsable.

Contrainte d'accepter la proposition de Moduhi, Ghislaine revient en France. Elle qui redoutait de ne jamais revoir son pays, de mourir dans cette Afrique attachante et dangereuse, constate avec horreur que l'avion descend vers Lyon. La jeune femme a espéré jusqu'au dernier moment que l'autorisation d'atterrir serait refusée à l'appareil nigérian et qu'il serait obligé de faire demi-tour.

— Je serais le plus idiot si je ne profitais pas de la situation ! dit en riant Moduhi. Ma chère Ghislaine, j'ai envie de vous épouser depuis la première fois où je vous ai vue, souvenez-vous, c'était pour une grosse vente de pompes et d'armes. J'étais au pouvoir à cette époque, aucune femme ne me résistait sauf une que je désirais plus que toutes : vous ! Il a fallu attendre que je sois destitué, que je ne sois plus grand-chose pour arriver à mes fins, mais, cette fois, c'est certain, vous serez ma femme. Il en va de la vie de votre ami Chaurrit. J'ai cru, autrefois, que vous étiez sa maîtresse, et j'ai vite compris que ce n'était pas le cas. Vous êtes une femme qui ne se donne pas, c'est pour cela que je vous veux !

Ghislaine entend ce discours depuis deux semaines, depuis que Bernard Chaurrit est hors de danger. Quand le Français a souhaité rentrer à Paris en assurant Moduhi qu'il l'aiderait dans sa lutte, le président déchu a secoué négativement la tête :

— Vous ne me devez rien, mon cher Chaurrit, grâce à vous je vais devenir citoyen français, cadeau inestimable pour un Africain comme moi qui a quelques ennemis dans son propre pays !

Ghislaine préférerait mourir. Au moment d'embarquer dans l'avion privé (car Moduhi a su profiter de ses huit années de pouvoir pour se constituer une fortune colossale bien à l'abri dans les banques suisses et américaines), il a précisé :

— Ne vous faites pas de souci pour les formalités. Les bans ont été publiés, je vous promets une belle surprise.

Enfin, le Falcon se pose sur la longue piste de Lyon-Saint-Exupéry, roule jusqu'au point de débarquement des vols privés.

— Pourquoi Lyon ? demande Ghislaine.

— Je vous ai promis une surprise, répond Moduhi. N'ayez crainte, vous allez être heureuse.

Le groupe se dirige vers la sortie de l'aéroport où attendent trois grosses voitures avec chauffeurs, réservées à l'avance. Moduhi, qui marche à côté de Ghislaine en se dressant, car il est petit, penche vers elle sa grosse tête aux lèvres molles :

— Vous voilà chez vous, ma chère. Votre premier souhait a été exaucé, mais n'oubliez pas que la vie de Bernard Chaurrit est liée à votre décision. Nous nous marions dans deux heures. À quinze heures, je dois appeler mes collaborateurs qui retiennent votre ami. Si vous êtes ma femme, j'appelle comme convenu et votre Chaurrit est rapatrié. Supposez qu'il m'arrive quelque chose d'ici là, que je ne puisse pas appeler à quinze heures précises ou que je n'en aie pas envie et les os de votre ami iront cuire au soleil d'Afrique. Je suppose que vous ne voulez pas cela, alors vous savez ce qui vous reste à faire !

Ainsi Ghislaine est-elle ligotée par cet horrible personnage qui la dégoûte, qui lui donne la chair de poule chaque fois qu'il s'approche d'elle. Ainsi, sa vie va-t-elle sombrer dans le pire des cauchemars, car elle ne survivra pas à ce mariage, à l'intimité avec ce monstre. Elle va faire ce qu'il faut pour libérer Bernard Chaurrit, son ami, son frère, l'homme qu'elle aime plus qu'un amant puisqu'il n'existe entre eux que communion de l'esprit, l'homme qui lui ressemble tellement par sa chasteté, sa fidélité à la femme qui l'a quitté, son sens aigu du monde et des affaires. Oui, elle va le sauver en épousant ce porc et attendra que Bernard soit de retour, en sécurité, pour se libérer à son tour, pour fuir et se laver de ses souillures là où Moduhi ne pourra pas la pourchasser : la mort.

Les voitures quittent l'aéroport, s'éloignent dans

la campagne. Ghislaine s'est demandé pour quelle raison ils se sont posés à Lyon, elle s'en étonne un peu plus en lisant les panneaux indiquant Chambéry.

— Où allons-nous ?

— J'ai voulu vous faire une grande surprise. Nous allons à Chastelnaud !

— Comment ?

Ghislaine a posé cette question dans un cri.

— Vous n'allez pas faire ça !

Moduhi a un sourire qui aplatit son visage gras.

— Cela ne vous plaît pas ? Je pensais qu'il vous serait agréable de vous marier dans cette petite ville où vous avez vécu les moments forts de votre vie !

— Mais je ne veux pas !

— C'est trop tard pour changer. De toute manière tout est prêt ; nous avons juste le temps d'arriver à l'hôtel des Charmes que nous avons réservé dans sa totalité pour nous, nos amis et quelques autres personnes. Nous devons nous préparer avant la cérémonie.

Vingt minutes plus tard, le convoi arrive au bord du lac Neuf à l'hôtel des Charmes qui, pour une fois, affiche complet. Les tentatives de Jean Morenceau pour rentabiliser ce complexe touristique avec tennis, terrain de golf et la récente base nautique ont été vaines. Les empoissonnements destinés à attirer les pêcheurs ont échoué : les eaux, trop chargées en nitrates, sont de mauvaise qualité et la température en été monte beaucoup trop pour que truites et saumons puissent survivre. Après plusieurs hécatombes, le maire-pêcheur a dû se résigner à ne pêcher que le gardon dans un lac pollué.

— Tout le personnel est à notre disposition, mais pas le personnel ordinaire constitué de Savoyards grossiers, non, du personnel de deux grands hôtels de Genève qui a été prêté à la municipalité de Chastelnaud, ainsi qu'un chef cuisinier de renom pour préparer le banquet. Plusieurs femmes de chambre vont vous aider à vous habiller, car je souhaite que ma future femme soit en blanc. Nous devons être ponctuels, de nombreuses personnalités sont invitées et il ne faut pas les faire attendre. Alors n'oubliez pas pour votre ami, Chaurrit : quinze heures précises ! Quelques minutes de retard pourraient être lourdes de conséquences !

Une flopée d'employés se précipite aux portières des limousines. Des cameramen filment la scène. Ghislaine baisse la tête. À cet instant, les cloches de Chastelnaud se mettent à sonner, indiquant aux habitants que le couple quasi royal vient d'arriver. Un groupe de journalistes attend devant la porte de la mairie et sur la place de l'église où le jeune curé Merpillot est dans tous ses états. Nouvellement arrivé à Chastelnaud après le départ à la retraite du tapageur Michaudin, ce jeune Lyonnais a du mal à se faire admettre par une population rurale sans manières habituée aux propos directs de son prédécesseur. Il se serait bien passé de ce mariage mondain car il sait que sa timidité lui joue de mauvais tours et qu'il bredouille facilement.

Léonie et Jean Morenceau n'ont pas sauté de joie quand ils ont appris que le président déchu Moduhi, qui jouit encore d'une grande popularité en Europe, épousait l'ancienne institutrice de Chastelnaud et souhaitait que la cérémonie se passe dans leur ville. Depuis le tremblement de terre, les Chastelnais ont appris à se méfier de la presse qui sait si bien ériger en vérité universelle un petit détail capable de déformer la réalité. Ils se seraient bien passés de cette publicité qui redonne vie aux vieux fantômes en réveillant l'affaire des Eaux Saint-Jean, la ruine de la famille Montrémy dont personne n'est fier. Les gens d'ici n'aiment pas qu'on les montre à la télévision.

Jean Morenceau, ceint de l'écharpe tricolore, échange régulièrement un regard avec sa femme placée au premier rang. Ce regard les unit en dehors de cette mascarade. Ils pensent à Jonathan qui a passé la nuit en sécurité chez sa mère à Paris d'où il va rentrer ce soir. Le vieux couple, après l'angoisse de la veille, est enfin rassuré, ce qui lui laisse le temps de penser à la future Mme Moduhi. L'ancienne institutrice n'est pas à sa place au bras d'un quadragénaire réputé pour ses propos grossiers. De plus, le mariage de Moduhi marque d'une couleur politique la municipalité de Chastelnaud qui souhaite rester neutre. Le président a été renversé par les Droits de la Terre, il devient donc une victime pour les Humanistes et conserve sa crédibilité aux yeux des diplomates européens qui le gardent en réserve ; sa prochaine nationalité française, incontestable par son mariage, ajoute du poids à ce qu'il représente dans son pays.

Morenceau est engoncé dans son superbe complet qu'il a fallu retoucher car il a encore pris du poids. Il n'aime pas se trouver ainsi sous l'œil des caméras. Il se sent maladroit, lourd, provincial de la pire manière, ridicule avec son masque devant la bouche, ridicule comme Léonie dont il ne voit que les yeux tristes, ridicule comme ces gens qui participent à une cérémonie futile alors que le monde s'écroule sur ses bases, sapé par la peste atypique et dévoré par les Droits de la Terre.

Enfin les Klaxon retentissent dans la rue principale. Un cortège de limousines aux vitres fumées traverse la ville reconstruite. Une bousculade les accueille devant la mairie. Dans une superbe robe blanche à traîne, Mme Margeride, le visage maquillé et inexpressif, sort de la grosse limousine blanche et prend le bras de Moduhi pour entrer dans la mairie suivie par la foule des invités et des journalistes. Il n'y a pas assez de places assises pour tous. Près de Léonie, au premier rang, on reconnaît le préfet et son chef de cabinet, les maires des villes voisines, Lyon et Chambéry, Lionel et Aurélie Delprat, puis, à quelques places d'eux, Marc et Florence Delprat. Les gens d'ici, au courant des tempêtes qui agitent Les Houilles Blanches, ne sont pas étonnés que les deux frères ne soient pas arrivés ensemble et qu'ils ne se soient pas salués. Ils essaient de faire bonne figure au bras de leurs épouses respectives. Pourtant, le grand Lionel baisse sa grosse tête pour éviter les regards curieux qui se posent sur lui. Il se force à sourire : les légères pressions de la main d'Aurélie sur son bras lui rappellent son rôle.

Enfin l'assistance se lève quand le maire annonce d'une voix altérée qu'il va procéder à la cérémonie du mariage. Il ne peut s'empêcher dans son petit discours d'exprimer son inquiétude sur le monde et l'avancée de partis qui ne respectent aucune morale. En parlant ainsi devant des élus, des représentants de l'État (qui jugent ses propos déplacés), Morenceau tente pourtant, une fois de plus, de faire oublier sa réputation d'indécis.

Ghislaine pense à Pétronille qu'elle ne voit pas dans l'assistance. Elle a longuement regardé Lionel Delprat, mais celui-ci a détourné les yeux. Tenue par la volonté de sauver Bernard Chaurrit, elle doit rester dans son rôle de fiancée consentante, sinon le coup de téléphone, à quinze heures, n'arrêtera pas la main des bourreaux. Elle se laisse conduire jusqu'à sa chaise en face du maire qui lui sourit. Des souvenirs fugitifs traversent l'esprit de la jeune femme, le tremblement de terre, la chute du plafond alors qu'elle serrait contre elle une petite fille perdue, Armand Montrémy fuyant sa ville natale, seul sur la route. Le combattant vaincu quittait l'arène, mais n'avait pas livré son dernier combat. Et cette question qui revient encore à son esprit avec son poids de regrets : pourquoi ne s'est-elle pas arrêtée ?

Enfin, après son petit discours longuement préparé qui ne produit pas l'effet escompté, Jean Morenceau procède au mariage, rappelle les devoirs des époux l'un envers l'autre et demande leur consentement. Moduhi prononce un « oui » convaincu, Ghislaine dit « oui » du bout des lèvres, si bas que le maire pousse la torture jusqu'à la faire répéter. Enfin, mariés devant la loi des hommes, applaudis par l'assistance et les journalistes qui photographient le baiser des nouveaux époux, le couple sort, suivi des témoins entre deux haies de journalistes, d'invités et de curieux attirés par ce mariage « princier », qui cherchent dans l'assistance des têtes connues.

En arrivant à l'église, l'attention de Ghislaine est retenue par une petite silhouette noire, qui tient son gros sac à main devant elle, une petite femme dont les cheveux blancs sont cachés par un large foulard gris. La jeune femme s'arrête, lâche le bras de son mari, court devant l'assistance étonnée, prend cette petite vieille dans ses bras et la serre très fort.

— Maman ! dit Ghislaine, riant et pleurant à la fois. Ma petite maman !

— Ma pauvre petite, souffle la vieille femme à l'oreille de sa fille. Qu'est-ce que tu fais là ?

— Je t'en supplie, ne me juge pas ! murmure la mariée. Ne me juge pas !

Moduhi s'est approché et reconnaît la mère de Ghislaine dont il s'est fait apporter des photos. Il l'embrasse avec effusion et, s'adressant plus à la foule qu'à elle, dit d'une voix forte que tout le monde entend :

— Belle-maman ! Vous êtes trop discrète ! Ce grand jour est aussi le vôtre.

Il lui prend le bras et demande à Honoré Hyounké de prendre celui de la mariée pour la conduire dans l'église. Ainsi, mitraillé par les photographes, le cortège entre dans l'édifice derrière le curé qui espère ne pas trop bredouiller. Il a demandé de l'aide, mais, dans sa grande prudence, l'Église n'a pas voulu s'engager au-delà du nécessaire.

L'orgue restauré pour l'occasion enveloppe les

participants dans sa musique triomphante. L'organiste est venu spécialement de Lyon et connaît les limites de l'instrument de Chastelnaud qu'il ne brusque pas.

La cérémonie se déroule comme convenu. À la fin, le couple des mariés reçoit sur le parvis les félicitations des invités. Grave, Ghislaine a pris le bras de sa mère. Au moment de partir, après les photos officielles, Moduhi invite sa belle-mère à prendre place dans l'énorme limousine. La vieille femme refuse :

— Ce n'est plus de mon âge et puis je ne sais pas m'asseoir sur ces grands sièges. La gare est à deux pas, je veux rentrer chez moi !

Moduhi n'insiste pas. Il a eu ses effets pour la presse, cela lui suffit. Il demande à Ghislaine de monter en voiture. Celle-ci embrasse une dernière fois sa mère.

— J'ai pas l'habitude de tout ce monde ! bredouille la vieille femme, je rentre à la maison. Sois heureuse.

— Je t'écrirai pour tout te raconter. Je t'en supplie encore, ne te fie pas aux apparences !

Ghislaine entre dans la limousine où son mari se trouve déjà. Le chauffeur s'assoit cérémonieusement au volant et démarre lentement, suivi d'un impressionnant cortège. Ghislaine consulte régulièrement sa montre. La cérémonie a pris beaucoup de retard, il est treize heures, dans deux heures le verdict va tomber pour Bernard Chaurrit auquel elle n'a cessé de penser. S'il se doutait qu'elle a accepté tout cela pour le sauver ! Cette pensée lui redonne un peu d'espoir. Bernard est rusé, il a des tas de moyens de pression et saura la sortir du bourbier nauséabond dans lequel elle patauge pour lui. La hantise de passer la nuit avec son mari lui retourne l'estomac.

Au vin d'honneur qui précède le banquet où sont conviés les journalistes, la jeune femme voit Moduhi vider verre sur verre. Elle a pu constater cette tendance à s'enivrer dans de nombreuses occasions, le président devient alors grossier et désagréable, mais ce soir l'enjeu est d'importance.

— N'oubliez pas, lui dit-elle à l'oreille que vous devez téléphoner pour Bernard Chaurrit !

— Je n'oublie pas, soyez sans crainte !

Elle salue l'un après l'autre les frères Delprat et s'isole un instant avec Lionel et Aurélie qui lui apprennent que Pétronille les a quittés.

— Elle a rejoint un certain Tanguy de Finebourg, le neveu de votre associé. Nous sommes sans nouvelle depuis trois semaines.

Ghislaine mesure le danger qui menace sa protégée, mais n'en dit rien. Elle s'efforce de sourire aux gens qui la félicitent. Lionel est très affecté, elle cherche à le rassurer :

— Dès mon retour à Paris, je m'occuperai de Pétronille et je vous donnerai de ses nouvelles. Je vous promets que je vais tout arranger. Elle a besoin d'être remise dans le droit chemin. Ne vous faites pas de bile, Finebourg n'est pas si dangereux et j'ai le moyen de lui faire rentrer ses griffes.

Lionel remercie, vide son verre et fait un signe à Aurélie. Ils ne s'attardent pas dans cette fête qui les rebute. Marc et Florence, redoutant des questions auxquelles ils ne veulent pas répondre, font de même.

Le temps passe très vite. Les invités sont pressés de se mettre à table. Moduhi a déjà beaucoup bu et parle à tort et à travers. Ghislaine consulte sa montre : quinze heures moins dix minutes ! En s'asseyant à côté de son époux, elle suggère :

— Si vous appeliez tout de suite pour sauver Bernard Chaurrit, ce serait chose faite et vous pourriez participer pleinement à la fête !

— Qui vous parle d'appeler ? Vous voyez bien que je suis occupé avec mes amis. Ce serait mal venu de téléphoner en un pareil moment...

— Il le faut, Georges, vous le devez parce que vous me l'avez promis.

— J'ai promis à la femme que vous étiez. Désormais, vous êtes mon épouse et je n'ai aucune promesse à tenir vis-à-vis de vous !

Ghislaine reçoit la gifle et se mord la lèvre inférieure. Se serait-elle sacrifiée pour rien ? Moduhi serait-il assez vil pour laisser mourir un homme qu'il a bien connu et qui l'a si souvent aidé ? Cela ne se peut pas.

— Écoutez, Georges, si vous ne téléphonez pas, je fais un scandale, et vous ne pourrez rien contre moi, ici, en public. Rien, parce que vous êtes en Europe et que les femmes sont les égales des hommes. Je vous répète donc : si vous n'appelez pas vos amis tout de suite et si dans les cinq minutes qui suivent votre appel, je n'ai pas un coup de fil de Bernard Chaurrit m'assurant qu'il est libre, je vous jure que je fais un scandale. Les journalistes sont assez nombreux pour rapporter mes propos dans toute la presse. Réfléchissez, c'est aussi une condamnation pour vous !

Moduhi roule ses gros yeux noirs, pose son verre. La griserie l'a quitté. Il sait que Ghislaine n'hésitera pas un instant et qu'il est pris à son propre stratagème.

— Il est quinze heures moins deux minutes ! Deux minutes pour sauver mon ami et pour vous sauver vous-même ! répète Ghislaine.

Moduhi demande à Hyounké de composer un numéro sur un téléphone portable. L'autre obéit puis découvre que son téléphone ne fonctionne pas. Ghislaine lui tend le sien.

Plus que trente secondes avant quinze heures. La jeune femme regarde la petite aiguille rouge courir sur le cadran. Trente secondes pour établir une liaison aussi difficile avec le continent africain. Enfin, Hyounké tend le petit appareil à son patron, centre de tous les regards.

— Allô ! Oui, je suis marié. La cérémonie s'est fort bien passée ! Dites à notre ami Chaurrit de féliciter ma femme.

Il rend l'appareil à son assistant et se tourne vers Ghislaine, un curieux sourire aux lèvres. À cet instant, la jeune femme se demande si elle n'a pas été abusée une fois de plus. Enfin, son petit téléphone sonne. Il est quinze heures quinze.

À quelques milliers de kilomètres de là, Bernard Chaurrit s'étonne. Il ne comprend rien à ce qu'on vient de lui annoncer.

— Je vous expliquerai. Prenez bien garde à vous ! Je vous attends à Paris et je vais faire tout ce que je peux pour que personne ne s'oppose à votre retour.

Elle raccroche, car elle ne veut pas se donner en spectacle. Moduhi, la main devant sa bouche, lui dit alors à l'oreille :

— Ne vous croyez pas à l'abri, ma chère. Chaurrit est momentanément sauvé, mais à la première incartade de votre part, des ordres contraires seront donnés. Il reste le garant de votre bonne volonté !

Luc Montré ne se cache plus dans l'ombre de quelqu'un. Contraint pendant des années de rester au service de Loïc Lachenal, le numéro deux des Droits de la Terre est devenu un homme public que l'on voit beaucoup. Son intransigeance, ses propos souvent brutaux et irréfléchis en font un personnage insaisissable qui cherche à se mettre en avant par des déclarations chocs, mais il n'a pas les avantages de son prédécesseur : c'est un quadragénaire brun, quelconque, la tête plate, les cheveux lisses, coiffés sans manière avec la raie sur la gauche. Il ne plaît pas aux femmes, car il manque d'esprit.

Il sait pourtant qu'il touche au but et regarde son parcours avec satisfaction. Ce petit ingénieur en mécanique a trouvé sa voie dans l'expression radicale d'idées qui ne laissent pas la place au doute, à la remise en cause, à la réflexion. Ce cadre rigide lui convient car il est aussi indécis que brutal. Le hasard l'a placé au bon moment près de Loïc Lachenal de l'expérience duquel il a bénéficié. Maintenant, l'heure est venue de frapper le monde à ses points sensibles, l'Europe et principalement le pays des Droits de l'homme, l'Amérique et sa liberté extravagante. Le dernier combat approche pour ce fils d'un manœuvre en bâtiment, très tôt militant des Droits de la Terre qui n'avait jamais imaginé être aux commandes du plus formidable outil de conquête politique. Cette brusque ascension, même si elle s'appuie sur la mort de Lachenal (sur laquelle il est persuadé que la vérité ne sera jamais faite à cause des multiples rivalités, des haines que le pouvoir génère), le remplit de fierté, le réjouit. Combien de tribuns autrement doués que lui a-t-il laissés sur le bord du chemin ? Lui, Luc Montré, sait qu'il a eu de la chance, que son effacement au temps de Lachenal l'a servi. Désormais, il est en place pour poursuivre une belle carrière.

Albane Morenceau part ce jour même pour les États-Unis afin de coordonner le « débarquement » sur le vieux continent. Montré jalousait cette belle brune ardente à son patron. Il éprouvait pour elle plus qu'un sentiment d'admiration et se réjouit qu'elle travaille aux côtés de Tony Lierering pour le dernier combat : elle se souviendra de lui.

Ce matin, devant une trentaine de collaborateurs, le chef du plus puissant parti de France n'a pas droit à l'erreur :

— Mes amis, le jour J approche, jour qui marquera enfin dans l'histoire de l'Humanité la fin du désordre, de l'anarchie, du manque de cohésion, en un mot la fin de l'Histoire. La rigueur et la gestion de notre espèce et de ses ressources vont permettre à la Terre de panser ses plaies, de redevenir la planète bleue accueillante que nos ancêtres ont connue. Toutes les espèces animales et végétales ont leur place dans cette nouvelle organisation, celle qui marquera l'aboutissement de l'Humanité, qui consacrera son intelligence, sa maîtrise d'elle-même. Malgré les tentatives d'infiltration de notre organisation par nos adversaires, je puis vous assurer que le succès est à notre porte. Albane Morenceau part cet après-midi et ce n'est pas un hasard. De New York, l'égérie de notre mouvement va coordonner notre action aux côtés de Tony Liering. En effet, tout est prêt : la peste atypique qui a frappé cet été les pays riches, les tempêtes, les cyclones, les catastrophes dites naturelles ont sapé le moral des populations qui n'attendent que nous, aussi bien en France que partout ailleurs. Ajoutons à cela la cherté de la vie qui fait que les classes moyennes repoussées dans le camp des pauvres attendent notre secours. Elles ne comprennent pas, en effet, que l'on arrose les pays du tiers-monde avec leur argent tandis qu'elles-mêmes s'appauvrissent et ont de plus en plus de mal à trouver ce qui leur est indispensable. On envoie des tonnes de riz ou de blé dans les régions dévastées par la sécheresse alors que ce riz, ce blé manquent cruellement dans les pays qui les produisent. Un choix délibéré pour cacher la réalité catastrophique de notre planète surpeuplée. Le monde est en feu ; de ce brasier sortira un ordre immuable et en même temps naturel. La raison et la volonté populaire sont de notre côté, la victoire sera celle de la Nature.

Albane Morenceau applaudit avec les collaborateurs. Tous savent que le jour J est imminent, mais pas un n'en connaît la date précise. Le secret a été gardé, mais si Montré en parle avec autant de liberté, c'est que tout est en place, prêt à fonctionner. Des députés européens, membres des Droits de la Terre ou issus de partis associés, ont lancé un ultimatum à leurs gouvernements qui n'ont pas répondu : leur inertie est un aveu de leur échec. Dans le tas, beaucoup de ministres, de hauts fonctionnaires tentent, loin des caméras, de se rapprocher de leurs adversaires pour éviter de sombrer.

Dans Paris circulent des rumeurs que personne ne dément : les Droits de la Terre auraient un sérum contre la peste atypique et un vaccin pour s'en prémunir. Plusieurs journaux consacrent des articles à cette information que les autorités sanitaires ne commentent pas. Au passage des nombreux convois mortuaires qui emportent les pestiférés dans des fosses communes, les poings se lèvent. Des rassemblements de plus en plus fréquents se forment sous les fenêtres des ministères, une foule intense campe au portail de l'Élysée, pour réclamer des explications, mais les responsables se font de plus en plus discrets.

La révolte gronde aussi aux portes des magasins d'alimentation et des grandes surfaces. Les prix ont tellement monté que les salariés de la classe moyenne n'arrivent plus à boucler leur budget. Le pain devient une denrée de luxe ; même si l'on a l'argent pour le payer, il manque sur l'étalage des boulangers qui invoquent tous la même cause : plus de farine. Et cela va continuer : on comptait beaucoup sur la récolte de l'année, mais il faut se rendre à l'évidence. La chaleur a bloqué les grains en formation, le manque d'eau a réduit le rendement, puis les orages du mois de juillet ont maintenu une humidité favorable à la pourriture. Progressivement, mais sûrement, les grandes régions céréalières françaises deviennent impropres aux cultures qui ont fait leur richesse pendant des siècles.

Jonathan Morenceau dit au revoir à sa mère. Albane qui se rend, avec une délégation de son parti, à Roissy pour s'envoler pour New York, a fait le crochet jusqu'à la gare de Lyon pour accompagner son fils qui rentre à Chastelnaud. Mais le jeune homme n'a pas oublié sa mission.

Ce matin, pendant la réunion de sa mère, il est allé à l'adresse indiquée par Pétronille, il a sonné à plusieurs reprises, personne n'a répondu. Une odeur curieuse qu'il n'a sentie que lorsqu'il était proche de la porte l'a inquiété. Il n'a pas osé parler aux voisins et s'est caché plusieurs fois dans le local des poubelles pour ne pas attirer l'attention.

Cet après-midi, après un dernier signe de la main à sa mère qui s'éloigne, il saute du train avant le départ, puis ressort de la gare en ajustant son masque pour éviter d'être interpellé par les patrouilles de police. Dans un magasin de bricolage, il achète un petit pied-de-biche, un peu confus tant il redoute la moindre question à propos de cet outil utile aux cambrioleurs en herbe.

Une fois en dehors du magasin, il cache son outil sous son blouson et prend le métro. Rue Soufflot, il doit attendre un bon moment à l'extérieur de l'immeuble devant une porte fermée. Il se glisse enfin derrière une vieille dame qui entre, son panier de courses à la main. Le cœur battant, il enfonce la pointe du pied-de-biche entre la porte et le support en bois. Le visage tourné vers l'entrée d'où quelqu'un pourrait le surprendre, il pousse le levier de toutes ses forces. La serrure cède avec un bruit de ferraille qui s'amplifie et monte dans les étages.

La porte s'ouvre en grinçant. Une violente odeur de pourriture le repousse, mais il ne perd pas son sang-froid. Pour éviter d'éveiller des soupçons, il coince la porte fermée en poussant un fauteuil, fait quelques pas, toujours écœuré par la puanteur, traverse le vestibule puis une grande pièce. L'appartement semble désert.

Dans le salon, sur le sol, roulée en boule, Pétronille gît, les vêtements souillés, inerte. Terrorisé, Jonathan a envie de fuir, les larmes brouillent sa vue : Pétronille est morte par sa faute ! S'il avait donné l'alarme juste après avoir reçu son appel, la malade aurait été soignée à temps et aurait peut-être guéri ! Il se laisse tomber sur une chaise à côté de la petite table.

Tout à coup, Jonathan sursaute. La main de Pétronille a bougé, les doigts se sont ouverts sur le tapis, puis contractés. Est-ce une illusion, un effet des larmes qui déforment sa vue ? Non : les doigts bougent de nouveau, la main glisse sur le tapis, le bras se replie. Pétronille est vivante !

Il s'accroupit près d'elle, oubliant son dégoût. La jeune fille tourne son visage. De la bave sèche se craquelle en écailles blanches sur ses joues. Ses paupières clignotent, elle ouvre les yeux, voit Jonathan, secoue légèrement la tête comme pour chasser une vision qui n'est pas la réalité.

— Pétronille ? demande le jeune homme.

Les lèvres de la malade bougent, comme pour prononcer quelque chose, mais aucun mot ne sort de sa gorge sèche.

— Qu'est-ce que tu veux ? Tu as soif ?

Elle abaisse ses paupières sur ses prunelles ternes. Le verre renversé près de la malade est sali de dépôts blancs. Jonathan cherche la cuisine, lave le verre puis, ne trouvant pas de bouteille d'eau, laisse couler celle du robinet et revient vers Pétronille qui n'a pas la force de soulever sa tête. Alors, il passe la main sous ses cheveux collés et la soulève très lentement, comme s'il redoutait de commettre un geste irréparable, de la casser. Il approche le verre des lèvres craquelées qui s'entrouvrent lentement. Pétronille avale une première gorgée en faisant une grimace de douleur, puis une seconde. Un filet d'eau coule sur sa joue

— Encore ? Tu as encore soif ?

Le visage de la jeune femme a perdu sa couleur terreuse, comme si la vie reprenait possession de cette chair abandonnée. Jonathan va chercher un autre verre d'eau que Pétronille boit d'un trait, puis elle murmure d'une voix à peine audible :

— Merci. Je ne suis donc pas morte ?

Il lui sourit, heureux de l'entendre parler et pour se donner une contenance. Pétronille veut s'asseoir, son estomac se contracte. Elle a juste le temps, dans un geste maladroit et lent, de tourner la tête avant de vomir sur le parquet. Elle reste un long moment recroquevillée, le corps parcouru de nouveaux frissons.

— Ça ne va pas ? Dis, tu veux que j'appelle un médecin ?

Enfin, elle se tourne vers Jonathan. Ses pensées retrouvent le fil de la vie, le souvenir de la terrible maladie qu'elle vient de vaincre. Car elle est bien vivante et, malgré sa faiblesse, les brûlures et la fièvre ont disparu.

— Ce n'est pas la peine, murmure-t-elle faiblement.

— Mais qu'est-ce qui s'est passé ? Pourquoi tu es là, seule ? Personne ne s'est occupé de toi ?

Elle secoue lentement la tête, tente d'avancer son bras et pose sa main sur celle de Jonathan.

— J'ai reçu ton message, poursuit-il, alors je suis parti sans rien dire à personne. J'ai tourné toute la matinée devant la porte sans savoir comment j'allais faire pour entrer.

— Je suis guérie ! souffle encore Pétronille en essayant de sourire de ses lèvres sèches.

— Je me souviens d'une tempête que nous avons affrontée tous les deux, hors du parc de mes grands-parents. Nous avons failli mourir noyés.

— J'ai envie de lait !

— Tu as de la chance, c'est encore unc denrée que l'on arrive à trouver !

Il allonge Pétronille sur le canapé, s'éloigne vers la porte. Elle l'appelle :

— J'ai peur !

Jonathan réfléchit un instant, puis décide :

— Je cours acheter du lait. Je vais essayer aussi

de trouver quelque chose à manger, n'importe quoi et je reviens. Je bouclerai la porte. Quand tu auras retrouvé des forces, nous aviserons.

Il sort, n'osant pas regarder les passants, comme s'il répandait lui-même l'odeur de la peste, achète du lait, du jambon et deux boîtes de petits pois, toutes ses économies y passent. Il rentre en redoutant que quelqu'un n'ait surpris son secret.

Pétronille réussit à tourner la tête vers lui et sourit.

— J'ai du lait ! dit le jeune homme en posant la bouteille blanche sur la petite table à côté du verre.

Pétronille a remis de l'ordre dans ses pensées. Le nouveau danger qui la menace, après avoir vaincu la peste atypique, c'est le jeune homme sans scrupule qui l'a dépouillée et abandonnée, elle doit se défendre.

— Tanguy de Finebourg... dit-elle sans trouver la force d'aller au bout de sa pensée.

Elle s'endort. Au bout d'une heure, pendant laquelle Jonathan sursaute au moindre bruit dans l'escalier, elle ouvre les yeux et demande :

— Qu'est-ce qu'on peut faire ?

— Dire la vérité. As-tu un portable ?

Jonathan tend son petit téléphone à Pétronille qui boit encore deux verres le lait et compose enfin un numéro.

— Allô ! Mon oncle Lionel ? dit-elle d'une voix un peu plus rassurée. C'est Pétronille. Je te demande pardon.

Lionel, qui rentre du mariage de Moduhi, se fait expliquer par Jonathan ce qui est arrivé à sa nièce.

Quand il repose le téléphone, ivre de bonheur, il éprouve le besoin de partager la bonne nouvelle et appelle Morenceau :

— Monsieur le maire, votre petit-fils est un héros !

Julien Montrémy demande à une infirmière de l'aider à s'asseoir dans son fauteuil. Il veut aller se promener dans les couloirs de l'hôpital, se donner l'impression d'être libre. Ses brûlures au dos et sur les épaules le démangent, signe qu'elles guérissent. Il s'en tire bien, une fois de plus, la mort n'a pas voulu de lui, comme elle l'a repoussé lors du premier tremblement de terre et un peu plus tard lors de sa tentative d'escalade du mont Aïzot.

Que lui reste-t-il ? Du temps vide face à son échec, sa nullité. Jusque-là, il a pu sauver la face, conserver un semblant de dignité. Entrepreneur, patron, il était à la place d'un Montrémy ; ruiné, sans toit, le voilà clochard.

Véronique, qui l'a aimé, n'a cessé de se renier pour lui, d'accepter ses brimades et ses colères, de ramper pour mieux le servir. Comme les meilleurs chiens, elle ne rechignait pas sous les coups de son maître, elle se cachait quand il ne voulait pas la voir et lui faisait la fête quand il l'appelait. Véronique, qui mendiait les caresses et les mots gentils, n'était certainement pas digne de lui, mais savait le servir, lui préparer ses repas, l'aider à se laver et faire l'amour quand il en avait envie. Avec elle, il n'était pas seul !

Il pourrait sortir ce soir ou demain matin s'il avait un endroit où aller, mais désormais il n'a plus de domicile, et personne pour l'accueillir. C'est un indigent handicapé qui ne peut vivre que de la générosité publique et que l'on casera dans quelque hospice.

Pétronille est sa seule famille ; elle pourrait le sauver, intercéder auprès des frères Delprat, mais il ne s'abaissera jamais à lui demander quoi que ce soit. Brader son amour-propre serait se dévêtir de sa dernière dignité, accepter de ramper. Pourtant si la jeune fille pensait à lui, il ne la rejetterait pas.

Dans la vaste salle réservée aux convalescents, Julien pousse son fauteuil avec l'impression de faire de l'exercice, tourne en rond pour fuir les regards qui s'accrochent à lui. Tout le monde l'évite car il est toujours de mauvaise humeur et ses paroles mordent. La chaleur est torride malgré les ventilateurs. Le jeune homme, la chemise collée par la sueur, laisse son regard errer à travers les larges baies. La lumière éclatante de l'été l'aveugle. Ses yeux s'arrêtent sur une silhouette qui se rapproche dans l'allée principale. Est-ce une illusion ? Mais non, la jeune femme vêtue d'un ensemble beige, son masque devant la bouche, est bien Véronique. Voilà qu'elle revient ! Est-ce pour lui demander des comptes ? C'est ce que font les couples qui se séparent. Mais alors, pourquoi ses yeux pleins de larmes lui sourient-ils ?

Elle entre, dévisagée par les malades curieux, s'approche de Julien.

— C'est bien toi ? demande-t-il, incrédule.

Elle fait oui et serre la tête de l'infirme contre sa poitrine en riant et pleurant à la fois. Des mots sortent de sa bouche protégée par le masque. Julien entend : « Pardon, je ne recommencerai plus jamais ! » Le chien fidèle n'a qu'un seul maître et ne peut pas vivre en dehors de sa présence.

— Tout ce qui est arrivé est de ma faute ! ajoute-t-elle.

Puis Véronique pense à Gaétan en fugue, Gaétan qui l'appelle à sa manière et qu'elle doit rejoindre. Elle a appris l'accident de Julien en téléphonant à Mme Pestrac.

— Emmène-moi ! Je ne peux plus rester ici. D'ailleurs je suis guéri, mais si je reste, c'est parce que je n'ai nulle part où aller.

Elle sourit enfin. Julien la regarde comme il ne l'a jamais fait. Il la trouve différente d'avant son départ, plus attirante, mais ne saurait dire quels détails ont changé.

— L'assurance va te rembourser les dégâts de l'incendie. On vivra dans la vieille maison. Il faut recommencer : les serres sont intactes, les terres ne demandent qu'à être cultivées de nouveau. Je vais rester avec toi, je serai tes jambes. Ma faute a été de travailler ailleurs. J'ai eu tort de te laisser seul avec des employés qui ne t'obéissaient pas. Tu vas voir, on va réussir !

Une heure plus tard, après avoir rempli les formalités, Véronique pousse le fauteuil de Julien en dehors de l'hôpital jusqu'à une station de taxi. Ils se font conduire au commissariat principal de police. Un commissaire les reçoit, l'air grave.

— Gaétan est en fuite depuis une semaine. Les barrages routiers mis en place à cause de l'épidémie font qu'il ne peut pas être très loin, mais pour l'instant il nous échappe. Cependant...

Véronique blêmit. Elle comprend au regard du policier la menace qui plane sur son fils.

— Il s'est enfui sans masque. Mais rassurez-vous, nous arrêtons tous les jours des gens qui n'ont jamais pris de masque pour sortir et qui sont indemnes.

Véronique pousse un gémissement d'angoisse.

— Mes hommes sont sur le terrain. Ne vous inquiétez pas, tout se terminera bien. Je vous appelle dès que j'ai du nouveau.

Ils ressortent du commissariat. La ville presque déserte montre son labyrinthe de rues, ses dédales entre les maisons, ses innombrables entrées vers des demeures aux volets clos, autant de cachettes pour Gaétan. La présence de Julien empêche Véronique de se lancer dans ses propres recherches. Ils marchent ainsi dans la rue jusqu'à un hôtel proche du commissariat de police.

— Pourquoi veux-tu rester ici ? On peut rentrer chez nous !

— Pour être plus près de Gaétan quand ils vont le retrouver. Il aura besoin de moi !

Julien ne dit rien, mais son attitude montre sa contrariété, son silence est lourd des anciennes querelles. Rien n'a changé.

Et pourtant, Véronique veut encore croire au miracle. Si Julien et son fils, l'un après son accident, l'autre après sa fugue, pouvaient enfin s'entendre... Tous les trois, ils reconstruiraient le bâtiment détruit par le feu, cultiveraient leurs terres pour produire les plus beaux légumes de la région. « Gaétan a grandi, pense-t-elle. Julien me semble plus calme, son accident lui a montré la relativité des choses et l'avantage qu'il pourrait tirer d'une coopération avec quelqu'un de fort et de valide. À presque quatorze ans, Gaétan est désormais un jeune homme aux épaules solides qui ne demande qu'à se rendre utile si on lui fait confiance ! »

Véronique prend une chambre dans l'hôtel le plus proche. Julien pense à Raoul Ravenault et tout son être se révolte. Le maître ne partage pas son chien fidèle qu'il est le seul à pouvoir frapper ! C'est ce qui le rend sombre dans ce décor impersonnel. Véronique s'en aperçoit.

— Pardonne-moi, mon chéri, mais je n'ai plus assez d'argent pour prendre une chambre dans un quatre étoiles. Ce n'est que pour cette nuit, je suis persuadée que, demain, les policiers auront retrouvé Gaétan et nous irons chez toi, dans ta ferme que nous retaperons. Nous remettrons les serres en production, d'ailleurs elles sont pleines de tomates et de concombres prêts à être vendus !

Il ne répond pas, ce qui montre que ses pensées sont ailleurs. Celui qui regrettait sa mauvaise conduite renoue avec ses anciens démons. La présence de la jeune femme suffit à rallumer ses colères. S'il est là, dans cette chambre sordide où les précédents clients ont laissé leurs odeurs mêlées qui lui retournent l'estomac, s'il est ainsi, dans ce lieu de passage où un Montrémy n'a rien à faire, c'est pour Gaétan, ce garçon mal élevé et jaloux à qui sa mère passe tout. Julien décide :

— Je veux rentrer chez moi, dans ma vieille

maison. Elle n'est pas très confortable, mais elle me suffira. J'ai besoin de cet espace, de ce lieu pour réfléchir à l'avenir.

Véronique sursaute. Il a employé la première personne qui exclut la jeune femme de ses projets immédiats. Elle ne s'attendait pas à un tel revirement qui la laisse un moment indécise.

— Mais, mon chéri, il faut attendre ici pour...

— Pour Gaétan, je sais. Tu peux rester. Moi, je dois partir. Je me trouve dans la maison de tout le monde et je ne peux pas le supporter.

Véronique pousse un soupir d'exaspération. Elle espérait une métamorphose, mais Julien n'a pas changé. La vérité, Véronique la connaît, la fuit depuis longtemps, et ne veut toujours pas la regarder en face : Julien est un infect personnage, un égoïste doublé d'un incapable. Il se drape dans la grandeur passée de sa famille pour cacher sa médiocrité. Il évoque son père, mais reste minuscule à côté d'Armand Montrémy et, conscient de ne pas être à la hauteur, écrase les autres pour paraître plus grand.

— Écoute, Julien, je te promets que si, demain matin, il ne s'est rien passé, nous partirons à Chastelnaud par le premier train.

— Non, c'est tout de suite. Ici, c'est un nid de microbes. Si on reste cette nuit, on va attraper la peste.

Il se dirige vers la porte. Véronique réfléchit rapidement. Entre Chastelnaud et Chambéry, les trains ne roulent pas la nuit. Le premier doit partir vers six heures du matin. Que doit-elle faire ? Seul, Julien n'ira pas loin. L'accompagner, renier une fois de plus ses devoirs de mère ? Les arguments de sa faiblesse s'imposent à son esprit, comme toujours, pour la faire céder. Elle ne peut pas laisser le handicapé livré à lui-même. Une fois de plus, les forces lui manquent. Alors, elle va au bout de son dévouement. Julien a raison, cet hôtel à bas prix n'est pas pour eux : leur relation mérite mieux qu'un lieu public destiné à de viles amours, à des rencontres de passage. L'endroit est malsain, la peste, sûrement tapie dans les draps de ce lit, les attend.

Elle se décide, ramasse ses affaires qu'elle avait rangées dans le placard et la salle de bains, prend sa veste et son sac.

— Tu as raison. Nous serons mieux chez nous. J'appelle un taxi pour nous conduire à la gare.

Ils ont de la chance : un train part pour Chastelnaud. Ils y prennent place avec les difficultés habituelles pour charger le fauteuil de Julien qui parvient à se tenir sur ses jambes le temps de l'opération. Ils n'échangent pas un mot pendant tout le voyage, Julien redoute d'être confronté aux ruines que son inconséquence a provoquées. Véronique se dit qu'à Chambéry ou ailleurs, elle sera avertie de la même manière quand la police aura mis la main sur son fils.

À Chastelnaud, la jeune femme retrouve sa voiture à l'endroit où elle l'avait laissée, dans la rue de Raoul Ravenault pour une fuite qui se voulait sans retour, mais ce n'était qu'une protestation un peu plus osée que les autres. Le soleil, bas sur l'horizon, disparaît derrière de gros nuages sombres qui annoncent de l'orage pour la nuit.

À la ferme, Julien mesure l'étendue du sinistre. Les tôles tordues par la chaleur, les charpentes calcinées sortent du bâtiment éventré. Les serres brillent au soleil couchant. L'infirme s'y rend avant d'entrer dans la vieille maison où Véronique entreprend de faire un peu de ménage et de rendre habitable une des chambres abandonnées depuis longtemps. C'est humide et froid, une odeur de vêtements poussiéreux, de vieux fruits dessèche la gorge. Il faut aérer, allumer du feu dans la grande cheminée pour assainir l'air, malgré la chaleur du dehors, balayer pour redonner à cet endroit devenu un capharnaüm un vague aspect d'habitation.

Dans les serres, une bonne surprise attend Julien. Les pucerons ont disparu, les systèmes d'arrosage automatique ont bien fonctionné et tomates, concombres, courgettes, laitues ont poussé sans l'aide de personne et sont bons à commercialiser. Julien retrouve un peu de courage et pense à un nouvel emprunt qui, ajouté à l'argent de l'assurance, permettra de relancer la production. Il va s'équiper en voiles de protection neufs pour couvrir les cultures en pleine terre, les derniers modèles sortis tuent les insectes à leur seul contact, mais sont très chers.

Quand il revient à l'ancienne habitation, il trouve une cuisine débarrassée de ses objets hétéroclites. Le feu brûle dans la cheminée ; une agréable odeur de fumée redonne vie à la pièce.

— J'ai pu préparer une chambre pour nous. Le lit est haut, c'est un de ces vieux lits pas très confortables, mais il suffira pour cette nuit, demain nous aviserons.

Il sourit et ce sourire réconforte Véronique, l'illumine d'un bonheur profond qui lui redonne tous les espoirs.

— Pour manger, on va s'arranger, le feu a épargné la remise où se trouvaient des provisions.

Elle est heureuse et en profite, consciente que les moments de répit ne durent pas avec Julien, ses sautes d'humeur sont toujours soudaines et inattendues.

D'ailleurs, il se renfrogne déjà. Véronique va et vient dans cette vieille cuisine sans eau courante et il pense à Ravenault, robuste, valide, plein de vie. Comme elle a dû s'amuser avec lui ! Alors, pourquoi est-elle revenue ? Parce qu'on l'a avertie de la fugue de Gaétan, mais sûrement pas pour lui. Il éprouve le besoin de mordre :

— Avec ce qui s'est passé, tu risques d'être poursuivie pour complicité de meurtre, dit-il d'une voix qui se veut neutre.

Véronique, qui nettoie les deux assiettes, dans de l'eau froide, lève la tête. Elle espérait une belle soirée dans cette maison où l'inconfort avait de l'agrément, où le silence semblait fait pour accueillir des mots d'amour, un répit avant le dénouement d'un drame qu'elle sent proche. La femme voulait oublier un court instant l'angoisse de la mère. Mais Julien, une fois de plus, en a décidé autrement :

— Je veux dire que tu as beaucoup de culot de laisser un handicapé pour suivre un criminel, un parjure, mon ennemi !

Elle ne répond pas, convaincue de sa culpabilité. Si elle était restée sagement ici, elle n'aurait pas perdu son emploi et Gaétan n'aurait probablement pas fui le pensionnat. Une larme roule sur sa joue, un sanglot soulève ses épaules.

— Je te demande pardon. Je ne voulais pas te quitter, je voulais que tu comprennes !

— Que je comprenne quoi ? tonne Julien. Tu m'as laissé seul face à la ruine de mon entreprise, seul dans l'incendie qui a failli m'emporter. Fallait-il que je comprenne que tu avais besoin de t'éclater avec un homme véritable ?

Elle se jette à ses genoux, veut lui prendre les mains, il la repousse rudement.

— Plus jamais je ne dormirai dans le même lit que toi, tu entends ! crie-t-il. J'aurais l'impression de me rouler dans la boue !

Il passe dans la chambre qu'elle a nettoyée, claque la porte. Le silence retombe sur la masure, entrecoupé des efforts de Julien pour se hisser sur le lit. Véronique sanglote un long moment, debout, au milieu de la pièce. La nuit est tombée, sombre, épaisse, une nuit humide et chaude qui attend un de ces violents orages d'été. Les lointains roulements du tonnerre annoncent l'imminence de la tourmente. Véronique s'assoit devant la vieille table vermoulue qui tremble à chacun de ses gestes. Julien va l'appeler. En tout cas, elle l'espère, mais le temps passe, lourd du silence des vieilles choses dérangées. Véronique est à sa place de quémandeuse et attend, comme elle attendait dans l'appartement de Paris une éventuelle libération de Raoul Ravenault.

Le premier coup de tonnerre proche ébranle la campagne. Véronique, son téléphone à côté d'elle, s'est installée dans un vieux fauteuil poussiéreux au tissu rongé par les rats. L'envie de s'en aller l'a poussée jusqu'à la porte, en face de la nuit, mais elle a renoncé au premier éclair. Une plainte venue de la chambre lui fait un bien infini. C'est un appel, l'envie d'elle ; son cœur bondit ! Elle traverse la pièce, entre dans la chambre noire.

— Le vent va se lever ! dit-il. Il vient du mont Aïzot, il va emporter les serres et ce qui reste des voiles de protection.

— Mais non, mon chéri. Ce n'est qu'un orage ordinaire !

— Il n'y a plus d'orage ordinaire. Le monde est tempête, désordre, destruction. Pourquoi ne suis-je pas mort lors du premier tremblement de terre ? Je t'en veux de m'avoir sauvé !

Véronique se presse contre lui, il se laisse faire, tout à coup vulnérable comme un enfant. La jeune femme s'enivre de l'homme qu'elle n'a cessé d'aimer, se donne avec une fougue plus destructrice que la tempête.

Le petit téléphone égrène sa musique dans le martèlement de la pluie. Véronique sursaute, saute du lit, marche nu-pieds sur le plancher froid, prend le petit appareil. Son visage devient blême, elle se tourne vers Julien. Le tonnerre roule sur la campagne et n'en finit pas de faire vibrer les vitres des vieilles fenêtres, mais le vent ne s'est pas levé, Julien espère de nouveau sauver ses voiles de protection.

— Ils ont retrouvé Gaétan !

— Tu vois bien qu'il ne fallait pas te faire de souci. La police retrouve toujours tout le monde, sauf mon père et mon frère. Viens donc avec moi, tu iras le voir demain matin après l'orage.

— Non, j'y vais tout de suite ! fait Véronique en ajustant son masque sur sa bouche.

Elle s'habille rapidement, se dirige vers la porte ; un violent coup de tonnerre la fait reculer. La pluie tombe à verse. Véronique redoute surtout le vent qui peut se lever d'un instant à l'autre et les trombes d'eau qui s'abattent comme des chapes de plomb. Au début, les gens se laissaient surprendre, mais ils ont pris l'habitude de vivre avec les colères de la Terre. Ils ont su construire leurs habitations en dehors des coulées de roches et de boue, des barrages protègent les vallées des crues soudaines, désormais, les toitures résistent aux bourrasques et à la grêle.

Véronique redoute d'affronter l'orage avec sa petite voiture sur les routes de montagne. Pourtant, pour rejoindre Gaétan, elle veut tenir tête à ce danger qui rachète un peu ses fautes, ses manquements de mère.

Elle sort, une pluie battante la gifle. Inspirant profondément, elle s'élance dans la nuit. Une rafale la bouscule. Elle arrive à sa voiture, démarre le véhicule qui tangue sous les attaques du vent. Elle traverse la cour, emprunte la route départementale en direction de Chambéry. Les grands arbres des bordures ont été abattus pour limiter les risques, seules les trombes d'eau et les coups de boutoir du vent peuvent arracher le véhicule à sa trajectoire. Véronique roule lentement et parvient sans mal à l'autoroute, puis parcourt les trente kilomètres qui la séparent de la ville. Quand elle se gare en face du commissariat, la pluie a cessé. La jeune femme attend un instant dans la pénombre, le cœur battant. Gaétan est tout proche. Le voir après sa fuite lui fait mal, car c'est elle qui mérite la semonce. Une grosse anxiété l'étreint. Le policier qui l'a appelée semblait cacher quelque chose. Il n'a pas voulu parler, Gaétan aurait-il eu un accident ?

Elle ajuste son masque sur le bas du visage, sort dans le parking où les vitres des voitures reflètent les lumières jaunes des lampadaires, traverse la rue déserte au croisement, appuie sur la sonnette du commissariat. La petite porte, à côté de la grande ouverture destinée aux véhicules, s'ouvre automatiquement. Véronique monte les marches jusqu'à l'entrée.

— Madame Montel, le commissaire Blondin vous attend.

Le commissaire Blondin est un jeune homme en parfaite harmonie avec son nom. Les cheveux d'un blond presque blanc, la peau très claire, il a la charpente robuste, le front haut des hommes du Nord. Il prend un air grave en saluant Véronique et la prie de s'asseoir. C'est elle qui pose la première question tant le silence du jeune policier lui pèse.

— Ainsi, vous avez retrouvé mon fils ! Je vous en remercie. Je peux le voir ?

L'homme s'est assis derrière le bureau et tourne son stylo entre ses mains.

— C'est que..., dit-il en baissant la tête, vous ne pouvez pas le voir. Il n'est pas ici.

— Vous me faites peur ! Vous n'allez pas me dire qu'il a fait une bêtise et qu'il est en prison ?

Blondin secoue négativement la tête, sans lever les yeux vers Véronique.

— C'est plus grave ! annonce-t-il enfin. La peste atypique, la forme foudroyante... Son état est très grave.

Véronique pousse un cri d'animal, puis s'affaisse, victime d'un malaise. Blondin appelle à l'aide, mais l'évanouissement ne dure pas, la jeune mère se ressaisit, lève enfin son visage blême et tout à coup déterminé.

— Son état est désespéré ? demande-t-elle, comme

pour bien ancrer ces mots dans sa conscience. Je veux absolument le voir.

— Les visites ne sont pas possibles à cette heure. Vous le verrez demain.

— Et demain, il sera trop tard ! Je veux le voir en vie pour lui demander pardon. Tout ce qui est arrivé est de ma faute.

Blondin regarde ses collègues comme pour prendre conseil.

— Nous allons vous accompagner. On ne vous laisserait pas entrer.

— Je veux être seule avec mon fils ! indique Véronique, la voix cassante, déterminée, comme si, durant son bref malaise, elle avait pris une décision majeure, la première sur laquelle elle ne reviendra pas.

— Nous ne serons là que pour vous permettre d'accéder jusqu'à lui, pas pour vous espionner.

Ils partent dans une voiture de police. Véronique ne dit pas un mot, mais sa dignité dans un moment aussi grave en impose aux deux hommes qui l'accompagnent. L'hôpital est à proximité, le véhicule entre par les urgences. Un policier explique la situation à la personne de garde qui prie alors Véronique de la suivre.

— On vous attend ? demande un policier.

— Ce n'est pas la peine. Ma voiture est sur le parking du commissariat. Je peux rentrer à pied.

Véronique est conduite dans une aile de l'hôpital où sont gardés les pestiférés. Les soins qu'on prodigue à ces condamnés se limitent souvent à des calmants, antidouleurs, un accompagnement vers la mort. Le lieu est isolé. Les parents, les proches des mourants y sont admis après avoir revêtu une combinaison étanche et stérilisée.

La place manque, mais les médecins isolent chaque malade. Les rares cas de guérison ne doivent pas être remis en cause par une promiscuité dont on ne connaît pas les conséquences. Dans les milieux médicaux, loin du tapage de la presse, on parle aussi d'un sérum bientôt disponible, mis au point dans un laboratoire de Saint-Pétersbourg qui serait actuellement expérimenté avec discrétion dans un pays africain particulièrement touché par la maladie. Ce sérum peut arriver d'un jour à l'autre, mais la demande est telle qu'il ne faut pas espérer des quantités suffisantes pour soigner tout le monde.

Les chambres, maintenues à dix-huit degrés, ont été aménagées en petits boxes hermétiques. Engoncée dans la combinaison blanche, Véronique est conduite vers son fils. Gaétan est allongé sur son lit, les yeux clos. Quand sa mère s'approche, il bat des paupières et la reconnaît. Un léger sourire déplisse ses lèvres pâles. Il murmure quelque chose que Véronique ne comprend pas. L'infirmière qui l'a accompagnée précise avant de fermer la porte :

— Je vous laisse dix minutes, pas plus.

Véronique acquiesce de la tête et se tourne vers Gaétan. Voilà où ses erreurs de femme, sa faiblesse de mère ont conduit ce pauvre enfant ! Sur un lit d'hôpital, aux portes de la mort à treize ans...

Véronique se penche sur son fils et le regarde longuement. Le véritable responsable de ce naufrage, celui qui a poussé Véronique à se séparer de son fils qu'il ne supportait pas, le meurtrier, car il souhaitait cette mort pour garder la jeune femme pour lui seul, pour en faire une esclave totale, c'est Julien.

— Mon petit Gaétan, murmure-t-elle en s'approchant du visage que la maladie a buriné. Mon chéri...

Le malade sourit encore de ses lèvres blanches craquelées. Alors, dans un geste qui peut paraître irréfléchi, mais qui est la conséquence d'une décision sans retour prise quelques minutes plus tôt, Véronique abaisse la fermeture de sa combinaison, dégage sa tête. Le visage à découvert, elle s'agenouille près de Gaétan, pose sa joue sur celle du malade, puis elle le prend à bras-le-corps, le serre contre elle, mélange ses larmes à la bave blanche qui coule au coin de ses lèvres, respire à pleins poumons l'odeur déjà putride de ce jeune corps qui va mourir.

— Mon petit chéri, mon petit chéri, je te demande pardon !

Et l'étreinte dure de longues minutes. Véronique s'emplit la poitrine de l'air qui entoure Gaétan en le serrant toujours très fort comme pour partager avec lui ces derniers instants de vie, pour l'accompagner dans ce voyage vers l'inconnu.

Tout à coup, le corps du malade devient mou, sa tête roule sur l'épaule. Véronique recule son visage, Gaétan gît sur le lit, les yeux révulsés, la bouche légèrement entrouverte. La mort du jeune garçon ne peut pas rester ainsi, une mort banale parmi tant d'autres, une mort qui arrange Julien enfin débarrassé. Malgré les larmes qui noient ses yeux, les sanglots qui bloquent sa respiration, Véronique ajuste de nouveau sa combinaison et demande à sortir comme si rien ne s'était passé. L'infirmière s'aperçoit du drame.

— Venez, madame, c'est sûrement mieux pour lui. Priez si vous êtes croyante.

Oui, elle est croyante, mais ce soir elle ne pense pas à Dieu, elle pense à la mort qui doit laver toutes les fautes. Elle suit l'infirmière sans un mot. Ainsi, son rêve de mère absolue trouve-t-il un dénouement qu'elle n'avait pas imaginé, même dans les pires moments, après les colères de Julien.

— Les services administratifs prendront contact avec vous demain, pour les formalités et l'inhumation.

Elle sort de l'hôpital dans la nuit fraîche après la pluie et marche jusqu'à sa voiture ; l'image des yeux révulsés de Gaétan, de sa bouche entrouverte comme pour crier une dernière fois ne la quitte pas.

— Il l'a tué, c'est lui qui l'a tué !

Elle s'assoit au volant, roule dans les rues désertes de Chambéry, prend la direction de Chastelnaud. La pluie a cessé, les éclairs illuminent encore les montagnes à l'horizon. Elle roule vite, contrairement à l'aller, pressée de rendre au destin ce qui lui revient.

Quand elle arrive enfin aux Placet, un coq chante dans une ferme voisine. Le jour se lève. La ville dont les lumières clignotent en dessous de la masse sombre du mont Aïzot va bientôt se réveiller. Véronique claque la portière, entre dans la maison, pose son imperméable. Julien, dans la chambre voisine, est réveillé.

— Alors ?

— Rien, dit-elle. Tout est arrangé. Gaétan sera reconduit à son pensionnat demain matin.

— J'espère qu'il a reçu une bonne semonce.

— Ne te fais pas de soucis pour ça, il va payer sa fugue très cher, et je suis sûre qu'il ne recommencera jamais.

— C'est bien. Tu viens te coucher un peu ?

— J'arrive.

Elle se déshabille lentement, puis se glisse nue entre les draps, près de Julien, mélangeant son souffle au sien. Jamais elle ne s'est sentie aussi sûre d'accomplir une volonté supérieure. Son sort et celui de l'homme qu'elle a aimé jusqu'au sacrifice sont désormais entre d'autres mains.

Quelques jours plus tard, le brigadier Legrand monte à la ferme pour prendre des nouvelles : ses appels téléphoniques n'ont trouvé personne. Il doit parler des modalités d'inhumation de Gaétan, dont le corps sera ramené par les pompes funèbres dans un cercueil d'acier comme l'exige la loi pour le transport des pestiférés.

Il frappe, surpris de ne trouver personne. Une odeur putride l'étonne. Il entre, la porte n'est pas fermée à clef ; il traverse la cuisine, gagne la chambre et découvre le terrible drame. Étendu au pied du lit, Julien gît, tournant vers lui son visage gris de pestiféré. Véronique a conservé dans la mort une peau plus claire, comme touchée par une certaine grâce, et semble sourire, la tête sur l'oreiller, les yeux grands ouverts sur une vision d'ailleurs qui doit être heureuse. Ainsi Chastelnaud vient-il d'enregistrer ses deux premières victimes d'une forme particulièrement foudroyante de la peste atypique.

Haround Plokof rentre chez lui. Il ne se lasse pas d'admirer les palais, les magnifiques constructions de cette capitale de l'élégance, pourtant il s'ennuie. Il croyait avoir tourné la page, effacé sa vie d'avant le séjour sur les bords de la Lena, en vain. La *Chanson pour Renaud* et ses accents pathétiques pleins d'amour et de regrets l'ont mis en face d'un passé qui ne veut pas disparaître. La belle Cellia Correti lui a rappelé qu'Armand Montrémy a encore un cœur. Son passé le gêne, un fardeau.

Il arrive chez lui quand un scooter s'arrête à sa hauteur. Le casque qui couvre la tête du conducteur l'empêche de distinguer le visage de celui qui lui tend une lettre puis se perd aussitôt dans la circulation. Montrémy ouvre l'enveloppe et lit : « Soyez prudent. On en veut à votre vie. Rendez-vous dans une heure au pub en face de l'entrée principale de la cathédrale Notre-Dame-de-Kazan. »

Armand Montrémy monte dans son appartement, la lettre à la main. Qui en veut à sa vie ? Plantagrin ? Vitterez et Bratnieff qui complotent dans le dos de l'énorme homme d'affaires ? Les trois, sûrement, mais pourquoi ne l'ont-ils pas supprimé plus tôt, quand ils pouvaient le faire sans risques ?

Il se rend rapidement au rendez-vous en regrettant de ne pas avoir d'arme car il redoute un piège.

Dans le pub bondé à cette heure, il parcourt du regard les clients à la recherche d'un visage connu quand, dans un coin, isolée, une femme qui porte de larges lunettes noires lui fait un signe discret de la main. Il s'en approche, elle lui indique de s'asseoir en face de lui. Il obéit, elle soulève légèrement ses lunettes.

— Irma Tarassi ! fait-il étonné et tout à coup sur la défensive, car il sait que cette femme est entièrement dévouée à Plantagrin.

Il jette un regard vers la sortie comme pour préparer sa fuite. La femme sourit.

— N'ayez aucune crainte, monsieur Plokov. Ce n'est pas mon patron qui m'envoie. Je lui ai dit que j'allais faire les boutiques pour me ménager un peu de temps loin de sa lourde présence. J'avais besoin de vous voir seule à seul.

Montrémy reste sur ses gardes. Il a bien remarqué, à chacune de leurs rencontres, les regards discrets et intéressés qu'Irma lui lançait, mais n'était-ce pas une attitude commandée par Plantagrin ?

— Je tenais à vous voir seul parce que vous êtes en grand danger. Vous devez fuir. Je vais vous en donner les moyens.

— Pourquoi faites-vous cela ? Je vous sais entièrement dévouée à votre patron, c'est donc lui qui vous envoie ?

Irma ajuste ses lunettes quand le garçon de café

s'approche d'elle pour prendre la commande. Elle attend qu'il soit parti pour poursuivre :

— Monsieur Montrémy, je ne suis envoyée par personne. Je ne veux pas que vous mouriez parce que j'ai envie de vous revoir vivant, dans d'autres circonstances. Je vais aller vite parce que l'histoire est longue et vous concerne totalement. Plantagrin a fait sept ans de prison pour une faute commise par son ami intime, Lionel Delprat.

Montrémy montre son étonnement. Il se souvient tout à coup de ce que lui avait dit Adeline et précise :

— Je savais qu'un ami des Delprat se trouvait en prison. C'était un certain Gurval !

— Oui, Gurval, c'est le nom gitan d'Achille. Il est gitan par sa mère.

Irma attend que le serveur ait posé les tasses et la théière sur la table pour reprendre :

— Plantagrin était l'ami des frères Delprat et devait épouser la belle et capricieuse Adeline. Mais à la suite d'un accident, un pont écroulé, Plantagrin a été condamné à sept ans de prison à la place de Lionel et de Marc. D'où sa haine pour les patrons des Houilles Blanches, haine d'autant plus forte que la belle Adeline était devenue votre compagne et était morte dans un accident de montagne. C'est à cette époque que j'ai rencontré Achille et qu'il m'a proposé d'être son assistante.

— Et sa maîtresse ?

Elle sourit, désabusée. Montrémy est gêné de ne pas voir ses yeux et les sentiments qui s'y inscrivent.

— Cela n'a pas duré. Achille a très vite compris qu'il n'aimait qu'une femme, et que cette femme ne serait jamais remplacée. C'est à ce moment-là qu'il s'est mis à manger et à grossir. J'ai continué de travailler pour lui, mais nos relations sont redevenues strictement professionnelles.

À présent, Montrémy comprend le sens des visites de Plantagrin. Une attirance issue du passé et de cette même femme entre eux. Il le trouve tout à coup beaucoup plus humain.

— Il en veut à mort aux frères Delprat et a cru, un moment, qu'il pouvait se servir de vous, mais vous ne partagez pas sa haine. Il éprouve à votre égard un sentiment confus, dont il ne définit pas lui-même les contours, et cela le gêne, raison pour laquelle il pourrait ne pas empêcher celui qui cherche à vous éliminer d'aller au bout de son projet quitte à le regretter par la suite. C'est un homme compliqué, extrêmement intelligent mais très compliqué. Je le connais mieux que quiconque.

— Pourquoi m'avertissez-vous ?

Elle baisse la tête, soulève sa tasse jusqu'à ses lèvres.

— Parce que je ne veux pas que vous mouriez. J'ai besoin de vous, je sais que je peux vous faire confiance.

— Qui veut m'éliminer ?

— Bratnieff !

Plokov est le seul à connaître la véritable identité de Piotr Moninski dont il a partagé la vie et beaucoup de secrets dans le village minier de la Lena, Bratnieff croyait réussir un gros coup en le faisant évader, mais rien ne se passe comme il l'avait prévu, cela peut l'inciter à supprimer un témoin gênant.

— J'ai confiance en vous, répète Irma en posant sa tasse. Si vous ne partez pas tout de suite, vous êtes perdu !

Plokov gratte sa barbe blanche en réfléchissant. Irma a l'accent de la sincérité, mais n'est-elle pas en train de servir son patron en le poussant à la fuite ? Quel est son motif ?

— Pourquoi vous ferais-je confiance ?

Irma se tourne vivement vers la porte qui vient de s'ouvrir sur un groupe de jeunes gens, comme si elle redoutait d'être surprise à cet endroit.

— Parce que j'ai un enfant ! Un garçon de onze ans qui vit à Lyon chez une tante à moi, une horrible femme qui ne s'améliore pas en vieillissant. Et nous sommes en période de peste atypique. Je n'ai plus de nouvelles depuis plusieurs jours. Je sais qu'il est en danger.

— Qu'attendez-vous de moi ?

— Que vous partiez en France avec le billet que voici, sous le nom de Plokov. Que vous alliez vous assurer que mon fils va bien, et que vous le surveilliez en attendant mon retour. Voici le compte que je vais créditer pour vous. Il y aura toujours de l'argent. Achille sera d'accord.

— Ah bon, et pourquoi ?

— Parce que Alexandre Plantagrin est son fils. Il est né un an après notre rencontre. Achille a eu une enfance bizarre, pleine de manques et il ne voulait pas de ce fils, pourtant il l'a reconnu. Il m'a obligée à m'en séparer, à le mettre en pension chez cette tante qui se fait payer très cher. Je m'en veux et je tremble pour lui. Vous comprenez que ma démarche est intéressée, d'abord pour mon petit

Alexandre, ensuite pour vous que j'espère revoir à Paris ou à Genève, dans d'autres circonstances.

Elle fouille dans son sac, sort une enveloppe qu'elle pose sur la table. Plokov réfléchit encore un instant. Irma porte de nouveau la tasse à ses lèvres.

— Dans l'enveloppe, vous avez votre billet pour Lyon. Votre faux/vrai passeport est en règle. Un compte a été ouvert pour vous au Crédit Lyonnais. Il sera crédité de six cent mille euros. Cela va vous permettre de vivre dans un premier temps. L'adresse de ma tante est aussi dans ce pli. Vous devrez convaincre Alexandre de vous suivre, ce ne sera pas difficile. J'espère surtout que vous arriverez à temps. Quand Achille Plantagrin va s'apercevoir de votre fuite, vous serez loin. Je lui dirai la vérité et, je vous le répète, il comprendra.

— Alors c'est d'accord !...

Il rêvait de la France, l'occasion lui est enfin donnée d'y retourner.

Tony Lierering parle au monde entier. Son intervention a été annoncée à grand renfort de publicité sur les cinq continents. Les hésitations, les faiblesses, les incohérences des gouvernements en place ont préparé son triomphe. En Europe, un grand nombre de députés, souvent issus de formations traditionnelles, sont désormais acquis aux idées des Droits de la Terre. Même les plus modérés pensent que seule une organisation internationale capable d'imposer des mesures rigoureuses peut sauver le monde. Seuls quelques démocrates, des humanistes militants dénoncent encore les déviances d'un parti fasciste et posent des questions auxquelles les amis de Tony Lierering oublient de répondre : la lutte contre la surpopulation mondiale ne va-t-elle pas conduire à éliminer, en premier, les peuplades les moins occidentalisées qui gênent les pays riches, celles que l'on parque dans les « villages de travail » d'où personne ne revient jamais ? La tentation d'aller très vite, tant l'urgence est flagrante, ne conduira-t-elle pas fatalement à une destruction massive et organisée de ceux qui ne correspondent pas aux critères établis par les Droits de la Terre ?

— Ce sont eux qui ont « inventé » la peste atypique dans leurs laboratoires secrets pour faire pencher de leur côté les plus indécis ! s'écrie le docteur Morenceau, toujours farouchement opposé à des idées qui lui rappellent les périodes les plus sombres de l'Histoire. Ils ont réussi, d'autant qu'ils ont un sérum et un vaccin depuis le début et s'en servent désormais comme argument de propagande alors qu'ils ont laissé mourir plus d'un million d'êtres humains dans le monde !

C'est peut-être vrai, mais l'Europe ne veut plus vivre dans la menace de l'épidémie. Les gens ont envie de se promener sans un masque devant le nez et la bouche. Il est temps de retrouver les bonnes vieilles habitudes, le plaisir de respirer l'air frais du matin, de faire l'amour sans se cacher le visage, de ne plus avoir peur du moindre frisson.

Tony Lierering a décidé de s'adresser aux gouvernements qui ne l'ont pas encore rejoint. Il a choisi de parler à zéro heure, heure du méridien de Greenwich, c'est-à-dire sept heures du soir à New York. Sa maigre silhouette apparaît sur tous les écrans, la planète retient son souffle :

— Le temps est venu de passer à l'action. La Terre comme l'Humanité ne peuvent plus attendre. Les gouvernements qui n'ont pas rejoint notre mouvement doivent se décider avant que de graves événements ne les y contraignent. Ces actions seront légitimées par l'urgence de la situation et l'acceptation d'une écrasante majorité populaire.

Haround Plokov entend le discours de Tony Lierering dans le taxi qui le conduit à Lyon, rue

Van Gogh. Le chauffeur, un immigré asiatique, est ravi :

— Enfin, on va mettre de l'ordre et les gens vont pouvoir manger à leur faim ! Tenez, je travaille quinze heures par jour et j'arrive à peine à nourrir ma famille. Ça ne peut pas durer !

— Qu'est-ce que vous croyez ? s'insurge Plokov, de mauvaise humeur. Que les Droits de la Terre vont faire pousser du blé et des légumes en claquant les doigts ? Ils trompent le monde entier !

— Monsieur, je ne suis pas de votre avis. Je peux vous parler de mon pays, le Vietnam. Depuis que le gouvernement applique les principes des Droits de la Terre, le riz ne manque pas pour les gens honorables.

— Les autres sont parqués dans quelque village de travail et nourrissent au prix de leur vie les classes moyennes qui soutiennent le gouvernement ! réplique Plokov, outré par la naïveté de ces gens prêts à se jeter dans la gueule du loup qui va les dévorer.

— Vous parlez bien, vous, fait l'Asiatique en lui rendant sa monnaie. Cela se voit que vous n'avez jamais eu faim !

— Eh bien, justement si, j'ai eu faim, en Sibérie !

Il s'éloigne, conscient d'avoir beaucoup trop parlé. Haround Plokov n'a jamais été un bavard, mais fouler le sol français lui confère une sorte d'ivresse qui le pousse dans ses retranchements face à la passivité des nantis. Les opinions radicales des Droits de la Terre le révoltent. Jamais il ne pourra soutenir ce parti car il sait ce dont sont capables ces fanatiques. Il fait quelques pas dans la rue délabrée, cherche le numéro indiqué par Irma, et pense aux siens, à Julien, à Renaud qu'il ne juge plus aussi sévèrement qu'autrefois, à Pétronille qui doit être une Delprat à part entière et qui l'a sûrement oublié. Il pense aussi, et cela lui réchauffe le cœur sans qu'il sache pourquoi, à Ghislaine Margeride. Où est-elle ? Quelque part dans les Alpes ou très loin d'ici ?

Il marche sur un trottoir surchauffé, presque désert. Les magasins sont vides. La peste atypique poursuit son travail de sape, menace les gens dans leur vie la plus ordinaire, les fait se replier en attendant une décision salvatrice, d'où qu'elle vienne.

Il arrive au numéro indiqué par Irma, pénètre dans une cour intérieure en face d'une construction ancienne et délabrée. Du linge tendu entre deux fenêtres sèche en se balançant dans les courants d'air. Une lourde odeur de charogne stagne et fait hésiter Plokov avant qu'il ne s'engage dans un couloir sombre. Il gravit un escalier en bois. L'odeur s'intensifie. Il frappe à une porte quand une grosse femme échevelée sort d'un appartement voisin.

— Qu'est-ce que vous cherchez ? L'immeuble est interdit aux démarcheurs.

— Je viens voir le jeune Alexandre Plantagrin. Il vit ici, chez sa tante.

La femme se renfrogne.

— Il n'y a pas d'Alexandre Plantagrin. Partez ! crie-t-elle comme si elle redoutait d'être mêlée aux histoires de ses voisins.

L'odeur est de plus en plus insupportable. Plokov

s'étonne que des gens puissent vivre ainsi sans chercher à évacuer le cadavre d'animal, chat ou chien crevé, qui rend l'air irrespirable. Il frappe de nouveau, tourne la vieille poignée de porcelaine, la porte n'est pas fermée. Il entre prudemment dans une pièce en grand désordre. Sur un lit défait, une femme gît, morte depuis plusieurs jours. Son visage gris garde encore une expression horrifiée. Haround Plokov parcourt du regard le désordre de vêtements, de chaises renversées qui l'entourent. Un jeune garçon, recroquevillé sur lui-même, la tête sur les genoux, le regarde de ses yeux aux longs cils noirs. Les cheveux en épis, la chemise souillée, il tremble. Plokov s'approche de lui.

— Tu es bien Alexandre Plantagrin ?

L'enfant abaisse ses paupières, puis les relève sur des pupilles noires qui expriment l'effroi. Il ne porte aucune protection et peut donc être touché par le bacille de la peste qui a tué sa tante.

— Dis-moi, cela fait combien de temps que tu es seul ici ?

L'enfant abaisse de nouveau la tête, pose ses mains sur le dessus de son crâne.

— Réponds-moi. Je suis venu te chercher. Tout va bien aller, mais parle-moi !

Le garçon lève les yeux, ses beaux yeux noirs aux longs cils qui se remplissent de larmes. Plokov lui pose une main sur l'épaule et l'oblige à se mettre debout. Il est très maigre et tremble de tous ses membres.

— Parle-moi ! Tu as faim ? On va trouver à manger, je te le promets !

Alexandre tente de se dégager, la main ferme le retient.

— Ta tante est morte de la peste, n'est-ce pas ? Depuis combien de temps es-tu seul ?

L'enfant le regarde, terrorisé, les lèvres entrouvertes comme s'il voulait parler, mais ne le pouvait pas.

— Viens, partons d'ici, l'air est malsain. Tu vas prendre ce masque pour sortir, mais il faut te trouver des vêtements propres. Tu n'as rien d'autre à te mettre ?

Alexandre tend la main vers l'armoire ouverte remplie de linge entassé sur les étagères. Plokov s'en approche et fouille dans le désordre malodorant.

— Tu pourrais m'aider ! Fais un effort !

Parmi les vêtements en tas, le garçon trouve très vite un pantalon, une chemise et un pull à peu près en bon état.

— Eh bien voilà ! Dépêche-toi, nous partons.

Le gamin ne se fait pas prier. Il se débarrasse de ses vêtements souillés, s'habille rapidement, mais pourquoi ne parle-t-il pas ? Serait-il muet ? Irma lui aurait-elle caché une telle infirmité ?

Plokov lui prend la main. Le contact de cette peau jeune et lisse lui fait du bien ; il a l'impression de renaître, de se débarrasser d'un coup des humiliations subies au bord de la Lena. Dans le couloir, la grosse femme de tout à l'heure sort de nouveau. Le gamin contracte sa main dans celle de Plokov et se serre près de lui, comme pour montrer qu'il ne veut pas le quitter.

— Vous emmenez ce bâtard ! C'est bien, on va

enfin pouvoir débarrasser le cadavre de sa tante qui empeste.

— Il s'appelle Alexandre Plantagrin. C'est sa mère qui m'envoie !

— Elle fait bien, nous on va être débarrassé de ce voleur.

— Mais dites-moi, il est muet ?

La grosse femme éclate d'un rire moqueur.

— C'est peut-être ce qu'il veut vous faire croire, mais flanquez-lui une bonne raclée et vous verrez qu'il n'est pas muet du tout, qu'il n'y a pas meilleur pour crier des méchancetés et des grossièretés !

Elle disparaît dans son appartement. Plokov et Alexandre sortent dans la rue. Le gamin a ajusté son masque qui cache presque tout son visage maigre, ne laissant voir que ses beaux yeux noirs aux longs cils.

— Je vais t'acheter une casquette, tu seras mieux avec une casquette ! Maintenant viens, on va prendre une chambre à l'hôtel. Tu t'appelles désormais et pour quelque temps Alexandre Plokov. Regarde ton nom et ta photo sont sur mon passeport, tu seras mon fils.

Ils entrent dans un hôtel où Plokov demande une chambre. Les mesures de sécurité ayant rendu obligatoires les contrôles d'identité, il montre son passeport, puis monte dans sa chambre. Alexandre n'a manifesté aucune réticence à le suivre, pourquoi ne parle-t-il pas ?

— La voisine a bien dit que tu n'étais pas muet. Alors dis-moi, pourquoi tu n'as pas appelé du secours quand ta tante est tombée malade ?

L'enfant pose sur lui des yeux pleins de tristesse.

Il écarte les lèvres, semble se forcer, mais aucun son ne sort de sa bouche.

— Bon, ce n'est pas grave. On va appeler ta mère.

Plokov compose un numéro sur son petit téléphone et attend quand une voix lui dit que ce numéro n'est plus attribué.

Que se passe-t-il à Saint-Pétersbourg ? Plantagrin se serait-il opposé au plan d'Irma ? Un énorme doute l'envahit.

Des cris le font aller à la fenêtre. La rue est tout à coup envahie d'une foule qui scande des slogans antigouvernementaux. Il se tourne vers Alexandre qui n'a pas bougé du coin du lit où il s'est assis en arrivant.

— Attends-moi ici ! Je reviens dans quelques instants !

Le gamin baisse la tête sur ses genoux, dans la position où Plokov l'a trouvé chez sa tante, comme si cette attitude résignée lui était habituelle.

— N'aie aucune crainte, je reviens dans dix minutes. Je vais chercher de l'argent à la banque.

Plokov sort. Les manifestants hurlent leur hostilité au gouvernement en place et appellent les Droits de la Terre à venir les délivrer. Beaucoup ne portent pas le masque obligatoire, Montrémy s'en étonne auprès d'un groupe gesticulant qui passe près de lui.

— Un masque ? Mais ça ne sert à rien ! crie une femme excitée. D'ailleurs, les Droits de la Terre ont un sérum et un vaccin, ils vont nous sauver de cette cochonnerie. Et de tout le reste !

En se frayant un passage entre les groupes qui

gesticulent, il arrive à une agence du Crédit Lyonnais qu'il avait remarquée du taxi. La banque n'est pas fermée, c'est une chance.

— Non, monsieur, lui dit le guichetier à qui il montre ses papiers et l'attestation de son compte ouvert à Saint-Pétersbourg. Désolé, ce compte existe bien, mais il n'est pas encore crédité.

Plokov se retrouve dans la rue où le flot des manifestants continue de marcher jusqu'au centre de Lyon.

— Toute la France vient de se révolter ! lui dit un homme aux cheveux blancs. Le peuple reprend le pouvoir qu'il avait confié à des incapables. Enfin, nous allons cesser d'avoir peur !

— Toute la France, dites-vous ?

— D'où sortez-vous ?

— J'arrive de Saint-Pétersbourg pour mes affaires.

— Alors, je comprends votre ignorance. Le peuple de France s'est soulevé contre ses dirigeants pour les avertir qu'ils sont responsables de nos malheurs.

— Et que demande le peuple ?

— Que ce gouvernement applique le plan des Droits de la Terre, que la France se range du côté des pays progressistes qui veulent sortir de la crise internationale, qu'enfin les gens puissent vivre tranquillement comme autrefois !

Plokov revient à son hôtel. Il n'a pas de quoi payer sa chambre. Une fois de plus, il doit fuir, partir sur les routes, se cacher, ne pas exister. Mais que faire d'Alexandre ? Le regard sombre du gamin ne le quitte pas.

— On s'en va d'ici ! dit-il au garçon qui sourit

enfin. On va partir dans la campagne. Il y a trop de bruit dans cette ville !

Ils sortent dans la rue de nouveau calme et marchent au hasard. Ils s'éloignent de la ville sans qu'Alexandre se plaigne de la fatigue. Le soir tombe, ils sont enfin en pleine campagne. La chaleur est lourde, l'orage se prépare. Montrémy s'arrête au bord d'une forêt qui part en pente douce, sort son téléphone, compose un numéro.

— Oui, bonjour monsieur, je suis un ami de M. Montrémy, Julien Montrémy. Je ne l'ai pas vu depuis plusieurs années et je voudrais reprendre contact avec lui...

Dans la salle de mairie, Jean Morenceau reste un moment dubitatif. Cette voix qu'il entend au téléphone lui rappelle une autre voix, mais il n'arrive plus à lui rattacher un visage ou un nom. Alors, il cherche à gagner du temps pour l'entendre de nouveau.

— Julien Montrémy, vous dites ?

— Oui, c'est un handicapé.

— Julien Montrémy est mort, la semaine dernière, mort de la peste atypique avec sa compagne, Véronique Montel.

La voix inconnue ne prononce plus un mot. Plokov laisse tomber sa main qui tient le petit téléphone et regarde longuement Alexandre tout aussi seul que lui. La tristesse qui marque ses yeux sombres ressort sur le masque de sa barbe blanche. Alors Alexandre lui prend la main et la serre dans sa petite main d'enfant et, miracle, il parle :

— Tu as de la peine ? Alors je suis triste moi aussi !

— Enfin, tu n'es pas muet ! s'exclame Plokov.

— Je veux rester avec toi !

Un éclair zèbre le gros nuage noir au-dessus de l'horizon. Le tonnerre gronde, fait éclater sa menace sur les collines désertes. Plokov se bloque, une douleur aiguë serpente dans ses membres, broie sa poitrine. Le souffle court, il jette autour de lui un regard affolé. Pas d'abri ! Sa négligence l'a laissé s'enfoncer dans la campagne sans regarder le ciel, mais la peur, cette terrible peur sans raison que la mort de Julien rend plus mordante, a survécu aux années de gel dans le pays sans orage et il la retrouve, huit ans plus tard, sur cette petite route, intacte...

— Qu'est-ce qui te prend ? demande Alexandre. Tu es malade ?

Le tonnerre gronde de nouveau, plus fort, plus menaçant. Tout entier à sa peur, Plokov descend dans le fossé où il s'accroupit, la tête dans les mains.

— Tu as peur ? demande encore le gamin.

— Viens avec moi, tu ne dois pas rester sur la route. La foudre peut te frapper. Assieds-toi à côté de moi ! dit encore Plokov, d'une voix tremblante.

Marc Delprat n'en peut plus. Toute la journée, il a erré dans cette maison construite avec Florence qui lui renvoie l'aigreur de sa solitude. Ce soir, il est à bout ; tout ce qu'il a tenté de mettre en place, d'inventer, de construire pour exister s'est écroulé. Autant parce que l'avocat qu'il a engagé ne lui fait pas confiance que parce qu'il n'est pas sûr lui-même de savoir ce qu'il veut.

Le voilà de nouveau petit garçon, frère cadet de Lionel, condamné à marcher dans son sillage. Le voilà nu, comme au premier jour. Sa mère n'a pas cessé de le rabaisser, de le déconsidérer. Marc a eu beau, tout au long de son enfance, multiplier les tentatives de séduction, les bonnes notes à l'école, cela n'a rien changé : Lionel est resté le préféré de Géraldine.

La supériorité de Lionel se voit dans son attitude, son regard unique et son talent pour retourner les pires situations en sa faveur, sa capacité à imaginer des projets inattendus. Pourtant, Marc s'est battu contre le destin qui le maintenait dans l'ombre d'un frère hors du commun. D'un an et demi plus jeune, il a tout fait pour rattraper le retard de sa naissance et a passé son bac en même temps que

Lionel. Ils sont entrés ensemble à l'école des Travaux publics. Marc, par son assiduité à étudier, voulait montrer qu'il était l'égal de celui que tout le monde présentait comme un modèle. Mais ce n'était qu'un vernis, une parade. Lionel est inégalable !

Quand Lionel a épousé Aurélie, tout le monde a trouvé tant de charme et de qualités à la nouvelle Mme Delprat que Marc, encore célibataire, ne pouvait espérer faire aussi bien. Aucune femme au monde n'aurait la classe d'Aurélie, d'ailleurs pourquoi chercher, puisqu'elle était unique et qu'il n'en était pas digne ?

Sa jeune sœur, Adeline, aurait pu l'aider, prendre son parti, mais Adeline, jusqu'à la condamnation de Plantagrin était en passe de réaliser un très beau mariage elle aussi et le dépassait à son tour, le laissait sur le bord du chemin. Fortune et talent caractérisaient le prétendant, le troisième homme de la famille qui serait, évidemment proche de Lionel. Marc était cependant devenu un superbe jeune homme qui plaisait beaucoup aux femmes, mais sa beauté n'était-elle pas la marque d'un esprit superficiel ? Cette séduction naturelle que n'avaient pas Lionel et Achille devenait ainsi un handicap pour diriger Les Houilles Blanches. Contre l'avis de tous, Marc se maria avec Florence, extravagante et d'une sensualité qui tranchait sur la retenue bourgeoise d'Aurélie. Avec ce mariage contre raison, l'envie secrète de rendre Lionel jaloux était évidente, mais classait définitivement Marc dans sa position de second.

L'emprisonnement de Plantagrin et l'énorme

faute des frères Delprat resserra les liens familiaux. Adeline délaissa son prisonnier pour un beau quadragénaire, un aventurier robuste qui courait le monde à la recherche des défis les plus fous. Armand Montrémy, patron des Eaux Saint-Jean, correspondait exactement à ce que les frères Delprat, enfin réunis, haïssaient le plus. La naissance de Pétronille, puis la mort de leur jeune sœur dans des circonstances étranges, a balayé définitivement les différends de jeunesse. Associés dans leurs affaires toujours plus florissantes, ils ont tenté d'oublier ensemble le gène d'une grave maladie génétique transmissible qui les privait d'enfant, tare qui les identifiait l'un à l'autre et les soudait en face du monde.

Avec la faillite des Eaux Saint-Jean, Pétronille a imposé sa loi. Lionel et Aurélie s'y sont pliés en habitant dans la maison de famille des Montrémy et les vieilles querelles ont trouvé là l'occasion de ressurgir : Lionel et Aurélie gardaient la jeune fille auprès d'eux sous le prétexte qu'elle ne voulait pas quitter son ancienne chambre, mais Marc et Florencc avaient le sentiment d'être rejetés, surtout Marc qui n'a pas oublié ses anciennes humiliations. Tout aurait pu s'arranger si Florence avait été une bonne épouse, fidèle et attentive, mais Florence est une artiste et commet les extravagances qui caractérisent souvent le talent. Elle a surtout le cœur vagabond et un tempérament que Marc n'a jamais pu satisfaire, ce dont il a conscience et qui l'écrase un peu plus.

Ce soir, dans la solitude de cette maison, il a l'impression de ne pas être à sa place. L'absence de

Florence qu'il continue d'aimer malgré ses infidélités lui pèse. Tout s'écroule. Il a espéré le partage des biens pour se trouver enfin seul, libre de ses initiatives. Mais Lionel n'est pas un débutant en affaires et a su embrouiller les transactions jusqu'à les rendre impossibles.

Si Pétronille était là, il aurait parlé franchement et elle se serait rangée de son côté, mais Pétronille est à Paris avec un garçon douteux. Lionel et la froide Aurélie sont responsables de cette fugue. Ils ont trop enfermé la jeune fille dans des grands principes, une éducation qu'ils voulaient protectrice et qui n'était qu'une prison. Pétronille est une Delprat, mais aussi une Montrémy, ce que Lionel a oublié, et les Montrémy ont en eux le goût du défi, du combat. La faillite de Julien après celle de son père en est un exemple, mais, une fois encore, personne n'a aidé ce handicapé qui cherchait le moyen d'être au niveau des autres. En sous-main, Lionel a incité ses créanciers à le pousser à bout. Finalement, sa mort par peste atypique lui évite le déshonneur et beaucoup d'humiliation.

Si Marc n'avait pas peur du néant, du saut dans l'inconnu, de la mort inerte et froide, il aurait osé sortir sans protection, pour se faire infester par le bacille UV2, mais il n'a pas assez de courage pour cela. Sa bouteille d'alcool lui tient compagnie. Après quelques verres, les difficultés s'effacent, Florence devient une gentille folle et Lionel un triste personnage qui ne mérite que l'indifférence. Des projets naissent dans son esprit. Il va créer sa propre affaire, devenir quelqu'un de très important, dépasser Lionel, le ruiner. À lui de montrer son talent au monde, sa supériorité.

Il remplit son verre, conscient de fuir la réalité, de se voiler la face une fois de plus, mais cela n'a plus d'importance. Qu'il meure puisqu'il doit mourir, mais d'une manière douce, sans avoir à appuyer sur la détente d'une arme, sans souffrir les affres de la peste, en dissolvant lentement sa conscience dans l'euphorie de l'alcool, sans cette peur qui le taraude.

Il boit d'un trait. Le téléphone sonne, il ne regarde pas qui l'appelle puisque cela n'a pas d'importance, il soulève le combiné et le repose. Le téléphone se tait, c'est mieux ainsi. Le monde en dehors de cette pièce qui était un salon et qu'il a aménagée en bureau n'existe pas. Il boit un autre verre, une brume épaisse envahit sa tête, brume d'un matin d'été après l'orage de la nuit qui noie les contours de ses pensées.

Lionel Delprat lève ses yeux clairs vers la fenêtre. La lumière du jour orageux voile ses pupilles d'un gris léger. Il n'a pas posé le combiné du téléphone pour conserver l'illusion d'un contact avec une réalité qu'il n'espérait plus. Pétronille vient de l'appeler ! Pétronille est vivante et a pensé à lui ; elle regrette son emportement, son nouveau caprice de petite fille. Elle a échappé aux griffes de Finebourg et à la peste. La vie peut reprendre son cours, sereine, comme autrefois.

L'avenir s'ouvre devant lui, lumineux comme il ne l'a jamais été. Les affaires, même dans ce contexte difficile de crise majeure, peuvent encore être bonnes. Finalement, Lionel comprend que cet appel aplanit toutes les difficultés et que ce qui lui semblait insurmontable est désormais à sa portée.

Il décroche de nouveau son téléphone et appelle Aurélie qui se trouve dans la même maison, mais à quelques pièces de là, c'est-à-dire très loin. Ici, plus personne ne vit depuis que Pétronille a crié sa haine pour ceux qui ont conscience de ne pas avoir assez fait pour elle et le silence des murs épais a pris le dessus.

Aurélie ne montre pas sa joie, mais sait que le retour de la fille prodigue va ramener la prospérité et la bonne humeur. Lionel va retrouver son génie et entreprendre de nouvelles affaires pour les enrichir un peu plus. C'est sa manière à lui de montrer son affection. Il ne sait parler que d'argent, même s'il méprise ce qu'il considère comme la récompense d'une affaire bien menée, comme le bénéfice d'un jeu qu'il poursuit plus pour s'amuser que pour la fortune. Lionel voudrait faire la paix avec Marc dont il a besoin, car Marc est le miroir dans lequel il regarde ses propres idées.

Aurélie lui en veut de l'avoir trompée avec Florence. Depuis plusieurs jours, la jeune femme rumine sa colère et cherche le moyen de se venger. Elle a envie de s'enfuir, de ne plus jamais partager la couche de cet égoïste qui a tenté de lui expliquer qu'il avait agi dans leur intérêt commun, qu'il utilisait Florence pour des missions bien particulières. Une telle affirmation dans la bouche de n'importe quel homme serait le pire des affronts envers sa femme ; venant de Lionel, elle l'accepte et reporte sa rancœur sur sa belle-sœur, l'idiote flamboyante qui ne peut approcher un homme sans avoir envie de baisser son pantalon. Face à la déconfiture du petit empire Delprat, Aurélie sait qu'il y a un grave danger à allumer le feu, qu'elle doit oublier momentanément ses ressentiments et tenter de sauver ce qui peut l'être. Plus tard, quand tout ira mieux, elle prendra le temps de régler ses comptes.

L'appel de Lionel la conforte dans son choix. Le retour de Pétronille ramène le soleil et la vie.

— Qu'est-ce que tu fais ? Tu avertis Marc ?

Lionel n'attendait pas cette question qui le met en face d'une décision repoussée parce qu'il fait passer la sauvegarde de sa nièce avant tout. Il ne veut pas manquer l'occasion, mais comment convaincre Marc d'oublier, de recommencer à zéro, Marc qui ne répond pas au téléphone ?

— Je vais le voir.

Il sort, monte en voiture et s'en va en direction de Saint-Geniez. Le temps est chaud et humide après l'orage. Un quart d'heure plus tard, Lionel s'arrête devant la maison de Marc. Une vague appréhension l'étreint. Le grand frère qui a toujours raison hésite avant de s'engager dans l'allée. Tout est de sa faute ! En couchant avec Florence, il ne répondait pas à un besoin sexuel, mais à une envie de domination, de suprématie sur son frère qu'il a toujours écrasé de sa supériorité, et c'est ce qui lui pèse en marchant sur le gravillon qui craque sous ses semelles.

Il baisse la tête comme s'il redoutait que Marc, de la fenêtre, ne devine ses pensées. Il appuie sur la sonnette. La porte s'ouvre sur un homme au visage défait, aux vêtements froissés, qui s'appuie contre la cloison, car il peine à se tenir debout. En voyant Lionel, ses yeux s'agrandissent d'étonnement, il ouvre la bouche, passe une main dans ses cheveux en broussaille, puis tente, du bout des doigts, de domestiquer les cornes de sa moustache laissée à l'abandon depuis plusieurs jours. Ses lèvres hésitent entre le sourire et le dédain.

— Toi ?

Lionel hésite, conscient de rater le moment unique de reprendre l'avantage. Au lieu de prendre son frère dans ses bras, il reste en retrait. Maintenant, c'est trop tard, une réconciliation spontanée ne pouvait se faire qu'en l'absence du moindre mot.

— Toi ? fait encore Marc, toujours hésitant.

— Je viens d'avoir Pétronille. Elle regrette sa fuite et m'a assuré qu'elle nous aimait tous les deux et qu'elle allait revenir. Elle nous demande pardon.

Lionel a parlé très vite pour accrocher son frère, pour qu'il ne ferme pas la porte ; en même temps, il comprend sa bêtise.

— Bien sûr, c'est toi qu'elle a appelé !

Il y a de l'amertume dans la voix de Marc qui a conscience d'être, une fois de plus, à la remorque de Lionel.

— Écoute, Marc, il faut arrêter ! Nous nous détruisons l'un l'autre. Nous ne pourrons jamais gagner séparés alors qu'ensemble nos adversaires sont à nos pieds. J'en connais un qui est très content et qui va en profiter pour enfoncer les dernières banderilles.

— Tu veux parler de Plantagrin ?

Lionel acquiesce de la tête. Son naturel de

lutteur prend le dessus. Il ne peut pas rester là, devant cette porte où les gens le voient. Il entre, traverse le couloir et passe dans la pièce qui sert de bureau à Marc, un bureau sur lequel plusieurs bouteilles de whisky vides affichent leur immonde domination. Marc, qui ne devait pas s'attendre à l'intrusion de son frère, se dirige d'un pas hésitant vers un fauteuil sur lequel il se laisse tomber. Lionel s'approche.

— Qu'est-ce qui te prend ? Tu es en train de te détruire pour une chose qui n'en vaut pas la peine. Il faut que nous cessions de nous disputer.

— Va-t'en ! Je ne veux plus te voir. Tu m'as fait cocu, tu as cassé la confiance absolue que j'avais en toi. Désormais, plus rien n'est possible.

— Écoute-moi ! insiste Lionel qui ne sait comment exprimer son réel regret. On ne va pas détruire le travail d'une vie pour une bêtise. Je te demande pardon et je te jure que ça ne recommencera jamais ! Je le regrette vraiment.

Marc secoue la tête. Ce qu'il entend ne lui convient pas, mais il laisse parler son frère. L'alcool rend sensible aux autres et à ses erreurs, alors il réplique d'une voix monocorde :

— Je n'arrive pas à oublier ma faute qui est aussi la tienne, notre faute de jeunesse. Nous avons laissé condamner notre grand ami sans rien faire alors qu'il avait une totale confiance en nous. Nous avons cassé sa vie. Et pendant qu'il était en prison, notre sœur est partie avec Montrémy. Qu'avons-nous fait pour l'en empêcher ? Rien ! Je me sens très sale, sale en face d'Achille Plantagrin et aussi de ce pauvre Julien Montrémy, privé de ses jambes que nous avons laissé crever dans sa ferme. Nous l'avons même un peu aidé à se ruiner. Et son père ? Que devient-il ? Nous avons volé les Eaux Saint-Jean pour récupérer notre nièce, mais qui ne nous aimera jamais comme ses parents et qui nous reprochera très bientôt d'avoir tué son père et ses frères.

Lionel, qui ne s'attendait pas à de tels propos, ne trouve pas les mots pour répondre.

— Dans les affaires, si on se préoccupe de morale, on est vite mangé, objecte-t-il pour tenter de reprendre le dessus.

— Non, répond Marc. Il y a la guerre à la loyale et la guerre des salopards, celle que nous avons faite. Je crois d'ailleurs que je vais aller trouver Plantagrin pour lui demander pardon !

— Tu n'y penses pas ?

Marc lève sur son frère ses yeux noisette, pleins de tristesse et de regrets.

— Vois-tu, notre différence est enfin apparue. Toi, Lionel, tu réussis et tu réussiras tant que les crapules feront le monde. Moi, je me moque de tout cela. Florence par son comportement et par l'amour fou que je lui porte encore m'a appris qu'il existait un autre chemin plus adapté à ma faiblesse. Tu vois, on peut se réconcilier, mais plus jamais les choses ne seront comme avant !

— Mais enfin, Marc, qu'est-ce qui te prend ? Tu es complètement bourré ! Viens à la maison, tu vas manger un morceau pour te remettre d'aplomb. Je ne peux pas te laisser comme ça !

Depuis plus d'une semaine, les manifestations de rue prennent de l'ampleur et se transforment souvent en batailles rangées contre les CRS. Des barricades ont été érigées à Paris en travers des grands boulevards. Les émeutes éclatent dans toutes les grandes villes, mais aussi en Angleterre, Allemagne, Autriche, Espagne, Portugal. Les rumeurs les plus folles courent : le palais de l'Élysée serait miné ainsi que toutes les ambassades et pourrait sauter d'un moment à l'autre. On dit aussi que des stocks importants de sérum et de vaccin contre la peste atypique attendent en lieu sûr que les troubles s'arrêtent et que les gouvernements appliquent le programme des Droits de la Terre pour être distribués. Aux États-Unis, la Maison-Blanche a été prise d'assaut par une foule furieuse. L'anarchie s'est installée pendant quelques jours, mais, très vite, l'intervention de Tony Lierering a ramené le calme. Une réunion de tous les gouvernements est décidée à Philadelphie. Les responsables de la Communauté européenne s'y rendent avec l'espoir de trouver une solution internationale.

À Saint-Pétersbourg, Achille Plantagrin entend cette nouvelle qui lui arrache un grand éclat de rire, puis il se renfrogne : Plokov a fui grâce à la complicité d'Irma.

— Des cons ! s'exclame-t-il en frappant du point son bureau. Depuis quand les politiciens règlent-ils les questions de société ?

Irma Tarassi ne bronche pas. Elle réfléchit à la réaction de son gros patron qu'elle sait manœuvrer mieux que quiconque et aiguise ses armes. Elle attend son attaque et veut surtout en savoir un peu plus sur ce qu'il a fait.

— On s'arrête sur le même débat depuis des milliers d'années, poursuit-il. L'exemple des anciennes civilisations devrait nous éclairer, il n'y a pas de survie possible sans un cadre rigoureux, sans une « gestion » des populations humaines. Personne ne conteste que la Terre crève de surpopulation, alors que faut-il faire ? Prier le ciel pour que les femmes ne fassent plus d'enfants ? Convaincre les pauvres bougres de ne plus faire l'amour ? Ils n'ont rien d'autre ! Non, nous sommes en face d'une réalité terrible et nous devons trouver une solution aussi radicale ! Et cette réunion à Philadelphie n'apportera rien !

Irma attend la véritable attaque. Plantagrin ne parle que pour faire diversion, pour préparer ses reproches.

— Tu veux que je te dise ? Tony Lierering veut s'affranchir des gros pouvoirs d'argent qui l'ont aidé. Au début, il n'avait pas de mots assez durs sur les multinationales, mais pas n'importe lesquelles, celles qui s'opposaient à son ascension. Maintenant, il veut un pouvoir absolu pour étrangler ceux qui l'ont aidé, dont je fais partie !

Irma ne bronche toujours pas. Elle attend que l'obèse dévoile le fond de sa pensée sur un ton qui se veut pondéré mais qui cache mal sa nervosité :

— Plokov, alias Montrémy, a quitté Saint-Pétersbourg pour la France. De quoi avait-il peur ? De Bratnieff et de Piotr Moninski ? Pourquoi n'est-il pas venu me voir pour m'en parler franchement ? Il y a bien longtemps que j'ai découvert le pot aux roses. Bratnieff fait tout pour me casser auprès des Droits de la Terre. Je le laisse faire, il va payer sa fourberie, mais le départ de Plokov me discrédite.

Irma estime qu'il n'est pas encore temps de répliquer. Elle continue de se taire, comme si cette affaire ne le concernait pas.

— Bratnieff croit me rouler, mais il oublie que j'ai des yeux et des oreilles partout. Tu aurais dû m'en parler !

C'est enfin le moment de placer un premier argument :

— Bratnieff est très pressé, raison pour laquelle j'ai dû agir sans prendre le temps de te parler.

— Je te dis que j'avais tout prévu !

— N'oublie pas que tu as un fils, que ce fils est chez une horrible tante et que la peste atypique frappe sans discernement les enfants et les autres. Plokov est le seul homme qui peut prendre ton fils en charge. J'ai confiance en lui.

— Il y avait d'autres manières. Nous devons rester du bon côté, or Plokov n'a jamais affiché ses sympathies pour les Droits de la Terre. Il a même eu des propos virulents contre eux devant témoins ! Il était sous très haute surveillance. On va m'accuser d'être son complice, d'avoir favorisé ce qu'on peut appeler une évasion.

Plantagrin a parlé sans haine. Il est même rassuré de savoir Alexandre en sécurité. Irma ne désespère pas de lui faire accepter ce garçon dans quelques années. En fait, ce qu'Achille Plantagrin déteste, ce n'est pas son fils, mais l'enfance.

— Écoute, Achille, j'ai agi pour Alexandre. Tu as sûrement raison : j'aurais dû t'en parler, mais le temps pressait. Savais-tu qu'il devait être exécuté le soir même de son départ et son corps emporté en mer ?

— Je le savais et j'avais prévu de le sauver en le retenant ici. J'avais envisagé d'aller le chercher moi-même chez lui et de le garder à dîner dans cette pièce en assurant les Droits de la Terre qu'il était sous ma surveillance. Du coup, Bratnieff aurait été relégué au rang de sous-fifre !

Irma considère qu'il est temps de changer de conversation. Elle ne regrette pas un instant son initiative.

— J'ai des nouvelles de l'institutrice, la « tante » de Pétronille, précise-t-elle. Elle a épousé, sous la contrainte, l'horrible Georges Moduhi, qui bénéficie ainsi de la nationalité française.

— Je sais. Je lis la presse tous les matins et Genthil, le pharmacien de Chastelnaud, m'a fait un rapport.

— Cela ne t'étonne pas ?

— Je m'en fous. Il paraît que la mariée faisait une tête d'enterrement. Il y a un coup fourré là-dessous, mais cela ne nous concerne pas. Ensuite ?

— Pas grand-chose. Revenons à la réunion internationale de Philadelphie dirigée en sous-main par les Droits de la Terre. Elle est en train de rédiger un traité international qu'une instance, le Clean World groupement, sera chargée de faire respecter.

— Une assemblée internationale de plus ! Comme s'il n'y en avait pas assez pour brouiller les cartes ! Une chatte n'y retrouverait pas ses petits.

— Cette instance dont la presse publiera la Constitution dans deux ou trois jours et qu'on n'ose pas appeler un gouvernement mondial pour ne pas froisser les susceptibilités patriotiques aura, en théorie, le pouvoir de contraindre les nations à se conformer aux closes du traité de Philadelphie. Pour l'instant, ça coince avec les Droits de la Terre qui souhaitent réduire de moitié la population mondiale en moins de deux ans. Dans l'entourage du théoricien Tony Lierering, on parle de procédés « efficaces » qui gênent les Européens. La peste atypique n'a tué qu'un petit million de personnes, une misère !

— Et l'opposition ?

— Les Humanistes, comme ils se font appeler, se sont groupés en une seule organisation qui sombre dans la clandestinité. Ils n'ont aucune chance en face du rouleau compresseur international qui va les écraser...

— Pas sûr ! opine Plantagrin. Clean World ne fera pas mieux que les autres instances internationales. Tony Lierering, qui se croit invincible, multiplie les indélicatesses. Ses anciens amis vont aider le camp adverse pour l'abattre. Tu veux que je te dise : Clean World est un mort-né !

Le jeune homme court dans la garrigue en se tournant constamment vers l'imposante ferme entourée d'un haut mur d'enceinte au sommet de la colline que le soleil d'août écrase d'une chaleur suffocante. Pas un souffle d'air, les cigales font un bruit infernal dans les touffes d'acacias et de buis et toute cette végétation d'épineux que la moindre étincelle pourrait embraser. Le fugitif court jusqu'à un cyprès qui dispense sous lui une ombre épaisse. Il s'y arrête, s'essuie le front et tente de reprendre son souffle. Il ne connaît rien de cette campagne et pourtant il vit ici depuis huit ans. Huit longues années dans cette imposante construction, ancienne ferme fortifiée qui regroupe une centaine d'hommes et de femmes acharnés à cultiver une terre caillouteuse et sèche que le réchauffement, la multiplication des parasites, l'arrivée de la *vamp* rendent impropre à toute plante potagère. Le fugitif retrouve un peu de son souffle. La question qu'il s'est tant de fois posée revient à son esprit, mais ne le torture plus : qu'est-il venu faire dans la ferme du Messie cosmique ? Rechercher sa mère ou une certitude sur laquelle il aurait pu construire sa vie ? Il est venu poussé par la volonté de se débarrasser d'un monstre qui le dominait et l'emportait en enfer. C'est l'espoir et non l'envie de disparaître qui l'a fait frapper à cette porte de prison, le même espoir qui le pousse maintenant vers la liberté.

Depuis que sa mère est morte, au printemps dernier, Renaud a retrouvé une réflexion personnelle et a compris qu'il n'est pas fait pour une vie de recueillement, de prière et de don de soi. Il a cherché à fuir, mais on ne s'évade pas de la ferme du Messie cosmique. Ceux qui y entrent n'en ressortent jamais. C'est un voyage sans retour vers l'illumination infinie. Une vie stricte, consacrée aux travaux des champs et aux rites religieux : lever à quatre heures pour les prières du matin qui durent jusqu'à six heures, petit déjeuner rapide composé d'un bol de lait de chèvre et d'une tranche de pain, puis travaux dans les champs. À midi, deux heures de prière retiennent les adeptes dans le temple glacial en hiver, torride en été ; une rapide collation et ils repartent travailler jusqu'au coucher du soleil avant la prière du soir. Une vie de bagnard acceptée par ces hommes et ces femmes qui n'ont qu'une envie : découvrir la lumière sublime de l'ascétisme. À ce régime, la mère du jeune homme a mis quinze années pour user ses forces et s'éteindre comme une chandelle qui n'a plus de suif, sans souffrance, au bout de l'épuisement.

Il a enfin réussi à s'enfuir pendant les travaux des champs. Ses « frères » ont essayé de le poursuivre, de le rattraper pour le contraindre à ne pas commettre un pareil sacrilège, mais il avait bien préparé son coup et leurs arguments ont glissé sur lui comme l'eau sur les plumes d'un canard.

Maintenant il est libre, plus qu'il ne l'était huit années auparavant, avant de venir frapper à la lourde porte de ce que les gens du pays appellent « le monastère », une secte qui vend ce que personne ne peut acheter, mais doit conquérir à force de privations, de prière, de méditation : la sérénité de certitudes qui dépassent l'entendement humain. Il a atteint son but ; en l'enfermant, en le laissant se débattre seul contre ses fantômes, ses « frères » l'ont aidé à vaincre ce qu'il croyait invincible : la cocaïne. La cure n'a pas été douce, bien au contraire, plusieurs fois il a cru que son cœur s'arrêtait définitivement, qu'il mourait, mais son jeune corps reprenait toujours le dessus.

Ainsi, pendant que la peste atypique dont on parle tant dans le monastère remplit les cimetières, Renaud Montrémy renaît au monde avec beaucoup de projets en tête, et une question immédiate : où aller ? Qui se souvient encore de lui et comment va-t-il retrouver sa place de guitariste dans le monde ? En huit années, le jeune musicien a beaucoup perdu, la musique n'était pas prisée chez les serviteurs du Dieu cosmique. Ses doigts, durcis sur les manches des outils, ont perdu leur finesse et leur souplesse, mais il a sauvegardé l'essentiel. Une fois guéri de la drogue, persuadé que sa vie ne s'arrêterait pas là, Renaud a joué de la guitare dans sa tête, en se servant d'un morceau de bois pour symboliser le manche de l'instrument.

Il n'a pas d'argent, pas de masque antipeste et, sans cette protection, il ne peut entrer dans une ville, marcher sur une route, rencontrer d'autres hommes. Il n'a pas de papiers, aucun moyen de se procurer de la nourriture. Le voilà condamné à errer seul, mais il ne fera pas demi-tour. Sa vie est dans le grand monde, à lui de trouver le moyen de s'y glisser de nouveau, d'y refaire sa place aux côtés de celle à qui il n'a cessé de penser, Cellia Correti.

Une route en contrebas serpente sur la colline, passe entre de gros ormes qui forment une oasis d'ombre d'une relative fraîcheur. Une voiture est arrêtée, un homme et une femme en sont sortis pour regarder le panorama, la ville de Saint-Affrique en contrebas, et plus loin, entre ses falaises, le village de Roquefort. La portière de la voiture est restée ouverte. La radio fonctionne : dans le grésillement des cigales un magnifique solo de guitare attire l'attention du jeune homme puis une voix de femme sublime, mais il est trop loin pour la distinguer avec netteté et en comprendre les paroles. Fasciné par la musique dont il comprend qu'elle est toute sa vie, il tente de s'approcher discrètement, mais la voix s'est tue et la guitare conclut le morceau par une série d'accords que le jeune homme, qui n'a pas perdu son oreille, reconnaît d'une exécution parfaite. Il s'éloigne, ne se doutant pas qu'il vient d'entendre les dernières mesures de la *Chanson pour Renaud*, un des plus gros succès de Cellia Corretti devenue en huit années une vedette internationale.

Deuxième partie

Le retour

Le bruit est énorme. L'onde de choc déstabilise plusieurs avions qui se trouvaient dans les parages. Les baies de Skjalfandi et d'Axar se hérissent de vagues gigantesques, les villes de Husavick et de Kopask sont emportées par un raz de marée géant qui fait en quelques minutes des dizaines de milliers de victimes. La secousse ébranle l'Islande et les pays voisins, la Norvège, la Finlande. En pleine mer, des cargos brutalement soulevés par des lames de fond se renversent avant d'être engloutis dans des creux gigantesques. Le phénomène se répète plusieurs fois, détruit plusieurs stations pétrolières. Les côtes de Scandinavie, du Groenland, d'Irlande, du nord-ouest du Canada sont balayées par une vague géante dressée comme une montagne qui dévaste les ports et les villes côtières. La soudaineté du phénomène plonge la population mondiale dans la stupeur.

Hans Skjalf a quitté le matin sa maison de Herdhubreich et se dirige vers le plateau de l'Odhahraun pour aller pêcher la truite de mer dans les torrents qui dévalent vers le nord au milieu d'une campagne nue hérissée de pics rocheux quand un vent violent accompagné d'un puissant bruit de tonnerre le projette au sol, à côté de sa voiture. L'horizon noircit. Une fumée couleur d'encre cache le soleil, engloutit le ciel. Hans se demande quel lointain incendie a pu se déclarer et prendre en si peu de temps des proportions capables de transformer cette belle journée de septembre en une nuit opaque. Il se réfugie dans sa voiture que les rafales de vent secouent comme une boîte de carton. À travers un bruit de grêle, la radio lui apprend que le volcan Askja vient d'exploser, projetant dans les airs des millions de tonnes de cendres qui plongent toute la région dans l'obscurité. Des flammes de plusieurs centaines de mètres s'élèvent au-dessus du cratère qui vomit des torrents de lave. Hans Skjalf ne pense plus à la pêche, il démarre son véhicule tout-terrain, allume ses phares et repart vers Herdhubreich où se trouvent sa femme et ses deux filles. Les crépitements de la radio couvrent la voix du commentateur, mais il réussit à capter des bribes de phrases. Toute la région des volcans, cette ligne de feu qui va de l'Askja à la ville d'Husavik, est la proie de secousses sismiques accompagnées de bruits profonds qui laissent prévoir de nouvelles éruptions. Les spécialistes redoutent que la totalité de la chaîne entre en activité, ce qui provoquerait un cataclysme mondial. « Notre île se trouve sur un énorme chaudron de magna. Une éruption de tous nos volcans pourrait plonger la terre dans une nuit d'un siècle ou plus ! Heureusement, nous n'en sommes pas encore là », déclare un commentateur.

Hans conduit très vite, en prenant des risques : il a hâte de rejoindre sa maison ; sa place est auprès des siens qu'il doit rassurer et protéger. La radio annonce que plusieurs autres volcans sont à leur tour entrés en éruption au nord d'Askja, une catastrophe historique dont il est encore impossible de mesurer les conséquences. Hans arrive enfin chez lui, serre dans ses bras sa femme et ses filles en se disant qu'il a beaucoup de chance de pouvoir encore le faire.

Deux heures plus tard, la nouvelle a fait le tour de toutes les rédactions du monde : huit volcans d'Islande sont entrés en éruption, presque simultanément, projetant dans les airs des millions de tonnes de cendres, ce qui peut avoir des conséquences incalculables sur la planète déjà mise à mal. Pour certains commentateurs, cet accident n'est que la suite logique du déséquilibre général induit par les activités humaines en vertu du principe de réaction en chaîne qui s'amplifie : un battement d'aile de papillon peut être à l'origine d'un cyclone ! Pour les plus fatalistes, cela n'a rien d'extraordinaire : la Terre subit une mutation brutale, comme elle en a subi des quantités dans le passé. Les optimistes (il en reste quelques-uns) pensent que ces éruptions arrivent au bon moment : les particules en suspension dans l'atmosphère vont contrer l'effet de serre et ramener la Terre à un climat stable.

L'aide internationale s'organise. Clean World dégage des fonds importants et envoie des hommes et du matériel dans les zones sinistrées en expliquant qu'une fois de plus des innocents paient les erreurs de l'Humanité tout entière. Les médias ne parlent que de cela pendant plus d'une semaine et accusent l'effet de serre d'être indirectement responsable. « Nous ne sommes qu'au début des grosses catastrophes, annonce Tony Lierering. Faut-il rappeler qu'à la fin du Secondaire des éruptions gigantesques plongèrent la Terre dans une courte et sévère glaciation de plus d'un siècle et que la vie faillit disparaître ? Faut-il rappeler qu'il y a soixante-dix mille ans, l'éruption d'un autre volcan tua tous les groupes humains, ne laissant qu'une poignée de survivants dont nous sommes les descendants, ce qui explique l'étonnante homogénéité génétique de notre espèce ? Mais ce qui se passait autrefois d'une manière naturelle en des millions d'années sera de plus en plus concentré dans des laps de temps très courts à cause de l'inconscience humaine. »

Pourtant, si la planète va toujours aussi mal, l'Humanité irait presque mieux. Vaccin et sérum contre la peste atypique enfin disponibles ont redonné confiance aux gens. Finies les échoppes vides, les boulangeries sans pain. Les légumes reviennent sur les étalages à des prix abordables. Les productions des villages de travail où la main-d'œuvre abonde, les nouveaux traitements des cultures en plein air et la chance d'une météo un peu moins mauvaise que les années précédentes ont favorisé une reprise économique dont les piliers du pouvoir, les populations moyennes des pays riches, profitent largement.

Depuis sa création, deux ans plus tôt, Clean World impose tant bien que mal ses décisions inspirées par les Droits de la Terre. Les flux migratoires n'ont pas été stoppés pour autant, mais sont absorbés en partie par les villages de travail qui se sont multipliés sur tous les continents, particulièrement en Afrique qui devient presque autosuffisante (la population a quand même été divisée par dix). Un tribunal international juge les actes de malveillance et les crimes contre la Terre, mais ses décisions, appliquées dans les pays pauvres, restent lettre morte dans les autres. Des prisons spéciales, gérées par Clean World ont été construites, ainsi que de nombreux établissements de soins ou de repos pour les fortes têtes, ce qui n'empêche pas l'opposition de s'exprimer sur Internet, ce vaste champ de liberté impossible à contrôler.

Clean World, pour lequel travaillent une quantité impressionnante de technocrates, a mis en place une gestion informatique qui permet aux responsables du planning de connaître exactement l'état de toutes les populations. Durant ces deux dernières années, d'importantes épidémies ont ravagé l'Afrique, le Moyen-Orient, l'Amérique latine, l'Asie, bref, toutes les régions défavorisées où l'hygiène manque, mais comme la peste atypique, elles sont désormais jugulées après avoir fait plusieurs millions de morts. Les techniciens de Clean World jugent que c'est insuffisant : leur objectif consiste à réduire l'Humanité à six milliards dans un premier temps, pour arriver, en douceur, par le simple jeu du non-renouvellement (c'est ainsi qu'ils nomment l'interdiction d'avoir plus d'un enfant par couple), à trois milliards, ce qui serait amplement suffisant pour les ressources naturelles de la planète. La plus grande partie des gouvernements du monde y souscrit, les organismes d'État étant tenus par des membres influents des Droits de la Terre.

Nous sommes dans une vaste salle voûtée d'une cave sous la montagne de Reims. Des kilomètres de caves ont été creusés dans les siècles passés et si elles servent encore aux précieuses bouteilles que les riches du monde entier recherchent pour leurs fêtes, certaines servent à des réunions discrètes très particulières. Ainsi une vingtaine d'hommes sont-ils rassemblés autour d'une lourde table de chêne et attendent visiblement l'arrivée d'un retardataire. Ils se retrouvent régulièrement pour mettre au point de nouvelles actions. En les déclarant hors la loi, Clean World n'a fait que les renforcer. Humanistes opposés ouvertement à l'organisation internationale inspirée par les Droits de la Terre et au traité de Philadelphie qui engage tous les pays de la planète à appliquer des lois d'exception, ils ne désarment pas et ont acquis en deux ans une influence considérable sur les cinq continents. Les tribunaux les condamnent pour propagande illicite ; certains sont envoyés dans les villages de travail d'où ils ne reviennent pas, mais, chaque fois, les condamnations sont dénoncées sur des milliers de sites Internet.

Les membres de cette réunion souterraine sont graves. Des pas résonnent dans le couloir entre des étagères où sont disposées des bouteilles de champagne. Le retardataire arrive et tout le monde est soulagé : devenu un des piliers de l'opposition, il aurait pu être arrêté ou enlevé malgré la protection discrète dont il fait l'objet.

L'homme de grande taille, costaud, entre dans la salle voûtée qu'éclairent des torches électriques accrochées aux murs. Ses cheveux blancs, sa barbe immaculée qui couvre son visage lui confèrent une respectabilité qui le place au-dessus des autres. Il prend sa place, salue ses amis d'un bref regard à chacun et commence à parler :

— Mes amis, l'éruption des volcans d'Islande et ses centaines de milliers de morts renforcent considérablement nos adversaires qui vont demander encore plus de pouvoir, encore plus de répression. Vous savez combien l'esprit humain est versatile ! Cette catastrophe arrive au pire moment, alors que nous préparons la plus grosse manifestation de tous les temps à l'occasion des journées de Clean World à Versailles.

Haround Plokov s'assoit, laissant la parole à ses amis. Il n'a pas changé depuis son départ précipité de Saint-Pétersbourg et sa fuite de Lyon avec le petit Alexandre Plantagrin. Toujours le même regard pénétrant et décidé, toujours cette impression de force qui se dégage de sa haute silhouette.

— Cela ne change rien à notre détermination, s'écrie quelqu'un.

— Certes, mais Clean World va utiliser ces événements pour justifier sa mainmise sur la planète et faire peur aux gens. Ils assoient leur domination sur la peur !

— Je partage pleinement votre avis, Plokov, constate un autre participant. Clean World et ses lois d'exception ont su adroitement s'imposer dans l'Europe occidentale en lui faisant croire qu'elle vit encore sous un régime démocratique. Souvenez-vous qu'à l'époque nous n'avons rien pu faire contre la pression populaire, ce peuple du monde infantilisé ! Pendant ce temps, les technocrates de la mort, suivant les conseils de leurs amis des Droits de la Terre, exterminent les populations qui ne correspondent pas à leurs critères de survie. L'Humanité se couvre de honte en cautionnant un génocide mondial, en acceptant ce que nos grands-pères ont combattu, le fascisme le plus froid. Nous ferons la guerre s'il le faut, seuls contre tous !

Plokov fait une grimace : il n'aime pas ce mot. Tous ont beaucoup d'admiration pour son parcours atypique, ses huit années passées dans un village de travail en Sibérie, son évasion après avoir été déclaré mort, son envie d'effacer toute haine du fond de lui-même. Mais, s'il est loquace sur son engagement politique, il ne dit rien sur lui-même, sa vie, sa famille. Il vit seul en compagnie de son fils et se dit veuf...

— Tant d'hommes ont fait la guerre pour rien ! insiste-t-il de sa voix grave et déterminée. Notre arme, contre laquelle ils ne peuvent rien, c'est Internet, et nos sites pirates qui se multiplient automatiquement ! Chaque fois qu'ils prennent la nature comme prétexte pour justifier leurs crimes, nous devons réagir, expliquer aux gens qu'on peut lutter autrement, au nom de toute l'Humanité et non de la seule société occidentale qui veut s'approprier la planète !

Un homme, encore jeune, très brun se lève et déplie une feuille de papier devant lui :

— L'ennemi numéro un, c'est Tony Lierering, que nous devons éliminer. Alors, le monde retrouvera un peu de bon sens ; alors, nous pourrons envisager un véritable plan Marshall pour la Terre autre que cette caricature que nous proposent les Droits de la Terre.

— Tony Lierering est tellement puissant qu'il tient le monde en laisse ! s'écrie quelqu'un au bout de la table. Comme tous ceux qui assoient leur domination sur la haine, le fanatisme, la déportation, il a beaucoup d'ennemis dans ses propres rangs. Faites-leur un signe et ils rappliqueront.

— Je suis d'accord avec toi, Graugirout. C'est Tony Lierering qu'il faut éliminer, ensuite tout l'édifice s'écroulera. En deux ans, les esprits ont changé !

— Quel est le programme ? demande Plokov.

— Faire ce que nous avons prévu depuis longtemps : profiter du prochain rassemblement du Clean World prévu dans un mois à Versailles pour rameuter tous les Humanistes du monde et montrer notre force et notre détermination.

— Pour finir, j'ai quand même une bonne nouvelle à vous annoncer, ajoute Plokov, mais il faudra la vérifier. Je viens d'apprendre par un de mes contacts à New York que Tony Lierering souffrirait d'un cancer et que son état se serait considérablement aggravé ces derniers temps.

Des applaudissements crépitent, s'amplifient dans la salle voûtée et se perdent dans les couloirs où sont disposées des centaines de bouteilles de champagne.

Après avoir déterminé le rôle des uns et des autres pour la manifestation de Versailles, chacun rentre chez soi par des chemins différents dans le labyrinthe souterrain. Haround Plokov arrive à un escalier, sort par une porte basse dans le jardin d'une grande maison bourgeoise à côté d'un deuxième bâtiment plus récent sur lequel est inscrit en grosses lettres gothiques : « Champagnes Coste »

Il entre dans la maison silencieuse qui lui rappelle une autre maison de ce genre, celle de sa famille au temps des Eaux Saint-Jean. Un jeune garçon très brun au beau visage rond, aux longs cils noirs, est assis sous la lampe de la cuisine, un plan d'avion déplié devant lui.

— Alexandre, tu n'es pas encore couché ?

— J'y vais, père. Au fait, un homme est passé ce soir. Bizarre. Il m'a dit qu'il voulait te parler. Il reviendra.

— C'était un employé, quelqu'un que nous connaissons ?

— Non, je ne l'ai jamais vu. Il a une drôle de tête, je te dis, et une voix de femme. Il a ouvert de grands yeux étonnés quand je lui ai annoncé que j'étais ton fils. Si tu ne m'avais pas interdit d'en parler, je lui aurais peut-être avoué la vérité parce que je l'ai trouvé marrant avec ses grosses lunettes noires qui cachaient son visage, sa fausse barbe mal coiffée et sa veste trop longue !

— La vérité, Alexandre, tu sais bien que tu ne peux pas la dire... Allez, au lit, il est tard et demain tu dois aller à l'école.

Le garçon passe dans sa chambre envahie de

petits avions, d'ailes démontées et de plans en vrac sur le bureau à côté de l'ordinateur.

— Si j'ai bien compris, tu as passé ta soirée à t'occuper de tes maquettes. As-tu fait seulement tes devoirs ?

Alexandre se couche sans répondre. Haround Plokov le regarde en silence. Le jeune garçon est heureux avec ce « père » venu le chercher voilà deux ans déjà à Lyon près du cadavre de sa tante emportée par la peste atypique. C'est le seul adulte en qui il a confiance, et dont il ne conteste jamais les décisions. Avec lui, il peut parler avions, bricoler ses modèles réduits, évoquer des pays lointains qui le font rêver...

Plokov aussi pense au passé, à ces deux années depuis son retour de Saint-Pétersbourg. Il s'est fixé ici sans porter les pieds à Chastelnaud, il n'a pas tenté de revoir Pétronille qui, depuis longtemps, a appris à vivre sans lui. Julien est mort, Renaud a disparu depuis si longtemps qu'il n'a plus grand espoir de le retrouver, il n'a donc plus de famille et n'a pas envie de reprendre son véritable état civil : le patron des Eaux Saint-Jean a disparu depuis dix ans, tout le monde l'a oublié. Il dirige désormais les Champagnes Coste, maison fondée en 1824 par un tonnelier qui acheta ses premiers arpents de vigne avec l'argent de ses tonneaux. Le dernier Coste, Albert, âgé de quatre-vingt-deux ans et sans héritier, cherchait un repreneur sérieux. Quand Plokov s'est présenté, il a tout de suite su que c'était l'homme de la situation. Plokov, fils d'immigré russe et veuf qui élevait seul son fils de treize ans, avait un peu d'argent (celui qu'Irma lui avait versé sur un compte du Crédit Lyonnais), mais ce n'était pas là le plus important : Coste ne voulait laisser son affaire qu'à une personne en qui il aurait confiance. Avec Plokov, le vieil homme pouvait se retirer sans crainte dans une maison de retraite. Avant sa mort, l'été dernier, il venait régulièrement rendre visite à son successeur et se félicitait d'avoir fait le bon choix : l'œuvre de ses ancêtres lui survivrait.

Plokov passe dans son bureau et se prépare à écrire quand on frappe à la porte. Il se tient constamment sur ses gardes, redoutant une attaque de ses adversaires. Il ouvre cependant et se trouve en face d'une personne de petite taille, aux épaules étroites, le visage caché par une abondante barbe grise et des larges lunettes noires. Un chapeau couvre la tête de l'individu, mais sa voix ne trompe pas : c'est une femme. Intrigué mais méfiant, Plokov l'invite à entrer. Sans un mot, la personne pose son chapeau, ses lunettes et attend un instant. Plokov la regarde, conscient de connaître ce visage, de l'avoir déjà croisé. Alors, la femme décolle la barbe qui lui couvre les joues et le menton. Cette fois, il la reconnaît. Il est sur le point de prononcer son nom quand elle pose son index sur ses lèvres pour lui réclamer le silence.

— Vous pouvez parler, dit-il. Ici, personne n'écoute aux portes.

— J'ai vu Alexandre, indique-t-elle en baissant les yeux, vaguement confuse. Il a bien grandi, vous vous êtes bien occupé de lui.

— C'est un adorable garçon qui a eu une vie difficile. Je vous en veux de ne pas vous être occupée de lui quand il était à Lyon...

Irma Tarassi secoue la tête, soupire en baissant les yeux.

— Achille ne le voulait pas ! Il payait quelqu'un pour ne pas entendre parler de lui.

— Il a eu tort !

— Tout va mal, murmure Irma. Depuis qu'il a le pouvoir, Tony Lierering se croit invincible et ponctionne ceux qui l'ont aidé dans son ascension. Ainsi, Achille...

— Je ne me fais pas de souci pour lui.

— Il peut être ruiné du jour au lendemain, dépossédé de tout, par un simple décret : Clean World fait et défait les fortunes selon son gré. C'est lui qui m'envoie, pour vous sauver, ou en tout cas pour vous demander de vous cacher. Les Droits de la Terre ont décidé de supprimer les membres influents de l'opposition qui appellent à la manifestation pour le prochain rassemblement de Clean World à Versailles et ne se pardonnent pas de vous avoir laissé échapper de Saint-Pétersbourg. Achille veut que vous viviez, il vous est reconnaissant d'avoir gardé son fils pendant ces deux années. Maintenant, cela devient trop dangereux, je vais le récupérer.

— Comment ?

Plokov s'est dressé en face d'Irma, le regard dur, le menton tremblant.

— Alexandre est inscrit sur mon passeport, c'est mon fils désormais et puis...

Il baisse la tête, comme s'il allait avouer quelque chose de honteux.

— Je n'ai que lui !

— Il doit rentrer dans un pensionnat suisse pour subir une solide formation. Personne ne sait ce que demain sera. Si vous aimez vraiment Alexandre Plantagrin, vous devez le laisser partir avec moi, qui suis sa mère, pour le protéger. C'est Achille qui vous le demande.

Elle remonte le col de son manteau, coiffe son chapeau, ouvre la porte et disparaît dans la nuit.

Ghislaine Moduhi est décidée à jouer le tout pour le tout. Voilà deux ans qu'elle croupit dans cette grande maison au milieu des bois de Sologne, deux ans qu'elle est plus que morte, que la souffrance de son corps humilié efface le reste du monde. Ces deux années ont fait d'elle une vieille femme qui ne cherche plus à plaire, au contraire elle se réfugie dans la laideur, dans le laisser-aller, le fripé, le malodorant.

Deux années sans sortir de la Pommeraie, propriété de Moduhi à proximité de Salsbris. Une trentaine d'hectares clôturés dans une forêt qui cache la maison d'habitation, ancien manoir et ses dépendances, écuries, dépendances des domestiques et ancien four à faïence désaffecté depuis longtemps qui sert à brûler les ordures. Les dix personnes au service exclusif de Gérard Moduhi vivent entre elles. Le fidèle ami Honoré Hyounké va faire les courses à Vierzon, à Orléans ou à Paris, le reste du personnel ne sort pas. Le président Moduhi s'absente parfois pendant quelques jours, mais n'emmène jamais sa femme qui reste à la propriété sous la garde de domestiques entièrement dévoués à leur maître. Anciens truands pour la plupart, recherchés par la police, ils se cachent à la Pommeraie d'où, à la première incartade, Moduhi n'hésitera pas à les expulser.

Ghislaine redoute surtout les nuits, celles où le président, comme on l'appelle ici, vient visiter sa femme. Elle préférerait mourir plutôt que de partager son lit sous la contrainte, les coups, avec cet homme qui la rebute, ce corps visqueux, ce mollusque, cette méduse qui l'enserre de ses tentacules. Et cela se reproduit souvent, très souvent. Au début, elle s'est révoltée, mais Moduhi, en Africain rompu aux méthodes radicales, a su l'en dissuader, la punir de plusieurs jours de cachot au pain et à l'eau. « Vous verrez que vous finirez par m'aimer ! » lui dit-il en souriant de toutes ses dents éclatantes.

Son sacrifice a-t-il servi à quelque chose ? Qu'est devenu Bernard Chaurrit ? Moduhi l'assure qu'il a tenu sa promesse, personne de sa faction n'a touché à l'Européen, mais il peut être tombé entre les mains de mercenaires qui ont cherché à monnayer sa vie. Est-il mort ? Est-il rentré en France ?

Faisant un immense effort sur elle-même, la jeune femme a tenté de gagner la confiance de son époux. Elle a simulé l'acceptation pour que la surveillance se relâche. Puis elle a demandé à voir sa mère. Moduhi ne s'y est pas opposé. Il a envoyé le fidèle Hyounké la chercher dans les Alpes, l'homme est revenu deux jours plus tard seul : la vieille paysanne refusait de suivre cet inconnu. « C'est parce que je suis noir ! a conclu Hyounké. Elle n'a pas confiance, et puis elle ne veut plus vous voir ! » Ghislaine en a été extrêmement blessée, puis s'est fait une raison : sa mère n'a sûrement pas dit le fond de sa pensée et Hyounké a tout fait pour qu'elle refuse.

Chaque jour, elle a le droit de se promener dans la propriété sous la surveillance distante mais sûre de plusieurs domestiques. La pensée un peu naïve qu'elle pourrait passer sous la clôture et rejoindre le hameau dont elle voit les toits et les cheminées par-dessus les arbres lui a fait inspecter discrètement le haut grillage barbelé soutenu par de gros piquets de fer. Mais ses surveillants ont vite percé ses pensées, le lendemain ils ont fait le tour de la propriété et testé la fermeture automatique de l'unique point d'entrée et de sortie.

Ghislaine a espéré pendant plusieurs mois que les journalistes si nombreux à « son » mariage prendraient de ses nouvelles, mais tout le monde l'a oubliée. Qui se préoccupe, à Paris, de Moduhi en retraite dans une lointaine propriété de Sologne ? Qui aurait du temps à perdre pour cette institutrice qui l'a épousé, croit-on, pour faire parler d'elle ?

N'espérant plus rien de ce côté, elle réfléchit à la manière de communiquer avec l'extérieur, d'envoyer un message de détresse à la gendarmerie voisine, de crier au monde qu'elle est prisonnière d'un infect personnage au cœur de la France. Les domestiques l'ont surprise en train d'essayer de voler un téléphone portable, depuis Moduhi a supprimé tous les téléphones. Alors Ghislaine perd espoir, sombre dans une profonde prostration. Personne ne viendra jamais la sortir de sa prison. Et pourtant...

Devant l'immense portail de la Pommeraie, un taxi dépose une petite femme vêtue de noir, ses cheveux blancs couverts d'un foulard et tenant des deux mains son gros sac à main. Son visage maigre est fatigué. Elle regarde les bâtiments, la superbe maison au milieu des arbres. La voilà enfin arrivée !

Ce voyage interminable lui semblait au-dessus de ses forces, raison pour laquelle elle l'a repoussé tant de fois. Elle qui n'avait quitté sa petite ferme des Alpes que pour se rendre à Chambéry a dû prendre le TGV en direction de la capitale en se disant qu'elle ne reviendrait probablement jamais chez elle, mais son devoir l'exigeait : Ghislaine était en danger, c'était une certitude.

Après le mariage de sa fille avec le président Moduhi, Marie Lesaget a compris que quelque chose n'allait pas, que les apparences, le faste cachaient un drame. La voix de Ghislaine est restée en elle : « Surtout, ne me juge pas ! » Cela l'a empêchée de dormir de longues nuits pendant lesquelles son passé à elle, enfoui au fond de sa petite silhouette maigre et résignée, a refait surface. La voix de sa fille, ses gestes pleins de refus lui ont rappelé son propre mariage, son envie de mourir quand, par la volonté d'un père autoritaire et intransigeant, elle a dû épouser, pour ajouter quelques arpents de terre à la propriété familiale, Léon Lesaget, Savoyard aussi lourd que ses montagnes mais travailleur infatigable. Elle avait voulu mourir, Marie, mais au fil des mois, des années, l'homme qu'on lui avait imposé avait su la conquérir par sa douceur, sa prévenance. Et elle s'était prise à l'aimer follement. Ghislaine était née alors, lui apportant quelques années d'un bonheur intense. Son expérience, la seule de sa vie, lui a appris qu'il ne fallait pas juger sur les apparences, que souvent, l'or se cache sous la pierraille, qu'il suffit parfois de se baisser pour ramasser le bonheur.

Mais il était dit que Marie ne serait pas longtemps heureuse. Léon, l'homme de sa vie, s'était-il tué, écrasé par la chute d'un arbre qu'il coupait, un beau chêne destiné à la charpente de la ferme et qui servit à fabriquer son cercueil. Marie vit dans ce malheur la punition de Dieu qui lui reprochait son mariage à reculons. Elle avait mis si longtemps à reconnaître Léon, si longtemps à l'aimer, il lui restait toute sa vie pour le regretter.

Ghislaine avait été très affectée par la mort de ce père qu'elle idolâtrait. Son mariage avec Stéphane, voisin et compagnon d'enfance, la sortit d'une adolescence triste. L'institutrice de Chastelnaud pouvait enfin espérer un peu de bonheur, mais le tremblement de terre se préparait.

À la mort de Stéphane, Marie a compris que sa fille serait désormais incontrôlable, qu'elle pousserait les portes interdites, qu'elle ne passerait que dans des chemins nouveaux, inconnus d'une personne aux humbles origines destinée à enseigner la rigueur et la continuité à des petits montagnards. Sa décision de quitter l'enseignement pour les affaires fut le premier signe. Marie ne s'y trompa pas : une femme de son milieu ne fait pas des affaires avec des hommes importants ! Sa réussite ne changea rien à l'opinion de la vieille femme. Elle pensa que Ghislaine s'en mordrait vite les doigts, ce moment était arrivé. Si elle n'avait jamais fréquenté ce monde malhonnête des affaires, elle n'aurait pas épousé ce président déchu en qui Marie n'avait aucune confiance. Sa présence au mariage à Chastelnaud était destinée à dire à sa fille qu'elle la désapprouvait, mais elle s'était tue : le regard de Ghislaine exprimait un désespoir qui avait une autre signification.

Dans les mois qui suivirent, Marie comprit que Ghislaine avait été contrainte à ce mariage. Elle espérait chaque jour recevoir une lettre, un coup de téléphone. Le silence la persuada que la situation était encore plus grave qu'elle ne l'avait supposé. Où était sa fille ? En Afrique ?

La récente visite d'Honoré Hyounké l'a enfin informée. Elle a réussi, en jouant à merveille le rôle de la vieille mère aigrie qui refuse tout contact avec sa fille « devenue une dame », à faire parler le messager de Moduhi. Elle a appris que Ghislaine vivait avec son mari dans une grande propriété de Sologne, à quelques kilomètres de Salbris, qu'on appelait la Pommeraie. Tout cela, Marie l'a soigneusement noté dans sa tête après avoir rassuré Hyounké par le refus qu'il espérait.

Elle devait donc agir. La certitude que Ghislaine est empêtrée dans un filet dont elle ne savait pas desserrer les mailles lui a donné la force de braver tous les dangers. Elle s'est renseignée auprès d'une voisine qui a travaillé à Paris, s'est fait expliquer comment se rendre de la gare de Lyon à la gare d'Austerlitz. Elle a retiré plus d'argent que d'habitude à la Caisse d'épargne sous les regards curieux des employés, puis, après une nuit d'insomnie totale, elle a pris son grand sac à main qui contient ses effets pour une absence de deux ou trois jours, ses économies bien cachées sous le linge et a demandé un taxi pour la conduire à la gare de Chambéry.

Le taxi de Vierzon l'a déposée devant le grand portail toujours fermé de la Pommeraie et s'en est allé : Marie est arrivée au bout du voyage tant redouté et tout reste à faire, car si elle a réfléchi à la manière de venir jusqu'ici, elle ne s'est posé aucune question sur la suite. D'abord ce portail qu'elle n'avait pas imaginé. Chez elle, en Savoie, les barrières ne servent qu'à arrêter les poules et les chiens. « Plus les gens sont riches, plus ils ont des choses à cacher ! » pense-t-elle en appuyant sur la sonnette.

L'attente est longue, plusieurs minutes. La cour, devant la bâtisse, est déserte. Marie se dit que la sonnette ne fonctionne peut-être pas, elle appuie de nouveau, insiste au-delà de sa retenue habituelle.

Enfin quelqu'un vient, un homme de haute taille que Marie reconnaît. Honoré Hyounké s'étonne de voir la vieille femme si loin de sa ferme, sa silhouette en est plus menue, plus fragile, c'est ce qui le retient.

— Voilà, j'ai changé d'avis, je veux voir Ghislaine.

— C'est que... ce ne sera pas possible.

— Quand vous êtes venu me chercher chez moi, ça l'était bien, pourquoi pas maintenant ?

— Mme Ghislaine n'est pas au domaine. Elle est en voyage !

Sans rien ajouter, Hyounké fait demi-tour et s'éloigne. Marie reste au milieu de l'allée, son gros sac devant elle.

Hyounké est très embarrassé par cette visite inattendue. Quand il est allé chercher Marie, il n'avait pas du tout l'intention de la ramener et voilà qu'elle est venue seule ! Il rejoint Georges Moduhi dans son bureau.

— Si on refuse, elle se doutera de quelque chose et pourra ameuter la presse, dit le président. Les Droits de la Terre qui me retiennent ici en résidence surveillée pourront en profiter. Si on accepte, on ne maîtrise plus la situation.

— Non, elle n'ameutera pas la presse. Ce n'est pas dans ses habitudes de faire du bruit. Mme Lesaget n'aime pas se mettre en avant. Je lui ai dit que Ghislaine était en voyage, je vais la renvoyer, ce sera plus simple !

Hyounké retourne au portail. Le ciel est gris, bas, le vent froid souffle du nord. Marie est toujours là, debout près de la grille. Hyounké s'approche, affectant un air contrarié :

— Madame Lesaget, je viens de me renseigner. Votre fille ne rentrera pas d'Afrique où elle est en voyage en ce moment avant trois semaines. Si vous le souhaitez, je pourrai vous avertir de son retour et vous pourrez alors la voir.

— C'est ça ! dit d'une petite voix Marie pour qui tout s'écroule parce que, maintenant, elle a bien la certitude qu'on lui cache quelque chose.

Hyounké rentre dans la maison. Marie sait qu'il

a menti, que Ghislaine est là, derrière ces murs, certainement très malheureuse, et qu'elle ne peut pas lui parler. Alors, la fatigue du voyage écrase son vieux corps. Elle s'assoit sur une grosse pierre au bord de la route et, son sac posé sur ses genoux, se met à pleurer. Elle n'avait pas prévu le voyage de retour dans ces circonstances. Trouver une voiture pour la reconduire à la gare lui semble insurmontable. Pourtant, elle n'a qu'une envie, rentrer dans sa ferme et reprendre sa petite vie avec le boulet écrasant de sa peine.

Ce qu'elle ne sait pas, Marie, perdue au bord d'une route déserte en face d'un portail fermé, c'est qu'un avion se pose au même moment à Roissy-Charles-de-Gaulle, un avion qui arrive d'Afrique et qu'un homme parmi les voyageurs a la même pensée qu'elle. Un homme maigre – son visage autrefois poupin a été ravagé par une maladie de peau. Enfin libre et heureux de retrouver le sol natal, il marche dans le hall d'arrivée au milieu d'une foule pressée. Il comprend combien son combat a été âpre et combien il a eu de la chance d'en sortir vivant. Tout ce qu'il possède désormais se trouve dans sa valise. Après deux années d'une détention sans cause, les difficultés vont surgir. Lui qui a toujours été aisé va devoir faire l'apprentissage de la pauvreté, lui qui a passé l'essentiel de sa vie dans les palaces ne sait pas où il dormira ce soir. Cet homme n'a plus que son nom comme sésame et l'envie de retrouver au plus vite celle qui l'a sauvé en épousant un monstre. Il s'appelle Bernard Chaurrit.

Depuis deux semaines, les volcans d'Islande projettent dans l'atmosphère des millions de tonnes de cendres et de lourdes fumées que le vent emporte sur tous les continents. Les coulées de lave succèdent aux coulées de lave, transformant complètement la petite île dont les sommets ne cessent de s'élever, spectacle grandiose et terrifiant que les vulcanologues accourus du monde entier observent et tentent de comprendre. Une telle éruption n'a jamais été décrite et personne ne peut en mesurer les conséquences. La presse questionne les spécialistes qui, bien évidemment, ne sont pas du même avis. Pour les uns, les poussières en suspension dans l'atmosphère seront vite ramenées au sol par les précipitations d'automne et d'hiver et n'auront aucune conséquence sur le climat. Pour les autres, les alarmistes, il faut s'attendre à un refroidissement sensible pendant un an ou plus, un hiver rigoureux et un été pourri, malgré le réchauffement général : il y a bien eu ainsi des hivers très rigoureux pendant l'optimum climatique du Moyen Âge et des étés brûlants pendant le petit âge glaciaire de l'époque classique.

De tels propos provoquent les protestations des

Droits de la Terre qui rappellent les deux cent mille morts dus aux raz de marée et aux inondations. Ils réclament, de la part de Clean World, des directives strictes plus que jamais nécessaires. « Quoi qu'il arrive, précise Tony Lierering, notre gestion est rationnelle, elle se justifie par l'urgence à agir. Il y a bien longtemps que l'Humanité aurait dû être gérée comme toutes les autres espèces animales ! »

Ces propos sont aussitôt contestés sur des milliers de sites humanistes. En Europe, les intellectuels, longtemps favorables aux « aménagements rationnels », prennent du recul en découvrant qu'ils ont confié l'avenir du monde à des calculateurs froids pour qui l'Humanité n'est rien de plus qu'un cheptel. Ils constatent ainsi qu'ils ont cautionné un pouvoir fasciste dont ils sont les premières victimes. Les opposants ont été condamnés en vertu du traité de Philadelphie : « *La gestion de la planète et de ses ressources* (dans « ressources », il faut inclure les richesses minières, les produits de l'agriculture, l'énergie et les hommes, bien sûr) *est confiée à l'organisation internationale Clean World, composée de membres de toutes les nationalités dont les décisions auront force de loi.* » Les dissidents jugés pour actes de terrorisme s'exposent à de lourdes amendes ou à la prison à perpétuité.

Les Humanistes se sont organisés en une fédération de plus en plus puissante. Au moment de sa signature, le traité de Philadelphie a été approuvé par les autorités religieuses. Les textes sacrés, bien que dictés par Dieu, n'échappent pas aux contraintes terrestres et peuvent s'accommoder, avec un peu de bonne volonté, de toutes sortes de contradictions. Mais, très rapidement, les hommes de foi ont compris qu'ils n'étaient plus libres de leurs propos. De voilée, la contestation s'est infiltrée dans les prêches des imams qui ont été les premiers à payer leur insoumission : arrêtés pour avoir fait l'apologie de principes contraires aux lois internationales, ils ont été réduits au silence. De leur côté, les catholiques qui attendaient, en retour de leur soutien, des concessions qui ne sont pas venues, se sont mis à dénoncer des lois incompatibles avec la foi chrétienne. Ainsi, en deux ans, les croyants de la plupart des grandes religions ont-ils changé de camp, ce qui ne simplifie pas la tâche de Clean World.

Tout cela, Lionel Delprat le sait et il reste prudent dans ses prises de position car il comprend chaque jour que le monde est plus instable que jamais. Il a marché avec les Droits de la Terre lors de leur ascension et a pu réaliser, grâce à eux, de bonnes affaires, mais il ne s'est jamais affiché en public avec les cadres du mouvement et a gardé avec Joseph Pelbond, le responsable local, des relations professionnelles que personne ne peut lui reprocher. Cela ne l'empêche pas d'être très pessimiste, au bord du gouffre, de la faillite.

Il regarde une nouvelle fois le rapport du laboratoire d'analyse légal des eaux de consommation. Plusieurs chiffres en rouge indiquent que les Eaux de Pétronille sont impropres à la commercialisation. La multiplication des pesticides pour combattre les parasites des plantes, les nitrates ont pollué le lac souterrain pourtant éloigné des cultures.

Il ajuste ses lunettes devant ses yeux couleur de verre. Ce n'est pas que sa vue ait faibli, mais, au bout d'une longue lecture, les lettres se mettent à trembler. En face de lui, l'ingénieur Dussaut, homme de forte corpulence, front dégarni, cheveux courts très raides, regard noir pétillant de malice, s'est assis et, dans un geste fataliste, laisse pendre ses bras puissants de chaque côté de son siège.

— Qu'est-ce qu'on peut faire ? demande Lionel Delprat en penchant sa grosse tête sur le document comme pour vérifier une ultime fois une vérité à laquelle il ne veut pas se résoudre.

— Le lac que nous pompons sous le mont Aïzot est au cœur d'une vaste étendue classée en parc national. Les premières cultures sont à deux kilomètres et pourtant les produits que nous trouvons dans nos eaux proviennent en partie de ces cultures, mais aussi d'ailleurs.

— D'où ?

— On ne sait pas. Ils sont utilisés par tous les maraîchers de Saint-Robert, par les céréaliers de la plaine de Simange et dans bien d'autres endroits. Ce qui semble étrange, c'est qu'ils ne devraient pas arriver ici puisque l'écoulement des eaux souterraines ne va pas dans ce sens.

— Comment peut-on lutter contre cela ?

Dussaut secoue ses larges épaules, passe sa main sur son crâne clair.

— Si le plan décennal adopté par l'Europe se concrétise, avec l'arrêt progressif des produits pesticides, tout rentrera dans l'ordre dans un certain nombre d'années...

— L'arrêt des produits pesticides ? s'étonne Lionel en secouant à son tour sa grosse tête. Je n'y crois pas. Il faudrait que les taux de gaz à effet de serre baissent, donc que les températures redeviennent plus compatibles avec nos activités, et je suis pessimiste !

— Nous poursuivons les recherches géologiques pour déterminer la provenance de la pollution. Si nous découvrons un filon, un écoulement de l'eau, nous saurons le colmater, mais vu la configuration du sol et la position de notre lac, bien au-dessus de la source polluante qui se trouve dans la plaine voisine, on peut penser qu'il s'agit d'infiltrations dans le sous-sol perméable du lac.

— Ce que je ne comprends pas, c'est que les agriculteurs utilisent des produits identiques depuis des décennies, pour ne pas dire un siècle ; comment se fait-il, puisque le lac est constitué de l'eau environnante, que la pollution n'apparaisse que récemment ?

— Véritable question à laquelle nous apportons toujours la même réponse. Les deux tremblements de terre ont considérablement chamboulé le sous-sol et les conséquences apparaissent ainsi, au fil des ans. Il y en aura sûrement beaucoup d'autres.

Lionel se tait. Le passé lui revient en mémoire. Il y a dix ans, les conséquences des deux tremblements de terre l'avaient beaucoup servi pour s'emparer des Eaux Saint-Jean et ruiner Armand Montrémy. Il avait gagné sur toute la ligne avec la garde de Pétronille confiée officiellement à sa grand-mère Delprat. De toutes ces victoires, de ces bonheurs, que reste-t-il ? Rien ! La vie lui a pourtant donné plusieurs avertissements, il n'a pas su en tenir compte et voilà que ce qui avait détruit son ennemi se retourne contre lui, avec la même force sournoise.

— La solution, poursuit Lionel, c'est de continuer d'explorer les environs et de chercher une nouvelle poche d'eau indemne de pollution. Nous la raccorderons au réseau actuel sans rien dire à personne, enfin sans publicité.

— C'est ce que nous cherchons, acquiesce Dussaut et nous avons bon espoir de trouver, mais nous ne devons pas nous précipiter.

L'ingénieur se lève et sort du bureau, laissant Lionel seul. « En ce temps, tout nous réussissait ! pense-t-il. Maintenant, tout va de travers. Il n'y a pas de justice, bien sûr, l'Univers ignore ce mot, mais il y a des retours de bâton guidés par le hasard qui ressemblent étrangement à de la justice ! » Avec les ans et les mauvaises affaires, Lionel se découvre un fond de morale qu'il croyait avoir banni à jamais, un sens inné du bien qu'il a toujours refusé. La solitude qu'il considérait comme une grandeur dans le succès devient une redoutable faiblesse dans l'échec.

Tout a commencé avec Pétronille. La peste en a fait une adulte ; elle est rentrée à Chastelnaud avec des idées bien arrêtées, guérie de sa passion d'adolescente. Elle a rendu hommage au courage, à la détermination de Jonathan qui l'a sauvée, mais sa décision était prise : élaborée dans le fond de son être au moment de mourir, elle n'était pas restée de ce côté du monde pour supporter les querelles familiales, mais pour vivre à sa guise le plus loin possible de Chastelnaud et de ses souvenirs d'enfance.

Pétronille aurait pu être ramenée à la raison par la seule personne qu'elle écoutait encore, mais Ghislaine avait disparu. Depuis son mariage avec Georges Moduhi, l'enseignante avait rompu avec son passé et les appels de la jeune fille étaient restés sans réponse. Pétronille éprouvait, au-delà de sa déception, une rancœur pour cette femme qu'elle avait crue pure et qui montrait sa véritable nature : intéressée, arriviste, le contraire de ce que Pétronille aimait.

Déçue par les hommes, la rescapée de la peste atypique a décidé de s'enfermer dans un monastère pour consacrer sa vie à la prière et à la méditation, seule manière d'atteindre une vérité absolue, supérieure à toutes les lois de l'Univers. Lionel et Aurélie, qui ne voulaient surtout pas la braquer, n'ont cherché à la dissuader que par des chemins détournés sans trop insister. Ils avaient raison puisque très vite Pétronille a repris goût à la vie.

Lionel a voulu l'intéresser aux affaires, l'impliquer dans la gestion des Eaux de Pétronille, mais la jeune fille avait la tête ailleurs. Un matin, elle lui a annoncé qu'elle partait aux États-Unis, que le temps était venu de prendre ses distances avec son passé.

Lionel n'a pas insisté :

— Elle reviendra ! dit-il à Aurélie. Il faut la laisser se mesurer au monde puisqu'elle en éprouve le besoin. À la première difficulté, elle rentrera à la maison. Laissons-la mûrir.

— Je pense qu'elle est complètement folle ! a

répliqué Aurélie. Le sang Montrémy qui coule dans ses veines s'exprime ainsi ! Maintenant, elle est majeure et nous ne pouvons rien, c'est ce qui me désole.

— Laisse passer un peu de temps. Il faut qu'elle trouve ses marques, qu'elle comprenne où est son intérêt.

Deux ans se sont écoulés et Pétronille n'est pas revenue. Elle a laissé un seul message un mois après son départ : « Tout va bien, j'ai trouvé du travail à New York. Cette ville me plaît beaucoup, je compte m'y établir définitivement. » Lionel lui a répondu aussitôt et, depuis, il attend un nouveau message qui ne vient pas. Il sait maintenant que Pétronille ne rentrera pas en France et cela lui fait très mal.

Il ne suit plus ses affaires avec le talent qu'on lui a connu. Les Houilles Blanches ont perdu, par simple décret, leurs centrales hydroélectriques en Sibérie. Lionel a protesté, mais pas avec son efficacité habituelle : le traité de Philadelphie oblige tout gouvernement, toute administration à arrêter les activités qui sc retournent contre l'intérêt général de la planète. Or les barrages gênent la migration des saumons essentiels dans l'économie locale. Lionel a dû s'incliner : des entrepreneurs locaux exploiteront désormais la ressource hydroélectrique en installant des turbines au fil de l'eau sans conséquence sur l'environnement.

Il sort de son bureau, regarde un instant les ouvriers qui chargent un camion. Le vent qui vient du nord le fait frissonner. Le soleil d'automne brille sur des feuillages d'un roux lumineux, un ouvrier siffle dans la cour. Tout cela va probablement s'arrêter bientôt : le lieu est maudit. Les Eaux de Pétronille n'auront remplacé les Eaux Saint-Jean qu'une dizaine d'années, un temps si court quand on est heureux.

Il va jusqu'à sa voiture garée à côté des camions en attente d'être chargés. Les ouvriers le regardent ouvrir sa portière. Ils le trouvent voûté, vieilli, comme absent de la réalité. Il n'a plus le regard franc et pénétrant d'autrefois, cet allant qu'il mettait en toutes choses.

Lionel sort de la cour au volant de sa voiture. « Quel con ! » dit-il en prenant la route de Chambéry. C'est une manière de parler, de reconnaître sa culpabilité. Marc ne lui a jamais pardonné son aventure avec Florence. Même s'ils ont fait la paix et se sont juré de ne plus jamais se disputer, c'est à partir de ce moment que leurs affaires ont commencé à mal tourner. Ils n'ont pas retrouvé leur belle entente si efficace pour remporter des marchés convoités par leurs concurrents.

Marc allait un peu mieux quand il a eu son accident. Florence habitait toujours avec lui, menant grand train de vie. Ses tableaux ont pris une bonne cote et elle voyage beaucoup.

Il y a deux mois environ, Florence, avec sa légèreté habituelle, lui a annoncé qu'elle souhaitait avoir un enfant. Marc a accusé le coup, s'est mis en colère, puis a fini par accepter les bonnes raisons de sa femme : Florence se ferait inséminer, le donneur anonyme lui assurait une paternité incontestable, c'était la seule manière de sauver le clan Delprat, maintenant que Pétronille était partie.

— Tu comprends l'avantage ? a insisté Florence. Supposons que Pétronille revienne, elle restera avec Lionel et Aurélie, nous, on sera laissés pour compte. Tu seras l'oncle à qui il faut faire de bonnes manières pour l'héritage, mais rien de plus ! Si tu as un fils ou une fille – et personne, pas même Lionel, ne pourra le contester –, tu reprendras ta place. Et si Pétronille ne revient pas, tu seras le patron, celui par qui tout doit passer et tu battras Lionel sur son propre terrain !

L'idée n'était pas mauvaise. Marc s'est étonné que Florence pense à de telles choses. Il a dit : « On verra ! » et il n'en a plus parlé. Quelques semaines se sont écoulées. Florence lui a dit qu'elle avait fait les démarches nécessaires et que l'opération avait réussi. Sans un mot, visiblement contrarié, Marc est parti en voiture, comme un fou, sur la route de Chastelnaud, comme s'il se rendait chez son frère. La voiture a quitté la chaussée et s'est fracassée dans le ravin où, dix ans plus tôt, après la seconde secousse sismique, on avait retrouvé la berline d'Auguste Ravenault.

« Le con ! » répète Lionel en arrivant au parking de l'hôpital. Il connaît le chemin et n'a besoin de personne pour le conduire.

Il traverse le hall, se dirige vers l'ascenseur qui arrive. Florence en descend. Lionel ne s'étonne pas de la trouver là. Elle s'arrête, lève lentement les yeux vers lui. Depuis l'accident de Marc, Florence ne cache plus son attirance pour Lionel, malgré la surveillance jalouse d'Aurélie. Elle n'a plus envers lui l'attitude d'une maîtresse volage, mais celle d'une grande amie, d'un être vulnérable qui demande assistance. Lionel suppose que c'est par calcul.

Ils n'échangent pas un mot. Florence baisse de nouveau les yeux et s'éloigne. Lionel entre dans l'ascenseur, l'esprit lourd. Tout s'effrite autour de lui et il redoute de se trouver seul face à l'échec.

Il arrive dans la chambre où Marc, relié par des tuyaux à plusieurs appareils, gît sur un lit, le crâne entouré de bandelettes, les yeux fermés. On pourrait croire qu'il est mort. Il vit cependant : sur un écran minuscule, les arêtes lumineuses de ses battements de cœur ne cessent de défiler.

Lionel s'approche doucement, comme s'il avait peur de le déranger, furtif comme s'il venait lui voler un instant de vie, de cette intimité sans pudeur que la maladie force à dévoiler. Marc semble dormir. Les yeux fermés, son visage très pâle paraît calme. Seule la moustache grise que personne n'a taillée part en épi de maïs. Lionel reste un long moment immobile devant ce corps sans conscience, cette apparence de la mort. Il a envie de pleurer, lui, le patron des Houilles Blanches !

Enfin, il se retourne et se dirige vers la sortie. Une infirmière le salue, il la questionne des yeux.

— Toujours pareil. Cela fait vingt-deux jours, c'est long, mais on garde bon espoir.

— C'est ça ! souffle Lionel en s'éloignant.

Il est pressé désormais. Fuir l'hôpital l'éloigne de l'image de sa propre déchéance. Avec Marc, une partie de lui-même se bat contre la mort et il a envie de vivre.

Après avoir fui la secte de sa mère, Renaud a passé l'été et une partie de l'automne dans le Midi. Il a travaillé dans une ferme pour la cueillette des fruits et des légumes, s'est fait ainsi un peu d'argent. C'était l'époque de la peste atyique et chacun restait dans son coin. Il revenait d'une planète lointaine. Coupé de la réalité, de l'actualité, il redécouvrait le monde en taisant ses observations pour ne pas montrer son ignorance et ne pas avoir à avouer d'où il venait. La voix de Cellia Correti lui arrachait des larmes quand il entendait la bouleversante *Chanson pour Renaud.* Elle avait donc réussi, la petite fille de la banlieue lyonnaise, l'immigrée, la beur ! Elle était désormais riche et adulée. Renaud savait que ce chemin aurait pu être le sien et que la drogue lui avait volé son avenir.

Au mois de novembre, Renaud quitta la ferme avec un petit pécule pour Chambéry, puis se rendit à Chastelnaud. Il s'arrêta sur la colline qui surplombe la petite ville, regarda du haut de la côte, sur la route de Saint-Geniez, l'usine Saint-Jean en pleine activité et pensa que les Montrémy étaient de nouveau à leur place. Les Eaux de Pétronille pouvaient être une nouvelle appellation, même si on ne se défait pas d'un nom vieux de plusieurs siècles. Les yeux couverts d'épaisses lunettes noires, il entra dans la ville. De la rue, il surveilla la maison des Montrémy en s'attendant à voir surgir la haute silhouette de son père ou bien celle de Julien. Mais ce fut Lionel Delprat qui sortit avec l'attitude de quelqu'un qui est chez lui. Renaud comprit très vite et s'éloigna. À Chambéry, de nouveau seul, le souvenir de la fée blanche le poursuivit un long moment. Pourquoi, chez lui, le mot liberté signifiait-il drogue, laisser-aller, tricherie, car il avait triché avec lui-même, triché pour ne pas se regarder, pour ne pas se poser les véritables questions qui faisaient mal ? Là-bas, dans la secte, près de sa mère, il avait pris conscience de ses faiblesses, il avait analysé le fond de son esprit et défait les nœuds qui le conduisaient vers la fuite. Il avait juré d'être libre, de ne plus jamais se voiler la face, éviter ses peurs. Pourtant, en marchant dans la rue, il se disait que s'il se dirigeait vers la gare ou ses alentours, son instinct lui indiquerait facilement où se procurer de la cocaïne. Alors il se forçait à penser à autre chose.

Deux coups de téléphone, l'un à la mairie de Chastelnaud, l'autre aux Eaux de Pétronille, suffirent à le renseigner : les Eaux Saint-Jean n'existaient plus, elles avaient été remplacées par les Eaux de Pétronille, une branche de l'activité des Houilles Blanches ; Armand Montrémy avait disparu depuis huit années et personne ne savait ce qu'il était devenu. Pétronille était partie aux États-Unis, c'était une superbe jeune fille dont la richesse allumait bien des convoitises dans les milieux aisés.

Julien Montrémy était mort récemment, première victime de la peste atypique au pays.

Renaud avait parfaitement compris que, désormais, il était seul, ce qui l'arrangeait car il ne voulait pas renouer avec le passé. Une seule personne pouvait l'aider, mais comment la contacter ? Il errait dans les rues en regardant distraitement les magasins. Chez un disquaire, il s'arrêta devant une affiche qui représentait Cellia quand une idée lui vint. Il pouvait en effet se présenter à la rédaction d'un de ces journaux qui déballent la vie privée des vedettes et dire qu'il était le fameux Renaud de la chanson. Il convaincrait facilement et tirerait quelque argent de ses confidences. Ainsi avertie par la presse, Cellia se manifesterait à lui.

Non, il ne ferait pas cela : Cellia et lui devaient se rencontrer en dehors des journaux à scandales, dans le secret, une rencontre qui serait la suite de leur histoire commune. Sa victoire sur la drogue, il l'avait obtenue en pensant à elle.

Il se rendit ensuite à Genève, dans l'immense hall de la société Littoral Placements. Pour la circonstance, il avait fait un effort de toilette afin de montrer à Gurval, alias Plantagrin, qu'il était devenu un autre homme, qu'il avait rompu avec ses mauvaises habitudes. Il demanda à être reçu par le président-directeur général et attendit, certain de l'effet que sa résurrection produirait sur le demi-gitan. Une secrétaire vint lui dire que M. Plantagrin, de retour d'un long séjour à Saint-Pétersbourg, ne pouvait pas le recevoir, car il avait trop de travail pour accepter la moindre visite.

— Je repasserai un peu plus tard !

— Non, M. Plantagrin ne vous recevra pas. Je peux cependant vous conduire au bureau de son assistante, Irma Tarassi. Elle vous recevra.

Il se laissa emmener dans un bureau feutré décoré de plusieurs photos d'un petit garçon au beau regard, aux longs cils noirs. Irma prit le temps de le dévisager de la tête aux pieds, puis lui demanda avec une certaine brutalité ce qu'il attendait de Littoral Placements.

— La dernière fois que je suis venu ici, j'étais un pauvre hère perdu et drogué. Par la suite, j'ai rejoint ma mère dans la ferme du Messie cosmique, j'y suis resté huit ans et j'ai guéri ma fâcheuse habitude de me droguer à la cocaïne. Je suis désormais un homme libre qui veut reprendre son métier de musicien, mais je voudrais entrer en contact avec celle qui est devenue une vedette internationale et avec qui j'ai fait mes débuts dans un cabaret proche de Chastelnaud, en Savoie, grâce à un certain Gurval qui refuse de me recevoir aujourd'hui.

Irma Tarassi prit le temps de réfléchir avant de répondre. Elle se souvenait du jeune garçon attiré ici par Plantagrin qui souhaitait s'en servir contre les Delprat. Huit ans plus tard, Renaud avait pris de l'aisance, de la carrure, il était devenu adulte avec, dans le regard, quelque chose qui rappelait son père, une détermination nouvelle. Elle hésitait avant de parler car elle ne pouvait pas lui dire tout ce qu'elle savait et cherchait le moyen de l'éconduire sans le heurter.

— Les temps sont difficiles, finit-elle par dire.

Peut-être auriez-vous dû rester dans votre ferme cosmique, avec ses hauts murs pour vous protéger du monde. Vous savez que le traité de Philadelphie qu'applique Clean World nous contraint à des règles très strictes. Les affaires ne sont plus aussi faciles qu'autrefois.

— Je voudrais seulement retrouver Cellia Correti. Sa *Chanson pour Renaud* prouve qu'elle ne m'a pas oublié. Je suis certain que vous pouvez m'y aider et c'est la seule chose que je vous demande.

Irma se leva de son siège, comme pressée d'abréger un entretien qui la mettait mal à l'aise, et se dirigea vers la porte :

— Je vous promets que nous allons la faire contacter par notre agent qui s'occupe de ses affaires. Laissez vos coordonnées à ma secrétaire. Nous prendrons contact avec vous dans peu de temps.

Renaud était parti de Genève presque optimiste. Il avait entendu dans la voix d'Irma Tarassi un accent de sincérité auquel il voulait croire. Puis il s'était rendu à Paris pour renouer avec ses anciens contacts dans le milieu de la musique, certain d'avoir la force de résister à la drogue. Mais à Paris tout était changé. La peste atypique laissait ses stigmates dans la ville autrefois gaie et vivante. La police omniprésente faisait la chasse aux sans-abri, aux irréguliers, aux traîne-misère qui n'avaient plus leur place dans la société nouvelle. L'ordre était indispensable : guérir la Terre demandait de guérir l'Humanité de ses maillons faibles et les sociétés de leur laisser-aller.

Renaud trouva facilement un emploi aux jardins

de la ville et se remit à travailler sa guitare. Il voulait être prêt quand Cellia l'appellerait, mais les jours, les semaines, les mois passèrent sans la moindre nouvelle. Il téléphona plusieurs fois à Irma Tarassi, et ne put avoir qu'une vague secrétaire qui l'assura qu'on ne l'oubliait pas.

À la fin de l'hiver, Renaud, passant devant un kiosque à journaux, fut surpris de voir une affiche représentant Cellia Correti et ces deux mots en gros caractères : « J'ai craqué ! » Renaud acheta le journal qui publiait l'information et découvrit que la vedette en tournée internationale avait eu un coup de fatigue et s'était effondrée sur scène. « La pression des médias, la difficulté de faire face aux innombrables obligations de son métier de vedette ont poussé la chanteuse française la plus populaire à aller au-delà de ses forces. Elle a été hospitalisée dans une clinique du nord du Canada. Les médecins jugent son cas grave, mais espèrent la rendre très vite à son public. *Je n'en pouvais plus*, explique Cellia. *Un coup de surmenage.* »

L'événement fit beaucoup de bruit dans Paris. La rumeur, relayée sur une multitude de sites Internet, contestait l'information oficielle : Cellia avait été mise sur la touche par Clean World à cause d'une prise de position lors d'un concert à New York en face de Tony Lierering lui-même. Elle aurait déclaré qu'elle ne serait jamais du côté de ceux qui applaudissent quand une épidémie fait dix millions de morts.

Presque malgré lui, Renaud s'était retrouvé embrigadé dans un des nombreux groupes de propagande pour les Droits de la Terre. Sa position à la mairie de Paris le plaçait dans un milieu plutôt favorable aux décisions prises en faveur de l'environnement mondial. C'était aussi une manière de se faire valoir, de sortir d'un anonymat qui lui pesait. Le combat pour les générations à venir avait quelque chose de généreux qui donnait un sens à sa vie terriblement terne. C'est ainsi qu'il eut l'occasion à plusieurs reprises de rencontrer et de collaborer avec Luc Montré, responsable français des Droits de la Terre.

Deux ans ont passé. Cellia n'a pas repris sa brillante carrière. Les journaux l'oublient, d'autres vedettes tiennent le devant de la scène. Les rares communiqués indiquent qu'elle serait encore en traitement dans la même clinique du nord du Canada. Son retour est annoncé régulièrement, mais ne se produit pas. Cette absence a mis Renaud en face d'une réalité insurmontable : sans l'aide de la grande vedette, il ne peut que croupir parmi des centaines, des milliers de bons guitaristes qui attendent dans l'antichambre de la gloire un coup dc pouce du destin. Quelque chose s'est cassé en lui, l'artiste a rendu les armes. Renaud Montrémy n'a pas besoin de se cacher sous le pseudonyme de Renaud Chatelland. Le jardinier de la mairie de Paris vit banalement, un jour poussant l'autre. Il milite aux Droits de la Terre avec un zèle qui le place parfois sur le devant de la scène comme il voudrait y être avec sa guitare. La politique ou la musique, cela n'a pas d'importance pourvu qu'il se montre, qu'il se détache de l'anonymat. Parfois les anciennes tentations resurgissent, il a le sentiment d'un manque, un trou se creuse dans son estomac, comme si son corps tout entier se vidait de sa substance, alors son combat pour la Terre lui semble futile, il a envie de cette satisfaction profonde que seuls les intoxiqués peuvent comprendre, ce désir de paradis, et il va rôder dans les lieux troubles de la fée blanche. Il se sait malade au plus profond de lui, un mal incurable qu'il doit affronter et vaincre chaque jour. Pour l'instant, le militantisme et la peur de sombrer le retiennent sur ce côté du fleuve.

L'été dernier, il s'est mis en ménage avec Laure Pestinet, une employée de la mairie à qui il passait chaque jour ses commandes de matériel et de fleurs. Divorcée, mère de deux fillettes qu'elle élève seule, Laure milite aux Droits de la Terre. Pendant plusieurs mois, comme ils se sentaient proches l'un de l'autre, la jeune femme et Renaud déjeunaient ensemble et parlaient de leur vie, surtout de leurs échecs, d'une solitude qui les déprimait. Laure, après avoir divorcé d'un mari violent, se retrouvait dans une grande détresse. Ils se revirent le soir et décidèrent de tenter de vivre ensemble. Ce serait plus facile pour leur travail de militants.

Très vite, Laure comprit que Renaud n'était pas l'homme qu'elle cherchait. C'était un enfant qui avait plus besoin d'une mère que d'une compagne. Son passé pesait encore en lui et l'empêchait de se libérer, de s'ouvrir sur l'avenir. C'est ainsi que, peu à peu, Renaud, qui avait gardé son appartement, cessa de se rendre chaque soir chez Laure. Sans dispute, sans coup de gueule, naturellement, parce que l'un et l'autre, qui éprouvent toujours du plaisir à déjeuner ensemble, à bavarder, à s'aider, ne sont pas faits pour cohabiter.

En cet automne où les éruptions des volcans d'Islande redonnent aux Droits de la Terre un regain de faveur, Luc Montré convoque Renaud dans les locaux du parti, au quarantième étage de la tour Montparnasse. Le jeune homme s'y rend plein d'espoir : il espère une proposition qui va changer sa vie.

Malgré ses hautes fonctions, l'homme qui le reçoit est toujours aussi quelconque, avec son crâne plat, ses cheveux gris très raides. Tout en lui dénote le laborieux bureaucrate mais sûrement pas un chef capable de subjuguer les foules. Ses discours, faits pour surprendre, manquent de force, et beaucoup de militants, dont Renaud, ne se privent pas de critiquer ce « fonctionnaire de la politique » incapable de lutter contre les factions qui s'opposent au sein même de son parti.

— Voilà, annonce Montré, je te propose de devenir un permanent des Droits de la Terre. J'ai besoin d'un homme de poigne. Tu peux te mettre en congé pour convenances personnelles, afin de ne pas perdre ta place à la mairie.

Renaud ne s'attendait pas à une telle proposition. Il la reçoit avec ravissement, car cela fait longtemps qu'il souhaite se lancer dans un engagement total qui le mettra en face des foules.

— J'accepte !

— Je n'en attendais pas moins de toi. Ta première mission va consister à m'aider à remettre un peu d'ordre dans le Sud-Ouest. Tu vas aller à Bordeaux pour un an. Le responsable Paul Barthon me cause de plus en plus de soucis. Tu seras un de ses collaborateurs et tu me tiendras au courant de tous ses agissements. Il se peut que tu sois appelé à le remplacer.

— Tu as besoin d'un espion ?

— Non, j'ai besoin, le parti a besoin, d'un observateur sans complaisance qui ne se laissera pas acheter. C'est un collaborateur qu'il me faut, pas un mouchard.

Ce terme ne change pas grand-chose à la réalité, mais Renaud a tellement envie de jouer un rôle à sa mesure qu'il accepte. C'est ainsi qu'il boucle sa valise pour Bordeaux où un appartement lui a été réservé sur les quais de la Gironde...

À la mi-novembre, un froid glacial envahit l'Europe et la plus grande partie de l'hémisphère Nord. Le vent arctique souffle jusque dans les zones méridionales où les cultures maraîchères gèlent. Le thermomètre descend en dessous de moins quinze à Paris, faisant éclater les canalisations d'eau, perturbant les transports et l'approvisionnement de la ville en électricité. Il n'y a pas de neige, ce qui rend le froid encore plus sec et désagréable.

Le climatologue Vincent Letellier, présent sur tous les écrans de télévision, affiche une confiance totale pour mieux cacher son embarras. En effet, depuis des années, on met en cause l'effet de serre, le réchauffement de la planète dans les nombreux accidents de la nature – montée du niveau de la mer, diminution considérable des calottes glaciaires, tempêtes dévastatrices et enfin séismes ou éruptions volcaniques. Or voici une vague de froid en plein réchauffement général. Il faut remonter à plus d'un siècle pour en trouver une semblable sur l'hémisphère Nord alors que l'Australie, l'Afrique du Sud et l'Amérique du Sud croulent sous une effroyable canicule. Que se passe-t-il donc ?

Vincent Letellier a une cinquantaine d'années.

Sportif, élancé, il a la passion du vol à voile, c'est dire si la météo occupe le centre de sa vie. L'obligation d'observer finement le ciel, les masses nuageuses et les températures pour se maintenir en l'air avec la seule force des courants ascendants lui a donné un sens aigu de cette science complexe où l'instinct réussit parfois mieux que les calculs les plus savants. C'est dans cet impondérable, dans ce qui échappe à l'analyse rigoureuse des ordinateurs que Vincent Letellier fait merveille. Il a travaillé pendant de longues années pour Météo France puis s'est mis à son compte en se spécialisant dans les prévisions très localisées à l'occasion d'épreuves sportives, rallyes, courses, matchs de tennis, et n'a jamais été égalé par ses concurrents plus puissants.

Les médias se tournent naturellement vers lui comme ils s'étaient tournés vers Pierre Ragaud après le tremblement de terre de Chastelnaud. Ce n'est pas un homme qui recherche le sensationnel. Discret, il vit dans son observatoire de Blois. Ses déclarations face aux récents étés torrides, aux cyclones qui se sont multipliés, ont toujours été d'une grande lucidité. « L'effet de serre n'entraîne pas seulement un réchauffement général, mais aussi des modifications de courants marins et des accidents météorologiques de plus en plus violents et marqués. Cette situation chaotique se poursuivra pendant des années pour ne pas dire un siècle ou plus avant de se stabiliser. »

La vague de froid sur l'Europe lui donne raison : les journaux veulent en savoir un peu plus et lui demandent son avis. « Faut-il répéter une fois de plus que le temps des hommes n'est pas celui de la

Terre et que ce qui nous paraît anormal, monstrueux, n'est qu'un détail à son échelle ? Pourtant, rien ne se produit sans causes. L'événement spontané n'existe pas. La fonte partielle des calottes glaciaires a modifié l'équilibre intérieur de la planète : on peut y rattacher les récentes éruptions des volcans d'Islande et le froid qui bloque l'Europe. On peut attendre des tas d'autres manifestations. Notre climat oscillera désormais d'une extrême à l'autre et ses conséquences biologiques seront toujours plus graves pour l'Humanité ! »

Les Droits de la Terre reprennent à leur compte les propos du météorologue pour fustiger les gouvernements signataires du traité de Philadelphie et leur reprocher leur laxisme dans l'application des conventions internationales. Luc Montré lance un avertissement : « Il est temps de réagir. La France, pourtant signataire des accords, ne limite pas l'utilisation des voitures à deux jours par semaine. Ses frontières sont de véritables passoires et l'immigration clandestine se poursuit. Les agriculteurs ne se conforment pas aux normes internationales. Après la peur de la peste atypique, nous reprenons nos mauvaises habitudes. » Et il n'a pas tort : si les pays en voie de développement directement rattachés à son organisation continuent de jouer le jeu, les autres, la Communauté européenne, les États-Unis, le Canada, se sont progressivement affranchis du traité de Philadelphie et restent sourds aux remontrances de Clean World. Le tribunal de la Terre, créé pour juger les « crimes contre l'Environnement » multiplie les semonces et les condamnations qui restent sans effet : les pays riches, donc les plus gros pollueurs, paient des amendes sans rien changer à leurs habitudes.

De son côté, Tony Lierering veut mettre à profit cette nouvelle catastrophe pour récupérer un pouvoir qui lui échappe, car il dérange. Les grandes multinationales, dont certaines ont été à l'origine de son ascension, le combattent dans l'ombre. Voulant être le seul à décider et oubliant toute reconnaissance, il a inspiré à Clean World des décisions qui ne vont pas dans le sens souhaité par la haute finance internationale.

— Le froid est leur première punition, affirme Tony Lierering à sa proche collaboratrice française, Albane Morenceau. Ils n'ont que ce qu'ils méritent, regarde : les journaux d'opposition se multiplient, les sites Internet hostiles se comptent par milliers. Tout va mal !

Albane n'a plus confiance dans le maître dont elle partage la vie depuis deux ans. Malade, Tony Lierering ne trouve plus les accents déterminés qui jugulaient les foules. Il s'est privé de soutiens essentiels pour gouverner seul, or il n'en a plus la force. Il tergiverse, accepte des compromis là où il devrait se montrer intransigeant et, à l'inverse, reste inflexible dans des décisions qui demandent de la clairvoyance. « Tony vieillit trop vite, déclare Albane en privé, sa maladie le rend mou et vulnérable. Il est temps de donner du sang neuf aux Droits de la Terre. »

Pendant que l'Europe a froid, l'Amérique du Nord profite d'un automne resplendissant. Les érables aux feuilles rouges se mêlent agréablement aux frênes dorés dans l'immense parc de la résidence très surveillée du maître. Tony Lierering y vit avec sa compagne, ses employés, ses gardiens. Près de quatre cents personnes bénéficient ainsi du cadre bucolique de cet endroit privilégié.

Toutes les nouvelles du monde, toutes les décisions des gouvernements sont passées au peigne fin par des spécialistes, des juristes et des scientifiques payés très cher pour dénoncer ce qui peut aller contre les intérêts de la Terre. Les plus radicaux demandent que Clean World soit doté d'un puissant corps de Casques verts habilités à intervenir dans tous les pays. « Nous allons droit dans le mur ! s'exclame Albane qui se fait leur porte-parole. Si rien n'est fait, l'avenir de l'Humanité est fortement compromis ! »

Chaque matin, elle passe quelques heures seule dans son bureau pour s'informer des nouvelles de son pays. Elle a su, grâce aux anciens amis de Loïc Lachenal et à quelques journalistes, conserver un réseau de renseignements qui couvre l'Europe et la tient au courant des grands et petits potins. Elle aime aussi, le matin, recevoir la visite de Pétronille, perdre son temps en propos anodins, « parler chiffons », comme elle dit à Tony Lierering, imperméable à ce langage imagé du Vieux Continent.

Elle s'assoit à son bureau, pianote sur son ordinateur pour lire ses messages qu'elle parcourt rapidement en s'étonnant que Pétronille ne se soit pas encore annoncée. « Elle a vingt ans, pense Albane en souriant, elle est peut-être allée danser toute la nuit ! » Un message attire son attention : « Pendant que le froid bloque l'Europe et la France en particulier, les Humanistes multiplient les manifestations contre Clean World. La police ne fait rien : personne n'ose lui donner l'ordre d'intervenir. Une affiche placardée dans toutes les grandes villes dénonce, une fois de plus, les conditions des travailleurs dans les « villages » et dans les camps de transit où sont parqués les candidats à l'immigration. L'opinion publique, prête à accepter beaucoup de sacrifices pendant la peste atypique, se ressaisit. Les Humanistes marquent des points tous les jours. Parmi eux, un Russe bénéficiant de la nationalité française, un certain Haround Plokov qui aurait passé huit années dans un village de travail près de la Lena, est devenu une sorte de symbole dont nos opposants se servent pour dénoncer des pratiques inhumaines... »

Albane serre les dents : les cyclones, les déserts qui grandissent et maintenant le froid ne leur suffisent pas ! Ils veulent couler le vaisseau qui prend l'eau de toutes parts, laisser sombrer la planète et l'Humanité dans un désordre suicidaire. Son regard est attiré par un pigeon qui fait la cour à sa pigeonne sur le rebord de sa fenêtre. Cette parade amoureuse la ramène à son aventure en Islande avec Pierre Ragaud. Déjà, les volcans se fâchaient. Pierre était pour une solution radicale, une main de fer sur l'Humanité afin de la contraindre à respecter les consignes de la Terre. Il avait raison, il n'y a pas de survie possible en dehors de la dictature totale. C'est pour le souvenir de cet amour d'une force inouïe qu'elle se trouve ici depuis deux ans, pour poursuivre son œuvre et oublier qu'elle est une femme seule. Sa vie a couru d'un échec à l'autre, d'une mort à l'autre : « Tous les hommes qui m'approchent sont condamnés ! » pense-t-elle. Ainsi, Claude Morenceau, heurté par un chauffard sur la route de Chambéry, Pierre Ragaud, écrasé par un rocher sur les pentes d'un volcan islandais, Loïc Lachenal, tué par balle, rue de Sèvres à Paris. Pour ce crime, Raoul Ravenault est condamné à vingt ans de réclusion criminelle, mais Albane sait qu'il est innocent.

Elle n'a pas dit tout ce qu'elle sait, même à Pierre Ragaud, qui aurait pu prouver qu'un autre accusé, Armand Montrémy, était innocent. Ce jour-là, deux heures avant la seconde secousse de Chastelnaud, Pierre était allé chasser les cigales dans un bosquet qui surplombait la route. Jalouse, Albane qui le soupçonnait de rejoindre Ghislaine Margeride, l'avait suivi et elle a vu le meurtrier d'Auguste Ravenault... Maintenant, elle se félicite d'avoir gardé cette carte dans sa poche.

La porte d'entrée, surveillée par tout un réseau de caméras, s'ouvre, se ferme, des pas glissent sur le carrelage d'un couloir ; Albane les entend, les reconnaît et sourit. Elle pense encore à cette rencontre étonnante lors de l'enterrement de Loïc Lachenal. Au bras d'un jeune homme qui lui a tout de suite déplu, elle a vu cette jeune fille de sa ville, de Chastelnaud, celle qui était une enfant de dix ans lors des tremblements de terre et qui est désormais une jeune femme que l'épreuve a mûrie.

Pétronille entre dans le bureau, un large sourire illumine son visage rond, encore juvénile. Sa peau très claire donne du relief à ses yeux marron et à ses cheveux très noirs qui tombent en ondes pleines de lumière sur ses épaules.

— Pétronille, enfin ! Voilà que tu fais la grasse matinée ! Aurais-tu passé la nuit en boîte ?

Pétronille sourit et s'assoit. Quelle bonne idée Albane a-t-elle eue d'attirer la jeune fille auprès d'elle ! C'est son rayon de soleil, son petit bout de France. Cela fait deux ans que Pétronille vit et travaille ici dans l'entourage du maître malade qu'elle n'aime pas (mais qui aime Tony Lierering ?).

— Oui, je suis sortie ! dit en riant Pétronille. Avec William ! Je l'aime et il m'aime. C'est un grand bonheur !

Albane plisse le nez dans une petite grimace de désapprobation.

— Tony ne veut plus entendre parler de son père, John Parkers, richissime patron de la compagnie pétrolière Parkers and Witnass. Il reproche à ce financier de se mêler d'idées et de vouloir imposer les siennes.

— Je n'en sais rien. Je ne connais rien à la politique. Je sais que Tony est incontrôlable et que ses déclarations inopinées ont une influence sur la Bourse. Ce que les Parkers pensent, c'est que celui qu'ils ont fait, qu'ils ont poussé en avant, a la mémoire courte.

— Et ils ont raison. La vérité, dit Albane à voix basse, c'est que Tony est diminué. Il a perdu sa pureté du début. Il se croit infaillible et s'est mis à aimer l'argent. Je ne sais pas si c'est une conséquence de sa maladie, mais les Droits de la Terre ont été pour lui un moyen de s'enrichir, de bâtir une grosse fortune. Nous allons à la catastrophe si cela continue !

— William et son père font des affaires, rien de plus ! ajoute Pétronille qui se dit qu'elle est allée un peu loin dans la confidence. Ils ne cherchent pas à empêcher Tony de poursuivre son œuvre et pensent avoir leur place dans le nouveau monde du maître.

— Oui, mais les affaires sont déjà de la politique, rectifie Albane. Depuis que le traité de Philadelphie a été signé, tout le monde n'en fait qu'à sa tête ! L'erreur de Tony a été de croire qu'il tenait le monde ; il n'a pas porté assez d'attention aux textes votés.

— Ma chère Albane, tu es un génie de la politique et je n'y comprendrai jamais rien ! dit encore Pétronille qui ne veut pas s'engager sur ce terrain où elle se sait en désaccord avec celle dont elle ignore si, malgré les apparences, elle est l'amie. Ce voyage en France se précise-t-il ?

— Oui. Pour le rassemblement de Clean World à Versailles. Nos ennemis feront tout pour le boycotter.

— Nous reparlerons de tout cela plus tard, annonce Pétronille. J'ai rendez-vous avec William. Il m'attend au pub, nous devons aller faire un grand tour en avion.

Les yeux de la jeune fille se sont mis à pétiller. Albane sourit, consciente que ce qui arrive à son amie lui est désormais interdit.

— Te voilà donc amoureuse !

— Je m'étais juré de ne plus jamais tomber amoureuse après ma sordide aventure avec l'infâme

Tanguy de Finebourg, mais voilà, William m'a fait changer d'avis.

Elle éclate d'un petit rire, puis devient grave.

— J'ai appris l'accident de mon oncle, Marc. Je suis triste, c'est un homme gentil, beaucoup plus humain que Lionel. Moi qui fais tout pour me détacher d'eux, pour oublier ma famille, je sens que mon passé m'attache quand même à Chastelnaud. Trop de mystères m'intriguent encore.

— Les recherches que nous avons entreprises pour retrouver ton père n'ont rien donné. Il ne faut pourtant pas perdre espoir. Nous verrons cela quand nous serons à Paris. Il paraît qu'il y fait un froid de canard !

— Et Renaud ?

— J'ai fait ce que tu m'as demandé. Il est un permanent des Droits de la Terre à Bordeaux. Comme les Delprat, il sait que tu vis aux États-Unis, mais tous ignorent que tu travailles avec moi.

— Il finira bien par l'apprendre ! Montré se fera une joie de l'informer...

— Non, Montré n'en sait rien et ne se doutera jamais de rien. Nous sommes ici près de quatre cents personnes à travailler pour les Droits de la Terre dont une vingtaine de Français. Crois-moi, il a autre chose à faire qu'à éplucher le passé de chacun d'entre nous !

— Mais quand nous serons en France, il va chercher à savoir qui je suis, ne serait-ce que pour intriguer...

— Je n'ai pas l'habitude de mélanger la politique et les affaires privées ! tranche Albane. Nous ne serons pas sur le même vol pour Paris, tu m'as dit que William ne pouvait pas partir en même temps que moi, et nous nous retrouverons à l'hôtel, après la réunion pour faire du tourisme.

— Bon, je te laisse, dit Pétronille. William va m'attendre !

La jeune fille s'en va. Albane sort de son bureau, emprunte un escalier puis un long couloir, frappe à une porte, entre sans attendre qu'on l'y autorise. Quand il la voit, Tony Lierering se lève de son fauteuil et lui tend les bras. C'est un homme de taille supérieure à la moyenne. Maigre, vêtu de sa robe blanche qui lui donne une allure monastique, son visage long couvert d'une barbe grise indique l'austérité de ce fils de riche industriel du Sud. De confession protestante, il ne pratique pas, mais a conservé une stricte discipline de vie. Ses grands yeux sombres pétillent d'un feu intérieur, une foi profonde en sa mission. Pourtant, Albane, qui le côtoie depuis deux ans, mesure combien la maladie le ronge et affaiblit sa détermination. La situation lui échappe, il ne veut pourtant pas céder sa place.

— J'ai reçu d'un de mes amis français des informations sur ce Russe, cet Haround Plokov. Nous l'avons sous-estimé, ce serait un adversaire d'envergure, annonce Albane. Il ne se montre pas, ne se met jamais en avant dans les réunions où d'ailleurs il paraît peu, mais son influence serait déterminante. Son outil : Internet et des milliers de sites qu'il est impossible de contrôler. Je pense que tu devrais t'occuper de lui.

— Son nom ne m'est pas inconnu, précise Lierering en souriant.

— Je crois qu'il vient de Saint-Pétersbourg. Je sais aussi qu'il est négociant en vins de Champagne.

Lierering sourit toujours. Il passe sa longue main sur ses cheveux courts qui laissent voir la peau blanche de son crâne. Enfin il pianote sur son ordinateur ; la photo d'un homme au regard déterminé, le visage couvert d'une barbe blanche se dessine sur l'écran.

— Voilà ton homme, Haround Plokov ! Sa facilité à parler plusieurs langues lui a ouvert pas mal de débouchés dans son commerce. Pas de fortune personnelle. Vit avec un fils dont je ne sais rien, mais je m'en fous. Son action sur le Net consiste surtout à témoigner, à raconter son expérience dans un village de travail d'où il s'est évadé. Je pense en effet qu'il est dangereux. Tu vois, moi aussi, j'ai mes informateurs dans ton pays !

Albane fait une petite grimace : le maître n'accorde donc aucune confiance à personne, même pas à elle ! Il a son propre réseau d'espions en Europe et peut décider des actions en France sans en parler à sa plus proche collaboratrice.

— Qu'est-ce que tu envisages pour le neutraliser ?

Tony Lierering appuie sur les touches de son clavier et la photo s'anime.

Plokov filmé à son insu dans une cave de Champagne parle à ses amis. C'est une réunion secrète, une de ces réunions où les partis d'opposition préparent leurs plans de sape contre le traité de Philadelphie à l'abri de la presse et des indiscrétions. Albane ressent un curieux malaise. Cette silhouette lui dit quelque chose, elle croit reconnaître la voix, l'avoir déjà entendue, mais tous les hommes de commandement ont les mêmes attitudes et parlent de la même façon.

— Son élimination est programmée, mais après le rassemblement de Clean World à Versailles.

— Et tu ne m'en as rien dit ! Je croyais être responsable de la France !

— Je te dis ce que je dois te dire ! tranche Tony Lierering sur un ton qui n'accepte pas de réplique.

Il lève les yeux au plafond, comme pour prendre le ciel à témoin. Albane retient sa colère.

— C'est quand ils vont croire à la victoire que je libérerai mon meilleur associé, un virus terrible ! ajoute Tony Lierering. Deux ou trois milliards de morts, du jamais vu ! Le ménage sera fait pour un bout de temps...

À Chastelnaud, on n'a jamais vu un froid pareil avant la fin novembre. Le docteur Jean Morenceau note, chaque année, avec beaucoup de précision, les dates des premières gelées et les températures hivernales relevées au thermomètre accroché sur le mur de sa petite maison au fond du parc. Depuis huit jours, la colonne de mercure n'est pas montée au-dessus de moins dix degrés et le ciel d'un bleu profond et lisse indique que ce n'est pas fini. L'air sec limite le verglas sur les routes qui restent praticables et le docteur profite des après-midi très ensoleillés pour aller se promener dans la campagne. Le lac Neuf est entièrement gelé ; la municipalité a interdit le patinage sur une glace encore fragile à certains endroits. On a frôlé la catastrophe, l'autre jour, près de l'hôtel des Charmes, un enfant n'a dû son salut qu'à un promeneur.

Le froid qui se prolonge limite ce risque, mais les interdits sont maintenus : sous le lac, de nombreuses sources qui paraissaient fraîches en été lorsque le Ribet coulait librement au fond de sa vallée conservent une température de huit à dix degrés qui suffit à affaiblir la glace à certains endroits.

Tout en marchant sur la berge, les mains protégées par de grosses moufles, la tête surmontée d'une toque en fourrure, le docteur pense à son existence de médecin, puis de maire. À soixante-quinze ans, il estime que l'heure est venue de céder la place, mais les Chastelnais le pressent de se représenter. Ces marques d'affection lui vont droit au cœur, le stimulent, lui montrent qu'il n'a pas seulement été l'homme sans volonté que ses adversaires dénoncent, mais aussi un dirigeant généreux, ouvert aux autres. Il n'aime pas contrarier les gens, vexer, faire du mal, et la fin des Montrémy le tracasse toujours. Il ne cesse de se remémorer les détails de l'affaire, de se dire que seule la fatalité a conduit à la ruine cette antique famille, cette même fatalité qui fait que les Eaux de Pétronille, une belle réussite commerciale pendant quelques années, suivent inexorablement le chemin des Eaux Saint-Jean dans le gouffre de la pollution.

La pollution, le maître mot du monde moderne, la mort de la Terre et de ses bienfaits. Les hommes du futur sont-ils condamnés à vivre sous des bulles comme à la surface inhospitalière de la planète Mars ? Morenceau est désormais certain que le capitalisme mondial est une grave erreur. Comment faire confiance à des hommes incapables de freiner leurs appétits, de considérer l'intérêt général avant le leur ? Comment les persuader que, au-delà d'un certain niveau de vie, le reste n'est que superflu, que l'enrichissement excessif de quelques-uns mène fatalement à l'appauvrissement du plus grand nombre et que ce déséquilibre conduit à tous les excès ?

La fin de sa famille le tracasse aussi. Les Morenceau, notables respectueux des autres et réputés pour leur générosité, sont condamnés. Que peut-il attendre d'un Jonathan qui a décidé de briller de la pire manière ? Désormais âgé de dix-huit ans, donc majeur, il consacre tout son temps à la moto. Avec brio, avec extravagance ! L'accident mortel de son père ne lui a pas servi de leçon. Claude roulait trop vite. Souvent, le dimanche, il se rendait sur un circuit dans la région de Lyon et participait à des compétitions. Jean avait voulu l'initier à la paisible distraction de la pêche à la mouche, hélas ! Claude s'ennuyait au bord de l'eau. Une fois marié, il cessa la compétition, mais continua de pratiquer la moto jusqu'au jour fatal.

Jonathan a hérité du virus. À quatorze ans, quand il demanda son premier véhicule à moteur, le grand-père ne crut pas judicieux de le lui refuser. Il voulait l'amener en douceur vers une prise de conscience du danger, mais comment ne pas céder au désir d'un enfant privé de ses parents ? À seize ans, Jonathan eut sa première véritable moto et sut rassurer ses grands-parents par sa conduite prudente. Son escapade parisienne, le sauvetage de Pétronille leur montrèrent un petit-fils responsable qui savait prendre des risques quand il le fallait. C'était mal le connaître.

Le jeune homme, qui ne réussissait pas dans ses études, décida de faire de la compétition de moto. Ainsi, ce que le grand-père redoutait le plus se produisait ! Albane ne s'y opposa pas : elle s'occupait de l'avenir du monde et n'avait pas de temps à consacrer à son fils.

Morenceau paya la moto de compétition, les séances d'entraînement, les déplacements sur tous les circuits du monde en se disant qu'un refus de sa part n'aurait pu qu'aggraver la situation. Les résultats sont là : à dix-huit ans, Jonathan se classe parmi les meilleurs pilotes français, ce qui n'empêche pas ses grands-parents de trembler chaque jour car la prise de risque leur semble démesurée.

Le soleil passe derrière le mont Aïzot, Morenceau frissonne. Il rentre à la mairie où il passe ses journées. S'occuper des affaires publiques le préserve de ses soucis domestiques. Un visiteur avec qui il n'avait pas rendez-vous l'attend. Il le salue et constate combien l'ingénieur de talent, le chef d'entreprise à qui tout réussissait une dizaine d'années auparavant a changé. Sa taille voûtée, sa grosse tête penchée, son regard de serpent qui assurait sa domination sur les autres désormais éteint, montrent sa défaite.

Le maire l'invite à entrer dans son bureau, lui propose une chaise et lève lentement les yeux sur Lionel Deprat. Seul, sans son frère, il semble diminué d'une partie de lui-même, amputé de ce qui faisait sa force conquérante, général vaincu sans sa garde. Le docteur s'inquiète d'abord de l'accidenté.

— Votre frère ? On dit qu'il va un peu mieux !

— Non. Il est toujours dans le coma et cela fait un peu plus d'un mois. Il n'y a plus guère d'espoir.

— Je ne le pense pas. Dans ma carrière, j'ai vu de nombreux cas de traumatismes profonds, identiques à celui-ci, qui se sont heureusement terminés après plus de quarante jours de coma.

Lionel soupire. Ce n'est plus le bâtisseur qui venait lui parler de ses projets de quatre barrages, de ses centrales en Sibérie, c'est un homme abattu, vaincu, en peine de lui-même. En face des autres, il se sent nu, démuni, humilié par les déballages familiaux portés sur la voie publique. Il sort un dossier de sa sacoche et le pose sur le bureau avec un geste qui lui ressemble : Lionel est un homme de dossiers qui aime appuyer ses propos de chiffres, d'analyses, de rapports d'experts.

— Voici le dernier relevé des services sanitaires. La source des Eaux de Pétronille contient des herbicides et des nitrates qui la rendent impropre à la consommation. Voici le précédent relevé qui date de l'été dernier. La pollution s'est aggravée en quelques mois, ce qui n'est pas naturel. Il s'agit donc d'un sabotage, d'une pollution volontaire. Je voulais vous montrer ce rapport avant de porter plainte.

Morenceau a l'impression d'être revenu dix ans en arrière, quand Armand Montrémy, assis dans le même fauteuil, lui montrait des analyses identiques. À cette époque, Lionel et Marc Delprat gagnaient sur toute la ligne. Ce retour de bâton n'est-il pas la preuve qu'il existe une loi de justice supérieure aux hommes et aux événements ? Le maire examine le dossier, puis lève sa large tête couperosée vers Lionel.

— Ces chiffres n'indiquent pas qu'il s'agit d'une pollution volontaire, mais, dans le doute, vous avez certainement raison de porter plainte.

Lionel serre les poings. Un instant, ses yeux couleur de verre retrouvent la lueur profonde du battant déterminé.

— Je vais tenter de trouver qui pollue les Eaux de Pétronille. En attendant, je suis contraint de fermer l'usine, de mettre les ouvriers au chômage. J'ai demandé plusieurs forages dans les environs où il pourrait y avoir d'autres eaux propres à l'exploitation. Dans quelques années, si l'amélioration se poursuit, les Eaux de Pétronille pourront de nouveau être commercialisées. Mais il faut tenir ces quelques années et le redémarrage sera très difficile, si redémarrage il y a !

Ce qu'il ne dit pas, Lionel, c'est qu'il est à terre, avec, posé sur sa tête, le pied des banquiers russes qui lui demandent des comptes depuis la fermeture de ses centrales en Sibérie. Si Marc n'était pas dans le coma, si la complicité qui les unissait existait encore, ils pourraient aller parlementer tous les deux, trouver une solution, mais seul, il se sent démuni. Il n'a plus la volonté de se battre. Sans Pétronille, l'unique personne au monde qu'il aime, le combat devient inutile. Que fait-elle en Amérique ? Si elle ne lui téléphone pas, c'est bien qu'elle n'en éprouve pas le besoin, cela le désespère.

— C'est ainsi ! dit-il fataliste, mais il ne se lève pas pour partir, pressé comme il l'était autrefois. Il a besoin de parler d'autre chose. Et Jonathan ?

Morenceau attendait cette question. C'est une manière pour Lionel d'évoquer Pétronille sans prononcer son nom.

— Ça va. Je me fais beaucoup de souci, comme mon épouse. Le voir lancé sur son bolide est extrêmement impressionnant, mais il faut se faire une raison : peu de compétiteurs se tuent. Ils sont si bien harnachés dans des combinaisons de cuir, avec des casques performants, que les chutes très spectaculaires sont généralement sans gravité. D'ailleurs, Jonathan a appris à tomber, c'est la première chose qu'apprend un pilote de compétition.

Lionel attendait une autre réponse, une autre allusion, alors, il pousse le bouchon un peu plus en avant :

— C'est un garçon courageux. Il nous l'a démontré en sauvant ma nièce. Ne vous a-t-il pas parlé d'elle récemment ?

— Lorsque sa grand-mère l'a au téléphone, c'est pour très peu de temps. Il travaille beaucoup pour préparer la prochaine saison de compétition, car il est un des favoris pour le championnat du monde dans sa catégorie. C'est bien ainsi, car je crois que le départ de Pétronille l'a beaucoup affecté, je pense même qu'elle est pour quelque chose dans son choix. Il était profondément amoureux de votre nièce !

Lionel laisse flotter un instant son esprit. Il voyait d'un très bon œil cette relation qui lui aurait gardé Pétronille au pays en lui assurant un mariage honorable. Mais c'était trop simple, le bonheur aime se faire courtiser.

— Avec ce froid qui n'en finit pas... Franchement, la Terre est bien déglinguée et les résultats du traité de Philadelphie se font attendre !

ajoute Morenceau pour meubler le silence qui le gêne.

— Là non plus, je ne suis pas optimiste ! répond Lionel en se levant.

Il était venu demander de l'aide, mais n'est pas allé au bout de sa démarche. À quoi bon ? Il est ruiné, voilà la vérité.

En arrivant chez lui, Lionel Delprat questionne Aurélie du regard. Il l'a quittée en début d'après-midi et, pendant ces quelques heures, un coup de téléphone a pu tout arranger ou tout détruire. Aurélie a aussi changé depuis deux ans, depuis qu'elle sait que Lionel l'a trahie avec Florence. Elle n'est plus exactement cette épouse attentive, cette compagne prête à seconder Lionel en tout, à partager avec lui toutes les contradictions, les difficultés dans les affaires. Le départ, cette fois définitif, de Pétronille l'a mise en face de sa solitude. Elle supporte de plus en plus mal d'être entourée de tricheurs.

— Le docteur Branchet m'a assuré tout à l'heure que l'état de Marc s'améliore, dit-elle après un silence lourd. Pour lui, il pourrait sortir du coma dans les prochains jours.

— Branchet doit être extrêmement sûr de lui, car ce n'est pas dans ses habitudes de rassurer les gens. Ce pourrait être une bonne nouvelle au milieu des mauvaises. J'ai vu le maire. Toujours aussi mollasson, il ne faut rien attendre de lui, nous allons donc sombrer.

C'est la première fois que Lionel parle de la

ruine de son affaire avec autant de franchise. Jusque-là, il n'en a pas eu le courage, mais la distance d'Aurélie l'exaspère, Aurélie, drapée dans son rôle d'épouse fidèle et dévouée, retranchée dans la rigueur de ceux qui ne cèdent à aucune tentation, et cela le détruit.

— Qu'est-ce que tu vas faire ?

Cette façon aussi de ne pas partager la défaite alors qu'elle voulait sa part de la victoire ! La fêlure entre eux est beaucoup plus profonde qu'il n'y paraît. Aurélie a bien dit que tout était oublié, mais ce n'est pas vrai : le ressentiment perce derrière chacune de ses paroles.

— Si nous avions seulement quelqu'un à qui nous raccrocher, quelqu'un près de nous ! Mais nous sommes seuls et la guérison de Marc n'y changera rien, au contraire, elle aggravera notre solitude.

Ils pensent tous les deux à l'enfant que Florence attend. Leur drame est bien là : cet enfant issu d'une insémination risque de précipiter Lionel et Aurélie vers une mésentente insurmontable.

— Il est peut-être temps que nous cessions de jouer toi et moi. Puisque tout ce que nous croyions solide s'écrase autour de nous, pourquoi préserver ce qui ne peut l'être qu'avec des rustines ?

— Que veux-tu dire ? demande Lionel qui a très bien compris.

Le téléphone sonne. D'un geste autoritaire, Aurélie porte le combiné à son oreille sans quitter des yeux Lionel, debout devant la cheminée qui flambe. Aurélie dit : « Oui ! », puis pose le combiné.

— C’est Florence. Marc est sorti du coma. Il est donc tiré d’affaire.

Lionel regarde les flammes et ne fait aucun commentaire : il ne sait pas si c’est une bonne ou une mauvaise nouvelle.

La réunion au sommet des branches européennes de Clean World a été voulue par Tony Lierering lui-même, exaspéré par les dérapages et le laxisme des gouvernements face au programme accepté du traité de Philadelphie. La pression policière est insuffisante et mal organisée. La grande question reste de savoir comment museler le réseau Internet, empêcher la communication et la propagande hostile. « Nous allons à l'échec, tonne Tony Lierering, pendant ces deux années de gestion de Clean World, nous avons obtenu une réduction significative des émissions de gaz à effet de serre, l'arrêt des flux migratoires et la mise en place des villages de travail pour les affamés. Nous avons restauré une partie de l'agriculture, mais il reste beaucoup à faire ! Nous demandons la création de forces militaires internationales spécialisées dans l'application du traité de Philadelphie et surtout le transfert des souverainetés nationales à Clean World dans tous les pays et pour toutes les questions qui touchent à l'avenir de l'Humanité et de la Terre ! »

Cette réunion arrive au bon moment : les ruines laissées en Europe du Nord par les raz de marée et la vague de froid rappellent que des mesures rigoureuses sont indispensables. Les Européens, mauvais élèves de l'environnement, s'y rendent très remontés contre les États-Unis qui respectent encore moins qu'eux les accords internationaux, mais sont rarement épinglés par Clean World, organisation essentiellement constituée d'Américains et d'Asiatiques qui rappellent leurs actions contre la surpopulation et les économies d'énergie, les bras remplaçant les machines dévoreuses de pétrole.

Versailles, qui va recevoir les délégations nationales, est quadrillé d'un important service d'ordre. Malgré les filtrages aux frontières et les barrages installés sur les routes, des centaines de milliers de manifestants venus du monde entier se massent devant le château et huent les voitures officielles qui tentent de se frayer un chemin derrière un cordon de police. Le froid est intense, le vent du nord cingle les visages de ses lanières glacées, mais ils tiennent bon, ces anonymes bien décidés à se faire entendre. Ils étaient tout aussi nombreux, deux ans plus tôt, à l'issue de l'épidémie de peste atypique, pour réclamer l'adoption d'un accord international. À cette époque, ils demandaient surtout de ne plus trembler, de ne plus redouter la mort à chaque coin de rue. Ils aliénaient un peu de leur liberté en laissant un organisme de technocrates faire le ménage pour eux, en acceptant des lois d'exception présentées comme très provisoires. Ils avaient été une grande majorité à applaudir la création de Clean World et son droit d'ingérence dans les affaires d'un pays soupçonné de ne pas respecter le traité. Mais les résultats promis se font attendre et les consciences se sont réveillées. Malgré le froid, les volcans d'Islande et leurs deux cent mille morts, les principes immoraux des Droits de la Terre ne leur conviennent plus. Ils ont compris que le traité de Philadelphie vise à instaurer une dictature au service d'un petit nombre.

Albane Morenceau arrive à Roissy. Elle se souvient avec émotion du jour d'orage où elle est venue attendre Pierre Ragaud, mais elle mesure désormais combien ce vieux continent porte de contradictions, combien sa richesse intellectuelle est aussi à l'origine de son inertie et de sa décadence. « L'Europe est allée trop loin dans la justice, l'égalité, les droits de l'homme, c'est ce qui la paralyse ! » pense-t-elle en attendant ses bagages avant de rejoindre le point de rencontre où l'attend Luc Montré qui a réservé pour elle une chambre au George-V. Pétronille et William n'arriveront que le lendemain.

Montré manifeste une joie excessive de retrouver son ancienne collaboratrice et lui annonce qu'elle est conviée à présider un dîner de travail ce soir dans les locaux des Droits de la Terre pour dresser un bilan du mouvement en France et mesurer la force de l'opposition.

Le lendemain, pendant qu'Albane et Luc Montré préparent leur intervention lors du meeting de Clean World, William et Pétronille s'installent au George-V avec l'intention de profiter pleinement de leur séjour. Pétronille constate que la France lui a manqué. La pensée de ses oncles ne la quitte pas. Peut-être leur téléphonera-t-elle, peut-être pas.

Comme il leur reste un peu de temps avant de retrouver Albane pour le dîner, la jeune femme emmène William dans Paris, lui montre les fenêtres de l'appartement où elle a vaincu la peste atypique.

— Tanguy de Finebourg est l'être le plus abject que j'ai rencontré. J'espère qu'il a payé ou qu'il paiera ses fautes. Faut dire que j'étais vraiment très naïve !

Cette pensée lui rappelle Bernard Chaurrit, « un homme exceptionnel et qui avait tant de classe ! », puis Ghislaine. Elle fait une grimace.

— Oui, j'étais tellement naïve et surtout tellement seule que j'ai passé mon adolescence à attendre les vacances pour rejoindre celle que j'appelais tante Ghislaine. Elle m'a bien laissée tomber !

— Tu n'as aucune nouvelle ?

— J'étais déjà aux États-Unis quand elle est rentrée d'Afrique au bras du président Moduhi. J'aurais été si heureuse d'être à son mariage, je l'aimais tant, ma Ghislaine...

Une larme brille au coin de ses yeux. William la serre dans ses bras.

— Tout ça, c'est fini. Désormais, tu vas être heureuse avec des gens qui t'aiment. Je ferai tout pour que tu ne sois plus jamais triste !

— Je pensais qu'elle me téléphonerait, qu'elle me ferait un signe, moi qui ai été si malheureuse quand j'ai su qu'elle était retenue prisonnière en Afrique ! De plus, elle s'est mariée à Chastelnaud. J'ai su que mes oncles étaient de la fête...

Les larmes roulent sur ses joues. William les essuie avec le coin de son mouchoir de soie.

— Partons d'ici. Il n'est pas bon de remuer les souvenirs douloureux.

— Tu as raison. J'avais prévu de faire un saut à Chastelnaud, de renouer avec mes oncles, mais tout cela est encore trop proche.

Albane arrive à Versailles avec la délégation française des Droits de la Terre sous les huées d'une immense foule transie de froid mais déterminée. La nuit dernière, elle a pensé à son fils en stage d'entraînement à Montlhéry. Elle voulait lui téléphoner avant son départ d'Amérique, puis a renoncé. Les succès de Jonathan lui portent préjudice : les sports mécaniques sont hautement condamnés par ceux qui veulent économiser l'énergie et limiter les gaz à effet de serre.

La foule tassée sur la place devant le château hurle des slogans hostiles à Clean World. Albane constate combien l'attitude des policiers est molle, laxiste. Qu'attendent-ils pour charger ces mécontents dont les Droits de la Terre veulent faire le bonheur malgré eux ? Quoi de plus humiliant, pour le pays des Droits de l'homme, que de voir les voitures officielles bloquées, assaillies par les jets de pierres et de fruits pourris ? Des manifestants se sont couchés pêle-mêle à l'entrée du château pour arrêter les véhicules. Les policiers tentent de les évacuer, il s'ensuit une bataille rangée qui fait de nombreux blessés.

Une fois à l'intérieur, chefs d'État et représentants internationaux de Clean World commencent leur réunion. Les délégations étrangères ne s'attendaient pas à une telle hostilité populaire. Albane la dénonce et demande une répression musclée. Le démon démocratique, ancré dans les sociétés occidentales comme un ver dans le fruit, doit être écrasé : « Nous avons atteint la limite d'un régime qui porte en lui sa propre destruction, son absurdité totale : il se laisse dominer par des minorités agissantes. Plus que tout autre régime, la démocratie doit appliquer des règles strictes sous peine de déraper ! »

Pendant les trois journées que durent les travaux à Versailles, malgré un thermomètre qui reste en dessous de moins dix, les manifestants ne désarment pas. Ils bloquent les allées et venues des cortèges officiels, brouillent les liaisons radio. Comme convenu, Tony Lierering a demandé à s'exprimer et peut le faire devant l'assemblée des gouvernements, mais aussi devant la foule massée à l'extérieur du château, par l'intermédiaire d'un écran géant. Lorsqu'il apparaît, les huées montent d'un ton, les projectiles se fracassent sur les grilles qui protègent l'écran. Pourtant, sa voix très particulière, comme veloutée, inadéquate au personnage sévère qu'il est, fait taire les protestations. Tout le monde veut l'entendre pour mieux le critiquer. Il commence par annoncer qu'il va proposer à Clean World un concours international pour choisir un hymne international de la Terre en espéranto. Cela fait rire : les manifestants voient dans cette proposition la preuve que le leader des Droits de la Terre n'est plus ce qu'il était avant sa maladie et cela les réjouit.

— Le monde a fait un pas dans la bonne

direction, clame-t-il ensuite, mais ce n'est pas suffisant : l'éruption des volcans d'Islande, la vague de froid en Europe le prouvent, et ce ne sont que broutilles à côté du mal total qui se prépare. Personne n'en a parlé, pourtant plusieurs malades ont été recensés à Sumatra et dans quelques villages reculés de Thaïlande. Sous la pression criminelle des opposants aux Droits de la Terre, les journalistes occidentaux passent sous silence ces cas de grippe, d'apparence anodins, mais mortels en quelques jours et terriblement contagieux. Cette nouvelle épidémie, autrement plus grave que la peste atypique, est à notre porte. Il s'agit d'un fléau total, contre lequel nous n'avons aucune parade : le mariage de la grippe aviaire et de la grippe humaine. Des millions de morts, la Terre transformée en charnier, voilà où conduit notre course à la production. Voilà le résultat de nos bricolages génétiques, de nos antibiotiques, de nos élevages concentrés qui sont de véritables creusets où s'élaborent, malgré nous, de nouveaux virus. L'avenir ne nous appartient plus ! Nous avons bousculé la Terre, nous l'avons violée pour qu'elle donne toujours plus à une Humanité incapable de se contrôler elle-même, nous avons voulu éliminer tout ce qui se dressait devant nous sans chercher à en comprendre l'utilité et les mécanismes profonds. Si rien n'est fait, les catastrophes se multiplieront. Si les mesures décidées par Clean World ne sont pas appliquées, le pire nous menace : le monde de l'infiniment petit, car la Terre a toujours le dernier mot !

L'écran qui reliait Versailles à New York s'éteint.

Le visage creusé, visiblement fatigué, de celui qui vient d'annoncer l'apocalypse s'efface lentement. Le silence qui suit est lourd, la foule se sent tout à coup saisie par le froid glacial qui la paralyse. Personne n'a oublié les terribles journées de la peste atypique, les magasins vides, les enterrements collectifs, les camions frigorifiques garés sur les places parisiennes. Personne n'a oublié cette menace de chaque instant, cette présence de la maladie dans sa vie la plus intime et tous redoutent plus que tout une nouvelle épidémie parce qu'ils savent, instinctivement, que Tony Lierering a raison.

L'intervention du maître des Droits de la Terre permet le vote de plusieurs mesures d'exception applicables automatiquement en cas de menace épidémiologique. Elles n'avaient aucune chance de passer quelques instants plus tôt, et recueillent une grosse majorité. La surveillance dans les aéroports et partout où transitent des hommes et des marchandises va être accrue. Le vaccin contre la grippe ordinaire va être rendu obligatoire, même si son efficacité n'est pas prouvée. Tout ce qui pourrait permettre au nouveau virus d'arriver en Europe sera sous haute surveillance.

Assommés par le froid et par les propos de Tony Lierering, des manifestants ont perdu un peu de leur pugnacité face aux forces de police renforcées. Ils ne contestent pas la nécessité de prendre des mesures, mais mettent en cause un facteur essentiel de pollution sociale d'où découlent toutes les autres : le système économique libéral, cause de tous les excès. Ils accusent les Droits de la Terre de vouloir récupérer la planète au profit d'une minorité de privilégiés.

Aux portes du château de Versailles, après un instant de stupeur, de nouveaux slogans accusent Tony Lierering de jouer la carte de la peur pour asseoir sa domination. C'est lui qui a ouvert la boîte de Pandore et libéré ce virus créé de toutes pièces par ses biologistes. « Cela fait des dizaines d'années qu'on nous affirme que le virus de la grippe aviaire et le virus de la grippe humaine risquent de se marier. Or ils ne l'ont jamais fait jusque-là ! Vous allez voir, s'écrient-ils, qu'après un ou deux milliards de morts, il va nous annoncer que ses chercheurs ont mis au point un vaccin et un sérum ! Comme pour la peste qui n'était qu'un test, un avant-goût avant les choses sérieuses ! »

À la fin du congrès, un dîner réunit les participants à la galerie des Glaces. Albane y participe aux côtés de Luc Montré, satisfait de la tournure des événements : les gouvernements européens ont bien compris qu'ils n'avaient pas intérêt à jouer les fortes têtes ; Bruxelles s'est engagé à faire respecter les décisions générales et à financer les fameux Casques verts dont Albane sait qu'ils ne serviront à rien. « Tony a eu tort de parler comme ça. Il aurait dû laisser la grippe accomplir son œuvre. Maintenant, on ne peut plus reculer ! »

Vers une heure du matin, Luc Montré ramène Albane à son hôtel et ne cache pas son optimisme :

— On va enfin avancer ! dit-il. Nous avons perdu deux années, mais tout n'est pas négatif, nos villages de travail fonctionnent bien ainsi que les camps d'immigrés qui sont ensuite ventilés selon les besoins. Il y a moins de pauvres, c'est déjà ça !

Albane n'entre pas dans la conversation. Montré, qui lui a fait la cour pendant longtemps, ne l'intéresse pas. Il ne sait qu'approuver les propos des plus forts et n'a pas d'opinion personnelle. Il se répand en paroles sans consistance qui n'apportent rien.

— Ce fameux Plokov dont on a parlé dans les couloirs de Versailles, demande-t-elle tout de go, tu le connais, tu l'as rencontré ?

— Non ! Il est insaisissable. Il n'apparaît nulle part ! On ne va pas perdre notre temps avec ce mythomane !

— Eh bien, moi, je veux le rencontrer. Que faut-il faire ?

— Rien de plus simple. Lui téléphoner pour lui dire que tu souhaites lui passer une commande de champagne.

Au George-V, Albane rejoint William et Pétronille qui l'attendent au bar.

— Je vous propose d'aller faire un tour à Reims et d'acheter du champagne.

— Excellente idée ! s'exclame William. J'en profiterai pour faire une commande pour l'entreprise Parkers !

Le lendemain, vers dix heures, William s'installe au volant d'une grosse berline de location commandée quelques instants plus tôt. À côté de lui, Pétronille programme le GPS. Seule sur la banquette arrière, Albane pense à Jonathan. Elle a encore hésité à lui téléphoner puis a renoncé pour des tas de raisons, même si ses convictions en faveur de la Terre et d'une Humanité « rénovée » ne l'empêchent pas de ressentir la profondeur de sa solitude de mère.

Le temps passe vite. Au bout d'une heure et demie de voyage, ils entrent dans Reims et s'arrêtent sous les indications du GPS en bordure de la ville devant une maison cossue et d'un entrepôt à l'enseigne « Champagnes Coste, maison fondée en 1824 ». William s'extasie en face d'une colline couverte des vignes mythiques.

Les visiteurs sont accueillis par une jeune femme qui les prie d'entrer dans une suite de bureaux où travaillent une dizaine de personnes. Elle les conduit jusqu'au bout d'un couloir, frappe à une porte. Un homme de grande taille, le visage couvert d'une abondante barbe blanche, les cheveux tout aussi blancs, les accueille avec un léger sourire. Albane éprouve de nouveau l'impression ressentie dans le bureau de Tony Lierering : elle connaît cet homme. Son hésitation se dissipe quand il dit quelques mots de bienvenue en anglais. Elle se tourne vers Pétronille à qui, visiblement, ce regard, ce visage caché derrière la barbe blanche produisent aussi un curieux effet.

William se met en avant, présente son entreprise américaine et son intention de passer une grosse commande. Haround Plokov les invite à le suivre au dépôt pour leur présenter les différents crus qu'il commercialise et leur permettre de juger sur pièces. Le regard curieux, un peu étonné, de Plokov à Pétronille n'a pas échappé à Albane : il revient à tout moment se poser sur la jeune femme et confirme sa certitude.

Pétronille aussi a un doute : s'il n'avait pas sa barbe blanche, s'il était moins maigre, Plokov correspondrait à une silhouette de son enfance. Sa voix lui rappelle celle de son père. Elle en est tellement troublée qu'elle bafouille. William lui prend la main :

— Ça ne va pas ?

— Si, très bien.

La commande faite, les « Américains » saluent Plokov et décident d'aller visiter Reims et sa cathédrale, de manger dans un bon restaurant avant de rentrer à Paris. La visite du matin les a plongés dans un curieux malaise qui les enferme en eux-mêmes sans pouvoir exprimer ce qui les gêne. William s'étonne du changement d'humeur de Pétronille et en cherche les causes qu'il ne trouve pas. Albane comprend qu'elle a eu raison de se méfier : « Il est évidemment nuisible à notre mouvement, donc à l'Humanité. Je dois le faire supprimer avant qu'il ne prenne trop d'importance ! »

Ils entrent dans un restaurant pour déjeuner. L'atmosphère est si lourde que William demande des explications.

— Il se trouve, dit Albane, que je connais ce Plokov. Il n'est pas russe, mais savoyard. C'est le père de Pétronille !

L'affirmation d'Albane met Pétronille en face d'une terrible réalité ressentie et repoussée. Les questions qu'elle n'osait pas formuler affluent à son esprit. Ainsi, son père n'est pas mort ! Devant ses yeux défile une image obsédante : l'orage éclatait sur le mont Aïzot, sa mère avait glissé sur la pente et se retenait au bord de la crevasse en criant. Son père, recroquevillé contre un rocher, tremblait, la tête dans ses mains...

— Puisque tu viens de retrouver ton père, tu devrais être heureuse ! Nous allons lui parler, lui dire que nous nous aimons et que nous souhaitons nous marier, tu verras, il sera content !

— Il t'a reconnue ! précise Albane. Je l'ai vu dans son regard et à sa réaction quand William t'a appelée.

— Raison de plus ! insiste William. Venez, nous allons l'inviter à déjeuner avec nous. Ce sera un grand moment de bonheur !...

Pétronille ne peut détacher ses pensées de cet homme ramassé en boule qui tremblait sous l'orage, sourd aux appels de sa mère.

— Non, dit-elle. On ne ressuscite pas les morts. C'était une erreur de venir ici.

Vers la mi-décembre, le redoux s'installe brusquement après trois semaines d'un froid polaire. De l'air humide entre par l'ouest sur le continent européen et, au contact de l'air froid, provoque d'importantes chutes de neige sur la France, l'Angleterre, l'Allemagne, jusqu'en Espagne et en Italie. La couche atteint vite quarante centimètres en région parisienne, bloquant les routes, les voies ferrées et malmenant une fois de plus le commerce.

À Genève, dans son vaste bureau de la société Littoral Placements, Achille Plantagrin regarde un instant la place en dessous de son immeuble, puis la ville, blanche, d'une luminosité intense, les montagnes miroitantes à côté de l'étendue vide du lac gelé. Cela fait des années qu'il vit dans ce bureau et c'est la première fois qu'il voit cette partie du Léman couverte d'une bonne couche de glace. Le gros homme est heureux : il a enfin réglé ses comptes avec Bratnieff. Le chercheur de Saint-Pétersbourg, en organisant avec la complicité du gouvernement russe l'évasion du docteur Vitterez du village de travail de la Lena, a pu lui ravir les gros bénéfices générés par la peste atypique, mais il vient de lui faire rendre raison : Bratnieff croule sous les dettes et n'a rien à attendre des Droits de la Terre qui ne s'allient qu'aux vainqueurs.

— Voilà ce qu'il en coûte de chercher à me rouler ! s'exclame Plantagrin en souriant.

Pour l'affaire qui a occupé toute sa vie, après des années de construction savante, de remise en cause de ses plans, de perpétuelles adaptations car il n'avait évidemment pas prévu la peste atypique, ni la prise de pouvoir des Droits de la Terre, il arrive aussi à ses fins. Le hasard lui a donné un gros coup de main, ce qui le déçoit un peu, le prive d'une partie de son plaisir. Il voulait que sa vengeance ne doive qu'à lui-même.

Irma entre dans le bureau, s'assoit sans manière en face de lui. L'obèse sourit, ses bajoues s'étalent sur le col de sa chemise, ses yeux pétillent.

— Tu es sûre que tu n'as rien oublié, que tout s'est passé comme tu me l'as dis ? As-tu vérifié les propos de notre ami Genthil, de Chastelnaud ? Il serait capable, rien que pour me faire plaisir, d'en ajouter un peu. Or je veux la stricte vérité. L'instant de ma vengeance est trop important pour en déformer le moindre détail.

— Non, tout est vrai. Les Houilles Blanches sont en cessation de paiement ; après que le robinet russe s'est fermé, leur principale source de revenus était les Eaux de Pétronille. Elles sont polluées et interdites de commercialisation depuis deux semaines.

— J'en suis presque déçu, fait Plantagrin. Si j'étais superstitieux, je croirais que le ciel m'a aidé, qu'il punit les Delprat et cela me contrarie. L'accélération des événements m'évite de monter l'ultime piège. Tiens, sers-nous une coupe de champagne de l'excellente maison Coste dont le gérant me doit beaucoup... Et Marc ?

Irma remplit deux coupes qu'elle apporte sur le bureau. Elle sourit au contact froid du cristal sur ses lèvres en pensant à Haround Plokov qu'elle a sauvé et qui a si bien su s'occuper d'Alexandre.

— Marc est sorti du coma depuis une semaine. Les deux jours qui ont suivi sa résurrection, Florence lui a rendu deux visites, accompagnée de son notaire. Elle y est revenue, mais seule, on peut donc en conclure qu'elle a réussi, que Marc a signé la reconnaissance de paternité de l'enfant qu'elle porte.

Plantagrin boit une gorgée de champagne, prend le temps de l'apprécier, puis sourit, un sourire noyé dans la graisse de son visage, semblable à une grimace, celle d'un bouledogue qui montre ses dents.

— Il paraît qu'elle s'est fait inséminer. Je trouve cela curieux, car il suffit qu'elle voie un homme pour se coucher devant lui ! Ce n'est pourtant pas une mauvaise fille, et peut-être moins idiote que je ne l'ai cru, mais qui aime l'argent et fait ce qu'on lui demande pourvu qu'on lui donne un bon chèque.

— Voyons maintenant Pétronille. Il ne faudrait pas qu'elle revienne à des bons sentiments et retourne consoler son oncle.

— Pas de souci. Elle est repartie aux États-Unis avec Albane Morenceau et son chevalier servant, William Parkers. Ils vont probablement se marier, et elle est plus que jamais décidée à gommer son passé de sa mémoire.

— Formidable ! s'exclame Plantagrin dans un éclat dont il est coutumier. Je n'ai jamais rencontré une femme plus folle mais aussi plus déterminée que cette Albane. Les petits malins qui croient me tenir et me mettre la tête sous l'eau vont vite suivre l'exemple de cet imbécile de Bratnieff. Le congrès à Versailles de Clean World est plein d'enseignements. Il vient de signer son arrêt de mort souhaité par les Américains et les Européens qui sont, pour une fois, du même avis. As-tu suivi le discours de Tony Lierering ? Il est très affecté et n'a plus la hargne qu'on lui a connue. Ses menaces de grippe m'ont arraché des larmes de rire ! Les Droits de la Terre n'ont plus d'avenir et je m'en réjouis comme tous ceux qu'ils ont grugés. Il est temps de changer de cap si l'on ne veut pas sombrer avec eux.

— Tu ne me demandes pas des nouvelles des autres ?

Plantagrin pose ses deux poings sur le bureau :

— Le sort de l'enseignante m'est totalement indifférent. Qu'elle file le parfait amour avec ce planqué de Moduhi. Tant mieux, je n'ai plus besoin d'elle.

Irma sourit en versant une nouvelle coupe à son gros patron.

— Voilà que tu deviens bon !

— Ne m'insulte pas !

Ils rient tous les deux. Quand ils ont terminé leur verre, Irma range les coupes et se dirige vers la porte. Avant de sortir, elle se tourne :

— Ton fils s'est réellement attaché à Plokov qui a été le meilleur des éducateurs. Même si tu n'es pas bon, tu dois le protéger.

Plantagrin secoue son énorme tête comme pour chasser une mauvaise pensée.

— Plokov, alias Montrémy, est devenu un symbole pour les opposants aux Droits de la Terre. Pour cette raison, il devient précieux et je me dois, en effet, de le protéger.

Plantagrin sourit encore : son intérêt veut qu'il fasse surveiller discrètement le propriétaire des Champagnes Coste. Il en a aussi le désir profond, issu d'un sentiment à rebours dont il ne saurait préciser la nature ni les contours. Irma fait un pas vers la sortie, s'apprête à fermer la porte, quand Plantagrin, sans lever les yeux de son dossier, poursuit :

— As-tu des nouvelles de Cellia ? Sa voix me manque.

— Tout va bien, dit Irma en souriant. Notre vedette se remet de son coup de fatigue. Sa cure lui a permis de prendre la mesure exacte de ses responsabilités de chanteuse populaire. Quant à Renaud Montrémy, c'est toujours un paumé. Il travaillait pour la Ville de Paris, mais a pris un congé sans solde pour devenir un membre permanent des Droits de la Terre en poste à Bordeaux...

— Il éprouve un tel besoin de se montrer qu'il est capable des pires bêtises. C'est un nul qui a laissé passer la chance formidable que je lui ai donnée ! Tant pis pour lui. Au fait, le redoux m'incite à prendre quelques jours de liberté. Je vais partir avec mes frères.

Irma apprend ainsi que Plantagrin va redevenir pour quelque temps Gurval le gitan. Dans son bureau, elle consulte son téléphone. Genthil vient de l'appeler, mais n'a pas laissé de message. Elle compose le numéro de la pharmacie de Chastelnaud et ce qu'elle apprend la laisse sans voix. Elle pose l'appareil, entre sans frapper dans le bureau de Plantagrin.

— Marc Delprat est mort ! dit-elle d'une voix essoufflée par l'émotion.

Plantagrin reste un instant impassible. Lui aussi est choqué. Marc, c'était le petit frère de Lionel, celui qui prêtait main-forte mais ne prenait pas les décisions essentielles. C'est Lionel qui a triché sur la qualité des matériaux pour lesquels Plantagrin a écopé de sept ans de prison ferme.

— Merde, alors !

— Il allait mieux, il faisait déjà des projets, et voilà ! dit en soupirant Irma, elle aussi touchée par le décès de l'homme à la moustache conquérante.

La neige est tombée en abondance à Chastelnaud, près de cinquante centimètres dans la vallée, on n'avait pas vu ça depuis bien longtemps. Les vieux se souviennent qu'il neigeait autrefois beaucoup plus que maintenant et retrouvent avec plaisir ce qu'ils appellent un beau temps d'hiver. Les chasseurs vont se promener sur le parc naturel du mont Aïzot à la recherche de traces des grands animaux. Il n'y a pas si longtemps, le docteur Morenceau passait ainsi des matinées fort heureuses. Il aimait relever les empreintes triangulaires du lièvre jusqu'à son gîte et parfois jusqu'au rang de labour où l'animal se terrait. Il aimait traquer le renard, non pour le tuer, Morenceau n'aime que la pêche à la mouche, mais pour suivre son chemin tortueux dans le sous-bois, pour surprendre ses larcins autour d'une ferme isolée. Il aimait approcher le cerf et le sanglier.

Cette année, la neige le laisse indifférent. Après la vague de froid intense qui a fait deux victimes à Chastelnaud (des marginaux morts dans leur cabane), le maire déteste ces phénomènes naturels autrefois sources de plaisirs et désormais porteurs de deuil.

Tout va mal. Il a su, par une indiscrétion de Joseph Pelbond, qu'Albane a participé au congrès de Versailles. Il en a parlé à Jonathan qui poursuit son stage à Montlhéry. Non, sa mère ne l'a pas appelé et Jean Morenceau en est ulcéré. Comment une femme peut-elle se trouver à quelques kilomètres de son fils sans chercher à le voir après une absence de deux années ? En apprenant cela, Léonie a pleuré, le docteur s'est senti désespéré. Pas pour lui : ses sentiments à l'égard de sa bru n'ont plus beaucoup d'importance, mais pour le jeune homme qui doit faire face seul à un avenir pour lequel il n'a pas été préparé.

Ce matin, en prenant sa cravate, il a le cœur gros : la mort de Marc Delprat tourne une page décisive dans la vie locale. Il a vaguement préparé son discours, mais l'émotion, une fois de plus, l'empêchera de faire l'éloge du disparu sans avoir la voix tremblante des hommes dont la sensibilité est une marque de faiblesse. Que va-t-il dire, d'ailleurs ? Que le disparu était dévoué aux autres, qu'il a consacré son existence à une affaire familiale aux importantes retombées économiques pour la région ? Qu'il laisse sa famille, ses amis et les Chastelnais consternés par un départ aussi injuste ? À sa veuve, à son frère, il adressera ses condoléances, mais tout le monde saura dans l'assistance que sa veuve le faisait cocu avec son frère. L'absence de Pétronille, qu'on a cherchée à contacter aux États-Unis, sera lourde de sens. Et beaucoup se diront que ce n'est que justice, que la déconfiture des Houilles Blanches est bien méritée.

Lorsqu'ils sont prêts, Léonie et Jean Morenceau se rendent à l'église de Saint-Geniez où l'enterrement doit être célébré à dix heures. En garant sa voiture à proximité de la longue file de véhicules, le maire pense au travail des fossoyeurs qui, la veille, ont dû dégager le caveau et les allées du cimetière entièrement noyés sous la neige entassée par le vent.

Enfin, le corbillard arrive, s'arrête devant les portes ouvertes de l'église où le curé attend. Lionel, donnant le bras à Aurélie, Florence et les proches parents, deux sœurs de Géraldine morte l'année précédente, des cousins, entrent dans l'église derrière le cercueil. Lionel est le plus grand, trop grand pour que tous les regards ne s'arrêtent pas sur sa silhouette maigre. Il baisse sa grosse tête nue et, parfois, ses épaules sont soulevées par ce qui pourrait être un sanglot.

Après la cérémonie, le cortège se rend à pied au cimetière. Lionel semble seul au milieu des autres, marchant derrière le cercueil, si près, si courbé qu'on ne voit que lui et sa douleur. Aurélie pleure à son bras, mais ses larmes n'ont pas la force du silence de Lionel. Florence aussi pleure, personne ne la plaint : si Marc en est arrivé là, c'est bien de sa faute.

À l'entrée du cimetière, dans la rue qui s'éloigne du village vers la vallée, beaucoup de voitures qui n'ont pas trouvé d'autre place sont garées un peu dans tous les sens et gênent la circulation. À côté du portail en fer est arrêtée une énorme berline aux vitres teintées. Debout, près de la portière, un homme très gros, vêtu d'un épais manteau de fourrure, tient son chapeau à la main. Un instant, Lionel lève distraitement les yeux vers lui, mais il ne reconnaît pas son ancien ami : lorsqu'ils se fréquentaient, Plantagrin était aussi maigre que Lionel.

Les gens entrent dans le cimetière. Plantagrin monte dans sa voiture : tout ce qui arrive ici a été voulu par lui. Il a dû remanier plusieurs fois son plan, mais il a fini par gagner. Il s'est servi de la faiblesse des uns, des ambitions des autres, de Florence dont il a facilité la carrière de peintre et qu'il n'a cessé de manipuler dans l'ombre. Son ennemi est à son tour en prison, la prison de la défaite, de la faillite, de la solitude. Plantagrin peut désormais commencer à vivre.

Quittant l'Europe, la vague de froid s'abat sur l'Amérique du Nord. Le thermomètre descend à moins quarante à Montréal, moins trente à New York. Les villes sont paralysées, les prix montent en flèche. Sur la côte est, la mer gèle suffisamment pour arrêter le trafic. Dans les campagnes isolées de l'Illinois, des services spéciaux parcourent les villages isolés pour secourir des habitants incapables de faire face à leurs besoins les plus ordinaires. Dans les villes, on ramasse chaque matin les corps des sans-abri congelés sur le trottoir ou dans les encoignures de portes. Il gèle à Miami, les canalisations éclatent, l'électricité est coupée pendant une longue semaine, privant de chauffage un grand nombre d'habitants mal préparés à ce genre d'accident. Les cultures maraîchères sont dévastées, les troncs des arbres éclatent. Dans le centre, le Dakota, le Nebraska, le Colorado, des troupeaux entiers de bovins sont décimés.

En bordure de ce froid sec et destructeur de l'Est et du Centre, dans les États de l'Ouest, surtout le long de la côte du Pacifique, de l'Oregon au Nouveau-Mexique, des chutes de neige monstrueuses isolent les villes. Une couche de soixante centimètres écrase Los Angeles, ce qui ne s'était pas vu de mémoire d'homme. Les lignes à haute tension cèdent, l'électricité manque dans de nombreuses villes ; les villages isolés ne peuvent compter que sur eux-mêmes. L'impact de cette vague de froid est considérable sur des populations sans autonomie. Très vite les provisions manquent, les gens, totalement dépendants des industries alimentaires, se trouvent dépourvus, la famine guette ceux que les hélicoptères de ravitaillement ne peuvent atteindre. Tony Lierering fustige : « Nos modes de vie sont inadaptés. On constate combien la population est fragile, exposée au moindre caprice de la météo, dépendante des producteurs de nourriture. Elle a oublié que tout ce qu'elle mange vient de la Terre. Le système a infantilisé les gens ! Comment faisaient nos ancêtres sans supermarché, sans électricité, livrés à eux-mêmes ? »

L'économie la plus puissante du monde qui a voté mais jamais appliqué les restrictions énergétiques et les limitations des émissions de gaz à effet de serre cède devant la météo, mais ne se sent pas coupable. Les Américains s'en prennent aux pays en voie de développement qui, en vingt ans, ont multiplié par cinquante leur consommation de pétrole et de charbon.

Les dégâts se chiffrent par milliards de dollars et les victimes par dizaines de milliers. Une fois de plus, les scientifiques sont sommés d'expliquer le phénomène car rien n'est plus redoutable que ce qui échappe à la raison. Le climatologue Vincent Letellier, drapé dans sa notoriété mondiale, se répand en explications qui sont autant de manières d'exprimer son ignorance. Il répète que l'éruption des volcans d'Islande est probablement un facteur aggravant de la situation, mais certainement pas la cause principale. « L'effet de serre, explique le chercheur très à l'aise dans son domaine, s'il devait se poursuivre passera par plusieurs phases. La hausse moyenne des températures d'environ deux degrés modifie le régime des pluies. Ainsi, les zones tropicales d'Afrique centrale se dessèchent, les grands lacs africains ont perdu les trois quarts de leurs eaux en une vingtaine d'années. Les déserts progressent. Dans les zones à mousson, la saison des pluies s'est raccourcie, mais les précipitations restent aussi abondantes en quantité, ce qui se traduit par des inondations catastrophiques et la stérilisation de certaines terres par lessivage. Dans les zones tempérées, le climat en dents de scie fait alterner froid rigoureux et douceur excessive en hiver, canicules, sécheresses, pluies sous forme de cyclones dévastateurs en été. »

Les astronomes et mathématiciens ne veulent pas laisser aux seuls météorologues l'occasion de mettre leur science en valeur. Ils se contentent de publier leurs observations en se gardant bien d'en tirer les moindres conclusions : « Notre planète est inclinée par rapport au plan de rotation autour du soleil d'un angle de 23,5°, angle à l'origine des saisons inversées d'un hémisphère à l'autre. Un déplacement infime de cet axe provoque des modifications ou des altérations sensibles à l'échelle humaine. Or, d'après nos calculs, l'angle aurait augmenté de six centièmes de degré après l'éruption des volcans d'Islande. On peut supposer que ce léger basculement a pour effet de contrer le réchauffement au-dessus du quarante-cinquième parallèle. »

En Europe, le redoux s'est poursuivi et Noël se passe dans la grisaille et la boue. Une fois de plus, des rivières sortent de leur lit. La Loire déborde dans son cours inférieur, le Rhône inonde la Camargue et sa basse vallée. Dans beaucoup de cas, les barrages remplissent leur fonction, mais beaucoup ont des capacités insuffisantes face à l'énorme quantité d'eau que génèrent la fonte des neiges et les pluies incessantes. Une grande partie de la France patauge dans une eau sale et stagnante.

À Chastelnaud, les quatre barrages des frères Delprat remplissent leur fonction et la ville n'a pas à souffrir de la montée du Ribet. Lionel, qui a réintégré l'immense maison vide des Houilles Blanches à Saint-Geniez, n'en tire pas gloire. Il erre d'une pièce à l'autre, en peine de son grand corps qui se voûte de plus en plus. Depuis la mort de Marc, c'est un autre homme, qui refuse de consulter les dossiers que ses collaborateurs lui apportent. Il est devenu coléreux, parfois violent. Aurélie tente de le raisonner, fait face avec courage. Chaque jour, patiente, elle s'acharne à lui redonner un peu d'espoir, l'envie de se battre de nouveau, de refaire surface.

— Il te reste les centrales installées en France, et surtout celle de Chastelnaud. En partant de là, tu peux reconstruire ton empire. Les Droits de la Terre ne t'ont pas oublié. J'ai eu Joseph Pelbond au téléphone, il veut te voir pour un projet qui t'intéressera.

Lionel secoue sa grosse tête penchée. La mort de Marc l'a amputé d'une partie de lui-même. Il refuse de se rendre à son bureau de Chastelnaud et a décidé au soir de l'enterrement de ne plus jamais mettre les pieds dans la maison des Montrémy. « C'est leurs mânes que je dérange. Je ne m'y suis jamais senti chez moi ! Je suis venu habiter ici pour faire plaisir à Pétronille, mais c'était une erreur. Pétronille est une Montrémy, j'ai voulu l'oublier, en faire une Delprat à part entière, et voilà le résultat. Je me suis raccroché à une branche pourrie qui a cédé à la première secousse du vent. »

Il pense aussi à l'homme monstrueusement gros qui le regardait au portail du cimetière, à l'air de triomphe dans son regard planté sur lui. Qui était-il ? Un ennemi venu savourer la défaite de deux frères qui, au temps de leur splendeur, ne s'embarrassaient pas avec les vaincus ? Ce regard le suit comme l'œil de la conscience, le tourmente dans son lit et le tient éveillé pendant des heures. Alors, il pense à sa grosse faute et à Plantagrin emprisonné à sa place.

Jean Morenceau lui rend visite, s'empêtre dans ses propos, l'assure de son soutien et de son engagement pour sauver les Eaux de Pétronille. Il existe des traitements capables d'enlever les produits toxiques de l'eau sans toucher à ses qualités premières. Lionel secoue la tête : ces procédés sont si onéreux qu'il sera obligé d'augmenter ses prix et les consommateurs iront vers d'autres marques.

— Il y a la source des Eaux Saint-Jean ! rétorque

Morenceau. Vous-même m'avez dit qu'elle s'est améliorée. Vous pouvez envisager prochainement une reprise de l'activité.

— Les Eaux Saint-Jean n'existent plus ! tranche Lionel. C'et à cause d'elles que mes affaires ont périclité. Elles sont maléfiques, vos Eaux Saint-Jean ! Elles appartiennent aux Montrémy et, quoi que je fasse, elles appartiendront toujours aux Montrémy. Elles se refuseront à moi, comme les Eaux de Pétronille se refusent à moi. Si j'avais su me contenter de mes barrages et de mon électricité, je n'en serais pas là !

Entendre parler ainsi Lionel Delprat, l'ingénieur dont tout le monde saluait l'audace il n'y a pas si longtemps, lui qui savait retourner en sa faveur les pires situations, laisse le maire sans argument. Lionel s'abandonne, cède devant une prétendue malédiction induite par des remords.

— J'ai longuement bavardé hier avec le président du Conseil général : la situation n'est pas catastrophique, insiste Morenceau. Il existe d'autres sources ; fort heureusement, notre sous-sol en est très riche. Les services départementaux, qui avaient probablement anticipé les problèmes actuels, ont exploré les zones proches du lac que vous exploitez. Ils ont trouvé d'autres poches de bonne qualité. Il suffira dc raccorder vos installations. Les services départementaux feront tout pour vous faciliter la tâche.

— Je refuse. Je ne veux plus m'occuper de la moindre source. Tout mon malheur vient de là !

Morenceau se dirige vers la sortie en se disant qu'il reviendra à la charge un autre jour. Aurélie l'accompagne jusqu'à sa voiture dans la vaste cour désormais déserte.

— Dites-lui qu'il se doit aux autres. Sa faillite entraîne dans la précarité des centaines de gens qui veulent travailler et vivre ici. Il faut qu'il se ressaisisse, la situation n'est pas désespérée. Le Conseil général est prêt à lui donner un coup de main. Plusieurs barrages pour retenir l'eau des crues sont à construire, il peut avoir le travail s'il le veut. Tout le monde connaît sa grande compétence en la matière !

Aurélie soupire. Depuis quelques mois, son visage s'est ridé, sa belle peau de blonde s'est fripée, ses cheveux si lumineux sont devenus ternes, comme salis par le temps.

— Je ne cesse de le lui répéter, mais il ne m'écoute pas. Il faudrait qu'il se soigne, qu'il fasse une cure de repos dans un établissement spécialisé, il faudrait lui laisser du temps, que les créanciers, les administrateurs judiciaires comprennent qu'il a besoin de souffler.

— Je m'en charge. On peut faire traîner les instructions et les liquidations. Plusieurs repreneurs se sont fait connaître, pressés de mettre la main sur une affaire qu'ils jugent à juste raison rentable, mais je saurai calmer leur impatience.

— Je vais essayer de le convaincre que rien n'est perdu. Il acceptera, je me charge de le faire accepter.

Morenceau s'en va, peu rassuré, car il doute de l'efficacité d'Aurélie : Lionel Delprat n'est pas facile à manœuvrer. « Ce n'est pas gagné » songe le vieil homme en rentrant chez lui.

Bernard Chaurrit pense à ses parents. Il ne les a pas revus depuis son mariage. Son divorce aurait pu les rapprocher, mais il ne voulait pas se rendre chez eux en vaincu, en fils prodigue qui revient pour se faire plaindre. André et Marie Chaurrit en ont été peinés. Par la suite, Marie a souvent voulu téléphoner à son fils, mais André s'y est opposé. « C'est à lui de faire le premier pas. Nous n'avons aucun tort envers lui. Nous l'avions averti de l'erreur qu'était son mariage, il nous en a voulu. Son divorce nous a donné raison. Je ne lui demande pas de venir demander pardon, mais c'est à lui de frapper à notre porte. »

André et Marie Chaurrit vivent dans une superbe propriété familiale de l'arrière-pays nantais. André est descendant d'une famille d'armateurs qui a constitué sa fortune en faisant du commerce avec le Nouveau Monde. De la nature de ce commerce, les archives familiales ne gardent aucune trace. On raconte qu'avec les produits précieux qu'elle négociait se trouvaient aussi des cargaisons d'esclaves. André a poursuivi la tradition commerçante en armant des pétroliers, ce qui lui a permis de consolider sa fortune. Marie travaillait aux côtés de son époux et s'occupait de ses trois enfants, Jean-René, Bernard et Julie qui allait épouser le véreux comte de Finebourg. André envisageait de garder ses deux garçons auprès de lui, mais il comprit très vite que c'était impossible. Ils avaient tous les deux le sens du commandement et se disputaient la place du chef. Ainsi le cadet alla-t-il créer son entreprise ailleurs, toujours dans le commerce. Ce fut la première fêlure dans la bonne entente familiale, annonciatrice de la rupture définitive avec le mariage de Bernard qui épousait une fille sans ressources et surtout trop superficielle pour être une bonne épouse.

Ce soir, Bernard se souvient qu'il a une famille. Il a débarqué à Roissy avec sa seule valise et moins de deux cents euros en poche. Il a tout perdu, son affaire, ses capitaux. Il n'est plus qu'un sans-abri, un de ces pauvres bougres que la police chasse sur les trottoirs de Paris pour les envoyer dans les villages de travail : jusque-là, il a été hébergé par un centre spécial qui accueille les Français revenus de l'étranger. Le séjour de trois semaines passé à réfléchir, à faire des projets qui n'ont aucune chance d'aboutir, se termine, et il ne sait pas à quelle porte frapper.

Il pense d'abord à sa mère, une bourgeoise brune distinguée descendante d'une famille de Rochefort qui a fait fortune dans les voiles de bateaux, sa mère, qui sait garder la distance avec les autres et n'extériorise pas ses sentiments, et dont il s'est toujours senti proche. Il peut compter sur elle, mais son père, homme rigoureux et distant, acceptera-t-il de l'aider ? Jean-René, son frère aîné avec qui il ne s'est jamais entendu, ne va-t-il pas s'opposer au retour du fils prodigue qui lui a fait beaucoup d'ombre avec la Mondass Ingénierie ?

Il se doit de les appeler pour les rassurer après deux années d'incertitude. Il compose un numéro et porte le petit appareil à son oreille.

C'est sa mère qui répond, il reconnaît tout de suite sa voix grave et sérieuse, faite pour les relations mondaines, les propos faussement importants, pas pour les sentiments sincères. « C'est Bernard ! » dit-il, puis il se tait en attendant une réaction qui ne vient pas. Un long silence le laisse dans l'incertitude.

— Ça y est, ils m'ont libéré ! ajoute-t-il pour lancer la conversation, mais deux ans dans des conditions épouvantables, c'est vraiment long !

— Je suis très heureuse de t'entendre. Ton père et Jean-René seront ravis. Je suppose que tu vas reprendre tes affaires !

— Je le voudrais, mais ce sera difficile. Je suis rentré d'Afrique avec une valise dans laquelle se trouvaient un pantalon et une chemise usagés et moins de deux cents euros en poche !

Bernard Chaurrit regrette aussitôt d'avoir parlé de son dénuement. Sa mère, mais surtout son frère et son père vont penser qu'il appelle pour demander de l'aide. Quand tout allait bien à la Mondass Ingénierie, Bernard ne téléphonait pas.

— Écoute, je vais voir ce qu'on peut faire. Ici aussi, les affaires ne sont plus ce qu'elles étaient. Je te rappelle.

Maintenant, il regrette ce qui était une faiblesse. Il a téléphoné pour ne pas être seul parce qu'il avait surtout besoin de la chaleur d'une présence. « Tant pis, il faut que je retrouve Ghislaine. »

Il n'a pas oublié le nom du village où se trouvait sa mère, mais la vieille femme, seul lien possible avec son amie, est-elle encore en vie ? Il trouve son numéro de téléphone sur Internet et appelle, le cœur battant, plus ému que lorsqu'il a téléphoné à sa propre mère. La sonnerie retentit plusieurs fois avant qu'une petite voix grêle lui réponde un « allô » lointain qui lui redonne espoir.

— Bonjour, madame Lesaget. Je suis Bernard Chaurrit, je travaillais avec Ghislaine avant que nous soyons retenus prisonniers en Afrique. Je suis enfin de retour en France.

— Monsieur Chaurrit ! Ghislaine m'a souvent parlé de vous ! Comme je suis heureuse de vous entendre ! Vous seule pouvez la sauver !

— Je me doutais qu'il lui était arrivé quelque chose !

— Oui, elle est retenue dans une grande maison en Sologne. J'ai l'adresse parce que je suis allée la voir ; on m'a dit qu'elle n'était pas là, mais moi je suis certaine qu'elle était là. Je n'ai pas confiance en ces gens et surtout pas en celui qu'elle a épousé. Ce n'est pas parce qu'il est noir, mais parce qu'il a une mauvaise tête. J'ai bien vu le jour de son mariage, avec tous ces photographes, ces journalistes, qu'elle n'était pas heureuse. On l'a forcée, voilà ce que je pense.

— Et vous pensez juste.

— Figurez-vous que j'ai averti la police. Il paraît qu'ils sont allés voir et que tout est normal. Ils m'ont prise pour une vieille radoteuse.

Longtemps après avoir posé son téléphone, Bernard Chaurrit, qui a noté l'adresse de Ghislaine, se demande comment il va s'y prendre. Vagabond sans le sou, comment va-t-il pénétrer dans la forteresse où est retenue son amie ? « Tant pis, fait-il en regardant sa valise vide, je vais y aller en stop. Je verrai sur place ! »

Dans son bureau des Champagnes Coste, Haround Plokov tourne en rond. Devant lui, des lettres, des commandes, des factures que sa secrétaire lui demande de signer. Un de ses fournisseurs lui a raconté au téléphone que le grand froid a considérablement fait souffrir les vignes. Il est un peu tôt pour évaluer les dégâts, mais beaucoup de ceps sont perdus, ce qui compromet les récoltes futures.

Mais ce n'est pas ce qui le préoccupe. Haround Plokov sait que les réserves des caves champenoises peuvent supporter plusieurs mauvaises années. « La vigne, c'est comme le chiendent, lui a expliqué l'autre jour un vieux vigneron optimiste. Ça repousse toujours ! » Depuis trois jours qu'il a eu la visite des « Américains », il ne peut détacher ses pensées de celle qu'on a appelée Pétronille, dont la ressemblance avec Adeline Delprat est frappante.

Haround Plokov est persuadé d'avoir vu sa fille. Depuis son retour du village minier sur les bords de la Lena, le numéro 661 veut oublier son passé, rester un disparu probablement mort. Il a fui Saint-Pétersbourg pour arracher un enfant à la misère et à la crasse. Il s'est installé ici avec Alexandre, et le petit sauvage est devenu un garçon affectueux, curieux de tout et qui ne se plaint jamais. Plokov s'est attaché à cet enfant étranger dont la photo sur son passeport atteste qu'il est son fils.

Va-t-il pouvoir rester Haround Plokov qui a l'avantage de pouvoir s'inventer un passé sans souillures, sans ces faiblesses, ces haines qui l'ont détruit ?

Irma Tarassi vient chercher Alexandre quelques jours après la visite des « Américains ». Le garçon se braque, puis court s'enfermer dans sa chambre à double tour.

— Vous m'avez probablement sauvé la vie en m'avertissant de fuir au plus vite de Saint-Pétersbourg et vous m'avez redonné un petit morceau de famille avec Alexandre, dit Plokov. Je ne sais comment vous en remercier. Je vais pourtant vous demander une nouvelle faveur : laissez-moi votre fils parce que je veux le rendre heureux et que, pour cela, il faut le maintenir éloigné du monde sordide qu'il a connu et d'un père biologique qui ne l'aime pas.

— Vous n'avez pas raison de dire que son père ne l'aime pas. Achille ne le connaît pas, voilà tout, il s'est désintéressé de l'enfant, mais il va bientôt découvrir le jeune homme.

Irma insiste sur les raisons qui la poussent à éloigner Alexandre.

— Si vous tenez à lui, vous devez me laisser l'emmener dans un collège en Suisse où il sera en sécurité. Ceux qui s'en prendront à vous ne feront pas de détail. Ils ont juré d'avoir votre peau, ils peuvent frapper d'un instant à l'autre. Je vous ai sauvé une fois, je voudrais vous sauver une seconde fois : fuyez ! Alexandre ne peut être qu'un boulet pour vous !

— Je ne sais pas de quoi vous parlez. Je n'ai rien à voir avec la politique. Je vends du vin de Champagne et je consacre autant de temps que je peux à un garçon qui m'apporte beaucoup, qui me fait découvrir ce que j'ai ignoré avec mes propres enfants.

— Cessez de jouer avec moi ! insiste Irma. Je vous ai sauvé parce que je ne veux pas que vous mouriez dans un recoin, assassiné comme un malfrat, je veux que vous viviez, Armand Montrémy, parce que votre histoire m'a touchée et qu'elle n'est pas finie. Sachez que vous avez reçu ici une louve sanguinaire en compagnie de votre propre fille. Vous voyez : je suis bien renseignée ! Cette louve est venue renifler sa proie. Elle ne vous fera pas de cadeau. Il faut tenir Alexandre loin de ces remous. Vous resterez son « père » et vous pourrez le voir quand vous voudrez !

— Mais lui ne risque rien. On peut lui trouver un pensionnat à Reims !

— Vous oubliez qu'il est aussi un Plantagrin et peut devenir une monnaie d'échange pour faire céder Achille dont les relations avec le parti dominant tiédissent.

— Alors il va vous suivre. Je m'y engage !

Haround Plokov passe une très mauvaise nuit. Sans Alexandre, sa maison est beaucoup trop grande, trop silencieuse, trop vide. Dans la chambre du garçon, l'avion en cours de construction laissé sur la table à côté du pot de colle attend son retour, comme ce livre ouvert, cette couverture en boule au fond de son lit.

Levé avec le soleil, l'homme sort dans la cour, envahie par une dizaine de caravanes. Ce sont des gitans qui probablement n'ont pas trouvé d'autre endroit pour passer la nuit. Plokov se dit que ces gens-là sont sans gêne et que, désormais, il fermera le portail d'entrée. Il s'approche pour protester. D'une caravane sortent plusieurs gitans au teint sombre, la tête couverte de larges chapeaux noirs. Plokov les salue et leur explique qu'ils ne peuvent pas rester là : des camions vont venir dans la matinée et auront besoin de manœuvrer.

— Monsieur Plokov, bonjour, dit un des gitans qui s'est approché. Nous n'allons pas rester bien longtemps, n'ayez crainte, nous ne gênerons pas vos camions. Notre chef souhaite cependant vous parler.

Il invite Plokov à le suivre vers une longue caravane à l'abri derrière les autres. La porte s'ouvre, Plokov hésite.

— Vous ne risquez rien, Gurval vous attend.

Plokov grimpe lentement les trois marches métalliques. L'intérieur du véhicule est tendu de tissu rouge. Un homme est assis à côté d'une table qui lui sert de bureau, énorme, aussi large que haute. Le volume monstrueux de son corps est noyé dans les plis d'une robe sombre. Plokov, surpris de reconnaître Plantagrin dans ce curieux accoutrement, se tourne malgré lui vers la porte que l'on a fermée de l'extérieur. Plantagrin lui sourit et l'invite à s'asseoir.

— Monsieur Plokov, je suis ravi de vous retrouver dans une situation qui vous fait honneur. Cela vous étonne de me voir dans cette caravane ? Sachez que je suis gitan par ma mère et qu'une ou deux fois par an, je reprends mon nom de Gurval. Alors, je rejoins mes frères et ma famille sur les routes. Un grand bol de liberté avant de retrouver les affaires et mon bureau de Genève.

Plokov se tourne de nouveau vers la porte fermée, jette un regard circulaire autour de lui, comme pour chercher un moyen de fuir. Plantagrin se met à rire.

— N'ayez crainte. Les gens de ma race ont le sens de l'hospitalité et ne s'en prendraient jamais à leur pire ennemi sous leur propre toit. Et vous n'êtes pas mon ennemi, au contraire, nous avons des choses à faire ensemble. Vous avez su vous occuper d'Alexandre qui est en sécurité et que vous retrouverez plus tard. Cet enfant nous unit, vous et moi, et nous n'y pouvons rien. Irma vous a parlé du grave danger qui vous menace. Vous ne semblez pas en avoir conscience !

— Je n'ai pas peur de mes ennemis.

— Vous avez tort ! Ils vous guettent et ne feront pas de quartier.

— Que me voulez-vous ? demande Plokov d'une voix sombre car il n'a pas confiance dans cet obèse qui se place toujours du côté de celui qui va lui rapporter de l'argent.

— Faire la paix avec vous. Nous avons aimé la même femme. Je vous en ai beaucoup voulu et quand je vous ai reconnu à Saint-Pétersbourg, j'ai voulu vous faire disparaître. De la jalousie à retardement. Vous avez profité que je sois en prison pour séduire Adeline. La prison à la place d'un autre... Mais je suis vengé, maintenant, je peux tourner la page.

Plokov redevient Montrémy un bref instant avec sa peur insensée. Il revoit Adeline glissant dans la crevasse et lui, bloqué contre le rocher, terrassé par les claquements de la foudre. Sa lâcheté le mine. Pourquoi donne-t-il l'image rassurante et forte d'un homme de décision alors qu'il n'est que peur stupide ?

— Adeline m'était promise, poursuit Plantagrin. Vous a-t-elle parlé de moi ? Probablement pas, elle aurait accusé ses frères, surtout Lionel, le chef du clan Delprat. Sept ans de prison quand vous êtes innocent, c'est long ! Pendant ce temps, les coupables vivent tranquillement, font des affaires ! Quand vous sortez, celle que vous aimez est avec un autre, alors vous mangez et vous grossissez ! Mais c'est fait : j'ai détruit le clan Delprat. Le meilleur des deux, Marc, est mort après avoir été cocu, Lionel est ruiné, Les Houilles Blanches en faillite. Il a perdu Pétronille, sa nièce et votre fille ! Pétronille, qui vit aux États-Unis et que vous avez vue récemment...

Montrémy croyait avoir tourné la page, pourtant ce qu'il entend lui fait un immense bien qui le rapproche de Plantagrin.

— Maintenant je suis libre de redevenir un homme normal, poursuit l'obèse, c'est-à-dire débarrassé de cette haine qui m'habite depuis si longtemps. C'est très curieux, la haine, ça vous tient, ça vous occupe autant que l'amour et je crois que je vais m'ennuyer !

— En cherchant bien, vous trouverez facilement quelqu'un à haïr !

— Certes, mais pas comme les frères Delprat. Et puis, j'ai envie de vous aider !

Plokov a un sourire incrédule. Plantagrin sourit à son tour, ce qui lui arrive rarement.

— Bien sûr, je n'ai pas l'intention de devenir bon, de faire le bien autour de moi, ce serait la mort de la société Littoral Placements. Mais figurez-vous que mon intérêt, pour une fois, va de pair avec une bonne action.

— Est-ce possible ? s'étonne Plokov qui se dirige vers la porte.

— Ne partez pas avant que je vous aie dit l'essentiel : votre vie est menacée. Les Droits de la Terre vous guettent et vont vous enlever. Vous allez disparaître, retourner au village de travail de la Lena.

— Il y a des lois en France. On ne fait pas disparaître les gens aussi facilement !

— Détrompez-vous ! Personne ne vous réclamera à part vos employés. Il sera facile de les convaincre que vous les avez abandonnés. La police fera une enquête, bien sûr, mais sans beaucoup de zèle. Après tout, les gens sont libres de disparaître, d'aller refaire leur vie ailleurs !

— Que me proposez-vous ?

— Le seul moyen de vous protéger, c'est de me suivre, mes frères gitans et moi !

— Je ne peux pas laisser mon affaire...

— Réfléchissez. Nous allons partir. Voici un

numéro de téléphone. Si vous n'êtes pas mort avant de vous décider, vous pourrez m'appeler. Je vous indiquerai comment me rejoindre. Le seul endroit au monde où vous serez en parfaite sécurité, c'est ici, dans ces caravanes ! Décidez-vous vite, le temps presse.

La Terre est coupée en deux, chaude au sud de l'équateur, froide au nord. En Europe, après un redoux pluvieux de quelques jours au début du mois de janvier, le froid revient par le nord, figeant les eaux stagnantes qui n'avaient pu s'évacuer. D'énormes plaques de glace craquent dans un bruit menaçant, se fendent sous l'effet de leur propre poids. L'électricité est de nouveau coupée dans la plupart des villages isolés. Les lignes de haute tension cèdent sous la glace qui s'accumule sur les câbles.

En Amérique, le redoux attendu ne se produit pas. Les météorologues ont remarqué une alternance, comme un mouvement de balancier entre le vieux et le nouveau continent. Le froid d'un côté correspond souvent à une relative douceur de l'autre. Mais, cette fois, il gèle partout avec de nouveaux records : autour de moins vingt degrés à Paris, moins trente-cinq à New York.

Près du quarantième parallèle, là où s'affrontent les masses d'air remontées du sud et l'air polaire, une frange de neige et de pluie inonde la péninsule Ibérique, le Moyen-Orient, les Açores, les zones côtières ouest des États-Unis, le Mexique. Pendant ce temps, la sécheresse persiste dans une vaste partie centrale du globe, même si les températures restent en dessous de la moyenne. L'Afrique meurt du manque d'eau. Les forages, les usines de dessalage permettent cependant de cultiver légumes et céréales sans aucun moyen mécanique dans les villages de travail. Les zones équatoriales s'assèchent, les rares lambeaux de forêt épargnés par les multinationales du bois meurent du manque d'eau. « Le climat équatorial s'autogénère ! précise Vincent Letellier. Lorsque la forêt, qui a mis des millions d'années à se constituer, couvrait son aire naturelle, la végétation engendrait la pluie qui, à son tour, entretenait la végétation. Il a suffi de moins de cinquante ans pour détruire ce système qui servait de poumon à la planète. L'effet de serre n'est pour rien dans la mort de la forêt équatoriale, seule la cupidité inconsciente des hommes est en cause, mais cette mort favorise l'effet de serre ! »

L'hémisphère Sud rôtit sous un soleil redoutable. Un tel déséquilibre entre les deux moitiés du globe laisse prévoir aux climatologues de nouvelles catastrophes, des mouvements de masses d'air d'une amplitude anormale provoquant une redoutable saison des cyclones.

Toutes ces données, les Droits de la Terre les utilisent pour apeurer les foules et tenter de reprendre leur domination sur les nations récalcitrantes par l'intermédiaire de Clean World. Les médias complaisants dénoncent la mauvaise volonté criminelle des pays riches qui a occasionné le fiasco de la réunion de Versailles d'où ne sont sortis que des textes sans effet.

La peur viscérale d'une nouvelle maladie épidémique se répand au mois de janvier. Tony Lierering en brandit la menace que les médias prennent de plus en plus au sérieux. La peste atypique a montré combien les sociétés modernes étaient sans défense face à la mutation d'un virus ou d'une bactérie qui se répand à la vitesse d'un feu de paille. « Il n'existe aucun moyen fiable pour se prémunir contre un tel fléau ! déclare l'épidémiologiste Étienne Michaurt. Sans parler du risque considérable que la déstabilisation des États nous fait courir de voir s'échapper dans la nature un germe extrêmement meurtrier obtenu en laboratoire et contre lequel nous serions terriblement désarmés. »

Une voiture blanche avec le nom de la société « Nord Autos » écrit en lettres bleues sur les portières s'arrête devant le dépôt des Champagnes Coste. Quatre hommes en descendent et entrent dans les bureaux contigus au vaste bâtiment moderne où des employés rangent des caisses et préparent des colis pour le monde entier. Les quatre hommes demandent à parler à Haround Plokov pour une commande importante qu'ils ne peuvent traiter qu'avec lui. La secrétaire, Mme Martin, leur trouve un air menaçant et les fait patienter dans une salle où une hôtesse leur propose une coupe.

Pendant ce temps, Mme Martin grimpe à l'étage annoncer les visiteurs à Plokov qui regarde la voiture derrière le rideau de sa fenêtre. Il hésite un instant, puis il pianote sur le clavier de son ordinateur et voit alors sur l'écran l'hôtesse offrir un verre aux visiteurs. Il sourit.

— Soyez tranquille, je les connais. Ce sont des clients de marque, faites éclairer les caves.

Plokov les rejoint, les salue avec sa distance habituelle, comme s'ils étaient des clients ordinaires, et leur propose :

— Messieurs, si vous voulez me suivre, je vais vous montrer ce que nous avons de meilleur, les crus les plus rares et les plus chers de Champagne.

— Avec plaisir ! dit l'un d'eux qui se tient devant les autres.

Plokov précède le groupe dans un escalier qui arrive à une porte blindée. Il l'ouvre et fait signe à ses accompagnateurs d'entrer, puis ferme la porte derrière lui. Des lampes disposées sur le plafond de roche nue éclairent des casiers à bouteilles, des tonneaux.

— Ici, ce sont des vins de plus de dix ans de fût qui attendent d'être assemblés pour former la cuvée de prestige de la maison Coste. Ils proviennent des meilleurs terroirs de la montagne de Reims, d'Aÿ-sur-Marne et d'Épernay. Notre œnologue prépare à partir de ces bases des vins d'une grande finesse d'expression, aux bulles très légères formant un délicat cordon.

La visite se poursuit ainsi jusqu'à une pièce taillée dans le rocher où se trouvent une table et plusieurs chaises.

— Il fait frais ! dit l'un des visiteurs en relevant le col de sa veste.

— Huit degrés du début à la fin de l'année, précise Plokov en fermant la porte capitonnée et en invitant ses visiteurs à s'asseoir.

— Voilà, dit un des hommes après un silence,

nous avons accompli notre mission. Grâce à vos indications, Alain et moi sommes entrés dans le camp minier de la Lena où nous avons pu nous cacher et filmer ce qui ne doit pas l'être. Stéphane et Dimitri ont exploré un village de travail au Sénégal. Que ce soit avec les barrières naturelles de la chaleur ou du froid, les fameux « villages » sont construits sur le même schéma, et, chaque fois, on pense aux camps de concentration nazis. Nous avons pu savoir qu'il existe plus de mille endroits semblables où l'on exploite la main-d'œuvre gratuitement et où les exécutions sommaires sont monnaie courante. Des groupes de « volontaires » sont utilisés pour des expérimentations médicamenteuses, pour des essais de vaccin ou, pis, pour tester des souches de microbes infectieux. Ainsi, un groupe d'hommes et de femmes à qui on ne demandait plus aucun travail, nourris avec une certaine recherche, testaient, sans le savoir et dans l'isolement le plus total, la vitesse de propagation d'un bacille de la tuberculose amélioré.

— C'est atterrant ! s'indigne Plokov en laissant tomber ses mains sur la table. Il faut que le monde entier sache ce qui se passe dans ces lieux présentés comme une manière humaine de limiter les flots d'immigration dans les pays riches. Il faut dénoncer cela, inonder Internet de milliers de sites, multiplier les émissions de radio et de télévision pirates, puisque les médias officiels nous refuseront leurs antennes.

— Des films ont été tournés en caméra cachée et prouvent tous ces mauvais traitements.

— Cela demande un peu d'organisation, précise

un des participants qui n'a rien dit jusque-là. Pour Internet, pas de problème, nous disposons d'un logiciel qui crée dix mille sites à la minute. Pas de difficultés non plus pour les télévisions numériques que nous pouvons court-circuiter, mais avant de lancer cette offensive, vous devez vous mettre à l'abri. Les taupes des Droits de la Terre qui évoluent partout, même dans le gouvernement européen fort laxiste, feront vite le rapprochement. Et puis, nous savons que l'ordre de vous neutraliser est venu d'Amérique !

Plokov pense à son entrevue avec Gurval, le gitan, à sa proposition. Il pense aussi à Pétronille qui évolue dans ce milieu sordide des Droits de la Terre. Un pincement lui mord le ventre.

— Ne vous faites pas de souci pour moi. J'ai échappé à huit années de goulag. Je ne redoute pas ces gens. D'ailleurs, ils voudront surtout éviter de faire de moi un martyr.

— S'ils vous tuaient, oui, mais ils s'en garderont bien. Leur spécialité, c'est l'enlèvement.

Plokov se lève, se dirige vers la porte.

— Pour vous rassurer, sachez que la maison Coste va prendre ses congés annuels le 15 janvier pour un mois. Officiellement, je serai à l'île Maurice pour pêcher l'espadon. Mais n'ayez crainte, je n'y serai pas. Profitez-en pour inonder le Net de vos commentaires, de vos photos, des films qui peuvent servir notre cause.

— Vous pouvez nous faire confiance. Cependant si on a besoin de vous contacter...

— Vous vous arrangez à caser dans vos textes, vos commentaires, vos e-mails : « Demain, dès l'aube ».

Je comprendrai et prendrai contact avec le réseau. Cela doit rester un secret absolu entre nous.

Plokov ouvre la porte et, dans la conversation, il n'est plus question que de champagne, de bonnes années et de situation commerciale.

À quelques kilomètres de Salbris, devant le portail de la Pommeraie, l'homme qui descend du camion de livraison est surpris par le vent glacé qui fouette son visage. C'est donc là que vit et se cache le président déchu Georges Moduhi protégé de ses ennemis par une nationalité française qui lui évite l'expulsion ! Avec l'argent qui lui restait et le RMI, seule aide à laquelle il ait droit, Bernard Chaurrit a passé un peu plus d'une semaine dans le village voisin pour tenter de glaner des renseignements à propos des étrangers de la Pommeraie. Il n'a rien pu savoir, à part que ces gens vivent en dehors de la communauté, qu'ils se servent très peu chez les commerçants locaux, faisant venir de Paris tout ce qui leur est nécessaire. Personne ne sait rien sur l'épouse blanche du président Moduhi.

Malgré le retour du froid, Bernard Chaurrit a exploré les environs de la propriété, inspecté le haut grillage muni de dispositifs d'alarme qui l'entoure et compris qu'il ne peut pénétrer à l'intérieur que par la grande porte, ce qui limite son action en l'obligeant à réussir du premier coup. Cet après-midi, après avoir vainement tenté de joindre Moduhi au téléphone, il se décide à passer à l'action.

Une fois devant le grand portail fermé, il pense aux poissons coffres qui se gonflent en hérissant leur peau d'une multitude d'épines pour paraître plus impressionnants. Ce qui réussit chez les poissons peut aussi réussir chez les hommes. Son regard est attiré par un morceau de branche aux formes particulières sur le bord de la route.

— Tiens, dit-il en souriant, avec ce coude, ce bout de bois ressemble aux pistolets de mon enfance !

Il sourit, enfonce le faux pistolet dans sa poche et sonne.

— Bernard Chaurrit ! annonce-t-il. Je suis de retour d'Afrique et j'ai besoin de parler au président pour des affaires le concernant.

Pas de réponse immédiate : le portier se renseigne. Chaurrit grelotte dans ses vêtements trop légers pour un froid excessif auquel il n'est pas habitué. Une porte latérale s'ouvre enfin, le grand Honoré Hyounké, toujours filiforme, avec son regard d'animal de trait, s'étonne :

— Vous, monsieur Chaurrit ? Je ne m'attendais pas à vous retrouver ici. Mais d'où venez-vous ?

— D'Afrique ! La situation est très compliquée là-bas. J'ai des informations de la plus haute importance à communiquer au président Moduhi.

— Le président a décidé de ne plus s'occuper de politique et souhaite vivre désormais dans sa paisible retraite de Sologne. L'Afrique ne l'intéresse plus.

« Il a flairé la combine ! pense Chaurrit. Ce Hyounké, sous des apparences de chien fidèle, ne se laisse pas rouler. Je me dois de l'appâter et en même temps de le menacer. N'oublions pas le poisson coffre ! »

— Je me doute qu'après avoir subi l'ingratitude

de son pays le président souhaite rester en retrait, ajoute Chaurrit. Pourtant je me dois de l'avertir de certaines menaces. Pour avoir compris les objectifs criminels de ses adversaires, le président s'est fait beaucoup d'ennemis. Mais sa popularité est restée grande chez les pauvres qui sont les plus nombreux et n'attendent qu'un chef pour se révolter car ils détestent le gouvernement actuel qui prend ses ordres de Clean World.

— Que voulez-vous dire au président ?

« Il a mordu à l'hameçon, pense encore Chaurrit. Pour le ferrer, il faut jouer la sincérité, et je sais mentir avec conviction depuis mon plus jeune âge ! »

— Le président et moi avons les mêmes intérêts. Je crois savoir qu'il a laissé dans ce pays une grosse partie de sa fortune personnelle. Moi, j'y ai laissé mon affaire avec des livraisons de camions, de pompes, d'usine de dessalage de l'eau de mer qui ne m'ont jamais été payées et qui m'ont conduit à la faillite. Je veux donc récupérer mon bien. J'ai pu m'entendre avec des mercenaires et des marchands d'armes.

— Une telle opération n'a aucune chance de réussir à cause du traité de Philadelphie qui permet l'intervention de pays membres dans un pays dissident, surtout en Afrique où rien ne se passe comme ailleurs ! répond Hyounké. Vous pensez bien que les pays qui ont combattu le président Moduhi ne vont pas se laisser faire !

Chaurrit éclate de rire.

— Cela se voit que vous avez quitté l'Afrique depuis deux ans. La communauté internationale se contrefout de la politique tant qu'elle a la mainmise sur les ressources naturelles. Les autorités internationales ne sont pas intervenues au Tchad et en Centrafrique. Elles laissent faire les factions qui s'entretuent et s'affaiblissent mutuellement de jour en jour, cela les arrange. Désormais le fruit est mûr, ainsi, une armée de mercenaires pourrait remettre le président en place. Le peuple n'attend qu'un signe de sa part pour se révolter contre Nubg'Huen. C'est pour cela qu'on va chercher à tuer prochainement Georges Moduhi. Je vous en conjure, avertissez-le, il faut que je lui parle.

— Vous dites qu'on va chercher à le tuer ? Bon, entrez. Je vais voir le président. Je vous fais apporter une boisson chaude en attendant !

« Cette fois, je le tiens ! pense Chaurrit. Ce que je lui ai dit est vrai et il le sait. Ses espions l'ont sûrement informé que le peuple est prêt à se soulever, que le pouvoir risque de changer de main sans que la communauté internationale intervienne. Ce qui lui manque, ce sont les armes que je lui ai promises et que je n'ai pas ! Qu'importe, je suis dans la place ! À moi de faire assez de bruit pour que Ghislaine m'entende, car je suppose qu'il ne va pas me permettre de la voir. À moins qu'en jouant encore au poisson coffre, je ne réussisse à l'impressionner... »

Il boit le café bouillant que lui a apporté une charmante servante quand Hyounké l'invite à le suivre dans le bureau du président qui l'accueille à bras ouverts. Moduhi n'a pas changé depuis leur dernière entrevue, toujours aussi gras, aussi sûr de lui.

— Mon cher ! Quel bonheur de vous retrouver et en bonne santé, quoique amaigri. Je suppose que c'est le climat africain qui ne vous convient pas. Pour moi, c'est celui de la Sologne qui me maintient dans un état de léthargie constante. Et puis ce froid, ce n'est pas supportable pour un Africain. Je suppose que vous souhaitez avoir des nouvelles de mon adorable épouse ? Elle va très bien, grâce à Dieu ! Mais vous ne pourrez pas la voir car elle est à Paris pour faire les boutiques ! Il faut dire qu'ici les distractions sont plutôt rares. Vous dites que Nubg'Huen qui a bénéficié du soutien de l'Amérique et de l'Europe est rejeté par le peuple ? Cela ne m'étonne pas.

Chaurrit, qui s'y connaît en fourberie, n'est pas étonné que Mobuhi lui parle de la sorte. « Dire que tu as essayé de me tuer et que tu me fais autant de courbettes ! C'est que tu comptes vraiment sur moi ! »

— Vous avez votre réseau de renseignement, je suppose, fait Chaurrit. Donc, vous savez combien vous êtes attendu.

— Oui, certainement, mais cela ne peut pas se faire sans aide extérieure...

— C'est cela que je viens vous proposer. Si vous êtes d'accord, je peux vous mettre en contact avec un marchand d'armes, un ami qui vous fournira aussi des mercenaires. Une révolte clefs en main ! C'est un spécialiste qui a déjà travaillé avec succès en Asie et en Europe centrale...

— Volontiers, mais vous comprenez que je souhaite beaucoup de discrétion. On se retrouve à Paris ?

— Laissez-moi un numéro de téléphone. Je vous appelle directement et discrètement dans un jour ou deux pour plus de précisions, ajoute Bernard Chaurrit qui s'apprête à s'en aller.

— C'est entendu !

L'entretien est terminé et Chaurrit n'a rien obtenu. Doit-il attendre quelques jours pour mettre Moduhi en confiance ? Impossible, il n'a plus un sou en poche et doit tenter le tout pour le tout. Devant la porte ouverte, il remonte le col de son manteau.

— J'ai oublié mon écharpe ! dit-il en passant précipitamment devant Hyounké et en courant à l'intérieur de la maison.

— Revenez ! Monsieur Chaurrit, je vais aller la chercher, votre écharpe !

Chaurrit fit irruption dans bureau de Moduhi qui se dresse, prêt à protester. Profitant de l'effet de surprise, il passe derrière le président déchu, le maîtrise d'un bras ferme serré au cou, et lui plante dans le dos le morceau de bois ramassé à l'entrée du parc.

— Je sais que Ghislaine n'est pas à Paris, qu'elle est ici et que vous la retenez séquestrée. Vous sentez le canon de mon revolver. Faites-la appeler sinon vous êtes mort.

— Qu'est-ce qui vous prend, Chaurrit ! Vous êtes devenu fou ?

— J'ai moins à perdre que vous. Si je vous tue, la diplomatie internationale s'en réjouira. Faites venir Ghislaine tout de suite.

Hyounké arrive, confus d'avoir laissé filer le

visiteur, s'arrête à la porte en voyant que son patron est menacé, regarde autour de lui pour trouver un moyen de le secourir.

— Va chercher Ghislaine, je veux m'assurer qu'elle est en bonne santé ! ordonne Chaurrit. N'appelle surtout pas la police, je n'ai rien à perdre et ton patron sera mort avant que les forces de l'ordre n'entrent dans la propriété !

— Je vous ai dit que Ghislaine est à Paris, en train de faire les boutiques ! répète Moduhi d'une voix étranglée.

— Eh bien, nous attendrons qu'elle revienne.

— Bon, transige Moduhi. Hyounké, allez voir si elle est revenue.

— Je veux aussi, devant le portail, une voiture avec ses papiers dans la boîte à gants. Je commence à être nerveux. Il ne faudrait pas qu'il arrive un accident, car ce serait officiellement un accident. Je vous l'ai dit : votre mort arrangerait beaucoup de monde, j'ai pris mes précautions.

— Fais ce qu'il dit ! ordonne Moduhi à Hyounké. Je vous en supplie, ne me tuez pas !

— J'attends de voir Ghislaine, ensuite, je déciderai.

Des pas se rapprochent. Ghislaine entre, le visage bouffi, mal coiffée, vieillie. Ses vêtements sont fripés et sales. Elle se tourne vers Hyounké, reste un moment sans comprendre, puis lève sur son ami des yeux résignés très fatigués.

— La voiture, insiste Chaurrit sans relâcher son crochet, en obligeant Moduhi à marcher. Vite ou j'appuie sur la détente...

— Fais vite ! crie Moduhi à Hyounké. Ce fou est capable de me tuer !

On entend le bruit d'un moteur à l'extérieur. Chaurrit enfonce le canon de sa prétendue arme dans le dos de Moduhi et ordonne à Hyounké de marcher devant, d'ouvrir les portes et de demander au restant du personnel qui s'est rassemblé dans le couloir d'entrer dans une pièce dont il fermera la porte à clef. Ghislaine n'a toujours pas dit un seul mot. Ils sortent ainsi devant la porte, près de la voiture dont le moteur tourne.

— Monte, Ghislaine.

La jeune femme obéit comme une automate. Chaurrit, tenant toujours en respect Moduhi, s'approche de la portière ouverte du conducteur.

— Vous n'irez pas loin, dit le président. Je vais porter plainte pour vol de voiture.

Alors Ghislaine se réveille, retrouve ses esprits face à son tortionnaire. Elle s'anime et crie :

— Faites bien attention ! menace-t-elle. Maintenant tout le monde va savoir l'horrible chantage que vous avez exercé sur moi et les conditions de ma séquestration. Vous feriez mieux de vous taire, car un seul coup de téléphone de ma part suffira à avertir la presse et le monde entier !

Elle claque la portière, Chaurrit s'assoit au volant et démarre en trombe. Ils partent ainsi à travers la campagne sans un mot. Chaurrit surveille la route dans son rétroviseur : personne ne les suit, c'est un premier pas vers la liberté. Ghislaine découvre le morceau de bois à qui elle doit sa libération et sourit.

— Cela fait deux ans que j'attendais ce moment, dit-elle d'une voix lasse.

— Il faut parfois oser ! répond Chaurrit en riant. Maintenant, le plus difficile commence, car je n'ai plus un sou en poche !

Depuis un peu plus d'un mois, Renaud Montrémy vit à Bordeaux. Il se donne entièrement à sa mission de mouchard qui consiste à avertir Luc Montré de ce qui se passe dans ce bureau d'Aquitaine. Il découvre très vite que les responsables des Droits de la Terre du Sud-Ouest ont tendance à harmoniser les grands principes du mouvement avec leurs intérêts. Renaud a constaté qu'ils ferment les yeux sur le braconnage qui sévit sur tout le littoral : surpêche aux filets des poissons migrateurs, saumons, truites de mer et surtout civelles, ces jeunes anguilles qui se revendent au prix de l'or. Renaud a reproché à Paul Barthon de tolérer ces prélèvements dans le milieu naturel aussi graves que la production de gaz à effet de serre :

— Les animaux sauvages comme les végétaux font partie de la Terre, de son évolution et leur manquer de respect revient à souiller la planète tout entière ! tonne Renaud. Cette attitude égocentrique est hautement condamnable. Toutes les ressources doivent être d'abord évaluées et ensuite réparties équitablement sans porter préjudice à l'équilibre naturel de l'ensemble.

Barthon se met à rire et demande au « Parisien »

de ne pas se mêler de ses affaires. La mentalité locale exige de tels arrangements, personne n'y peut rien !

Renaud a ensuite constaté le laxisme des Droits de la Terre vis-à-vis des vignerons qui, en dépit des lois de Clean World, continuent d'utiliser des produits hautement toxiques. Une fois de plus, Barthon lui oppose les mentalités locales qu'on ne peut pas changer du jour au lendemain.

Ce laxisme déjà rencontré dans le Midi choque le jeune Savoyard. La douceur du climat, la facilité de la vie incitent au laisser-aller. La nature, plus généreuse qu'ailleurs, pardonne beaucoup aux hommes. Renaud profite de plusieurs réunions pour expliquer que les tempêtes des années passées sont dues aux excès humains, à une accumulation d'erreurs. Il se fait traiter de « fadar » et d'illuminé. Ses menaces de dénoncer de tels agissements aux autorités nationales qui les sanctionneront provoquent l'hilarité générale.

Il se donne à sa mission avec tant de bonne volonté qu'il ne pense plus aux anciens démons et en oublie la guitare. De Paris, Montré l'encourage à poursuivre son travail « de nettoyage ». Il lui promet en récompense une place de choix dans le bureau national et le pousse à s'opposer aux puissants lobbies du Sud-Ouest en espérant qu'il va se ramasser un mauvais coup.

Car Montré se méfie de ce fils de bourgeois qui bénéficie d'appuis en haut lieu. Excessif, poussé par un besoin viscéral de se mettre en avant, de se montrer, Renaud peut être dangereux par son sens du discours et ses propos parfois inspirés. Ainsi, lors du sommet européen de Clean World à Versailles, le responsable français des Droits de la Terre a prié le jeune homme de rester sagement à Bordeaux. Il ne voulait surtout pas que le Montrémy des Eaux Saint-Jean rencontre Albane Morenceau qui le lui a recommandé.

À la mi-janvier, la presse ne parle que de ça. Cette fois, c'est la bonne : Cellia Correti annonce qu'elle va donner trois concerts exceptionnels à la fin du mois à Paris. Ce retour sur les scènes internationales, préparé dans le secret depuis de longs mois, fait l'effet d'une bombe.

Les millions de fans demandent alors de voir la chanteuse, de l'entendre, d'avoir des précisions sur sa santé. Les sites Internet d'opposition précisent qu'elle a été punie de deux longues années d'absence pour s'être élevée contre les Droits de la Terre, d'autres qui semblent plus crédibles parlent d'un cancer qu'elle aurait enfin réussi à vaincre. Cellia apparaît sur les écrans, le visage maigre et pâle, un sourire triste aux lèvres. Elle rassure ses amis du monde entier en ces termes : « Je vous remercie de vous préoccuper de ma santé. Je vais bien. Votre réaction me va droit au cœur et me réconforte. J'ai repris le travail depuis six mois pour préparer mon prochain tour de chant et un album. Je vous donne rendez-vous à Paris dans quelques jours. »

Renaud a enregistré la prestation de Cellia et la regarde plusieurs fois pour s'en repaître, pour faire coïncider cette image avec son souvenir. Cellia n'est plus la même. Son regard a pris de la profondeur ;

le jeune homme a connu une jeune fille encore adolescente, il retrouve une femme avec une vie dont il est absent. A-t-elle un homme dans sa vie ? La *Chanson pour Renaud* indiquerait le contraire, mais comment une vedette adulée aurait-elle pu rester insensible aussi longtemps aux nombreux hommes qui lui ont fait la cour ? « Je vais aller la voir ! » se dit-il.

Le travail ne manque pas à Bordeaux. Pourtant, il décide de se rendre à Paris durant les quelques jours où Cellia s'y trouvera. Il en parle à Luc Montré qui se moque de lui :

— Elle ne pense plus à toi depuis longtemps. Si tu veux me croire, oublie cette femme et consacre-toi à la seule chose qui vaille la peine : ta mission en Aquitaine !

— C'est pour moi essentiel, insiste Renaud. Tu as sûrement raison, mais il faut que je m'en rende compte par moi-même. Après seulement, je pourrai passer à autre chose et regarder l'avenir sans penser au passé.

Montré accepte de le libérer pendant les trois jours de concert. La perspective de rencontrer Cellia occupe entièrement le guitariste qui multiplie les messages sur son site Internet, mais n'obtient aucune réponse. « C'est normal, pense-t-il. Elle doit avoir chaque jour des dizaines de milliers de messages analogues au mien. Je ne suis pas le seul Renaud du monde, mais je suis le seul à ne pas être un imposteur. »

Avant son départ pour Paris, Renaud accepte l'invitation de Bernard Santtiet, adjoint au maire d'un village voisin de Bordeaux et membre des Droits de la Terre. Santtiet habite une grande maison blanche sur la côte landaise toujours ventée. C'est un farouche opposant à la caste dominante bordelaise, cette « aristocratie du bouchon » qui veut tout dominer et n'accepte que les lois qui la servent.

— Ces gens ne voient pas plus loin que le bout de leur nez. Ils produisent des vins de qualité, c'est vrai, mais ce n'est pas une raison pour étouffer la terre avec leurs cordons de ceps. Il est temps de redonner à la nature ce qui lui revient !

Santtiet a une soixantaine d'années. Jeune retraité de l'administration pénitentiaire, il a conservé un corps de sportif, une force qui en impose. Près de lui, Renaud se sent en infériorité, mais ce qui le révoltait auprès de son père est acceptable avec cet étranger à son enfance.

Renaud a apporté sa guitare, un modèle de facture courante qui n'a pas les ressources de sa première guitare, une Franck Cheval cédée pour deux sachets de poudre, de quoi tenir une petite semaine.

Sa musique séduit tout le monde ; il se retrouve, une fois de plus, devant son rêve inabouti. Avec la musique, Renaud brille, étincelle ; c'est lui qu'on regarde et qu'on admire pour lui-même, pour son talent, pour ce qu'il sait faire alors que le permanent des Droits de la Terre est toujours contesté. Il se dit une fois de plus qu'il a choisi la facilité.

— C'est formidable ! s'exclame Julie, étudiante en droit à la faculté de Bordeaux et qui se destine au barreau. Vous avez beaucoup de talent. Vous pourriez en faire votre métier !

— J'aurais pu, précise Renaud en soupirant. Mais la musique, comme le sport de haut niveau, demande un entraînement quotidien et beaucoup de sacrifices. Il est désormais trop tard. Et puis la musique reste futile quand la Terre est en danger !

Renaud se rend à Paris avec la certitude que sa vie va changer. À son arrivée à la gare Montparnasse, il ne prend pas le temps d'aller saluer Luc Montré. Il a réservé une chambre d'hôtel à côté de la salle de concert et attend dans une impatience extrême l'heure du spectacle. Comment va-t-il faire pour approcher Cellia, pour lui parler ? Sa place au premier rang suffira-t-elle pour qu'elle le remarque ?

Il se demande si la chanteuse est arrivée. « Telle que je la connais, elle ne va pas monter sur scène sans une répétition pour se familiariser avec les lieux ! »

Malgré le froid intense, une foule compacte est déjà rassemblée devant l'entrée de la salle de spectacle. En jouant des coudes, Renaud se hisse au premier rang. Le jeune homme est finalement content d'avoir fait jouer ses relations : la place qu'il occupe se trouve exactement en face de la scène, à l'endroit le plus visible de la chanteuse. Il attend, fébrile, le corps parcouru de tremblements glacés. Revoir Cellia, c'est renouer avec un passé dont il veut oublier certains aspects, mais qui le remet dans la peau du jeune musicien doué qu'il a cessé d'être. Il aurait fallu si peu de chose pour qu'il soit ce soir non pas du côté des spectateurs, mais près de la vedette internationale.

La première partie lui semble interminable avec

ses chanteurs de deuxième catégorie, des débutants qui feront peut-être une carrière mais qu'il n'a pas la patience d'écouter. À mesure que le temps passe, Renaud sent son cœur battre à se rompre. Il retient son souffle, comme l'assistance silencieuse lorsque le présentateur en costume blanc annonce Cellia Correti.

Quand la silhouette grêle de la jeune femme apparaît dans le halo des projecteurs, la foule se lève dans un silence qui est le plus grand des hommages. Elle est là, enfin, devant Renaud, à quelques mètres ! Cellia qui l'avait invité à fuir avec elle parce qu'elle croyait en son talent, Cellia, la fille pauvre de la banlieue lyonnaise, adulée par des milliers de gens, et lui, Renaud, le fils de bonne famille du côté des admirateurs, des anonymes. Tout cela à cause de la drogue, du refus de se regarder tel qu'il était et d'affronter son seul ennemi : lui-même.

À présent, la foule applaudit longuement, lance des bouquets de fleurs, Cellia parcourt du regard ces milliers de visages qui lui expriment leur amour. À cet instant, la petite fille d'une banlieue défavorisée mesure son pouvoir. Tant de popularité sur ses frêles épaules la met en face de sa faiblesse. Ils la croient forte, capable de vaincre la pire des maladies, ils la croient heureuse car riche et aimée, mais ils se trompent ; ils ne savent rien de celle qui se cache derrière l'image que les médias ont fabriquée. Cellia sourit, remercie et envoie des baisers de la main. L'accueil de son public l'émeut au-delà de tout. Elle tend les mains pour réclamer le silence. Les projecteurs éclairent l'orchestre. Au premier rang, un guitariste fait sonner les premiers accords d'un instrument dont Renaud remarque la qualité. « Ce devrait être moi ! se dit-il avec amertume. La porte s'est ouverte, je n'ai pas su la franchir, elle ne s'ouvrira plus ! »

Les applaudissements couvrent la musique. Cellia attend un instant puis remercie le public, exprime sa gratitude envers ceux qui l'ont soutenue pendant la dure épreuve qu'elle a traversée.

Elle interprète plusieurs de ses anciens succès que la foule chante avec elle. La communion est intense et magique. Des bras se lèvent au-dessus des têtes tenant des briquets allumés qui expriment la ferveur. Cellia est émue, sa voix en est plus chaude, plus touchante encore.

Enfin les spectateurs scandent : « La *Chanson pour Renaud* ! » Cellia sourit pendant que les musiciens jouent les premières mesures. Renaud n'y tient plus, il se lève de son siège à plusieurs reprises en faisant des signes à la chanteuse quand un responsable du service d'ordre vient lui signifier de se tenir tranquille sinon il sera expulsé. Cellia l'a remarqué, il en est certain puisque maintenant son regard s'arrête sur lui pendant qu'elle chante.

À la fin du spectacle, après avoir été rappelée plusieurs fois, Cellia sort du halo des projecteurs, le rideau se ferme. Renaud se faufile dans la foule, joue encore des coudes et réussit à sortir dans les premiers. Malgré le froid intense, de nombreux admirateurs attendent sur le trottoir près d'une limousine protégée par un cordon de policiers. Renaud se faufile jusqu'aux vigiles qui retiennent les gens à quelques mètres de la porte par laquelle Cellia doit sortir.

— Je suis Renaud, le Renaud de la chanson.

— Circulez, fait un garde. Vous êtes le centième Renaud qu'on voit ce soir.

— Je vous dis que je suis le Renaud de la chanson. Faites-moi le plaisir de passer ce mot à Cellia. Si elle apprend un jour que vous m'avez éconduit, elle vous en voudra toute sa vie !

À cet instant, Cellia sort du théâtre, vêtue d'un épais manteau de fourrure blanc, d'une toque et de larges lunettes sombres qui cachent une partie de son visage. Les admirateurs retenus par les barrières et le service d'ordre tendent leurs programmes pour un autographe. Le garde donne le message de Renaud à un homme qui éclate d'un grand rire. Cellia le questionne quand elle voit le papier sur lequel est écrit en grosses lettres : « Je suis Renaud Montrémy. Je reviens de très loin. »

Sans montrer sa surprise, Cellia ôte ses lunettes et signe des autographes. Enfin ses yeux s'arrêtent sur Renaud, y restent accrochés. Cette fois, elle le reconnaît.

— Voyons, Cellia, monte dans la voiture, tu vois bien que le service d'ordre est débordé ! dit l'homme qui l'accompagne. Ces fous vont renverser les barrières.

Elle s'approche de Renaud, très grave, les yeux toujours plantés dans les siens. Pour elle non plus, le passé n'est pas mort ; il gomme les centaines d'admirateurs qui se bousculent, se battent pour l'approcher.

— C'est bien toi ! constate-t-elle.

Elle se tourne vers le public, signe encore plusieurs autographes et dit au jeune homme :

— Reste ici. Quelqu'un va venir te chercher.

Elle monte dans la voiture qui s'éloigne lentement, suivie par une foule que le service d'ordre ne peut plus contenir. Renaud sent les piqûres du froid, mais il ne bouge pas. Il savoure un bonheur total. Avec ces retrouvailles, sa vie recommence où il l'a laissée dix ans plus tôt alors que Cellia et lui allaient acheter une guitare...

La foule s'est dissipée. Le jeune homme reste seul près des barrières en guettant les voitures qui passent. Il grelotte malgré son gros manteau. Une Mercedes s'arrête à sa hauteur ; au volant, l'homme qui était tout à l'heure avec Cellia lui fait signe de monter.

— Elle vous attend, dit-il d'une voix sombre. Je ne sais pas qui vous êtes, mais je dois vous avertir, Cellia est fragile. Je ne vous laisserai pas la perturber.

— Nous avons fait nos débuts ensemble. Je suis le Renaud de sa chanson, elle croyait beaucoup en moi.

— Et qu'êtes-vous devenu ?

— Je fais de la politique. Je suis un permanent des Droits de la Terre pour le grand Sud-Ouest, de Poitiers aux Pyrénées.

— Ah bon ! fait l'homme qui s'arrête place Vendôme devant le Ritz. Elle vous attend au bar.

Renaud descend du véhicule, entre dans l'hôtel, se fait indiquer le bar où il trouve Cellia dans un coin discret. Il s'approche, intimidé malgré lui. La jeune femme le regarde longuement, lui sourit et l'invite à prendre place en face de lui.

— Te voilà donc ! Je n'espérais plus te revoir, je te croyais mort.

— Eh bien non. Je ne suis pas mort et je me suis débarrassé de toutes mes mauvaises habitudes.

— C'est bien ! Et la guitare ?

— J'ai un peu perdu. Je suis resté plusieurs années sans jouer. Je m'y suis remis, je vais vite retrouver mon ancien niveau.

— Tu avais beaucoup de talent. On aurait pu faire carrière tous les deux, mais tu l'as voulu autrement. Si tu étais resté, nous serions sûrement encore ensemble !

— Mais on peut tout reprendre à zéro, insiste Renaud qui commence à comprendre l'attitude réservée de Cellia.

— Non, ce n'est plus possible. Maintenant, le public a l'habitude de me voir seule, il ne comprendrait pas. Au mieux, je peux te prendre dans mon orchestre, tu pourras composer pour moi, mais ce ne sera pas pareil. Tu ne m'as pas dit ce que tu faisais.

Il éprouve le besoin de se hausser, de jouer l'homme d'action et il ment :

— Je suis responsable de la section Sud-Ouest des Droits de la Terre.

Cellia pince les lèvres et lève des yeux durs sur Renaud. Elle a un geste de recul, comme si elle voulait s'en aller.

— Tu fais ça ?

— Oui. Je pense vraiment que seuls les Droits de la Terre peuvent sauver la situation mondiale et remettre un peu d'ordre sur cette planète malade.

— Alors on n'a plus rien à se dire !

Cellia se lève, demande au barman d'inscrire sa consommation et celle de Renaud sur sa note. Renaud la rattrape.

— Mais qu'est-ce qui te prend ?

— Rien, je ne veux plus te parler, voilà tout !

— Nous voici à Annecy. Nous serons chez ta mère dans moins de deux heures, dit Chaurrit en riant. J'ai tenté le tout pour le tout et ça a réussi !

— Tu ne crains pas que Moduhi avertisse la police ?

— Il s'en gardera bien et, tel que je le connais, ton mari se terre dans sa propriété. Peut-être va-t-il demander, en tant que citoyen français, l'asile politique à un pays d'Amérique du Sud où il attendra que les choses se calment pour lui. Il sait que je risque de parler, que tu peux aussi l'accuser de séquestration, de chantage !

— Je peux l'accuser de tous les maux de la Terre. C'est un infect personnage, une bête visqueuse et repoussante. J'étais en enfer.

— Il paiera un jour ! affirme Chaurrit. De mon côté, j'ai cru que c'était la fin du monde, que l'Humanité avait sombré en enfer. Il a fallu que je réussisse à m'évader pour comprendre que tout espoir n'était pas perdu. Mais qu'est-ce qui te prend, tu pleures ?

Ghislaine sanglote, fouille dans ses poches, mais ne trouve pas de mouchoir. À la Pommeraie, on n'avait aucun égard pour la femme de Moduhi. Les domestiques étaient mieux traités qu'elle.

— Pardonne-moi, je n'en peux plus. On m'a embarquée de force dans l'avion, puis une fois en France, ou j'acceptais de l'épouser, donc de lui donner la nationalité française, ou tu étais exécuté. Le jour du mariage, tes gardiens avaient ordre de te supprimer si Moduhi n'avait pas appelé à trois heures de l'après-midi. Pendant la réception qui a suivi la cérémonie, il buvait tellement que je redoutais qu'il refuse. D'ailleurs j'avais dit oui à cette mascarade sordide, pourquoi aurait-il tenu sa promesse ? Bref, il a appelé à trois heures et deux minutes. Tu es là !

Bernard Chaurrit ne dit rien durant un long moment. Le bruit régulier du moteur est entrecoupé des sanglots de Ghislaine. D'un geste spontané, il lui prend la main.

— Tout cela est fini. Tu n'as plus rien à craindre. Nous allons porter plainte contre cet ignoble personnage.

Ghislaine se tait, se replie sur elle-même. Il faut qu'elle laisse aller le flot de ses paroles et de ses larmes, il faut qu'elle se vide de toute cette boue accumulée, cet enfer de deux longues années à la Pommeraie.

— Je pue ! dit-elle. C'est horrible cette odeur qui me retourne l'estomac.

— Calme-toi. Tout va s'arranger maintenant.

Mais Ghislaine ne peut plus s'arrêter.

— Tu ne peux pas savoir ce que j'ai enduré ! Mon corps est sali à jamais. Il gardera toute ma vie les miasmes de ce porc. Plus jamais je ne pourrai être une femme comme les autres. À toi je peux le dire parce que tu es mon ami.

— Je te jure que je le retrouverai, que tu auras ta revanche !

— À quoi bon, le mal est fait.

— Sans ta mère, tu serais encore là-bas. C'est elle que j'ai appelée et qui m'a dit que je devais aller te chercher.

Ghislaine renifle et sourit. Sa mère dont elle doutait de l'amour, sa mère qui, à travers des propos d'une grande banalité, a entendu son appel de détresse ! Elle n'était donc pas seule, abandonnée de tous dans sa prison d'un autre temps ! La route qui passait derrière le grillage était souvent fréquentée par des promeneurs, mais comment leur faire signe derrière une fenêtre toujours fermée ? Quand elle n'était pas sage, quand elle se rebellait, Moduhi l'enfermait à la cave comme les mauvais enfants ou lui faisait subir des sévices dont elle ne peut pas parler car la honte l'écrase. Qui, au-delà du lourd portail de fer muni d'alarmes, aurait pu se douter que l'épouse du président Moduhi qu'on a vue en photo dans les journaux le jour de son mariage était traitée en esclave au cœur de la France ? Personne sauf une petite vieille femme que tout ce clinquant effrayait et qui a su regarder sa fille avec son cœur !

Ils arrivent enfin au petit hameau à flanc de montagne. Dans les phares, Ghislaine reconnaît la maison de ses voisins, les Borrelin, dont Amélie était son amie d'enfance. Des chiens aboient, des bruits qui redeviennent tout à coup ordinaires et qui avaient, à la Pommeraie, un tout autre sens.

Combien de fois Ghislaine a-t-elle été menacée par les molosses de Moduhi ? Ici, au contraire, ces aboiements deviennent signes d'accueil, de bienvenue.

La voiture s'arrête dans la cour ; les phares éclairent l'entrée allumée. Quand Ghislaine ouvre la portière, le froid la frappe au visage, dur comme un mur, la paralyse. Elle marche vers la porte et s'étonne de ne pas voir la petite silhouette sombre de sa mère dans la lumière. Elle frappe, personne ne lui répond. La porte n'est pas fermée à clef, elle entre. La petite pièce éclairée qui sert de cuisine et de pièce à vivre est déserte. La chaise au petit coussin bleu où Marie s'assoit pour lire est à sa place avec le livre ouvert posé sur le bord de la table.

— Maman !

Aucune réponse. Il fait très froid, le feu n'a pas été allumé dans la cuisinière, le chauffage doit être en panne. Bernard Chaurrit entre, engoncé dans son manteau trop léger. Ghislaine lui adresse un regard interrogateur, traverse la pièce, pousse une porte qui donne sur la chambre, appuie sur le bouton de la lumière. Sa mère est là, qui grelotte dans son lit. Sur la table de nuit, un dentier est posé dans un verre.

— Maman, qu'est-ce qui t'arrive ?

Marie tourne vers Ghislaine un regard vitreux, elle veut parler, son menton bouge, mais aucun son ne sort de sa bouche édentée.

— Maman ! répète Ghislaine en se précipitant.

La vieille femme remue encore les lèvres, comme

si elle parlait. Ses yeux s'ouvrent lentement puis se referment.

— Faut appeler un médecin !

— Mieux vaut bien la couvrir et la conduire aux urgences à Chambéry.

Un froid pénétrant engourdit Bernard et Ghislaine. En claquant des dents, la jeune femme cherche des couvertures dans l'armoire, emmaillote le corps gelé de Marie. Bernard Chaurrit prend la malade à bras-le-corps et va l'installer sur la banquette arrière de la voiture. Ghislaine cherche le gros sac à main où sont rangés les papiers de Sécurité sociale, la carte d'identité, bref tout ce qui est nécessaire pour une hospitalisation d'urgence.

— Dépêchons-nous ! dit Chaurrit en s'asseyant au volant.

Il démarre le moteur, met le chauffage à fond. Ghislaine éteint les lumières de la maison et vient s'asseoir à côté de sa mère. Tandis que la voiture reprend la route, elle pose sa main sur le front brûlant.

— Ne t'en fais pas ! murmure-t-elle. On va te soigner. On te conduit à l'hôpital.

Ghislaine sent dans sa main l'esquisse d'une dénégation.

— Mais si ! Tu as eu un coup de froid, c'est tout ! Et puis, je ne veux plus que tu restes seule ici, je te prendrai avec moi !

Ghislaine pense alors à son propre dénuement. Comment pourra-t-elle prendre sa mère avec elle alors qu'elle n'a pas d'appartement, pas de situation et pas un sou ? Il est loin le temps doré de la Mondass Ingénierie ! À cette époque, Bernard Chaurrit était tout en rondeurs.

Ils roulent à bonne allure, le chauffage maintient une température élevée dans l'habitacle. Marie ne tremble plus.

— On va te soigner ! répète Ghislaine.

— C'est la fin, je le sens, murmure enfin la vieille femme d'une voix tremblante. Mais tu es revenue, je peux partir soulagée.

— Je te dis que tu vas guérir ! insiste Ghislaine en haussant le ton parce qu'elle ne veut pas entendre sa mère parler ainsi. Qu'est-ce qui s'est passé ? Ton chauffage était en panne ?

La tête aux cheveux blancs acquiesce.

— Il fait tellement froid... La chaudière du chauffage s'est éteinte et je n'ai pas pu la remettre en marche. J'ai allumé mon feu, mais tout le bois y passe et il fait toujours aussi froid. C'est la fin du monde !

— Mais non ! C'est une vague de froid comme il y en a eu des tas ! Rappelle-toi comment les vieux parlaient des hivers d'autrefois !

— Non. Il n'a jamais fait aussi froid et aussi longtemps !

Ils arrivent à l'hôpital, suivent les panneaux qui indiquent l'accueil des urgences. La voiture s'arrête à l'entrée d'un sas. Des hommes en blouse blanche en sortent.

— C'est pour quoi ? Encore un coup de froid ?

— Une personne âgée en hypothermie, dit Chaurrit. Je pense qu'elle va déjà mieux.

— On va l'examiner, dit l'interne, mais pour la garder... Depuis une semaine nous recevons plus de cent personnes par jour. Il n'y a plus de place, nous sommes obligés de mettre des lits dans les couloirs !

Deux brancardiers arrivent et chargent Marie Lesaget qui ne lâche pas la main de sa fille. Ils entrent dans une vaste salle où une dizaine de personnes attendent. Marie est cependant examinée en priorité, puis conduite dans le service de gérontologie où il règne une chaleur suffocante.

— Elle est très faible, dit le médecin à Ghislaine. Elle ne s'est pas alimentée depuis plusieurs jours et doit être réhydratée. Elle vivait seule, je suppose.

— Oui.

— Ces deux vagues de froid successives entrecoupées d'un redoux aussi excessif sont les plus graves que nous ayons connues depuis plus d'un siècle. Les vieux, les enfants et les pauvres en sont les nombreuses victimes.

— Vous allez la garder longtemps ?

— Son cœur est très faible.

Il ne va pas jusqu'au bout de sa pensée, le jeune médecin, mais l'hôpital ne peut pas faire face à l'affluence des malades. Le matériel manque et le personnel doit assurer les urgences. Combien de vieillards sont ici avec un cœur faible, des difficultés respiratoires occasionnées par le froid et qui ne peuvent recevoir les soins appropriés à leur cas faute de place ? Des centaines meurent chaque jour dans les hôpitaux et les établissements spécialisés de la région, les cris d'alarme des spécialistes ne changent rien : c'est partout pareil, le froid déstabilise la société aussi bien qu'une sécheresse ou une épidémie.

— Revenez demain matin, nous aviserons.

Marie est conduite dans une chambre où se trouvent déjà trois personnes âgées. Ghislaine qui n'a pas lâché sa main, exprime le désir de rester avec elle.

— Ce n'est pas possible, madame. Il n'y a pas assez de place.

Ghislaine doit se résigner, elle s'approche du visage de sa mère pour l'embrasser. Marie pleure, les larmes perlent au coin de ses paupières fripées et disparaissent dans les sillons profonds qui entaillent la peau.

— À demain, maman. Je viendrai te chercher.

— Non, demain, c'est trop loin. Il faut que je te dise... Approche ton oreille.

Marie baisse sa voix qui devient un souffle à peine audible. Ghislaine sent ses lèvres remuer contre son oreille.

— Dans le tiroir de l'armoire, il y a mon livret de Caisse d'épargne. Vingt-cinq mille euros. Mais c'est pas là l'important. Pense au compte du Crédit Agricole : près de cent mille euros, peut-être un peu plus avec les intérêts. Je t'ai fait une procuration que tu trouveras aussi dans le tiroir. Une enveloppe blanche avec ton nom écrit dessus.

Ghislaine est abasourdie. Sa mère vivait si chichement ! Elle n'avait qu'une moitié de la retraite de son époux. Comment a-t-elle pu économiser tout cet argent ?

— Je ne dépensais rien. Et avec ton père, on avait des économies pour acheter une grande maison. Il est parti trop tôt.

L'infirmier est resté debout à côté du lit et montre son impatience. Il n'a pas fini sa nuit, bien au contraire : tant de malades attendent encore un peu de réconfort.

— Revenez demain, elle ira certainement mieux.

Ghislaine et Bernard Chaurrit sortent de l'hôpital par une autre porte et doivent contourner un bâtiment pour rejoindre leur voiture. Ghislaine est encore sous le coup de ce qu'elle vient d'apprendre. Ils arrivent à la voiture, plusieurs policiers se tiennent à côté, piétinant pour se réchauffer les pieds.

— Monsieur Chaurrit ?

— En effet ?

— Vous avez les papiers de la voiture ?

— Bien sûr, fait Bernard Chaurrit en ouvrant la portière du passager et ouvrant la boîte à gants. Il tend les papiers au policier.

L'homme les examine un instant en braquant sa lampe, puis lève les yeux sur Chaurrit.

— Vous allez nous suivre au commissariat. La société Centre-Auto, propriétaire de ce véhicule, vient de porter plainte pour vol. Vous avez emprunté ce véhicule sous la menace à un client de cette société de location, M. Moduhi Georges, ancien président du Nigeria.

— Je ne nie pas les faits. J'ignorais cependant que cette voiture était une location. Cependant, cela ne change rien à l'affaire. M. Moduhi veut remuer la boue, il va en prendre plein la figure. Je suis à votre disposition, mais je vous demande de permettre à Mme Ghislaine Margeride, qui vient d'emmener sa mère mourante à ce service d'urgence de m'accompagner, car elle a des révélations de la plus haute importance à faire.

— La plainte ne concerne que vous. Vous avez obligé M. Moduhi à vous remettre une voiture sous la menace d'une arme.

Chaurrit esquisse un sourire, la malice éclate dans ses yeux. Ghislaine reconnaît alors le visage d'autrefois qui savait si bien parlementer avant de proposer une affaire.

— Une arme ? Je peux vous la montrer. Il s'agit d'un simple morceau de bois. M. Moduhi est tellement poltron que cette ruse d'écolier a réussi !

— Madame peut vous accompagner, nous verrons la suite à donner à cette affaire. Il faut nous confier les clefs de la voiture que nous devons garer ailleurs pour dégager le passage des urgences et la restituer à son propriétaire.

Chaurrit et Ghislaine montent dans la voiture de police qui s'éloigne de l'hôpital. Ghislaine pleure : quelque chose lui dit qu'elle ne reverra pas sa mère vivante. À côté, Chaurrit est très à l'aise ; le scandale va éclater et il va pouvoir étaler les causes de sa ruine, ses deux années de détention sans le moindre soutien, sans que les autorités françaises se préoccupent un seul instant de ses appels à l'aide. L'heure est au scandale ! Moduhi, au lieu de taire l'emprunt de sa voiture, a choisi la pire manière d'agir. Il se croit probablement protégé par sa nationalité française, mais celle-ci peut être remise en cause.

Au commissariat, l'inspecteur chargé d'interroger Chaurrit demande à Ghislaine d'attendre dans une pièce voisine où se trouve un ivrogne qui la regarde de travers et une pauvre fille visiblement droguée.

— Monsieur Chaurrit, vous ne contestez pas d'avoir emprunté sous la menace ce véhicule à M. Moduhi ?

— Je ne conteste rien, fait Bernard Chaurrit en brandissant devant l'inspecteur un morceau de bois mort long de vingt centimètres et coudé, en forme de pistolet. Voici l'arme du crime ! ajoute-t-il en riant. Vous pouvez constater que j'ai utilisé les grands moyens, mais cela n'a aucun sens si je ne vous raconte pas toute l'histoire. Et cette histoire sera publiée demain dans tous les journaux et sur toutes les ondes, car elle est édifiante.

L'inspecteur constate tout de suite qu'il n'a pas à faire à un quelconque voleur de voiture et que ce braquage n'est pas ordinaire. Il préférerait cependant en rester là, conscient que, lorsqu'il s'agit d'un ancien président africain, les révélations peuvent aller beaucoup trop loin pour sa tranquillité.

— Je ne suis pas mandaté pour cela.

— Vous devez cependant m'écouter, car tel est votre devoir. Je vous demande aussi de prendre une déposition écrite de ce que je vais vous dire.

— Soit ! Mais faites vite.

— Je prendrai le temps qu'il me faudra.

Et il raconte, Bernard Chaurrit, avec cette facilité de parole qui l'a toujours servi. Il parle de son dernier voyage avec Ghislaine en Afrique pour vendre des pompes, leur séquestration par une des nombreuses factions qui s'entretuaient, puis par les Droits de la Terre et enfin par le président déchu Moduhi qui souhaitait obtenir la nationalité française. L'occasion lui était donnée en épousant

Ghislaine, sa prisonnière, qu'il connaissait. Pour la contraindre à accepter, il avait menacé de le faire exécuter lui, Bernard Chaurrit, blessé lors d'une précédente attaque. Il raconte le mariage très médiatisé à Chastelnaud, le coup de téléphone qui lui sauva la vie mais ne lui rendit pas la liberté, puis son évasion. En France, voilà quelques jours, il a appris par la mère de Ghislaine que Mme Moduhi était retenue comme une esclave dans une propriété de Sologne, la Pommeraie. Il explique comment il a dû ruser pour faire sortir Ghislaine et l'emmener avec cette voiture empruntée sous la menace d'un morceau de bois.

— Maintenant, je vous prie d'écouter la déposition de Ghislaine Moduhi, veuve de M. Margeride, tué pendant le tremblement de terre de Chastelnaud.

— Je l'écouterai si l'enquête le nécessite, c'est moi qui décide.

— Je suis juriste de formation, monsieur l'inspecteur. Je sais de quoi je parle. Les accusations que je viens de formuler sont suffisamment graves pour justifier cette audition. De toute manière, elle va porter plainte et vous serez obligé de prendre sa déposition qui va recouper la mienne.

Ghislaine est entendue à son tour. Elle refuse cependant d'entrer dans les détails de ses deux années à la Pommeraie. Elle se trouve horrible et se déteste. Jamais plus elle ne pourra se regarder dans une glace comme si les sévices de son bourreau étaient ses propres fautes.

Vers deux heures du matin, Ghislaine et Bernard sortent du commissariat. Ils n'ont pas un sou en poche, le thermomètre est en dessous de moins vingt degrés.

— Nous voilà condamnés à aller passer la nuit dans un hall de gare ouvert à tous les vents !

— Non, dit Ghislaine. Il y a un peu d'argent dans le portefeuille de ma mère. On va aller à l'hôtel.

Ghislaine compte trois cents euros en billets, plus qu'il n'en faut pour prendre deux chambres, mais le froid les engourdit et ils ne trouvent pas de taxi. Ils marchent rapidement, Bernard n'en peut plus :

— J'ai trop froid, retournons au commissariat. Ils vont nous conduire à un hôtel. Nous avons de quoi payer, ce n'est pas comme si nous demandions l'hospitalité.

Le froid. On ne se souvenait plus qu'il était aussi contraignant, sinon plus, que la chaleur. Le froid fend les rochers qui, au moindre redoux, dévaleront les pentes en avalanches meurtrières. Tout ce qui bouge vibre, vit, se terre. Sous un ciel d'un bleu profond et minéral, le soleil éclaire une campagne où pas un animal ne s'aventure. La chaleur, la vie sont parties dans l'hémisphère Sud où, disent les télévisions, le thermomètre bat des records. Elles montrent les images torrides de villes où les passants s'aspergent d'eau aux fontaines publiques. Elles montrent aussi les inévitables cyclones, les terribles tempêtes avec des vents de deux cents kilomètres-heure en Australie, en Afrique du Sud, au Chili. Au pôle Sud, la fonte des glaces forme de nouveaux fleuves qui se taillent une route entre les amas rocheux.

Les météorologues savent que ce ne sont pas des accidents, des phénomènes sans lendemain, car tout est paradoxal : s'il fait très froid sur l'Europe, l'Amérique du Nord, entre le trentième et le soixantième parallèle, le Groenland et, d'une manière générale, les régions situées à l'intérieur du cercle polaire bénéficient d'un hiver plutôt doux. Cela suffit pour montrer combien la Terre est malade. La science humaine ne peut rien : « Nous nous contentons d'observer et nous intégrons les nouveaux paramètres dans nos ordinateurs, déclare le climatologue Vincent Letellier. Mais c'est bien insuffisant pour dire ce que sera l'avenir. On peut cependant penser que la répartition inégale des cendres volcaniques lâchées dans l'atmosphère a une influence que nous ne pouvons pas mesurer, mais qu'elle sera à l'avenir impliquée dans ce qui pourrait être un refroidissement général. » Cette déclaration fait rire l'homme de la rue : depuis des années, les spécialistes parlent d'un réchauffement et voilà qu'ils changent d'avis !

Une fois de plus, les pouvoirs publics sont pris au dépourvu. La mortalité est en forte hausse. Les services funèbres, qui n'ont pas su tirer les conclusions de la peste atypique, sont débordés. Les morgues ne savent que faire des cadavres en attente d'une sépulture.

Les partis d'opposition en profitent pour envahir le Net de messages contre Clean World qu'ils accusent de ne rien faire en faveur des plus démunis, dénoncent le sectarisme des Droits de la Terre à la botte d'un système économique qui génère les désordres de la planète. Des milliers de sites proposent le même constat : Tony Lierering est le plus grand capitaliste du monde ! C'est pourtant le libéralisme mondial hérité d'un autre temps qui fabrique de la pauvreté et de la pollution. « Tant que le profit sera la seule préoccupation des Hommes, la Terre ira mal et les décrets de Clean World n'y changeront rien. »

De telles affirmations rencontrent une opinion de plus en plus convaincue de leur bien-fondé. Abondamment diffusés, les films tournés dans les zones interdites des villages de travail montrent au grand public l'horreur cautionnée par l'opinion internationale. Clean World dément ces caricatures, mais perd toute crédibilité.

Les caravanes ont roulé sur la route verglacée. Parties de Reims, elles se sont arrêtées dans le terrain vague à côté de Chastelnaud, figée dans le froid entre ses montagnes enneigées, le mont Aïzot et la chaîne resplendissante des Alpes.

Les caravanes se sont disposées comme elles l'étaient lors de leur dernier passage, entre les deux tremblements de terre. Dix ans déjà et rien n'a changé. Les touffes d'aubépines se sont à peine épaissies sur ce sol caillouteux et maigre à moins de cinq cents mètres du Red Star. René de ses cendres, l'établissement est toujours digne de sa réputation de meilleur restaurant de la région.

Au fond du bosquet, le Ribet n'est plus qu'un amas de glace blanche aux formes torturées qui s'accrochent aux branches basses des arbres. En amont de la ville, les retenues des frères Delprat servent de piste de patinage à toute une jeunesse que le froid ne rebute pas. Les turbines sont arrêtées, bloquées par le gel, comme la plupart des usines hydroélectriques. Pourtant, la France s'en tire bien : son parc de centrales nucléaires, tellement critiqué par les Droits de la Terre, lui permet de faire face à une situation exceptionnelle et ceux qui critiquaient cette décision du tout atome en profitent.

Les gitans arriment leurs véhicules au sol. Les femmes glanent du bois sec, mais ce n'est que pour le plaisir d'allumer un brasier : les habitations sont équipées du confort moderne et ne craignent pas le froid. Les enfants, habitués à la vie au grand air, s'égaillent dans les taillis. Les joues rouges, soufflant un nuage blanc, ils se poursuivent en criant.

La longue caravane au fond du terrain vague est proche d'une autre qui n'existait pas lors du précédent voyage. L'homme qui en sort porte un épais manteau de fourrure naturelle, une toque en renard. Des lunettes sombres cachent ses yeux. Sa barbe blanche couvre le bas de son visage.

Il gagne la route. La ville se trouve derrière cette colline, tapie dans la vallée. Malgré le froid, il ressent ce parfum particulier de l'air des Alpes, de ses montagnes, du berceau de sa famille. Il arrive à un tournant, s'arrête. La route plonge vers Chastelnaud qu'il embrasse du regard et ses souvenirs surgissent à son esprit. Dix années se sont écoulées depuis qu'il s'est arrêté la dernière fois à ce même endroit. Il venait d'être libéré de la prison de Chambéry, ruiné, son orgueil lui interdisait d'accepter l'aumône du docteur Morenceau qui avait laissé les frères Delprat mettre la main sur son affaire. Il partait sans destination, sans but. « Je reviendrai ! » s'était-il écrié. Et voilà qu'il revient, mais pas dans les conditions qu'il espérait. Il aurait voulu rassembler sa famille, récupérer les Eaux Saint-Jean, marcher dans la rue principale la tête haute, fier de sa victoire et il n'est qu'un inconnu, un voleur d'images. Cela lui fait pourtant du bien. Il comprend, en regardant ce clocher, ces toits, ces cheminées qui fument dans l'air glacé que Chastelnaud lui a manqué. Le patron des Champagnes Coste n'est à sa véritable place qu'ici.

Gurval ne lui a pas menti, l'usine Saint-Jean est à l'arrêt. Dans la cour, des palettes sont disposées à l'entrée, mais il n'y a pas de camion pour les emporter. À côté, les volets de sa maison sont clos. La vie a déserté l'endroit.

Haround Plokov a eu besoin de cette contemplation pour redevenir Armand Montrémy. Il se souvient d'une voiture blanche, une Mercedes, semblable à celle qu'il possédait au temps des Eaux Saint-Jean, qui était passée trois fois de suite. Qui était au volant ? Sûrement quelqu'un qu'il connaissait. Pour cette raison, il avait baissé la tête.

Armand Montrémy revient au campement des gitans, entre dans la longue caravane à côté de la sienne. L'homme qui l'accueille en souriant est vêtu d'une longue robe sombre qui cache son corps difforme. Gurval lui propose une coupe de champagne, du champagne Coste, évidemment.

— Je viens d'avoir Irma, dit-il. Votre « fils » va très bien. Il est entré comme convenu au pensionnat à Genève où il recevra une éduction stricte, mais indispensable dans le monde difficile que nous vivons. Il pourra venir chez vous à l'occasion des vacances.

Montrémy porte la coupe fraîche à ses lèvres. S'il est ici, s'il fuit ceux qui cherchent à le supprimer, c'est en partie pour Alexandre. Il redoutait ce retour à Chastelnaud, puis il s'y est résigné en pensant que ce premier contact lui était indispensable. Il ne rêve pas de revanche. Ce sentiment, si fort pourtant quand il faisait la grève de la faim avec ses employés, s'est effacé de son esprit. La force de la haine l'a quitté. Les excès de Plantagrin lui procurent le réconfort indispensable à sa résurrection. Ce personnage entier, retors, capable des pires machinations, des pires lâchetés, de sacrifier des innocents pourvu que cela lui rapporte, a aussi un côté attachant. Il aurait pu être généreux dans d'autres circonstances alors qu'il ne fait rien sans intérêt et le dit : « Je ne vous protège pas pour faire une belle action, mais parce que, après avoir joué la carte des Droits de la Terre, je joue celle de l'opposition dont la victoire ne fait plus de doutes ! »

— Quel effet cela vous fait-il de retourner au pays ? demande l'obèse.

— Je ne pensais pas que j'étais aussi attaché à cette petite vallée ! répond Montrémy.

— Parfait. Vous y reviendrez, les Eaux Saint-Jean ne sont pas encore suffisamment mûres pour être cueillies, mais cela arrivera. Lionel Delprat bénéficie encore du soutien de la municipalité et des conseils généraux. Le temps travaille pour nous : pendant qu'il fait froid, ses centrales électriques ne produisent rien.

— Comment saurez-vous que la liquidation a été décidée ?

— J'ai un œil sur place. Un ami d'enfance de sa femme, le pharmacien Genthil. Je l'ai beaucoup aidé et il sait être reconnaissant. La liquidation ne presse pas. Vous comprenez que je ne peux pas me satisfaire d'une ruine ordinaire. Je veux faire durer le plaisir, j'ai attendu si longtemps ! Et puis Lionel n'a pas encore tout perdu puisqu'il lui reste sa femme.

— Je ne comprends pas...

— Je suis un vieux renard, mon cher Plokov. Permettez-moi de vous appeler ainsi : c'est plus facile à dire que Montrémy parce que sans histoire, sans passé, c'est un nom inventé qui n'engage à rien ! Oui, je suis un vieux renard qui a l'habitude des pièges dissimulés à l'entrée de sa tanière, croyez-moi. La femme de Lionel a beaucoup de caractère et peut lui redonner l'énergie nécessaire pour rebondir. Genthil s'en occupe. Il reste sa belle-sœur, moins sotte que je le croyais. Alors j'ai décidé de lui laisser une chance, au Lionel !

— Vous voyez bien que vous êtes généreux !

— Je vous en supplie, n'employez pas ce mot qui me coupe l'appétit ! Florence m'appartient, car elle aime l'argent et je lui en ai beaucoup donné par l'intermédiaire de mes amis. J'ai fait d'elle un peintre réputé grâce à John Replay, l'agent américain qui est aussi mon homme, je peux en attendre encore quelques fantaisies. Elle a attiré Lionel dans son lit pour me faire plaisir, mais aussi mue par un réel sentiment. Alors, je la laisse libre d'agir à sa guise avec son beau-frère. Un peu d'incertitude dans la touche finale rend le jeu plus attrayant !

Plantagrin éclate d'un rire satisfait.

— Mais les Eaux Saint-Jean et ma maison de famille ? demande Montrémy.

— Ne vous tracassez pas. Ce n'est pas encore à

vendre : les autorités locales espèrent sauver l'entreprise et les emplois, mais elles n'y arriveront pas. Vous les retrouverez !

Combien cette vengeance a-t-elle coûté et coûtera-t-elle encore à Plantagrin ? L'homme d'affaires genevois a la ténacité sournoise des gitans, Gurval lui apporte sa démesure en tout. Il poursuit :

— Nous sommes obligés d'attendre. De gros événements se préparent. Les Droits de la Terre ne tiennent plus le monde que par un fil. Le traité de Philadelphie et Clean World sont trop contestés pour durer. Le vent tourne, et je me dois de vous protéger car votre tête est mise à prix. Vos amis m'en seront reconnaissants. Or, avec les gitans, vous ne risquez rien. Nous avons la faculté d'être insaisissables. Les moyens modernes ne peuvent rien contre nous. Ici, vous êtes en totale sécurité et cela durera le temps qu'il faudra.

Montrémy ne peut s'empêcher d'adresser un regard admiratif à l'opportuniste. Le génie du gros homme d'affaires réside dans sa manière de comprendre la tournure des événements avant les autres. Il joue au poker. Son revirement actuel, quand plane encore une grande incertitude, lui prépare une place dans les premiers rangs si les opposants prennent les rênes du monde. Jusque-là, il ne s'est jamais trompé.

— Je vous répète que je ne suis pas un philanthrope ni un moraliste, poursuit Gurval. La morale, le bon droit des uns et des autres, la compassion m'ennuient. J'ai aidé les Droits de la Terre parce que cela me servait, mais sans aucun état d'âme. Maintenant, les Droits de la Terre ne m'apportent plus rien parce qu'ils perdent pied dans le monde. Toute l'organisation tient par la personnalité d'un Tony Lierering vieillissant et surtout malade. Sa faute a été de penser à lui avant de penser au monde, et je l'ai compris depuis longtemps ! Mais laissons cela et profitons de notre voyage. Je vous propose une petite promenade en voiture dans les rues de Chastelnaud. Nous irons boire un vin chaud à l'Hôtel du Centre, histoire de prendre les dernières nouvelles !

Florence Delprat joue la veuve éplorée. Cela lui va bien, c'est un rôle à la hauteur du personnage tragique qu'elle voudrait être. Elle sait se composer un air fataliste et les accents de la plus pure sincérité. Les mauvaises langues disent que l'hypocrisie lui va à merveille. John Replay, son agent pour les États-Unis, est venu lui présenter ses condoléances et lui a commandé vingt tableaux dont il a payé la moitié. Il l'a invitée à dîner au Red Star et en a profité pour évoquer les relations futures de la veuve avec son beau-frère.

— Il n'y a pas besoin de passer longtemps en la compagnie de votre beau-frère pour comprendre qu'il s'ennuie avec sa femme. Il manque de distraction, donc de motivation pour se battre de nouveau.

De tels propos réveillent en Florence un sentiment qui ne demande qu'à se montrer au grand jour. La nuit qu'ils ont passée ensemble il y a maintenant trois ans n'était pas le fait du hasard. Lionel était à Cologne pour un contrat, elle y était aussi pour une exposition, Marc avait été retenu à Chastelnaud. C'était la belle époque : Pétronille préparait son bac, tout réussissait aux frères Delprat qui engrangeaient les bénéfices. Lionel et Florence avaient dîné ensemble, assez gênés de se retrouver ainsi en tête-à-tête pour boire un peu plus que d'habitude. Ce n'était pas dans les manières de Lionel, toujours méfiant. Il fallait bien qu'il soit mal à l'aise, que l'envie de Florence soit en lui depuis longtemps et qu'il ait conscience de commettre une faute. Ils s'étaient retrouvés dans la même chambre sans se demander si ce qu'ils allaient faire pouvait avoir de graves conséquences. Ce n'est qu'au milieu de la nuit que Florence avait eu l'idée de prendre une photo sans rien en dire à Lionel. Elle avait posé l'appareil muni d'un déclencheur à retardement près du bouquet de fleurs qui se trouvait au-dessus du bar. Lionel n'avait rien vu, tout entier aux délices de cette nuit que personne ne découvrirait jamais. Il ne lui était pas venu, à lui, l'esprit le plus clairvoyant, que Florence pourrait se servir de ce moment d'intimité...

Maintenant qu'elle est seule, enceinte d'un enfant qui sera officiellement le fils de Marc Delprat, le comportement ambigu d'Aurélie exaspère Florence. La querelle entre les deux frères est devenue celle des femmes. Aurélie pousse Lionel vers l'abîme pour que Florence n'ait rien des Houilles Blanches. « Marc a reconnu l'enfant que je porte, c'est ma seule garantie, mais que vaudra-t-elle au bout de la déconfiture ? pense Florence. Il faut que Lionel se reprenne et je vais l'aider parce que, au fond, c'est moi qu'il aime ! J'ai un peu d'argent, celui de mes tableaux, mais ce n'est pas d'argent dont il a besoin, il lui faut une motivation. »

Aurélie n'est pas là. Elle qui ne cesse de reprocher à Florence sa légèreté de mœurs, qui l'accuse de collectionner les amants, rend visite tous les après-midi à son ami, le pharmacien Cédric Genthil, une amitié d'enfance puisqu'ils sont originaires du même quartier d'Annecy. Mais Florence sait par son expérience qu'un homme et une femme ne peuvent pas être amis : ils sont amants ou camarades, terme qui cache l'indifférence. On ne rend pas visite à un camarade avec autant de régularité !

Florence longe la route qui conduit au parking désert, entre dans les bureaux des Houilles Blanches. Au temps des frères Delprat triomphants, une trentaine de personnes travaillaient là tous les jours. Il ne reste que trois employés de confiance pour gérer la crise et espérer l'embellie, mais personne ne se fait d'illusion.

Le grand bureau du directeur général se trouve au fond du couloir sur la droite. À gauche, un peu plus petit (mais on n'y pouvait rien, c'était lié à la disposition des lieux), se trouvait celui de Marc. Les deux portes s'ouvraient à la même hauteur sur le couloir de telle sorte que les frères pouvaient se parler sans se déplacer. Florence jette un rapide regard au bureau de son époux, au fauteuil tourné sur le côté par Marc lorsqu'il a quitté les lieux pour la dernière fois. Sur la droite, la porte est fermée, preuve que le patron ne veut parler à personne. Elle frappe rapidement, entre sans attendre de réponse. Sa grossesse ne déforme pas encore sa silhouette qui a gardé beaucoup de grâce. C'est pourtant le ventre que les yeux de Lionel regardent en premier, ce ventre à peine rebondi qui le sépare du reste du monde. Son handicap est bien à ce niveau : le gène malfaisant qu'il porte et peut transmettre le coupe de cette réalité du monde, d'une union charnelle avec le temps, la survie. Le départ de Pétronille le met en face de sa faiblesse.

Cérémonieusement, Florence s'approche de lui, l'embrasse sur les deux joues, puis va fermer la porte : elle a quelque chose d'important à lui dire.

— J'ai vendu vingt tableaux aux Américains et tu sais que ma cote ne cesse de grimper. Cela me fait une belle somme d'argent qui sera doublée à la livraison. Cet argent, je veux l'investir dans l'affaire pour assurer l'avenir de mon enfant qui sera un Delprat.

Lionel regarde encore d'une manière insistante le ventre de Florence, s'étonne :

— Il ne se voit pas beaucoup, ton héritier.

— C'est normal. Je ne suis enceinte que de trois mois ! Et puis, franchement, je ne cherche pas à me grossir.

« Quel con ! pense encore Lionel à propos de son frère. Il s'est cassé la figure au moment où tout allait s'arranger pour lui ! »

— Tu sais qu'Aurélie qui me hait fera tout pour que l'enfant de Marc n'ait rien des Houilles Blanches. Et comme elle n'a personne à proposer à la place, elle ne reculera pas devant la liquidation totale de l'entreprise ! À moins qu'elle n'ait l'idée de faire un enfant à son tour.

Les yeux clairs de Lionel s'ouvrent, marquent leur étonnement. Aurélie faire un enfant par insémination ou, pis, avec quelqu'un d'autre que lui ?

Non, Aurélie a un sens profond de son devoir d'épouse. Son éducation rigide, ses principes lui interdisent ce que Florence se permet. Pourtant, Lionel a bien compris que sa femme s'est éloignée de lui. Après la brouille avec Marc, elle a fait tout son possible pour envenimer les choses, mais c'était Florence qu'elle visait à travers Marc. « C'est toi qui as monté l'affaire, toi qui as eu les bonnes idées, toi qui as les contacts internationaux, il faut aussi que ton frère comprenne qu'il n'est que le second ! » Le départ de Pétronille a creusé un peu plus la faille entre eux : la jeune fille était le ciment de leur couple, l'espoir. Ils se retrouvaient dans les décisions à prendre pour elle. Son bonheur était leur affaire commune. L'échec les a laissés seuls chacun de leur côté, prêts à s'accuser mutuellement. Florence est en train de réussir ce qu'ils ont raté.

— Il faut que les affaires repartent, Lionel. Ma peinture m'a donné beaucoup de relations, je veux t'aider.

Lionel, qui n'a toujours rien dit, détaille du regard le corps de sa belle-sœur. Il pense, malgré lui, à la nuit qu'ils ont passée tous les deux dans un hôtel de Cologne et constate qu'il a encore envie de cette femme légère, tellement plus vivante qu'Aurélie pour qui tout est sérieux.

— Qu'est-ce que tu attends pour te rendre à Moscou et rencontrer tes anciens interlocuteurs ? Si tu as perdu l'énorme manne que représentait la Sibérie, ce n'est pas à cause des Droits de la Terre avec qui le gouvernement russe prend ses distances, mais à cause de toi-même. Tu avais la tête ailleurs !

Voilà, ce que je pense, moi, ta belle-sœur. C'est ta femme qui devrait te parler comme ça !

Chaque fois que Florence parle ainsi de « sa femme », Lionel sent le reproche derrière les mots, comme s'il était fautif d'avoir épousé Aurélie.

— Mais ta femme, au lieu de t'aider dans cette passe difficile, rend visite à son ami, le pharmacien. T'es-tu demandé pourquoi elle a renoué avec cette relation d'enfance qu'elle n'avait pas vue depuis dix ans et comment ce beau garçon a trouvé les moyens de racheter la pharmacie de Chastelnaud ?

Lionel passe la main sur son crâne rasé et secoue sa grosse tête. Son cerveau, autrefois capable de dénouer les intrigues les mieux ficelées, reste muet sur la question pleine de sous-entendus de Florence qui insiste :

— Je suis sûrement une femme sans grands principes moraux, je n'obéis qu'à mes sentiments, et c'est ma liberté. Jusque-là, tout le monde m'a prise pour une idiote sympathique, mais rien ne m'a échappé. Depuis que j'ai vendu mes premiers tableaux, depuis que les Américains achètent tout ce que je produis, cela ne m'amuse plus. La peinture a été une manière de me singulariser dans le clan Delprat. Je n'avais pas le sérieux d'Aurélie, pas le talent affairiste de la famille. Je n'étais qu'une fille pas trop moche qui aimait la vie, ce que ta mère m'a reproché jusqu'à son dernier jour. Il y a en vous des restes de la tradition protestante. Le sérieux et la probité en toutes choses ! Ce n'est pas ma tasse de thé !

— Va à l'essentiel ! ordonne enfin Lionel qui a retrouvé, l'instant de quelques secondes, son autorité de patron qui cherche à découvrir ce que son interlocuteur veut lui cacher.

— Je veux relever le flambeau Delprat. Je veux que mon enfant soit digne de son nom.

— Son nom ? ironise Lionel en souriant enfin.

— Son nom, oui. Ce n'est pas la première fois qu'un couple condamné à ne pas avoir d'enfant a recours à l'insémination.

— Et tu n'as jamais fait le rapprochement entre ton comportement et l'accident de Marc ?

— Marc s'est cassé la figure parce que tu l'as écrasé pendant des années et qu'il ne le supportait plus. Sache que nous avions parlé de cet enfant et qu'il était d'accord depuis le début. Mais cessons de nous accuser mutuellement, on a mieux à faire. Je porte l'avenir des Delprat, leur espoir, maintenant que le rêve Pétronille s'est évaporé. D'ailleurs, tu as singulièrement manqué de clairvoyance en t'accrochant à une fillette volée.

— Pétronille n'est pas une fille volée. Elle porte le sang Delprat, ton enfant n'en aura pas une goutte.

— Tout ça c'est des conneries, des foutaises de vieilles familles égocentriques ! Le sang ! Connaît-on le sang que l'on porte ? Je veux donc te proposer ma collaboration. Et j'ai mon idée : pourquoi les contrats en Sibérie ont-ils été dénoncés ? Il y a quelque chose de pas normal ! Quelqu'un tirait les ficelles de tout cela, il se peut que je le connaisse. Pendant ce temps, si tu veux bien te remettre au travail et de nouveau avoir confiance dans l'avenir, tu vas étudier le cas des Eaux de Pétronille. Ici, de l'eau, il y en a partout ! Nous avons un savoir-faire, un réseau commercial, des gens formés pour ce travail. Ce ne doit pas être bien difficile de trouver d'autres sources qui ne demandent qu'à être exploitées !

— Sous la face est du mont Aïzot, il y a en effet une poche d'eau pure, mais pour combien de temps ?

— Qu'est-ce que tu attends pour l'exploiter ? Mais revenons aux affaires russes, parce que c'est aussi un peu mon affaire.

— Ton affaire ? s'étonne Lionel.

— Oui. Celui qui a manigancé tout cela me prend pour une idiote et je me dois de lui montrer qu'il se trompe !

Lionel pose ses longues mains ouvertes sur le bureau. Ses barrages gênaient la migration des saumons ! Le beau prétexte, mais Florence se trompe : les milieux politiques russes sont sensibles aux dessous-de-table, aux petites attentions qu'il savait autrefois si bien dispenser. Il a négligé tout cela depuis le départ de Pétronille, l'échec ne vient que de lui-même.

— Comment peux-tu, toi, arranger cela ? demande-t-il après réflexion. Et de qui veux-tu parler ?

— Toi aussi, tu continues de me prendre pour une gourde ! Libre à toi !

L'ombre de Plantagrin – Gurval, le demi-gitan – flotte un instant dans les pensées de Lionel qui la chasse.

— Je te répète : il faut se ressaisir ! insiste Florence. On ne peut pas laisser se perdre tout ce que vous avez fait, Marc et toi. Cela ne sert à rien de te morfondre dans ton bureau.

— Tu me parles drôlement, aujourd'hui. Je ne m'y attendais pas.

Il découvre surtout que ce qui l'attirait chez sa belle-sœur, ce n'est pas sa légèreté, sa frivolité, sa manière de croquer la vie sans se soucier des conséquences, son goût pour l'amour et sa liberté, non, c'est cet être profond qu'elle cache en elle, capable de réfléchir, de comprendre, de l'épauler. C'est bien cette Florence-là qui l'a aidé dans les négociations spéciales où il ne voulait pas apparaître et où il pensait que le beau minois d'apparence immature de sa belle-sœur serait son meilleur atout.

— Je te laisse, mais tu dois te décider ! Toi seul as les contacts en Russie. Je suis prête à m'y rendre, tant que mon état me le permet, il faut faire vite.

Florence le regarde d'une curieuse manière et cela bloque ses pensées.

— Nous devons nous battre, ajoute-t-elle, montrer que nous ne sommes pas encore détruits et que nous sommes prêts à demander des comptes !

Lionel ne quitte toujours pas des yeux son visage de femme dont il ne saurait dire pourquoi il le trouve plus féminin que les autres. Elle s'éloigne vers la porte. Lionel voudrait la retenir, ce qu'elle a dit lui a fait beaucoup de bien parce qu'il le pensait, mais n'osait pas le formuler par des mots, par des actes. Elle vient de le ressusciter.

— Au fait, Florence, pourquoi tu m'as parlé comme ça ?

Elle s'arrête à la porte, fait mine de réfléchir, mais elle sait parfaitement ce qu'elle va dire parce qu'elle y pense depuis très longtemps. Le moment qui peut tout briser est arrivé.

— Parce que je t'aime !

Elle s'éloigne très vite, sans se retourner, sans regarder le visage de Lionel qui peut-être la condamne. Elle sort dans la lumière crue et glacée de cet après-midi d'hiver.

Aurélie arrive à cet instant. Florence voudrait l'éviter, mais ne peut rebrousser chemin. Elle marche vite vers l'allée qui conduit à sa maison, la tête basse. Aurélie se plante devant elle.

— Vous venez de voir Lionel ? demande-t-elle, la voix rayée d'agressivité. Vous devez le laisser tranquille. Lionel ne va pas bien, mais ça, vous vous en moquez !

Les deux femmes se sont toujours vouvoyées alors que tout le monde se tutoyait dans le clan Delprat, une distance insignifiante qui prend toute sa valeur, cet après-midi.

— Vous profitez de mon absence pour aller le relancer, n'est-ce pas ? Pourtant tout ce qui arrive, c'est bien de votre faute !

— De ma faute ? N'est-ce pas plutôt de la vôtre ? Vous laissez votre mari se dépatouiller seul avec ses difficultés. Pendant ce temps, vous avez à faire ailleurs !

Elles sont l'une en face de l'autre, prêtes à se lancer les pires injures au visage. Florence éprouve le besoin de crâner :

— Et puis après ? Oui, je viens de voir Lionel ! Il a besoin qu'on l'écoute et, comme sa femme ne l'écoute pas, il faut bien que quelqu'un le fasse !

— Comment pouvez-vous parler ainsi ?

Finalement, Florence préfère battre en retraite, fuir devant sa rivale, car c'est bien en rivales qu'elles se sont parlé, et pour la première fois. Elle ne veut pas pousser la dispute plus loin, céder à la colère pour dire ou commettre l'irréparable. Elle a mieux à faire.

— Je ne voudrais pas être à votre place ! crie-t-elle en s'éloignant dans l'allée en direction de sa maison.

— Voilà qu'une traînée me donne des leçons de conduite ! hurle Aurélie en gesticulant.

Leurs éclats de voix ont attiré les trois employés à la fenêtre. Aurélie les aperçoit et se contient car elle a horreur de se donner en spectacle. Sa belle-sœur vient de lui déclarer la guerre, elle veut garder le choix des armes.

— Nous en reparlerons ! conclut-elle en se dirigeant vers l'entrée de son immense maison vide.

Renaud espère que Cellia oubliera sa colère et l'acceptera de nouveau. Pourquoi s'est-elle braquée quand elle a appris qu'il faisait de la politique ? Que reproche-t-elle aux Droits de la Terre ? Elle lui en veut sûrement d'avoir abandonné la guitare pour un combat qu'elle juge futile.

Il se rend au deuxième concert, se place au même endroit que la veille, mais Cellia ne tourne pas une seule fois les yeux vers lui. Quand le public lui demande la *Chanson pour Renaud*, la vedette baisse la tête et prend un air profondément attristé, puis refuse. Le public se met à protester, elle annonce :

— Je nc chanterai plus la *Chanson pour Renaud*, parce que Renaud est mort, je l'ai appris hier au soir !

Un silence consterné suit cette déclaration. La vedette poursuit son programme, jamais elle n'a été aussi belle, aussi pathétique que ce soir. À la sortie, Renaud veut l'approcher de nouveau, lui demander de s'expliquer. Il tente de se frayer un chemin vers la voiture qui attend la vedette, mais le service d'ordre l'en empêche. Il avait préparé une lettre et la remet à l'un des gardes.

Le lendemain, il rôde toute la journée place Vendôme. Vers midi, il se présente à la réception du Ritz et dépose un message pour la chanteuse, une longue lettre dans laquelle il explique les raisons de son engagement politique : la nécessité d'une nouvelle société en harmonie avec la nature, le besoin de protéger la Terre pour que les générations futures aient une vie agréable. Le soir, après être passé une nouvelle fois à la réception de l'hôtel, déçu de n'avoir pas eu de réponse, il se rend au troisième et dernier concert, s'assoit toujours à la même place. Il bouge, fait en sorte de se faire remarquer, mais Cellia ne tourne pas les yeux dans sa direction. Elle refuse une nouvelle fois d'interpréter la *Chanson pour Renaud*, le public respecte sa peine, car sa déclaration de la veille a fait le tour de toutes les rédactions. À la fin de cette ultime représentation une ovation la retient longtemps sur la scène ; des enfants lui apportent des bouquets de fleurs, le public est debout, en délire.

Renaud se rend rapidement au Ritz. Un service de protection cherche à l'éconduire au moment où Cellia descend de voiture. Son regard croise celui de Renaud, alors elle s'approche, demandant à ses gardes du corps de se tenir en retrait.

— Cellia, comme je suis content que tu acceptes enfin de m'écouter. Tu as reçu ma lettre, je t'ai tout expliqué !

— Justement, fait la jeune femme, sans se soucier des gens qui l'entourent et entendent ses propos. Tu sais ce qu'ils m'ont fait tes amis pendant qu'ils étaient forts, qu'ils voulaient mettre la main sur le monde ? Ils m'ont volé deux ans de ma vie pour avoir dit à des journalistes que je ne cautionnerai jamais un parti qui veut éliminer les faibles pour ne garder que les bien-pensants ! Tu me fais honte !

— Mais enfin, Cellia, tu étais malade, il a bien fallu que tu te soignes !

— Ma maladie, c'était de mal penser et de le dire, d'avoir de l'influence sur ces foules que vous manipulez !

Elle fait signe à ses gardes d'éloigner l'importun. Renaud est repoussé sans ménagement sur le trottoir. Il s'éloigne en maugréant. Cellia lui en veut de son engagement politique, mais elle n'a pas raison. Elle n'a rien compris ! Renaud aurait pu lui expliquer que les Droits de la Terre œuvrent pour le bien de l'Humanité, mais elle n'a pas voulu l'écouter. Quelqu'un d'autre a pris une place qu'il n'a pas su occuper quand l'occasion s'est présentée, voilà la vérité !

Renaud a vécu avec une illusion pour garder la tête hors de l'eau. Il a aimé Cellia à partir du moment où il en a été séparé, après n'avoir rien fait pour rester avec elle. Il la perd de nouveau et cette fois sans espoir de la retrouver. D'ailleurs, le souhaite-t-il ? La célébrité cache une fille sans instruction, sans classe, dotée d'une superbe voix, mais cela ne l'autorise pas à donner des leçons de morale à l'Humanité ! Renaud en gardait un souvenir idéalisé, mais ce n'est qu'un être quelconque qui se croit tout permis parce qu'elle est riche et adulée !

Avec ses attitudes de fille humble, sa fausse générosité représente un grave danger pour l'avenir de l'Humanité. Parler avec son cœur sans raisonner justifie la mollesse, le laisser-aller. La nature ne s'embarrasse pas de ce qui est bien ou mal. Seule l'efficacité a de l'importance !

Que lui reste-t-il ? Son combat ? Il s'est toujours raccroché à des chimères. Deux ans après son départ de la ferme du Messie cosmique, il n'a rien fait. Ces retrouvailles devaient lui ouvrir les portes de la musique, un rêve de plus auquel il se raccrochait à défaut d'autre chose. Ce soir, il marche sur le trottoir, les mains dans les poches, grelottant. Il n'a pas envie de rentrer à son hôtel, de se retrouver seul dans sa chambre.

Le jeune homme sait où aller, où trouver cette chaleur qui se répand dans le corps avec un bien-être dont il garde la nostalgie. Dix années qu'il n'a pas touché à la drogue, même s'il y a pensé tous les jours, dix ans de sevrage et toujours l'envie au fond de lui qui revient chaque fois qu'un obstacle se dresse devant lui. Ce soir, le désir est plus fort que jamais. Ses anciennes habitudes lui indiquent le chemin, il a de l'argent, de quoi acheter une dose, une seule, pour se donner un petit moment de répit. Dès demain matin, il repartira à Bordeaux, son travail, ses obligations l'empêcheront d'y penser, de céder une nouvelle fois à la tentation.

Non, Renaud ne va rien acheter, c'est trop risqué, il va seulement observer le jeu des revendeurs et des acheteurs que les passants ne remarquent pas, mais lui n'a pas perdu son flair ; au lieu de faire de la politique, il aurait dû devenir policier, se spécialiser dans la recherche de la drogue, il aurait sûrement connu quelques bons succès.

Au Forum des Halles, la foule est encore dense malgré l'heure tardive. Des groupes de jeunes se promènent en bavardant. Sur l'esplanade, entre les magasins, Renaud ne met pas longtemps à repérer un dealer. L'envie de jouer est la plus forte. Est-il encore capable de la discrétion d'autrefois et de ce coup d'œil particulier de l'acheteur en manque ? Il passe devant le garçon, le regarde brièvement ; l'autre a compris et le suit à quelques pas, sans l'aborder pour ne pas risquer de se faire surprendre par des policiers en civil. Renaud entre dans un magasin et le dealer poursuit son chemin, s'arrête un peu plus loin en face d'une vitrine de vêtements. Il n'acceptera aucun autre client tant qu'il n'a pas servi celui qui lui a fait signe. Un quart d'heure plus tard, Renaud sort du magasin et marche vers le revendeur qui prononce un prix. L'acheteur qui ne s'arrête pas a entendu, même si l'autre a parlé vite et à voix basse. Il passe de nouveau, les billets roulés dans sa main, l'autre les prend et glisse à la place un petit sachet de poudre froide. Point n'est besoin de discuter, de faire des comptes : tout est en ordre, on ne triche pas à ce stade de la transaction.

Renaud s'éloigne, tremblant, conscient d'avoir enfreint une règle absolue. Certes, après dix ans d'abstinence, il ne va pas se rendre dépendant, éprouver les terribles douleurs du drogué en manque, mais cette première fois va le pousser à recommencer et les bonnes raisons pour cela ne manqueront pas.

Il revient à son hôtel, mortifié, au bord de l'abîme. Dans sa chambre, il pose devant lui le sachet payé cent vingt euros. Le jeune homme est encore sur la bonne rive, malgré cette sensation de manque que la vue de la drogue accroît, qui appelle un plaisir retrouvé, enfin à sa portée. Un passage d'un livre lu quelques mois plus tôt lui revient en mémoire : « Le drogué tout comme l'alcoolique sont des malades incurables. Ils doivent apprendre à vivre avec leur maladie et lui résister pour rester du côté de la vie. Une fois sevrés, chaque jour, ils auront en eux l'envie de la drogue ou de l'alcool et ils devront lutter pour ne pas céder à une prise, si infime soit-elle, à un verre quelle que soit l'occasion exceptionnelle, car après ils ne maîtriseront plus leur mal qui les tuera. » Ces deux phrases incrustées dans son esprit le mettent en garde. « Je suis un pauvre type, pense-t-il. Un minable ! » Alors, comme si quelqu'un lui soufflait son devoir, il passe dans la salle de bains et, les yeux fermés, jette le sachet dans la cuvette des W.-C., tire la chasse puis se précipite sur son lit en sanglotant.

Au même moment, dans sa belle propriété de New York, Tony Lierering réunit ses collaborateurs, une quinzaine de personnes, souvent des compagnons de la première heure qui constatent combien l'œuvre érigée au fil des années est fragile. Rien ne va plus : une campagne internationale discrédite les Droits de la Terre et les accuse de faits gravissimes : villages de travail transformés en camps d'extermination, discriminations raciales, extermination des peuples du tiers-monde où de nombreuses maladies sévissent sans que personne songe à les combattre, limitation des libertés individuelles au profit d'un collectivisme oligarchique.

— On nous reproche cette même détermination qui nous avait portés au premier rang. Tout se passe comme si nos ennemis acceptaient les soubresauts de la Terre et ses conséquences sans chercher à les corriger. Ils agissent en irresponsables, minent notre volonté, réussissent à convaincre les gouvernements laxistes de la vieille Europe et même de l'Amérique, pourtant toujours en avance quand il s'agit de prendre de grandes décisions. Que pouvons-nous faire ?

— Une campagne de publicité sur les risques que court l'Humanité, propose un des participants aux petites lunettes épaisses. Insister sur les conséquences de la situation actuelle : le grand froid au nord, la chaleur insupportable au sud.

— Certes, répond le maître, mais les campagnes de publicité se multiplient, se contredisent et perdent de leur efficacité. Clean World n'a pas tenu ses engagements : il devrait faire appliquer le traité de Philadelphie, ce qui n'a été réalisé que dans les pays pauvres. Les grandes puissances votent tout ce qu'on leur propose, mais ne veulent surtout pas qu'un organisme international vienne se mêler de leurs affaires. Nos adversaires en profitent et sapent chaque jour un peu plus notre autorité. La récente réunion de Versailles n'a rien changé. Des textes ont été votés, certes, mais ne sont pas près d'être appliqués. Nous sommes moins avancés qu'à la fin de la peste atypique !

Albane Morenceau observe le maître. Personne ici ne peut aussi bien qu'elle mesurer la distance entre ses affirmations et sa véritable détermination. Tony Lierering est à bout, la maladie le ronge, absorbe toutes ses forces, voilà la vérité. Ses yeux ont perdu leur éclat de volonté inflexible, son visage ne reflète plus cette inspiration mystique, issue d'une réflexion cosmique au-delà du détail humain pour y revenir, pour s'y accrocher et conduire l'homme vers un monde meilleur. Il y avait du messianisme dans son attitude, dans sa manière de parler au monde, il n'en reste que des propos mous et désabusés.

— On nous reproche d'être le mouvement le plus riche du monde ! reprend le maître pour couper court aux accusations de ses adversaires murmurées jusque dans ses propres rangs. Eh bien, je revendique cet enrichissement, car c'est l'arme indispensable de notre réussite.

Quelques applaudissements fusent. Albane demande la parole :

— Nous avons eu le tort de croire que les hommes seraient assez sages pour accepter l'inévitable, c'est-à-dire notre programme, s'exclame-t-elle. Il se trouve que les intérêts que nous défendons sont si importants et la vision de l'avenir de nos adversaires si courte que nous devons les contraindre au lieu d'essayer de les convaincre. Clean World est devenu en moins de deux années une sorte de Sénat international où des gens très bien devisent sur l'avenir des loutres marines, mais se préoccupent très peu du sujet qui fâche : le devenir de l'Humanité. Ils ne voient pas au-delà de leur espérance de vie et sont assez faibles pour accepter des émoluments d'autant plus élevés qu'ils ne font rien. Ce qui est navrant, mais que nous devons envisager, c'est d'agir avec l'alliée la plus sûre, comme tu l'as envisagé toi-même, maître, la peur.

Tony Lierering fait une grimace. Des douleurs lancinantes irradient son abdomen. Sa propre survie le préoccupe et prend parfois le dessus sur l'avenir de la planète, même s'il s'en défend.

— Tu as raison, poursuit-il, c'est ce dont je voulais vous informer. Tout le dispositif est en place et n'attend qu'un signe de ma part pour se mettre en branle. Mais il faut avant cela que chacun d'entre vous soit prêt dans son domaine. Et cela doit rester un secret total. L'efficacité de l'opération dépend de ce secret.

Ils applaudissent. Tous connaissent l'arme irrésistible que le maître veut utiliser. Ils sont d'accord puisque cette arme ne peut pas les toucher eux et leur famille. Les plus lucides se demandent pourtant où cela va les conduire. Le docteur Huston, qui a travaillé toute sa vie dans la génétique, en est conscient et exprime son inquiétude :

— J'ai dirigé l'équipe qui s'est rendue sur les lieux où se sont déclarés les premiers cas de grippe aviaire chez des jeunes enfants. Nous avons fait les prélèvements nécessaires, nous avons « bricolé » le virus en laboratoire pour augmenter sa puissance de destruction qui, je l'avoue, me fait peur ! Le résultat a dépassé nos espérances. Nous l'avons testé dans un village très isolé d'Afrique équatoriale. Pas un seul survivant ! Le risque, c'est que ce virus soit trop efficace et qu'on ne puisse plus l'arrêter une fois dans la nature, car il est capable de muter rapidement, dès qu'il trouve une opposition !

Tony Lierering écarte la suggestion d'un geste de la main, comme pour balayer devant lui.

— Eh bien ce risque existera ! tranche-t-il. Nous n'avons pas le temps de poursuivre les recherches. Il est temps de frapper fort. L'objectif : réduire la population mondiale de moitié. C'est un programme ambitieux, je vous l'accorde, mais notre virus issu de la grippe aviaire et de la grippe humaine en a les capacités.

Albane baisse les yeux pour ne pas montrer son agacement. Pourquoi le maître raconte-t-il tout cela ? Les paroles sont de trop quand il faut agir. « Il rabâche, et c'est bien la preuve qu'il n'est plus à sa place ! »

— L'opération grippe est lancée simultanément à plusieurs endroits du monde, poursuit Tony Lierering. Ceux d'entre vous qui ne sont pas encore vaccinés doivent le faire au plus vite, mais attention, soyez discrets. La bombe est lâchée, personne ne doit savoir que nous avons les moyens de la combattre tant qu'elle n'a pas fait un maximum de victimes.

Tony Lierering lève la séance. Chacun repart dans son bureau du centre administratif à côté de la résidence de son leader ou rentre chez lui. Albane sait à quoi s'en tenir : « C'est l'œuvre qui doit survivre à son créateur, pas l'inverse ! Le mouvement le plus audacieux, le plus innovateur de l'Humanité, est en grand danger ! »

Elle rejoint son bureau à côté de celui de Pétronille, l'amie française dont beaucoup de gens ne comprennent pas le rôle. Son côté revendicatif n'a pas sa place ici, ses pensées subversives et « humaines » dont elle ne se cache pas l'excluent du mouvement. Plusieurs d'entre eux en ont parlé au maître qui a su les rassurer : « C'est le petit morceau de pays qu'Albane a emporté avec elle. Pétronille est parfaitement stupide et parle comme un oiseau chante, sans savoir ce qu'elle dit. Nous en séparer nous brouillerait définitivement avec le groupe Parkers qui n'attend que ça ! »

Albane entre dans le bureau de Pétronille qui est occupée à chercher sur les sites Internet les critiques de plus en plus nombreuses contre le traité de Philadelphie, Clean World et les Droits de la Terre. Sa fonction d'« observatrice de presse » lui laisse beaucoup de liberté dont elle ne se prive pas.

— Chaque jour qui passe augmente l'influence des Humanistes, constate la jeune fille. Je ne comprends rien à la politique, mais n'est-ce pas inquiétant ?

En réalité, Pétronille ne supporte plus les idées radicales d'Albane. Depuis qu'elle sait que son père est un des chefs de l'opposition, elle souhaite fuir, arrêter de tricher. Elle en a parlé à William qui est d'accord.

— Ne te fais pas de souci ! répond Albane en souriant. Au fait, as-tu pensé à te faire vacciner contre la grippe ? J'ai vu ce matin le docteur Huston qui m'a dit que la menace était grande. Cette maladie a tendance à devenir de plus en plus grave.

— Je vais le faire dès cet après-midi, dit Pétronille en continuant de pianoter sur son clavier.

— Bon, je pars ce soir pour la France ! annonce Albane. Une mission ultrasecrète. Je serai de retour dans deux jours.

— William et moi allons en profiter pour visiter plusieurs maisons sans subir ton influence. Nous avons décidé de vivre ensemble et de nous marier !

— J'espère que les événements le permettront, répond Albane, songeuse.

— Au fait, regarde ce que j'ai trouvé tout à fait par hasard : un message emprunté à Victor Hugo. Ce qui est curieux, c'est que je l'ai retrouvé sur un grand nombre de sites.

Demain, dès l'aube, à l'heure où blanchit la campagne
Je partirai. Vois-tu, je sais que tu m'attends.

— Que veux-tu que ce soit ? Nos adversaires vont bientôt comprendre qu'on ne s'en prend pas impunément aux Droits de la Terre.

Pétronille réfléchit un instant. Si Albane part en France, n'est-ce pas pour régler ses comptes ?

— Dis-moi, sans trahir un secret, peux-tu me préciser que ta mission en France n'a aucun rapport avec mon père ?

Albane sursaute, tourne vers Pétronille un regard méchant.

— Cela ne te regarde pas !

— Si, cela me regarde. Je ne veux pas qu'on touche à mon père, ni à personne de ma famille, même si je ne veux pas les revoir pour l'instant.

— Qu'est-ce qui te prend ? crie Albane, rouge de colère. Voilà que tu te ranges du côté de mes ennemis ? Sache que si ton père s'oppose à la marche du monde, il n'y a aucune raison de l'épargner. Je parlerais de la même manière de mon propre fils !

— Mais tu es un monstre ! s'exclame Pétronille au bord des larmes.

Les deux femmes se défient du regard. La belle amitié a volé en éclats depuis longtemps, le temps est venu de le confirmer.

— Sache que je ferai ce que mon devoir me demande de faire et que je me passerai de ton accord ! tranche Albane en quittant la pièce d'un pas nerveux.

Le froid est toujours aussi intense, mais la météo annonce enfin une remontée rapide du thermomètre pour les jours à venir. Ghislaine, au bras de Bernard Chaurrit, suit le corbillard qui conduit sa mère au caveau de famille. Marie est morte trois jours après avoir été conduite aux urgences avec la voiture « empruntée » à Georges Moduhi. Tout s'est arrangé pour Chaurrit, Moduhi lui-même ayant demandé que la plainte soit retirée.

Ghislaine supporte sans pleurer le poids de son immense chagrin. Elle se sépare définitivement de son enfance, de sa vie ordinaire jusqu'au tremblement de terre de Chastelnaud. Elle souhaitait une existence simple, avoir des enfants de Stéphane, les élever et faire son métier avec foi. C'est cette vie, cette espérance d'un bonheur tranquille qui s'en va dans le cercueil de bois verni.

Elle donne le bras à Bernard Chaurrit, son nouveau soutien, l'homme avec qui elle partage chaque instant de sa vie. Depuis qu'il est venu la chercher à la Pommeraie, depuis cette nuit glaciale à Chambéry, ils dorment dans la même chambre, mais ni l'un ni l'autre ne pense à dépasser des limites établies malgré eux. Chacun reste de son côté, Ghislaine avec son corps trop sale pour être montré, Bernard avec le souvenir de la seule femme qu'il a aimée et qui l'habite encore. Pourtant, ils s'entendent mieux que des amants : en dehors des harmonies et des querelles du corps, ils peuvent regarder l'avenir avec lucidité.

À la fin de l'enterrement, Ghislaine embrasse ses cousins, ses voisins et annonce aux parents de Stéphane qu'elle va partir à Paris avec son associé pour créer une nouvelle société.

De retour à sa petite maison, elle s'arrête un long moment dans la cour, regarde le hangar sur la droite, le puits fermé au centre : son enfance est là, écrite sur chaque pierre, dans chaque recoin, et ne peut s'emporter. Elle entre, la porte n'est pas fermée à clef. Sur la cuisinière à bois, la casserole de bouillon, la cafetière lourde d'un café froid sont à leur place. En bout de table la chaise de son père qu'elle revoit en train de fumer après le dîner du soir. Elle entend le pas lourd et rassurant de cet homme parti trop tôt, le matin quand elle se réveillait...

Ghislaine passe dans la chambre de sa mère avec le sentiment de s'incruster au cœur d'une intimité qui lui est, désormais, interdite, fouille de nouveau le tiroir de l'armoire, prend le paquet de photos, les examine, puis les repose à leur place. Pourquoi les emporter dans une ville où elles seraient étrangères ? Elles ont ici leur place, leur nom, leur histoire, ailleurs elles ne sont que vieilleries, nostalgie générale pour des gens en manque de repères. Qui pourrait accorder de l'importance à ces hommes et à ces femmes en dehors de leur tenue de paysans savoyards, de leur allure rustique de montagnards, de leur folklore ?

— On y va ! dit-elle enfin à Bernard qui est resté en retrait dans la cuisine, à côté de la grande table couverte d'une toile cirée.

Sa tenue sans recherche ne cache pas qu'il est étranger à cet intérieur, à ce pays. Son corps qui n'a pas retrouvé ses anciennes rondeurs, son visage, bien que ridé, conservent le raffinement d'une classe bourgeoise aisée. Dans cette maison, Ghislaine et lui ne peuvent pas se rencontrer.

— On y va ! répète-t-elle en sortant, tournant définitivement la page de son passé.

Ils partent. Ghislaine a le sentiment qu'elle ne reviendra jamais ici, et que cette mère, avec qui elle a cru ne pas s'entendre, était la gardienne de son âme, la garante de son intégrité, de sa personnalité. Avec Stéphane, elle a perdu celui avec qui elle aurait pu grandir jusqu'à devenir adulte, avec sa mère, elle vient de perdre un être dans lequel elle se reflétait.

Bernard Chaurrit a parfaitement compris ce qui anime sa compagne, aussi respecte-t-il son silence pendant un long moment. Enfin, il se met à parler de leurs affaires pour ramener Ghislaine au présent :

— Nous allons reprendre contact avec nos fournisseurs et nos amis. Nous pouvons encore réussir de bonnes affaires : le monde bouge. L'opposition mondiale est forte, d'ailleurs je n'ai pas douté un instant de sa victoire. Les Droits de la Terre ont bénéficié de circonstances favorables, mais personne ne veut de leur dictature.

— Sûrement ! rétorque Ghislaine d'une voix

neutre, mais les problèmes restent : la Terre est malade, il faudra bien trouver une solution.

Bernard Chaurrit a retrouvé son cynisme ordinaire. Il sourit et explique :

— Les Droits de la Terre véhiculent de véritables questions auxquelles ils apportent des réponses monstrueuses. Tony Lierering est un bien piètre politique. Il veut gouverner le monde avec quelques larbins à sa botte, il n'en a plus pour longtemps. En un mot, nous avons encore du travail « humanitaire » à accomplir et quelques bénéfices à la clef !

Ghislaine ne sait pas si elle aura la force de reprendre les affaires, de se livrer au jeu de la séduction pour mieux convaincre. Les vomissures de Moduhi sentent toujours aussi mauvais sur son corps et elle ne sait pas comment les cacher.

— Il faut que je retrouve Pétronille ! dit-elle, et cette affirmation la remet enfin en phase avec la réalité.

En parlant de Pétronille, elle renoue avec un sentiment qui lui est indispensable.

— Lorsque nous avons été capturés en Afrique, elle était avec ton neveu, le fameux Tanguy de Finebourg, poursuit Ghislaine. J'espère qu'il ne lui est pas arrivé malheur et que, surtout, elle n'a pas épousé ce malandrin.

— Aucun risque ! Finebourg n'est pas un sentimental. Il dépouille ses victimes, puis les jette. J'espère que les oncles de Pétronille ont su le contrer à temps !

— À la Pommeraie, j'ai pensé à elle tous les jours, avoue Ghislaine. Je me suis toujours étonnée qu'elle n'ait pas réussi à me retrouver, car le lien qui nous unissait était puissant et aurait dû résister au temps et aux circonstances. Je vais appeler son oncle, Lionel Delprat. J'espère que je n'apprendrai aucune mauvaise nouvelle.

Ghislaine ne va pas au bout de sa pensée. Derrière le souvenir de Pétronille se cache une autre silhouette, haute et déterminée : Armand Montrémy à qui elle a aussi pensé tous les jours. Pendant ces deux années de supplice, son espoir de survie s'est accroché à cet homme vaincu croisé sur la route de Chastelnaud. Ce n'était pas un souvenir ordinaire, mais une communion impossible à expliquer ni à définir, un lien au-delà du temps et de l'espace qui ne pouvait pas se satisfaire de circonstances ordinaires.

Le froid qui sévit sur l'hémisphère Nord a de lourdes conséquences politiques. Depuis que les partis d'opposition dénoncent, preuves à l'appui, les lois scélérates inspirées par les Droits de la Terre qui consistent à « donner du travail à tout le monde », l'opinion publique a le sentiment de s'être fait gruger. Plusieurs décrets de Clean World obligent chaque pays à fournir une activité et un logement à tous ses citoyens. Ainsi, les sans-domicile fixe, les mendiants, déclarés hors-la-loi, sont-ils pourchassés par la police qui les expulse s'ils sont des étrangers ou les envoie dans un des villages de travail, qui se sont considérablement multipliés. Ils y accomplissent des travaux d'« intérêt général ». Les classes moyennes des sociétés occidentales, qui ont donné une écrasante majorité aux Droits de la Terre après l'épidémie de peste atypique, doivent, au bout de deux années, supporter le coût de ces mesures au service de la Terre. Quand elles commencent à manquer de tout, elles trouvent déplacé de financer des travaux d'intérêt général qui consistent à dévier plusieurs autoroutes pour assurer la survie d'un coléoptère ou d'une race de musaraignes. Comment accepter de payer des gens à désherber des champs envahis par la *vamp* alors que des herbicides efficaces existent ? En période de crise économique mondiale, peut-on dépenser des fortunes pour replanter une forêt amazonienne qui mettra des millénaires à se reconstituer ?

Renaud a dormi du sommeil lourd de celui qui a remporté une victoire affligeante sur la tentation. Il se lève, la tête comme une enclume, se dirige vers la salle de bains et repense à sa soirée, l'achat du paquet de drogue, sa lutte pour résister et enfin sa douloureuse libération. Avec le jour, les démons se sont tus, il est quand même fier d'être resté de ce côté de la vie qui lui laisse encore le choix de la chute.

Il repense à Cellia. L'envie de retourner l'attendre à la sortie de son hôtel le fait se préparer rapidement, puis il renonce. Le froid est moins vif. Le radoucissement annoncé par la météo se confirme. Renaud se rend à pied au siège des Droits de la Terre. Le très matinal Luc Montré est déjà au travail et comprend vite que la rencontre avec la vedette Correti ne s'est pas très bien passée.

— Je t'avais averti, fait Montré sans lever la tête de son journal. Cette fille est une primitive inculte et sans intelligence.

Renaud pose son manteau, s'assoit en face de

Montré qui, enfin, interrompt sa lecture, lève les yeux, plisse son large front sous ses cheveux noirs, sagement coiffés.

— Je viens d'avoir des instructions de New York. Alerte générale pour une offensive de masse !

— Ah bon ? s'étonne Renaud. Et que prévoit le maître ?

— La grippe vole à notre secours, mon cher. Pire que la peste, pire que tout ce que les hommes ont connu jusque-là. Elle frappe l'Asie, l'Afrique et serait prête à débarquer chez nous. Prends ce paquet, il est pour toi. C'est le vaccin. Tu suivras bien les indications. En attendant, ordre m'a été donné de neutraliser un certain Plokov. Il va être arrêté pour incitation à la rébellion. Officiellement, il s'évadera du commissariat où il sera en garde à vue et personne n'entendra plus parler de lui.

— Je croyais qu'on ne devait pas y toucher pour ne pas en faire un martyr ?

— La donne a changé, explique Montré. On sait maintenant que Plokov est un nom d'emprunt, qu'il utilise des faux papiers, délit de droit commun passible de prison. Il est arrivé en France voilà deux ans et a pu s'offrir la maison Coste, une des plus prestigieuses de Champagne. Où a-t-il trouvé l'argent, lui qui se dit un évadé d'un village de travail ? Attends, je vais te montrer sa tête !

Montré pianote sur sa machine. Le visage d'un homme apparaît sur l'écran. Renaud regarde cette figure couverte d'une barbe blanche, ce front haut, ce regard, surtout ce regard qui s'imprime en lui, qui cherche comme un souvenir.

— Qu'est-ce qui te prend ? demande Montré en

fronçant les sourcils. Tu fais une drôle de tête ! Tu le connais ? Attends, je vais te le montrer en entier.

Sur l'écran se dessine alors une grande maison avec des arches en pierre et une enseigne en grosses lettres noires gothiques : « Champagnes Coste, maison fondée en 1824 ». Un homme en sort, grand, droit, la cinquantaine avantageuse. Il marche devant la maison, se dirige vers un entrepôt et un camion stationné là. Il met une main dans sa poche. Cette fois, Renaud n'a plus de doute.

— Eh bien, qu'est-ce qu'il te prend ?

Renaud ne répond pas. Il sait maintenant pourquoi, par un instinct profond, il a toujours évité de s'intéresser à ce Plokov, d'en regarder l'image. Quelque chose de plus fort que lui le retenait. La dernière barrière vient de s'écrouler. Ainsi, celui à qui il a craché à la figure est bien vivant. Après dix années sans nouvelles, il le retrouve comme s'il l'avait laissé la veille. Le prisonnier déchu de Chambéry, accusé d'un crime, le patron des Eaux Saint-Jean totalement ruiné, ne peut donc être que du côté des gagnants, de ceux qui savent mener leurs affaires et pour qui l'échec est la première occasion de rebondir. Car, après avoir été dépouillé de tout, comment peut-il être à la tête de ce qui semble une florissante maison de négoce ?

— Qu'est-ce qui te prend ? Tu es tout pâle !

Renaud sort du bureau sans un mot, la main devant la bouche comme s'il avait envie de vomir, court dans la rue, jusqu'à en perdre le souffle. Il fuit, puis s'arrête au milieu d'une place où des passants déambulent tranquillement.

— Je le tuerai ! dit-il entre ses dents avant de reprendre sa course à travers Paris.

Les gitans de Gurval quittent Chastelnaud. Les véhicules sortent les uns derrière les autres du terrain vague. À l'intérieur de la longue caravane, Gurval et Plokov boivent du champagne. Ils ont parcouru les rues de Chastelnaud dans une voiture aux vitres fumées. Ils se sont arrêtés devant le portail ouvert de l'usine Saint-Jean. Plokov est sorti, a marché les mains dans les poches dans la rue qu'il empruntait, enfant. En face de sa maison aux volets clos, il a repensé à la splendeur des Montrémy, maîtres de la source miraculeuse, à son grand-père qui disait : « Jamais l'Eau Saint-Jean n'appartiendra à d'autres qu'aux Montrémy ! » Une voiture est entrée dans la cour, s'est arrêtée à la place où il garait sa Mercedes. Un homme de grande taille, maigre, voûté, sa longue tête penchée vers l'avant, en est sorti. Il a tout de suite reconnu Lionel Delprat et il lui a trouvé un air pitoyable. « L'œuvre de Plantagrin ! » a-t-il songé, puis il est retourné à la voiture où Gurval aussi a vu son ancien ami.

En quittant Chastelnaud, les deux hommes pensent à lui, le grand vaincu.

— On dirait un vieillard, constate Gurval. Il porte la misère de son état, il la portera toute sa vie. Je suis presque vengé et cela me fait tellement de bien ! Je crois que je vais maigrir !

Plokov se tait. Son retour à Chastelnaud n'est qu'un premier pas vers sa réhabilitation. La ruine de celui qui lui a tout pris ne lui procure aucune satisfaction. Pour l'instant, il pianote sur son ordinateur portable. Il a trouvé les deux vers de Victor Hugo : « Demain dès l'aube... » puis d'autres formules : « Pour la partie de pêche, je te propose qu'on se retrouve au bord de la rivière à la place habituelle, demain dès l'aube ! » Il doit donc contacter ses amis : quelque chose de nouveau s'est produit. L'inquiétude se marque sur son visage.

— Avec nous, vous ne risquez rien, insiste Gurval. Je vous donne ma parole : personne ne peut s'en prendre à l'invité des gitans.

Plokov compose un numéro sur son petit téléphone portable qu'il plaque contre son oreille pour écouter le message préenregistré en langage codé : « Le sanglier albinos est sorti de son enclos et a rejoint une harde de sangliers sauvages. Les chiens l'ont retrouvé. Les chasseurs sont à l'affût. »

Gurval ne le quitte pas des yeux. Capable par intérêt des plus hautes trahisons, sa parole, dans ce cas, ne peut être mise en doute. Plokov lui fait écouter le message :

— Je vous répète : vous ne risquez rien, ici ! Les gitans n'ont pas vos principes moraux, mais ils n'ont qu'une parole. Laissez approcher le chien et le chasseur, mes frères sont plus malins que des renards !

Plokov n'est pourtant pas rassuré. L'obèse insiste :

— Personne ne peut connaître notre itinéraire à l'avance puisque nous ne le connaissons pas nous-mêmes. Une fois arrêtés pour la nuit ou pour une semaine, les signes de la nature qui ne disent rien aux hommes ordinaires nous avertissent bien longtemps avant qu'un étranger s'approche de notre camp. Avez-vous seulement cherché une fois les champignons ?

— Je ne vois pas le rapport !

— Il y en a un ! Quand vous entrez dans un bois, quand vous quittez la route des hommes pour pénétrer dans les taillis, les geais en premier se mettent à piailler et avertissent tous les animaux sauvages de l'approche d'un ennemi. Mais ce n'est pas tout, les animaux communiquent entre eux par des signes que nous ne pouvons pas percevoir. Nos chiens à nous ne sont pas dressés pour la chasse, mais pour la défense. Quand un intrus s'approche de notre camp, ils n'aboient pas comme les autres chiens, ils ont leur manière à eux de nous avertir...

Lionel Delprat marche dans l'usine vide de ses employés. Les machines sont arrêtées ; sur un tapis roulant, des bouteilles attendent d'être emballées et chargées. L'arrêt de la production des Eaux de Pétronille a mis cent personnes au chômage et rien n'annonce une reprise de l'activité.

Il marche, ses pas résonnent comme dans une église. La pensée de sa belle-sœur ne le quitte pas depuis qu'elle est venue le trouver dans son bureau. Sa nuit avec elle n'était pas une passade, s'il a cherché à s'en convaincre, c'était pour fuir la réalité. Ils se sont trop bien entendus pour ne pas mesurer l'un et l'autre le danger d'un rapprochement, d'une intimité renouvelée.

Florence a fait le premier pas dans une voie sans retour. Elle se dresse entre lui et Aurélie. N'a-t-il pas été le premier à penser et à dire que sa belle-sœur n'avait pas plus de cervelle qu'un moineau ? Combien d'hommes a-t-elle connus ? Des dizaines, sûrement, certains le temps d'une soirée, de croire que l'instant peut s'assimiler à l'éternité, qu'un sentiment fugitif peut donner à l'âme l'illumination de l'amour total. Que cherchait-elle dans ces aventures qui se répétaient ?

Lionel est allé voir le maire de Chastelnaud et le responsable du parc naturel du mont Aïzot. Il ne s'est pas présenté comme d'habitude avec sa sacoche pleine de projets et d'expertises, mais les mains dans les poches, sans fanfaronnade. Les autorisations d'exploiter les eaux de la poche nord indemne de pollution sont arrivées. Les forages d'exploitation demandent une semaine de travail pendant laquelle les ouvriers pourront remettre l'usine en état de production. En attendant que les conduites soient installées, des camions peuvent approvisionner les chaînes d'embouteillage. Alors, qu'attend-il ?

Une voiture s'arrête dans la cour. Il s'y attendait et le redoute, car il sait bien où cela va le conduire et il a l'impression de marcher sur le cadavre de son frère.

C'est Aurélie – il souhaitait Florence –, Aurélie qui marche énergiquement vers lui, le regard dur. Dans la colère, son corps paraît plus grand, anguleux, presque disgrâcieux.

— Il paraît que tu te prépares à partir en Russie avec ta putain ?

Lionel retrouve son aplomb. La colère de sa femme réveille en lui cette force qui se traduit par un grand calme, un sens de la synthèse qui lui ont valu de nombreux succès lors de négociations délicates. Il dresse la tête.

— Je vais partir en effet dans deux jours à Moscou pour essayer de comprendre pourquoi j'ai été dépossédé de mes avoirs et pourquoi tous mes projets ont été gelés. Je crois qu'il y a là-dessous de mauvaises intentions et je veux profiter du fait que le vent tourne pour remonter mon affaire.

— Je te comprends bien. Ta putain a réussi à te persuader et toi, tu la suis !

— Mais enfin, Aurélie...

Il ne trouve pas les mots pour se justifier, parce qu'il n'en a pas envie. Sa tête est pleine de contradictions, mais Aurélie n'en fait pas partie. Il la voit telle qu'elle a toujours été : stricte, se protégeant de la vie qui lui fait peur.

— Alors, tu te débrouilleras avec elle, moi, je repars chez ma mère. Mon avocat viendra te trouver.

— Mais enfin, Aurélie, tu ne vas pas me faire une mauvaise querelle maintenant ! Après tant d'années et tous nos malheurs, il faut bien essayer de sortir la tête de l'eau !

— Pas avec celle qui a tué ton frère et que tu accueilles à bras ouverts. Elle va faire un enfant, très bien, il s'appellera Delprat, tant mieux ! Moi, je n'ai plus ma place ici !

Aurélie tourne les talons, s'éloigne d'un pas rapide et nerveux, monte dans sa voiture et s'en va. Lionel s'en veut de ne pas avoir cherché à la retenir. « Elle reviendra, elle ne peut pas vivre sans moi », se force-t-il à penser, mais il connaît suffisamment Aurélie pour savoir qu'elle a plus de courage que lui dans les décisions d'ordre personnel. Et il se sent très mal à l'aise. « Je suis un salaud ! » pense-t-il.

Chez lui, il trouve son appartement saccagé. Aurélie a vidé les armoires, brisé la vaisselle, renversé son bureau et éparpillé ses dossiers, lardé ses vêtements de coups de couteau. Lionel reste un long moment, debout à la porte, en face de ce fouillis qui indique la fin d'une époque sereine et sa plongée dans l'inconnu.

Il repense à ses vingt dernières années. Son mariage en grande pompe. Les frères Delprat étaient au début de leur aventure, de leur réussite. Aurélie, étudiante en économie, entrait dans la famille aisée de Saint-Geniez. Tout le monde pensait que les deux frères, ingénieurs en génie civil, avaient un brillant avenir et qu'Aurélie ne pouvait que les épauler.

Voilà ce qu'il reste de ces vingt années, un appartement saccagé et un homme seul, ruiné, qui n'a plus vraiment envie de se battre. Le sentiment d'une présence le fait se tourner vivement. Florence est là, grave, qui le regarde. Elle marche dans sa direction, s'arrête tout près de lui, ses yeux gris plantés dans les siens.

— Ça devait arriver ! dit-elle. Ça ne pouvait se terminer autrement. Elle a piqué sa crise de nerfs, c'est mieux ainsi.

Lionel parcourt du regard le désordre, cet étalage de vêtements, d'objets de sa vie quotidienne, de son intimité avec Aurélie. Ce n'est pas une colère ordinaire, une crise qui appelle des remords et une réconciliation. L'irrémédiable qu'il a sûrement voulu a été accompli et le laisse, à présent, désespéré.

— Allez, il faut que tu te reprennes. Viens, je vais te faire oublier tout ça. Tu dois préparer ton voyage à Moscou.

— Je ne sais pas si je vais y aller. Cela n'a plus d'importance !

Il s'assoit sur une chaise, laisse tomber ses longs bras le long du corps. Ses mains fines touchent les vêtements épars. Il baisse sa tête devenue trop lourde pour faire face aux forces contraires qui l'écartèlent. Il repense sans savoir pourquoi à la grosse Mercedes aux vitres teintées aperçue la veille, près du portail. Il se savait observé, surveillé de l'intérieur par un ennemi invisible. Il repense au malaise profond ressenti à ce moment-là, celui d'un homme qui n'est pas en paix avec lui-même et ne peut reprocher ses malheurs aux autres.

— Lionel, l'occasion de renverser le cours des événements se présente, insiste Florence, le tirant brusquement de sa rêverie. J'ai quelques informations sur la situation en Russie. Les Droits de la Terre sont contestés par les religieux et par la rue qui espérait une amélioration de ses conditions de vie. Des hommes neufs arrivent avec d'autres propositions, des projets plus conformes à nos vieilles démocraties. C'est ce train qu'il faut prendre avant les autres si tu veux être en place pour les vingt années qui viennent.

— Je ne sais pas ce que je veux !

Si, il le sait, mais n'ose pas le formuler car c'est une fois de plus l'expression de son égocentrisme. Il a besoin d'Aurélie pour retrouver sa force et il a besoin de Florence. Aurélie est la gardienne des lieux, Florence représente l'aventure, la fantaisie qui lui a tant manqué. Pourquoi de telles dispositions ne peuvent-elles pas se réunir en une seule et même personne ? Et puis, il y a Marc qui se dresse devant lui chaque fois qu'il parle à Florence.

— Allez, viens.

— C'est inutile, je te dis. Je n'ai plus rien à espérer.

Elle le serre très fort contre sa poitrine. Lionel tente de la repousser, mais les bras de la femme s'agrippent à lui, ses mains deviennent des serres, ses ongles, des griffes.

— Ce n'est pas le moment de flancher, dit-elle. J'attends ce moment depuis si longtemps ! L'enfant que je porte, je l'ai voulu pour sauver Marc. Je suis prête à te le sacrifier. Si tu me le demandes, demain je ne serai plus enceinte.

— Qu'est-ce que tu veux dire ?

— Je veux dire qu'avec toi, je suis prête à tenter ce que les Delprat n'ont jamais osé. J'ai consulté des sommités médicales, en secret. Pendant longtemps, chez les Delprat, on a redouté ce gène que tu portes et que portait Marc. C'était une raison pour ne pas avoir d'enfant parce que cela arrangeait tout le monde : avec deux frères, la famille risquait de se diviser en deux branches, c'était très compliqué pour la succession, pour la survie de l'empire. Tu pensais cela, je le sais, et tu acceptais ton mauvais gène pour justifier celui de Marc. La solution, c'était Pétronille qui ne venait ni de l'un ni de l'autre et qui avait l'avantage d'être une Delprat. Mais il n'y a plus de Pétronille.

— J'espère chaque jour qu'elle va me téléphoner.

— Et qu'est-ce que ça changera ? Après ce qu'elle a fait, tu ne peux plus lui faire confiance. Je t'ai dit que j'avais consulté des spécialistes. Je ne l'avais jamais fait au temps de Marc, comme Aurélie ne l'a jamais fait non plus. Cela ne te semble pas bizarre ?

— Pourquoi l'aurait-elle fait puisque nous savons depuis longtemps que c'est ainsi et que nous avions décidé de ne pas avoir d'enfant.

— Aurélie a toujours vécu avec la peur au ventre, peur de se laisser aller, peur du plaisir, peur de faire un enfant. Mais vivre, c'est avant tout vaincre sa peur ! Je te dis : les choses ont changé. Donc, les spécialistes m'ont appris qu'il y avait effectivement trois risques sur quatre qu'un enfant soit porteur de ce gène, mais cela laisse aussi une chance sur quatre qu'il en soit indemne.

— Et alors ?

— Alors, le côté cul-bénit de ta famille, la moralité protestante d'Aurélie, la bêtise de ta mère ont fait qu'on n'a jamais voulu tenter cette chance parce que cela pouvait impliquer des avortements thérapeutiques !

Lionel secoue la tête. Une fois de plus, il a l'impression que Florence lui donne une leçon de vie. Il ne sait pas exactement où elle veut en venir, mais il la soupçonne d'être au courant de beaucoup de choses, et en particulier de sa faute auprès de son meilleur ami, Achille Plantagrin, cette faute qu'il a cru oublier pendant les années fastes et qui revient se planter dans sa conscience comme un pieu de feu. Il y a pensé quand Aurélie est venue lui annoncer qu'elle le quittait, il y pense encore devant le saccage de son appartement.

— Laisse-moi. J'ai assez de difficultés comme ça !

Mais elle ne l'écoute pas. Elle garde en tête les mots terribles de sa belle-sœur en colère qui exprimaient sa défaite.

— Je t'aime ! dit-elle encore en le serrant de toutes ses forces. Je crois que j'ai compris.

— Qu'est-ce que tu as compris ? Que chaque fois que tu m'approches, j'ai l'impression d'écraser mon frère du pied ? Tu as compris que, malgré mon assurance, j'avais besoin de lui ? Je ne suis pas complet sans Marc. Chaque jour qui passe me montre à quel point il m'était indispensable, d'abord dans notre entente et même dans la brouille. Marc a été une victime, ta victime !

Florence recule, se dresse en face de son beau-frère toujours affalé sur sa chaise. Ce qu'elle vient d'entendre la déchire, la projette désarticulée contre une réalité dure comme un rocher au-dessus du vide.

— Qu'est-ce que tu dis ? Accuse-moi encore une fois d'être la cause de la déconfiture des Delprat alors que j'ai toujours tout fait pour toi !

— Marc s'est tué à cause de nous !

Florence reste un moment sans voix. Lionel lui montre une vérité qu'elle ne veut pas voir. Il a peut-être raison : leur couple futur foulera du pied celui qui l'a permis par sa mort.

— C'est peut-être vrai, mais on n'y peut plus rien désormais !

Elle n'attend pas la réponse qui affaiblirait la portée de son propos. Elle s'éloigne, laissant son beau-père avec ces mots qui sonnent dans sa tête comme le roulement sourd d'un tambour avant l'exécution.

Ghislaine Margeride et Bernard Chaurrit se sont remis au travail. Bernard a la bonne surprise de recevoir un coup de téléphone de sa mère qui vient de voir à la télévision un reportage sur les rapatriés, les Français retenus en otages à l'étranger complètement démunis à leur retour. Cela l'a émue.

— J'en ai parlé à ton père et à ton frère. Nous te faisons parvenir un chèque de mille cinq cents euros. Si tu as besoin de plus, dis-le, nous pouvons te consentir un prêt très avantageux.

Vexé, Chaurrit a tout de suite réagi :

— Je ne veux pas d'aumône. Je suis assez grand pour me débrouiller seul. Je ne vous demande rien !

— Mais voyons, Bernard, tu prends toujours aussi facilement la mouche ! C'est pour t'aider que je te parle ainsi !

— Eh bien, je n'ai pas besoin d'aide !

Ghislaine assiste à la conversation. Ils se sont réfugiés dans une chambre d'hôtel d'où ils tentent de renouer les contacts indispensables pour se relancer dans les affaires. Ghislaine rassure son ami :

— L'argent de ma mère est à ta disposition. Si cela suffit pour redémarrer, n'hésite pas à l'utiliser.

— Et si je perds tout ?

— Aucune importance. Tu m'as tirée des griffes du monstre, cela me suffit, et puis, tu es mon ami, on ne demande jamais de comptes à un ami.

Les anciens contacts sont difficiles à renouer. En deux années, beaucoup de choses ont changé. Les Droits de la Terre, par l'intermédiaire de Clean World, ont placé leurs hommes aux endroits stratégiques de l'État. Beaucoup d'anciens diplomates jugés trop « moraux » ou hostiles aux nouvelles idées ont été mis au placard. Le retour de Bernard Chaurrit ne réjouit personne. On l'avait enterré, sa résurrection dérange. Il connaissait d'avance les difficultés qui l'attendraient, mais ne pensait pas que les nouveaux clivages seraient aussi difficiles à déverrouiller.

— Dans les affaires liées à la diplomatie, à la politique, explique-t-il à Ghislaine, le partage n'existe pas, les uns écrasent les autres et font tout pour éviter d'être écrasés à leur tour.

Au bout d'une semaine de prospection, de rendez-vous inutiles, Bernard se décide enfin à frapper à la porte qu'il gardait pour l'ultime recours car il aurait préféré s'en passer.

— Il s'agit de Plantagrin, celui qui m'a poussé à t'aborder dans un avion de ligne et qui avait besoin de toi pour de sombres desseins.

Chaurrit sait qu'en lui demandant de l'aide il devient son obligé et que Plantagrin est très exigeant. Mais, après l'intermède de la Pommeraie, l'épisode Ghislaine est probablement clos. Il compose le numéro de la société de Placements Littoral, conscient d'aliéner sa liberté. C'est Irma Tarassi qui lui répond.

— Ah ! monsieur Chaurrit, quel bonheur de vous entendre. On était sans nouvelles de vous depuis bien longtemps. Vous êtes donc rentré, quel bonheur !

Chaurrit éprouve de la joie à entendre cette voix au léger accent italien qui lui rappelle les grands moments de la Mondass Ingénierie.

— Je suis en effet de retour et je voudrais reprendre mes affaires. Je voulais simplement en aviser M. Plantagrin qui m'a toujours témoigné beaucoup d'amitié.

— Je vous comprends ! Hélas ! M. Plantagrin est en voyage privé. On ne peut pas le joindre pour l'instant, mais il m'appellera certainement dans la journée...

Plantagrin en voyage privé ! Bernard Chaurrit sourit : le financier cherche à se faire oublier pendant que les forces rivales s'opposent pour gouverner le monde. Plantagrin n'oublie jamais les affaires.

— Je suis certaine qu'il va être très heureux de vous entendre. Je vais lui donner votre numéro de téléphone.

Le convoi des caravanes poursuit son errance sur les routes de France. Le redoux le bloque à proximité de Toulouse. D'importantes chutes de neige le retiennent plusieurs jours à côté de Muret. Gurval peste contre ce temps pourri, mais doit se résigner. La neige en abondance dans les plaines avait été prévue par Météo France qui avait émis plusieurs bulletins d'alerte, notamment dans le Sud-Ouest. « Ce sont les excès auxquels nous devrons nous habituer, affirme Vincent Letellier. Une normalisation de la situation ne se produira pas avant longtemps. Nous devons faire avec et nous adapter ! »

Ce genre de déclaration irrite Achille Plantagrin. La Terre peut bien se disloquer, il trouvera toujours le moyen de se tirer d'affaire, mais, pour l'instant, il est bloqué sur un terrain peu favorable à un long séjour. Alors, il rouspète contre la neige qui l'empêche de poursuivre son périple. Il maudit les flambeurs responsables des désordres climatiques en oubliant qu'il a été parmi les plus gourmands. Il va et vient lourdement dans sa grande caravane qui tremble à chacun de ses pas.

— Pouvez-vous comprendre ce qui pousse un gitan à s'en aller, à préférer l'ailleurs à ce qui se trouve autour de lui, le rêve à la certitude ? demande-t-il. Non, il faut avoir le sang du voyage dans les veines. Le gitan se régénère à chaque départ, il redevient lui-même en rêvant d'être un autre. Le gitan ne peut être enfermé et chaque fois qu'il est contraint à rester quand il a décidé de partir, il ressemble à ces ours des mauvais cirques russes attachés par la patte. Le vent de la liberté nous est nécessaire, pouvez-vous admettre cela ?

Le téléphone lui arrache un rugissement de protestation. Il pousse un tonitruant « allô » car personne n'a le droit de l'appeler pendant sa « retraite », sauf Irma et seulement en cas de force majeure. Or Irma voit le drame partout et le dérange plusieurs fois par jour pour des broutilles.

— Je viens d'avoir au téléphone un certain Bernard Chaurrit.

Un petit silence durant lequel Plantagrin réfléchit intensément. Il ne veut pas être dérangé, mais il n'est pas homme à négliger les détails, bien au contraire. Ce qu'il a fait pour Chaurrit lui a toujours été bénéfique.

— Ça y est, les Africains l'ont lâché ?

— Oui, dit Irma. Mais il vient de m'apprendre une nouvelle que la presse a occultée. Tu te souviens du mariage princier du président Moduhi avec notre institutrice ?

— Certes, fait Plantagrin en se tournant vers Plokov. Moduhi est rentré d'Afrique pour se marier à Chastelnaud avec l'institutrice qui travaillait avec Chaurrit, celle que je lui avais conseillée. Une certaine Ghislaine Margeride.

Le regard de Plokov s'éclaire. Depuis ce mariage relaté par toutes les revues et les journaux, il s'interdit la moindre pensée pour cette arriviste dont il n'a pas oublié le regard à travers les barreaux de la prison de Chambéry.

— Il paraît qu'elle a épousé Moduhi sous la contrainte, pour sauver Chaurrit qui se trouvait dans les geôles du gentil président en fuite. Celui-ci voulait obtenir par ce mariage la nationalité française.

— Dépêche-toi ! s'impatiente Plantagrin, agacé. Les histoires de prince et de bergère m'ennuient.

— Donc, poursuit Irma, Moduhi retenait depuis deux ans Ghislaine Margeride dans une propriété de Sologne. Chaurrit, de retour d'Afrique, a réussi à la libérer, un enlèvement très romantique, et il veut relancer son affaire.

— Il reprend donc contact avec ses vieux amis ! Parfait, je vais l'appeler.

C'est une bonne nouvelle pour Plantagrin. Chaurrit a toujours été un collaborateur loyal et arrangeant avec qui il aimait travailler.

— Voilà qui finit bien, explique Plantagrin à Plokov. Ghislaine Margeride, que nous croyions heureuse épouse du monstrueux Moduhi, était en réalité séquestrée. Cette femme a beaucoup de qualités, je suis heureux qu'elle soit enfin libre.

Plokov ne fait aucune remarque, mais cette nouvelle lui fait beaucoup de bien. Il a envie de revoir l'institutrice de Chastelnaud parce que son souvenir est indissociable de celui de Pétronille.

Plantagrin compose le numéro qu'Irma vient de lui donner. La voix de Bernard Chaurrit fait éclore un sourire sur son large visage.

— Mon cher ami, ils vous ont enfin lâché ! Deux ans c'est long, en effet, mais tout va s'arranger pour vous. Je ne peux pas parler au téléphone, je suis dans la neige à Toulouse, pour affaires. Je vais donc vous rendre visite à Paris. Je vous indiquerai où nous nous retrouverons pour dîner ce soir.

Il pose son téléphone et se tourne vers Plokov.

— Je vais être obligé de vous quitter pendant deux jours. Ne vous faites pas de souci, vous ne risquez rien sous la garde de mes frères. Ne vous éloignez surtout pas du camp.

— Cela ne me va pas, j'ai décidé de partir.

Ce qu'il vient d'apprendre sur Ghislaine le

pousse à l'action. Ses assassins sont sur ses traces ? Tant pis ! Il ne veut pas se terrer comme un renard. Plokov n'a pas peur d'eux. Sa place est au premier rang des défenseurs de la liberté.

— Mais qu'est-ce qui vous prend ? Vous n'allez pas quitter le seul endroit où vous êtes en sécurité ? Vous voulez mourir ?

— Mourir m'importe peu, mais je ne veux pas que ce soit en lâche.

En parlant ainsi, il a le sentiment de se défausser de sa peur profonde et irréfléchie, celle qui l'a empêché de porter secours à Adeline au bord de la crevasse, celle qui le fait trembler comme une feuille dès que le tonnerre gronde. La résurrection de Ghislaine lui a soufflé cette réaction dont il ne sait pas où elle va le conduire, mais qui lui semble essentielle.

— Vous ne pouvez pas partir ! insiste Plantagrin. Pensez à Alexandre qui vous attend. Pour lui vous n'avez pas le droit de mourir. Tenez, vous allez m'accompagner à Paris.

— Pour Alexandre comme pour tous les enfants du monde, je me dois de faire face à la pire des lâchetés qui est de tirer dans le dos de quelqu'un que l'on redoute d'affronter !

— Je vous dis que vous allez m'accompagner à Paris, tête de mule ! Près de moi, vous ne risquez rien.

— Non, je rentre en Champagne, chez moi. Il ne sera pas dit que j'ai fui devant des fascistes. On ne se couche pas devant ceux qui portent la mort, on les regarde en face ! Les grands axes routiers doivent être dégagés, je repars !

Il lui semble que de rester une journée de plus avec les gitans le rend indigne de lui-même et de ceux qui comptent encore pour lui. Que penserait le jeune Alexandre d'un père qui se cache parce qu'il a peur ?

— Je pars ! conclut Plokov avec le sentiment de reconquérir une dignité perdue.

La remontée rapide des températures fait fondre la neige en quelques heures. À Nice, le thermomètre a dépassé trente degrés, vingt-deux à Paris alors que huit jours plus tôt il était à moins dix. D'innombrables avalanches se produisent en montagne, les plaines sont, une fois de plus, inondées. La Loire déborde, le Rhône remplit sa vallée, de nombreuses villes et bourgades sont sous les eaux. La pluie qui se met à tomber sur toute l'Europe de l'Ouest accentue une situation déjà catastrophique.

Longtemps protégée par ses barrages sur la Seine et la Marne, Paris subit une crue phénoménale. Il faut évacuer l'île Saint-Louis et les quartiers proches des quais. Le relogement provisoire de ces populations inquiète les autorités qui manquent de place. Les salles de sport, les stades au sec sont mis à la disposition de pauvres bougres qui attendent le bon vouloir du ciel pour rentrer chez eux. Des commerçants qui ont tout perdu se regroupent pour demander un effort aux assurances et au ministère du Commerce et de l'Industrie qui ne savent plus où donner de la tête.

Avec la chaleur humide, la végétation se met à pousser à une vitesse étonnante. Les arbres fruitiers fleurissent mais les producteurs de fruits ne se font pas d'illusion : tous sont condamnés à la première gelée, qui ne saurait tarder.

Dans l'hémisphère Sud, la chaleur et la sécheresse poursuivent leurs dégâts. Les troupeaux meurent, l'agriculture est exsangue ; la faim devient le premier fléau contre lequel le monde n'a aucune arme. L'Afrique, l'Amérique du Sud, l'Inde, l'Asie sont parcourues par des bandes d'affamés pires que les crickets qui ravagent tout sur leur passage. Ces hordes remontent vers l'hémisphère Nord momentanément privilégié, inquiétant les États-Unis. De l'Afrique, elles traversent la Méditerranée, ou passent en Espagne par le détroit de Gibraltar. De véritables armées venues d'Asie se déplacent vers l'est, raflant tout ce qui peut être mangé, ne respectant aucune règle, aucune convention. Elles envahissent l'Europe de l'Est et poursuivent leur marche vers l'ouest, pillant villes et villages, se heurtant aux armées dépêchées pour les arrêter, toujours plus nombreuses, toujours plus décidées.

Aux États-Unis, Tony Lierering se frotte les mains. Cela ne serait pas arrivé si les gouvernements du monde avaient pris à temps les mesures énergiques que la situation impliquait. « Le tiers-monde menace les pays civilisés, clame-t-il. Les Droits de la Terre avaient cherché à réduire ce danger en encadrant les populations à risques dans les fameux villages de travail. Nous n'avons pas été suivis avec suffisamment de fermeté et voilà le résultat. Nous voici revenus au temps des grandes invasions des IVe et Ve siècles en Europe qui d'ailleurs étaient dues à un refroidissement du climat.

Notre espèce retourne à l'obscurantisme de ses débuts ! »

À Paris, Luc Montré peut enfin se montrer à la télévision. C'est un piètre tribun, mais la situation est telle qu'il n'a pas de mal à trouver les mots qui touchent. En France, les prix des denrées courantes ont encore augmenté. Malgré les efforts du gouvernement pour aider les plus démunis, les queues s'allongent aux soupes populaires dans la moiteur d'un mois de février anormalement chaud et humide. On parle de rationner la viande et les légumes, mais personne n'ose prendre cette mesure qui rappelle les années les plus sombres du pays.

Albane Morenceau débarque à Roissy et ne peut, une fois de plus, s'empêcher d'avoir une pensée pour Pierre Ragaud. Longtemps, la jeune femme a hésité à s'engager dans un parti radical car elle avait des principes ; elle en a encore, mais l'urgence des mesures efficaces l'a poussée à prendre une décision extrêmement grave. L'avenir du monde est entre ses mains et elle n'a pas le droit de reculer. Tout la porte à croire qu'elle est le bras d'une volonté supérieure : sa rencontre avec Pierre Ragaud, sa jalousie qui lui a fait surprendre le meurtrier de Raoul Ravenault, sa liaison avec Loïc Lachenal et enfin son action aux côtés de Tony Lierering. Oui, elle a un destin et en comprend désormais le sens.

La grippe explose en Asie, rattrape les groupes d'immigrants, menace l'Europe et le monde entier. L'ultime solution est en marche. Albane y pense depuis longtemps et s'en réjouit. Elle ne peut pourtant pas se résoudre à laisser mourir celui qu'elle continue d'aimer au fond d'elle-même : Jonathan. C'est le premier but de son voyage.

Elle attend son bagage puis se rend à l'agence de location de voitures où elle récupère les clefs du véhicule qu'elle a retenu depuis New York puis se dirige vers le parking. Que deviennent ses beaux-parents dont elle n'a pas de nouvelles depuis près d'un an ? Elle ne peut ni aller les voir ni leur téléphoner parce que tout le monde doit ignorer qu'elle va se rendre dans les Alpes, à quelques kilomètres de chez eux. C'est pourtant la dernière occasion, car l'épidémie sera demain en France si elle n'y est pas déjà !

Luc Montré n'est pas au courant de son arrivée ; Albane ne lui fait pas confiance en des circonstances aussi graves et doit agir sans témoins. Elle sort de Paris en direction du Mans où son fils s'entraîne sur le circuit des Vingt-Quatre Heures. Elle a obtenu ces renseignements auprès de la Fédération des sports mécaniques et veut profiter de l'effet de surprise souvent déterminant en de telles circonstances.

— Je lui apporte la vie ! dit-elle à haute voix. Et pour apporter la vie, on n'a pas besoin de prendre rendez-vous !

Elle arrive au Mans en milieu d'après-midi. Sur le circuit, les motards s'entraînent, les machines lancées à pleine vitesse hurlent dans la longue ligne droite. L'un de ces hommes, plaqué sur sa moto, bardé d'une combinaison en cuir épais, d'un casque aux couleurs du sponsor est Jonathan, son fils, son gros bébé qui a grandi sans elle. Le temps a glissé entre eux, Albane a voulu vivre sa vie de femme, s'éloigner des Morenceau. Elle a laissé derrière elle ce garçon lourdaud qui s'est attaché à son grand-père parce qu'il n'avait personne d'autre. Et maintenant, il tente de faire sa place dans le monde.

Albane s'approche du groupe de techniciens qui s'affairent autour de plusieurs engins, se présente :

— Je suis la maman de Jonathan Morenceau. Je souhaiterais lui parler.

— Il est sur la piste. Il ne va pas tarder à s'arrêter, répond un homme très brun au visage bouffi.

Elle attend pendant un long moment. Il fait chaud, les oiseaux chantent comme au printemps. Une moto s'arrête enfin. Le garçon qui la chevauche se dresse, soulève son énorme casque, explique au technicien qu'il a un problème d'accélération, puis se tourne vers Albane qui lui sourit.

— Jonathan !

Albane a devant elle la silhouette de son beau-père, le même corps plutôt petit mais trapu, large d'épaules, le même visage sanguin, la chevelure épaisse et grasse.

— Maman ?

C'est une question. Jonathan n'a pas vu sa mère depuis deux ans et n'ose croire qu'elle est devant lui. Il s'approche, l'embrasse sur les deux joues.

— Mais qu'est-ce que tu fais là ? Je te croyais aux États-Unis.

Il pense à Pétronille. Albane le comprend à son regard interrogateur. Elle dit, pleine d'admiration :

— Je t'ai vu passer le tournant sur ta moto. J'ai fermé les yeux. C'est impressionnant.

— Il ne faut pas avoir peur ! la rassure Jonathan en souriant. C'est impressionnant pour ceux qui regardent, c'est vrai, mais les risques sont limités.

— Je suis heureuse que tu fasses ce que tu aimes, même si je ne comprends pas la finalité des courses en moto. C'est bien de l'énergie dépensée pour le seul spectacle.

— Tu te trompes, rétorque Jonathan. Beaucoup des découvertes faites pour la compétition ont des applications sur les véhicules que les gens utilisent tous les jours et contribuent à économiser l'énergie.

Albane observe avec curiosité ce garçon harnaché de cuir. C'est son fils qui désormais lui parle comme un adulte. Elle voudrait tant qu'il la rejoigne.

— Écoute, Jonathan, il faut que je te voie, c'est extrêmement sérieux. C'est une question de vie ou de mort. Peux-tu venir prendre quelque chose dans un bar ? Je dois te parler à toi seul.

La dernière fois qu'il a vu sa mère, le jeune homme avait passé la nuit chez elle. Ils ne s'étaient pas parlé. Leurs préoccupations les éloignaient l'un de l'autre ; Jonathan était encore trop enfant pour ne pas en vouloir à cette mère fugueuse et pensait à Pétronille qui l'avait appelé au secours, Albane était entièrement absorbée par son départ en Amérique. Ce soir, au bord de la piste où hurlent des motos poussées à fond, c'est différent.

— J'arrive ! dit Jonathan qui prévient ses techniciens de son absence.

Ils sortent de l'enceinte du circuit, entrent dans un bar voisin, s'assoient à une table discrète pour parler tranquillement.

— C'est quoi, cette histoire de vie ou de mort ? demande enfin Jonathan qui ne cache pas son inquiétude. Tu ne vas pas me dire que grand-père ou grand-mère sont très malades et que je dois les rejoindre ! Je prépare ma saison et c'est primordial pour moi.

— Non, je pense que tes grands-parents vont bien. Ils s'ennuient sûrement sans toi, mais si tu es heureux, ils le sont aussi. Ce que j'ai à te dire est beaucoup plus grave, c'est de ta vie à toi qu'il est question. Je suis venue exprès des États-Unis pour te sauver !

— Me sauver, mais je ne suis pas malade.

— Écoute-moi... As-tu entendu parler de la grippe aviaire ?

— Celle qui a déjà fait un million de victimes.

— Beaucoup plus que ça ! Les médias ne disent pas la vérité pour ne pas affoler les gens. C'est beaucoup plus que cela. La maladie arrive en Europe. Il faut s'attendre à des centaines de millions de morts. Je suis venue t'apporter un vaccin.

Jonathan fronce ses épais sourcils sans quitter sa mère des yeux. Les principes humains de Jean Morenceau restent bien ancrés dans son esprit. Il demande :

— Je ne comprends pas. Tu me dis que l'épidémie va se répandre sur les cinq continents, qu'elle va tuer une quantité impressionnante d'hommes et tu me proposes le vaccin ?

— C'est exactement ça, confirme Albane sans broncher.

— Je ne comprends toujours pas, insiste le jeune homme en portant la main à son front, une main qu'Albane trouve épaisse, sans grâce, encore une caractéristique de son beau-père. Tu possèdes un antidote contre cette maladie et tu le gardes secret ! J'en conclus que tu es complice de la mort future de millions d'humains alors qu'il est possible de les sauver ! C'est dégueulasse !

— Écoute-moi, je vais jouer cartes sur table avec toi, parce que tu es mon fils et je veux que tu vives. Tu es désormais assez adulte pour comprendre. Cette maladie est nécessaire pour purger la Terre de son excédent d'hommes. Je veux te protéger, voilà tout.

— Tu me dis que tes amis ont un vaccin, mais ne veulent pas l'utiliser, pour que la Terre se dépeuple ! Ils veulent répéter ce qui s'est produit avec la peste atypique : attendre que les victimes soient assez nombreuses, que la peur paralyse le monde pour arriver en sauveurs ! Je trouve cela monstrueux !

— Ce n'est pas tout à fait ça, se défend Albane. Si on ne fait rien, la Terre et l'Humanité courent à la catastrophe ! C'est ce que tu veux ?

Elle a conscience de dire n'importe quoi. Elle, si assurée face aux membres des Droits de la Terre, est d'une totale maladresse en face de son fils.

— Si j'ai bien compris, tes amis vont laisser se répandre dans le monde entier une maladie, alors qu'ils ont les moyens de protéger les hommes ? Franchement, c'est grave ! Je retourne à l'entraînement.

— Mais enfin, Jonathan, tu te rends compte de ce que tu dis ?

Elle sent les larmes noyer ses yeux, un instant de faiblesse vite réprimé. Jonathan se lève et lui dit avant de sortir d'un pas rapide :

— Ne compte pas sur moi. Tu auras ma vie sur la conscience, c'est peu de chose !

Il sort en fermant la porte. Albane reste un long moment indécise. Doit-elle retourner au bord de la piste pour tenter une nouvelle fois de le convaincre ? Elle paie les deux consommations et rejoint sa voiture. Le bruit strident des moteurs tranche son âme comme une lame de faucille dans les herbes du matin, lourdes de rosée. Elle a eu tort de venir jusqu'ici, son échec la brûle.

La réunion a été décidée dès le retour de Plokov. Il pleut encore ; la terre gorgée d'eau fume. Les moindres ruisseaux s'étalent en lacs dans les prairies ; des villages isolés sur des îles se perdent dans la grisaille. Des troupeaux, les pieds dans l'eau, attendent, immobiles sous la pluie battante, résignés. Des milliers de bêtes ont déjà péri.

Cette eau sale omniprésente ramène Plokov à son combat. La plus grande partie des blés semés en automne est perdue. On ne compte plus les glissements de terrain, les morceaux de montagnes écroulés en vagues de boue, qui submergent les villages, les avalanches meurtrières, les ponts effondrés. Combien de victimes ? Plus de deux cent mille en Europe ? Des milliers de tentes, des caravanes, des mobile homes ont été disposés sur les hauteurs pour reloger les populations évacuées des zones dangereuses.

La réunion regroupe une vingtaine d'hommes dans les caves de la maison Coste toujours au sec. Ils sont plus graves que d'habitude, mais déterminés. En bout de table, Plokov écoute son ami Chesnier faire un exposé de la situation.

— La grippe est là. Des centaines de milliers

d'affamés repoussés en Europe de l'Est meurent par milliers. Que peut-on faire ? Rien. On dit que les Droits de la Terre ont des vaccins et ne veulent pas les distribuer. Plusieurs cas ont été annoncés en Pologne et en Allemagne. On attend les premiers morts en France dans les jours qui viennent.

Tous les regards sont tournés vers Plokov. Où était-il pendant ces deux semaines ? Dans un lieu secret pour être vacciné comme quelques privilégiés. Cette question les préoccupe tous, entraînant son lot de doutes qui alourdissent l'atmosphère.

— Nous avons laissé filer les choses depuis trop longtemps, poursuit Plokov. D'un côté les riches, de l'autre des pauvres qui meurent. La grippe a de quoi faire.

Un long silence lui répond. Où Plokov veut-il en venir ? Voilà qu'il trébuche, qu'il se dévoile. Ses compagnons le laissent faire.

— Ces mouvements de populations pauvres vers les pays riches sont les meilleurs vecteurs de la maladie. Clean World et les Droits de la Terre ne font rien pour arrêter une épidémie considérable. Le moment est venu de mobiliser nos forces dans le monde entier. Et de leur arracher vaccin et sérum qu'ils produisent en grande quantité dans des laboratoires secrets.

— Certes, réplique Chesnier. Nous allons lancer l'offensive, mais notre première préoccupation, c'est vous. La louve est revenue d'Amérique.

Chesnier ne va pas au bout de sa pensée. Le silence qui suit est plein de sous-entendus que

Plokov lit dans les regards tournés vers lui. « La boucle est en train de se boucler. L'heure des comptes approche. »

— Il se trouve que je connais cette louve, avoue Plokov en regardant l'un après l'autre les membres de l'assemblée. Elle s'appelle Albane Morenceau et est originaire de la même petite ville que moi, Chastelnaud, en Savoie. Mon véritable nom est Armand Montrémy. J'étais le patron des Eaux Saint-Jean dont certains d'entre vous se souviennent peut-être. Un tremblement de terre a pollué ma source et j'ai été ruiné. Accusé d'un meurtre que je n'ai pas commis, j'ai été envoyé dans des circonstances que je ne m'explique pas encore dans le village minier de la Lena. Je vous devais la vérité, mes amis, car je n'ai plus envie de me cacher. Cette Albane Morenceau se trouve auprès de Tony Lierering avec ma propre fille depuis l'assassinat de Loïc Lachenal, l'ancien dirigeant national des Droits de la Terre. Cela ne change rien à mon engagement à vos côtés.

Les visages restent impassibles. Tous savent depuis longtemps ce que Plokov vient de dévoiler. N'est-il pas une de ces nombreuses taupes qui se font grassement payer pour infiltrer les mouvements humanistes ? D'où vient l'argent qui lui a permis de racheter une des plus anciennes maisons de champagne ? Sa récente disparition pendant deux semaines qui correspond au retour en France d'Albane Morenceau confirme leurs doutes. Plokov, en dévoilant son véritable nom, dévoile aussi ses liens étroits avec l'entourage de Tony Lierering.

— On comprend mal ! attaque Corralet, réputé

pour sa retenue. Vous nous dites que votre fille travaille auprès de Tony Lierering, avec cette Albane Morenceau qui, paraît-il, mais on peut en douter, veut vous faire disparaître. Pourquoi ne l'avez-vous pas dit plus tôt ?

Plokov, toujours aussi imperturbable poursuit son explication :

— Ma fille Pétronille a fui ses oncles à qui elle avait été confiée après ma disparition. Elle a voulu rompre avec sa famille et c'est tout naturellement qu'elle s'est tournée vers Albane Morenceau, la mère d'un de ses camarades, Jonathan.

— Mais enfin, Plokov, insiste Corralet, je ne comprends pas que votre fille laisse cette femme vous faire assassiner ! Tout cela est improbable !

— Vous avez parlé de la louve ! Vous avez eu raison. Albane Morenceau ne recule devant rien et n'éprouve aucun sentiment pour personne. Ma fille avait dix ans quand j'ai disparu. Il est probable qu'elle ignore que Plokov est son père.

— Puisque nous sommes entre gens de connaissance, ajoute Chesniers, il se trouve aussi que ce Jonathan Morenceau, camarade de votre fille, un des meilleurs espoirs de la moto française, a reçu la visite de sa mère pour lui proposer un vaccin contre la grippe. Le garçon a refusé, mais vous avez accepté puisque personne ne sait où vous étiez ces derniers quinze jours. Vous voilà vacciné et vous ne craignez rien en face des morts potentiels que nous sommes !

Plokov reste imperturbable. L'accusation semble le laisser indifférent.

— Mais ce n'est pas tout ! poursuit Chesniers. En

plus d'Albane Morenceau qui chercherait à vous faire abattre, une seconde menace vient de quelqu'un de très proche, un certain Renaud Montrémy, permanent des Droits de la Terre en poste à Bordeaux, votre propre fils !

— Plokov, vous devez vous expliquer ! tonne un homme au visage rouge et décidé. De quel côté êtes-vous ?

— Je n'ai rien à expliquer. C'est ainsi, voilà tout !

— Depuis quelque temps, nous vous soupçonnons d'être à la solde de nos ennemis, poursuit l'homme au visage sanguin. Pouvez-vous nous répondre : où étiez-vous pendant ces quinze jours ?

Plokov a blêmi. Il n'a pas bronché en entendant les accusations. Il se lève, pâle, très droit.

— Messieurs, c'est plus que je ne peux en supporter !

Il sort de la pièce et son pas régulier n'en finit pas de se perdre dans les couloirs sans fin des caves champenoises.

À Paris, Achille Plantagrin est descendu à son habituel hôtel où il a attendu l'arrivée d'Irma à qui il a demandé de le rejoindre. Irma voit ce qui lui échappe, comprend ce qu'il n'entend pas et lui évite souvent de s'emporter. S'il ne veut pas qu'elle l'accompagne dans ses retraites avec ses frères gitans, c'est surtout pour qu'elle garde la maison pendant son absence. Sans Irma, il est amputé d'une partie de lui-même, comme Lionel Delprat depuis qu'il a perdu son frère.

Elle arrive peu de temps après lui, s'installe dans la pièce qui lui est réservée dans la suite du Lutétia.

Elle retrouve ses tableaux, ses bibelots, sa garde-robe parisienne. Elle n'a pas grand-chose à apprendre à Plantagrin, ils sont restés en contact permanent. Pourtant le départ de Plokov du campement les tracasse tous les deux, car, désormais, Plantagrin, qui a souhaité tant de fois se débarrasser de lui, veut le protéger à tout prix.

— Alexandre ne s'en remettrait pas ! dit Irma en brossant ses cheveux très noirs. Il lui écrit tous les jours.

— Il le rejoindra aux prochaines vacances si le danger est écarté. Mais j'avoue que je comprends Alexandre. Cet homme est attachant.

Dans la bouche de l'obèse Plantagrin, une telle parole est un gage d'affection rare. Irma en profite :

— J'ai pensé que nous devions le faire protéger malgré lui. J'ai averti la société que nous utilisons d'habitude. Quatre spécialistes vont le surveiller discrètement.

— Tu as eu raison. On est plus tranquilles, mais cela ne l'empêchera pas d'attraper la grippe. Où en est notre démarche pour obtenir le vaccin ?

— Tout est en place. Certains amis de Tony Lierering se font des fortunes colossales en le vendant sous le manteau. Il sera à notre disposition dès demain.

— Parfait ! Voilà une épidémie bien sympathique ! constate Plantagrin avec satisfaction. Il suffit d'un peu d'argent pour la faire reculer. Bon, ce soir, nous dînons avec Bernard Chaurrit qui revient d'une longue captivité en Afrique et a retrouvé son institutrice. Nous lui donnerons des nouvelles de sa protégée. Avec son fiancé, William

Parkers, Pétronille s'est éloignée d'Albane et des Droits de la Terre. C'est un signe qui ne trompe pas.

— Franchement, je redoute les mois à venir, soupire Irma qui a une oreille dans tous les ministères, tous les organismes influents. Les Droits de la Terre attisent les mécontentements qui les servent pendant que la grippe aviaire se développe.

— Les risques de contamination sont-ils réels chez nous ?

— Les autorités affirment que toutes les précautions ont été prises aux aéroports et dans les endroits en liaison avec l'étranger, mais c'est pour rassurer. Il faut s'attendre à une hécatombe. Certains experts disent que la moitié de la population européenne pourrait périr...

— Nous verrons cela plus tard. Je pense que je vais écourter mes vacances, dit Plantagrin. Dépêchons-nous, nos invités doivent nous attendre.

En effet, Ghislaine et Bernard Chaurrit sont au bar où Plantagrin leur a donné rendez-vous. Plantagrin ne cache pas son étonnement en découvrant Chaurrit maigre, le visage entaillé de longues rides qui ne le vieillissent pas mais lui donnent un aspect plus sérieux, plus viril qu'autrefois. Ghislaine n'a pas changé ; elle est toujours aussi agréable à regarder mais elle semble fatiguée malgré le fard qui cache sa mauvaise mine, mal à l'aise chaque fois que des regards se posent sur elle. Plantagrin pense à ce que lui a dit Montrémy un jour de confidence : « C'est bien curieux cette manière dont certains souvenirs s'imposent à vous. Je dois dire que pendant ma captivité et les moments difficiles de ma vie, c'est à la petite institutrice de Chastelnaud que j'ai pensé. Son courage m'a toujours servi d'exemple ! »

Après des propos anodins, on parle enfin d'affaires. Plantagrin est d'accord pour aider la Mondass Ingénierie à reprendre ses activités, mais les temps ne sont plus aussi favorables qu'il y a quelques années. Il faut attendre de voir comment le monde évolue, et qu'un peu de stabilité permette de reprendre confiance dans l'avenir. La situation devrait se décanter très vite.

— Le chiffre d'affaires de ma société Placements Littoral a diminué de moitié.

Plantagrin, dont la curiosité naturelle indispensable pour assurer ses placements se teinte d'un peu de cynisme lorsqu'il s'agit d'événements qui ne le touchent pas, se tourne vers Ghislaine restée silencieuse pendant tout le repas, comme absente.

— Ainsi, ma chère, ce monstre de Moduhi vous a retenue prisonnière au nez et à la barbe de tous pendant deux ans ! Je me souviens de votre mariage, très médiatisé. Votre photo s'étalait sur tous les magazines et je dois dire que votre sourire semblait très emprunté, sûrement pas heureux.

— C'était un enterrement, répond Ghislaine.

— Un enterrement qui m'a permis de vivre ! précise Bernard Chaurrit. Sans Ghislaine, je ne serais pas là à vous parler, mais elle l'a payé cher, très cher.

— Au fait, j'ai des nouvelles de votre petite protégée qui est maintenant une adulte !

— Vous voulez parler de Pétronille ? demande Ghislaine dont le visage s'éclaire.

— Oui, Pétronille Delprat-Montrémy, qui a coupé tout lien avec son ancienne famille. Elle va épouser prochainement William Parkers, une grosse affaire de pétrole.

Ghislaine reste un moment silencieuse, toute à ses pensées. Ainsi, Pétronille a quitté le cocon familial hérissé d'épines. L'ancienne institutrice n'a pas oublié la confidence de la fillette quand elles attendaient à l'hôpital qu'on vienne les chercher après le premier tremblement de terre.

— Et sa famille Montrémy ? demande-t-elle d'une voix altérée.

— Julien est mort, Renaud se trouve à Bordeaux. Un piètre garçon que ce Renaud. J'ai retrouvé son père !

— Comment ?

Elle s'est dressée, sans se préoccuper du regard étonné de Bernard Chaurrit. Elle se plante en face de Plantagrin, le visage tendu, comme si, tout à coup, le devenir du monde était suspendu aux lèvres de l'obèse.

— Armand Montrémy, devenu vagabond à la suite de la ruine des Eaux Saint-Jean, a échoué dans un village de travail en Sibérie. Il y est resté huit ans, puis s'est évadé au moment de la peste atypique. Je l'ai rencontré à Saint-Pétersbourg, il est rentré en France sous le nom d'Haround Plokov. Il est désormais gérant des Champagnes Coste à Reims.

— Vous dites qu'il est à Reims, à moins de deux cents kilomètres d'ici ?

Ghislaine a parlé avec une voix saccadée. L'émotion l'oppresse. Elle ne sait plus où elle est, les deux années de captivité à la Pommeraie n'existent plus, la voilà dix ans en arrière avec celui dont le souvenir ne l'a jamais quittée.

— C'est un opposant aux Droits de la Terre et à Clean World. Son témoignage sur la vie dans les villages de travail a soulevé les foules. J'étais avec lui ce matin encore.

— Haround Plokov ! Les Champagnes Coste ! répète Ghislaine.

Albane Morenceau est rentrée à Paris en roulant très vite, comme pour fuir le rejet de Jonathan. Elle ne comprend pas que ce garçon de dix-huit ans, à l'aube de sa vie, animé d'une grande passion ait pu refuser de vivre, refuser de se protéger d'une maladie atroce. L'influence de Jean Morenceau, de ses vieux préceptes moraux, conduit à cette aberration. « Tout ça, c'est du vent », pense-t-elle pour se rassurer.

À Paris, Albane se donne un peu de temps avant de passer à l'étape suivante de son voyage. Elle visite la capitale pendant trois journées et se décide. La grippe sera bientôt dans cette ville et dans toutes les villes du monde, mais Tony Lierering ne saura pas en profiter pour mettre en place un ordre mondial strict et définitif.

Elle part en direction de Chambéry. Un orage gronde sur la campagne, un de plus, monstrueux en cette saison, puissant, plein de foudre et de grêle. Tout en roulant elle se souvient : Auguste Ravenault, responsable local des Droits de la Terre, tué au volant de sa voiture par une balle tirée avec une grande précision. Huit ans plus tard, la même arme, donc le même tireur, tue à Paris, rue de

Sèvres, Loïc Lachenal, alors compagnon d'Albane. Le commissaire Vernouillet arrête un certain Raoul Ravenault, fils de l'ancienne victime, en prison depuis et condamné pour un crime qu'il a toujours nié et dont il est innocent, Albane connaît le coupable, mais personne n'a pensé à l'interroger...

Dans le bosquet, pendant que Pierre Ragaud faisait la chasse aux cigales, Albane, cachée à proximité, observait. Une voiture s'était arrêtée, une Mercedes blanche qui ressemblait effectivement à celle d'Armand Montrémy. Un homme et une femme en étaient descendus, mais ils n'avaient rien à voir avec le crime. Ils étaient de simples promeneurs, probablement des amants à la recherche d'un coin tranquille. Le véritable tueur était ailleurs.

Albane marchait dans le taillis quand elle vit un homme assis au-dessus de la route, avec une carabine à lunette sur les genoux. Elle le connaissait : c'était Georges Leplanchet, un homme sans âge, qui vit toujours seul au pied des montagnes à quelques kilomètres de Chastelnaud. Guérisseur renommé, il soigne aussi bien les brûlures que les fractures. Un rebouteux dont le docteur Morenceau lui-même dit qu'il a des mains d'une habileté inouïe, capables de remettre en place un os brisé par simples attouchements. C'est aussi un tireur d'élite, mais cela personne ne le sait.

Albane, intriguée, s'était embusquée derrière un rocher pour l'observer. Pierre Ragaud, sa chasse aux cigales terminée, s'en allait. La jeune femme le rejoignit et ils allèrent dans sa ferme où la seconde secousse sismique les surprit. Bien sûr, elle ne parla à personne de sa découverte dans le bosquet et quand, le lendemain, elle apprit que Ravenault avait été tué d'une balle au volant de sa voiture, elle pensa à Georges Leplanchet.

Elle alla le voir et ils bavardèrent tout un après-midi. Georges, redoutant que la jeune femme le dénonce, avait joué cartes sur table et raconté sa vie.

Militaire en retraite, il s'était retiré à Saint-Geniez dans une petite maison achetée une bouchée de pain à un vieil artisan ferronnier qui, ne pouvant se suffire à lui-même, partait en maison de retraite. Leplanchet vivait là, soignant à sa manière les malades et les blessés qu'on lui amenait. Ce sportif, tireur d'élite dans l'armée puis dans la police, était un chaud partisan des principes défendus par les Droits de la Terre. « Ravenault desservait le parti de l'avenir. Nous ne nous tirerons d'affaire qu'avec des méthodes radicales et il faudra éliminer tous ceux qui se dressent devant l'avancée de l'Humanité. »

Tout en roulant, Albane repense aux mois qui suivirent la mort de Pierre Ragaud. À son retour d'Islande, elle s'était rapprochée de Georges Leplanchet qui, par son militantisme radical, lui rappelait son cher disparu et convenait à son esprit tout d'un bloc.

Devenue membre des Droits de la Terre, la bru du docteur Morenceau s'était découverte ambitieuse. La Savoie était trop petite pour elle. Elle avait du pouvoir sur les hommes et était bien décidée à s'en servir à Paris. Le beau et élégant Loïc Lachenal ne fut pas difficile à séduire. Une fois dans la place, elle eut tout le temps de préparer son ascension jusqu'au plus haut degré, et de se débarrasser à jamais d'un Lachenal qui lui faisait de l'ombre. Elle rendit visite au tireur d'élite quelques jours avant l'assassinat de la rue de Sèvres et ils avaient parlé tout un après-midi.

Albane est toujours fascinée par la forte personnalité de Georges Leplanchet. Les grands principes humains sont autant de miroirs aux alouettes pour les faibles et les médiocres. Leplanchet refuse de placer l'Homme ailleurs que dans la catégorie des grands animaux : « Au lieu de se préoccuper de philosophie, nous ferions mieux de penser à la survie de notre espèce condamnée par son altruisme. Notre conscience nous rend faibles et lâches envers la souffrance. Dans un troupeau, les buffles ne se retournent pas et abandonnent ceux qui ne peuvent pas suivre. Ce qu'il faut pour sauver l'Homme, c'est détruire son Humanité ! »

Albane arrive en milieu d'après-midi à la petite maison de Saint-Geniez, en retrait du bourg, au bout d'une allée gravillonnée couverte d'eau sale. Assis devant sa porte, Leplanchet prend le soleil. Avec ses cheveux courts, son large cou, ses épaules de lutteur, les années n'ont aucune prise sur lui. De même, sa réflexion, arrêtée une bonne fois pour toutes, n'évolue pas.

Il sourit à Albane ; l'arrivée de l'Américaine signifie qu'il va avoir à exercer son talent pour la bonne cause : l'assassinat de Loïc Lachenal a rapporté beaucoup de sympathie aux Droits de la Terre à un moment où le mouvement avait besoin du soutien populaire pour imposer ses idées, et Albane se débarrassait d'un concurrent. C'était la meilleure manière de ne pas donner trop d'importance aux critiques des Humanistes en les accusant d'être à l'origine de l'assassinat. « Le crime est un moyen comme un autre quand il sert notre cause ! » dit Tony Lierering.

L'orage va éclater, comme chaque soir à cette heure. La campagne est en fleur, les merisiers blanchissent les collines, l'air a une agréable odeur de pollen et d'herbe tendre, la nature se donne à un printemps trop hâtif pour ne pas préparer une nouvelle catastrophe.

— Bonjour, belle dame. Les États-Unis ne sont pas encore noyés ? Regardez ici, heureusement que nous sommes entourés de montagnes, sinon l'océan serait à notre porte !

— J'ai besoin de vous, dit Albane sans perdre de temps. Le grand moment dont nous avons parlé est arrivé. Il faut que vous me suiviez aux États-Unis.

— Je suis toujours disponible, mais pas pour faire n'importe quoi. Vous dites que je dois aller en Amérique ?

Elle fait oui de la tête, il émet des réserves.

— Ici, je suis le roi, là-bas, je ne connais pas un mot d'anglais, je vais être perdu. Paris, c'était déjà si loin ! Et puis, comment je vais faire pour emmener mon outil de travail ? Je ne peux rien faire de bon avec un autre. La précision demande de tenir compte des défauts de l'outil. Celui-là, je le connais sur le bout des doigts, je sais compenser ses imperfections...

— Vous pourrez l'emporter, je vous l'assure.

— Finalement, je refuse, fait l'homme en jetant un regard circulaire autour de lui. Je ne veux pas me retrouver dans les couloirs de la mort. Il y a là-bas des gens plus capables que moi !

Albane se dresse devant lui, les mains sur les hanches, son regard dur dans celui du militaire en retraite.

— Il n'est pas question de refuser, Georges. Ce serait trop risqué pour vous. Je vous promets que tout se passera entre vous et moi.

Il sourit, montrant ses dents jaunes, allume une cigarette, proteste :

— Impossible ! Je ne sais pas travailler dans un lieu que je ne connais pas.

— Vous aurez quelques jours pour vous familiariser avec l'endroit. Si votre doigt ne tremble toujours pas sur la détente et si vous avez le coup d'œil aussi précis, il n'y a pas plus de risques qu'en France !

— Mon doigt ne tremble pas et je m'entraîne régulièrement.

— Alors, c'est parfait. Le temps de vous procurer un visa et nous partons.

Armand Montrémy n'a pas dormi de la nuit. Les soupçons de ses amis le brûlent autant que le crachat en pleine figure d'un Renaud drogué, haineux au moment où il avait le plus besoin de soutien. Pétronille a rejoint ses ennemis, mais comment cela pourrait-il être autrement ? Il s'asperge le visage d'eau fraîche et sort dans la cour. L'air est frais, chargé d'humidité après l'orage de la nuit. Les oiseaux chantent, comme au mois de mai. Le patron des Champagnes Coste s'assoit au volant de sa camionnette blanche. Le temps des Mercedes est bien révolu, cette voiture utilitaire est déjà un luxe dans sa nouvelle vie.

Il doit se justifier auprès des uns et des autres tant que la grippe ne bloque pas les routes et les gares. C'est à un rendez-vous avec son passé qu'il se rend, une vérité qu'il doit affronter avec cette sincérité sans laquelle il ne peut regarder les autres et surtout pas les convaincre. Il roule sur l'autoroute en direction de Paris. Le jour se lève, découvrant une campagne inondée, de vastes étendues d'eau boueuse d'où émergent des arbres, des maisons perdues comme des boîtes de carton flottant sur un lac. Pas de vent, le ciel est clair, mais il fait déjà chaud, de nouveaux orages vont probablement éclater ce soir.

Les gens attendent l'été qui ramènera l'abondance, les fruits et les légumes à la portée de toutes les bourses. Car, avec la pénurie, le blocage des prix pour limiter l'inflation, un marché parallèle s'est développé, des fortunes se constituent à l'ombre d'une disette larvée. Les riches n'acceptent pas d'être traités comme les gens à revenus ordinaires et ne veulent pas faire la queue dans les boutiques. Ils ont très vite contourné le système et ne manquent de rien sans avoir à attendre.

Montrémy contourne Paris pour rejoindre l'A10 en direction de Bordeaux. Il ne pense pas, le regard fixé sur la route que sa voiture avale. La vitesse, le paysage qui défile bloquent son esprit sur une nécessité qu'il ne veut pas formuler, le chargent d'une énergie nouvelle, indispensable. Il en oublie le but de son voyage. La fuite suffit pour l'instant à son besoin de changer de visage, de devenir lui-même sans chercher à cacher ses faiblesses.

Il arrive à Bordeaux en fin d'après-midi, trouve assez facilement la rue où habite Renaud. Il gare sa voiture, entre dans un bar, s'assoit à une table près de la baie vitrée qui donne sur l'immeuble de son fils. Il veut l'attendre, le voir sans être vu, l'observer, trouver le moyen de l'aborder. L'appréhension lui noue la gorge.

Tout à coup, Armand Montrémy retient son souffle, le verre de bière à la main, levé près de ses lèvres. Le jeune homme vêtu d'un costume sombre qui passe sur le trottoir, qui se dirige vers l'entrée de l'immeuble, la tête baissée, les mains dans les poches, est bien son fils. Il reconnaît sa démarche particulière, légère et en même temps empruntée, un peu penchée vers l'avant comme s'il se cachait, comme s'il fuyait constamment. Comment se rapprocher de cet égaré, lui faire comprendre qu'ils ont du chemin à faire ensemble et que, réunis, ils seront forts ?

Cette pensée le ramène au personnage qu'il était au temps de sa splendeur et qu'il exècre désormais, à sa femme, la seule qui a compté. La dérive de Jocelyne ressemble à celle de Renaud et l'accuse. Pourquoi a-t-il été aveugle aussi longtemps ? Parce qu'il ne pensait qu'à lui, qu'il n'avait de regard pour personne. La preuve est bien là que les actes négatifs envers les autres se retournent contre leur auteur. Tout s'enchaîne : la douleur ne peut qu'engendrer de la douleur et l'ignorance conduire au désespoir. Montrémy ne mérite pas de retrouver Renaud.

Il reste un long moment devant son verre posé devant lui sur la petite table. Au comptoir, deux hommes bavardent avec le barman des excès de la météo, des inondations, des orages annoncés pour la nuit.

— Qu'est-ce qu'on va devenir si ça ne s'arrête pas ? s'exclame l'un d'eux. Il pleut tous les jours et le vent est toujours tourné du côté de la pluie? Ce n'est pas les Droits de la Terre qui ramèneront le soleil !

— Ceux-là ne valent pas mieux que les autres. Ils nous avaient fait de belles promesses, mais ce qui les intéresse, c'est notre argent !

Armand Montrémy sort sans terminer sa bière. Il

n'avait pas soif, seulement le besoin de souffler, de préparer ses arguments. Le temps est venu d'avoir une vraie conversation avec Renaud, mais l'un comme l'autre en seront-ils capables ?

Il traverse la rue, arrive à l'entrée de l'immeuble, hésite encore. Jamais il ne s'est senti aussi vulnérable.

Il entre dans le hall, regarde les boîtes à lettres et trouve celle de Renaud au deuxième étage à gauche. « On y va ! » fait Armand Montrémy, conscient de se rendre au rendez-vous le plus difficile de son existence. L'escalier le conduit à un passé qui ne l'a jamais quitté.

Au palier, la lumière s'éteint, le visiteur appuie sur le bouton indiqué par une petite veilleuse verte, s'approche de la porte, sonne en retenant son souffle. La porte s'entrouve. Renaud reconnaît tout de suite celui qu'il a dit vouloir tuer, cet homme auprès de qui il ne sait exister qu'en se rebellant. Surpris, il bredouille, perd son aplomb. Armand Montrémy en profite pour prendre la parole.

— Bonjour, Renaud. Toi et moi, on doit se parler. J'ai fait sept cents kilomètres pour cela.

— Je n'ai rien à vous dire !

Le jeune homme constate qu'il a vouvoyé son père, preuve qu'il le place bien au-dessus de lui et de ses fréquentations ordinaires. Il ajoute, pour échapper à cette impression d'être minuscule à côté d'un géant :

— Je n'ai plus personne, je ne suis d'aucune famille. Personne n'a voulu de moi quand j'en avais besoin, maintenant c'est trop tard.

— Je suis venu t'apporter des nouvelles de Cellia Correti !

Renaud recule d'un pas, regarde son père avec des yeux étonnés. Comment ce revenant peut-il connaître la chanteuse ?

— Il faut que je te raconte ces dix dernières années. Figure-toi que je connais Cellia et qu'elle m'aime bien !

Abasourdi, Renaud ne pense pas à s'opposer à son père qui entre dans l'appartement et ferme la porte derrière lui.

— Laisse-moi te dire ce que j'ai à te dire, commence Montrémy, debout dans l'entrée. Ensuite, je m'en irai, je repartirai dans ma nouvelle maison et je redeviendrai Haround Plokov pour toujours. Sache qu'après avoir été emprisonné pour un crime que je n'ai pas commis je me suis retrouvé à la rue, sans rien. Alors des hommes se sont emparés de moi et m'ont conduit dans un de ces fameux villages de travail destinés à vaincre la pauvreté, mis en place par les Droits de la Terre et qui ne sont que des camps de concentration. Je m'en suis évadé grâce au biologiste qui a trouvé le vaccin contre la peste atypique. Cela nous a conduits à Saint-Pétersbourg où j'ai rencontré un homme d'affaires, Achille Plantagrin, un ami de Cellia Correti. C'est là que j'ai fait la connaissance de la chanteuse, il y a deux ans. Sa *Chanson pour Renaud* était un immense succès !

Renaud secoue la tête comme pour reprendre le fil de ses pensées et surtout pour ne pas céder au beau discours qui le tente. Il a le sentiment, une fois de plus, de passer à côté des gens, à côté de lui-même. Sa médiocrité lui fait mal ; inférieur aux autres, il en fait toujours trop pour donner l'impression d'exister. Près de cet homme qui reste debout au milieu de la pièce, trop grand pour cet espace restreint, trop sûr de lui, Renaud ressemble à un fruit pourri mou et malodorant. Deux images hideuses lui retournent l'estomac : la sienne quand il a craché au visage de son père et la sienne encore quand il a acheté de la drogue après le concert. Avoir jeté le paquet ne change rien à ce qu'il est : un minable !

— Cellia Correti a été enfermée contre sa volonté par les Droits de la Terre dans une maison de repos d'Amérique du Nord parce qu'elle a osé se dresser contre un parti qui cherche à éliminer d'une manière rapide ceux qu'il considère comme le rebut de l'Humanité. Deux années sans chanter alors qu'on faisait dire à la presse qu'elle était atteinte d'une longue maladie ! Tu comprends ?

Bien sûr que Renaud comprend. Il a trouvé des tas de bonnes raisons pour condamner l'attitude de la chanteuse ; il voulait surtout lui montrer qu'il était quelqu'un. La tête baissée, n'osant pas lever les yeux sur le regard qui le fixe, puissant, absolu, il dit :

— Eh bien, moi, bouffé par la cocaïne, j'ai rejoint ma mère. Dans les Corbières. La ferme du Messie cosmique regroupe quelques paumés qui se nourrissent d'un espoir insensé. Ils m'ont enfermé, pour me guérir de mon vice. Ma mère n'a pas bronché quand elle a entendu mes cris, mes menaces. J'étais en enfer. Et puis la vie est revenue. Le désir de la drogue n'est pas sorti de moi, il y restera toujours, mais je ne souffre plus du manque et j'ai la force de lui résister.

Cet aveu lui a fait du bien. Il s'assoit sur le coin du canapé, conscient de s'être rapproché malgré lui de son père, de s'être hissé de quelques marches vers lui. Armand Montrémy est toujours debout, qui lui cache le reste du monde. Le silence qui s'installe entre eux a le poids de ce qu'ils ne disent pas mais pensent.

— J'aime tant la musique, la guitare. J'ai perdu beaucoup de temps et je ne trouve plus le courage de travailler...

Ils ont conscience de se ressembler, de se retrouver au cœur de leurs échecs, car ni l'un ni l'autre n'ont été capables d'aller au bout de ce qu'ils portaient. Comme Renaud est le plus malléable, le plus meurtri, des relents d'animosité le poussent encore à l'attaque.

— Adeline me haïssait. C'était une horrible bonne femme qui ne pensait qu'à Pétronille, et toi tu laissais faire. Quand elle est morte, c'était trop tard !

Armand Montrémy garde un silence éloquent : ce que dit Renaud est vrai ; Adeline n'aimait qu'elle et sa fille. Sa jeunesse, sa beauté, sa vivacité avaient séduit le quadragénaire qui, auprès de cette jeune femme, se montrait tel qu'il aurait voulu être au risque d'écraser les autres, séduisant et toujours jeune. Il n'a fait que se regarder dans une glace complaisante.

— Adeline est morte dans des conditions bien troubles... poursuit Renaud. Franchement, je me demande si ses frères n'ont pas raison !

— Que veux-tu dire ?

La voix d'Armand Montrémy est tout à coup tranchante, c'est la voix de l'homme qu'il a toujours été, du Montrémy qui condamne les autres pour se préserver.

— Je veux dire que tu l'as tuée ! s'écrie Renaud redevenu instantanément le rebelle.

Armand Montrémy baisse la tête, passe sa main droite sur sa barbe blanche. La scène se déroule de nouveau devant ses yeux, l'orage, les éclairs, Adeline suspendue au-dessus de la crevasse et lui, tétanisé, recroquevillé contre un rocher. Les cris de la jeune femme et de Pétronille traversaient le roulement de la pluie et du tonnerre, mais il ne les entendait pas, assourdi par cette peur incontrôlable qui surgit en lui chaque fois que le tonnerre gronde. Comment avouer cela à son fils ?

Il soupire et lève les yeux vers Renaud qui fait un effort pour soutenir ce regard.

— Je n'ai pu rien faire, ment-il, conscient d'être encore lâche, de se cacher derrière un masque hideux sous lequel il ne pourra jamais rejoindre les autres.

L'effort de sincérité qu'une telle victoire demande le dépasse encore.

— Cela n'a pas d'importance, fait Renaud. La manière dont elle est morte m'importe peu. Je ne l'ai pas regrettée.

Armand Montrémy a bien conscience d'avoir sacrifié ses premiers enfants à cette femme qui avait quinze ans de moins que lui et à la fille née de cette union. Il repense à Julien, à son destin tragique,

Julien foudroyé par sa faute sur la face nord du mont Blanc, Julien foudroyé une seconde fois par la peste atypique.

— C'est ainsi, dit Armand Montrémy. Maintenant, il faut tourner la page, je le sais depuis mes nuits interminables au bord de la Lena. Nous sommes seuls, toi de ton côté, moi du mien. À toi de choisir !

— Et Pétronille ?

— Elle n'a pas besoin de nous. Elle fait sa vie en Amérique !

Montrémy se tourne et fait deux pas vers la sortie. Renaud comprend que la porte qui l'a retenu loin des autres vient de s'ouvrir une nouvelle fois, qu'il ne doit pas la laisser se refermer.

— Reste !

Armand Montrémy s'arrête la main sur la poignée, se tourne. Tout à coup, il est moins distant.

— Tu m'as dit que tu connais Cellia...

— Je te l'ai dit. Nous avons pu bavarder un peu à Saint-Pétersbourg. Je ne lui ai pas dit que j'étais ton père, mais que j'avais connu un excellent guitariste comme le Renaud de sa chanson.

— Je voudrais la revoir, pouvoir lui parler !

— Tu la reverras.

— Elle refusera !

— Non, elle acceptera si je le lui demande, mais il faut que tu te mettes à travailler la guitare, à sortir de tes tripes le meilleur de ta musique et que tu abandonnes la politique. Tu as mieux à faire !

— Mais c'est la politique qui me fait vivre !

— Tu appelles de la politique un mouvement fasciste qui laisse se répandre une épidémie au risque de tuer la moitié de l'Humanité ?

La voix de son père rend monstrueux un mouvement qu'il avait considéré jusque-là comme porteur d'une solution définitive aux difficultés de la Terre. Le garnement entend le censeur lui indiquer le bon chemin, celui qui va lui permettre de ressembler aux autres.

— Viens avec moi à Reims. J'ai besoin d'un adjoint à la direction des Champagnes Coste qui peuvent se développer. Tu auras tout le temps pour travailler ta guitare.

Renaud hésite, pourtant son père lui parle comme il aurait aimé l'entendre parler quand, adolescent, il passait ses journées à travailler son instrument, mais, à cette époque, Armand Montrémy avait d'autres préoccupations. Aurait-il changé ?

— As-tu pu te procurer un vaccin contre la grippe ? demande Renaud. On dit que ce n'est pas trop difficile.

— Non. Mon sort sera celui des autres, de ceux qui n'ont pas les moyens de dépenser plusieurs années de salaire pour espérer vivre. Et puis les opposants du monde entier vont se soulever pour obtenir l'annulation du traité de Philadelphie et le remplacement de Clean World par un autre organisme international qui ne dépendra pas des Droits de la Terre. Les stocks de médicaments vont être distribués dès que tes amis en auront libéré l'accès.

— Et tu crois que tes Humanistes sont capables

de redresser la situation ? Il faut une autorité au-dessus des nations, sinon tout le monde continuera de faire n'importe quoi !

— Sûrement, mais cette autorité doit être au service de l'Humanité, pas d'une espèce humaine ramenée à l'animal.

— Et comment tu vas combattre la surpopulation ?

— Ce n'est pas un hasard si les plus pauvres sont aussi les plus nombreux. La réforme indispensable est d'ordre économique : tes amis sont très discrets sur le sujet parce que le système actuel les sert.

Renaud secoue négativement la tête : son père est toujours aussi intransigeant. Il ricane :

— L'homme n'a pas de route tracée par ses gènes, c'est ce qui lui a permis de s'adapter à tous les climats, à tous les milieux. L'Humanité est une espèce sans objectif, capable de s'autodétruire parce qu'elle n'a pas de garde-fous. Les règles morales que tu exprimes, ta compassion ne sont que des pensées de faiblesse, de décadence. La Terre crève de l'inconséquence des hommes. Il est temps de nous remettre à notre place, dans une nature respectée qui n'est pas forcément à notre service.

— Tout ce que tu dis est probablement vrai, acquiesce Armand Montrémy, mais, à courir le monde, j'ai découvert autre chose : l'homme a aussi un esprit qui lui permet de s'autoanalyser. Ce qui le rend malheureux, c'est l'égoïsme, le refus de partager, le besoin d'imposer sa puissance. La seule manière de s'en sortir, c'est de développer l'esprit et la réflexion qui montrent la futilité du pouvoir et de la possession.

— Voilà que tu retombes à quatre pattes dans le religieux, le mièvre, le ridicule.

— Sûrement pas ! Si toutes les religions du monde ont sublimé les valeurs de l'âme, c'est qu'elles existent, qu'elles sont incontournables, même en dehors de la croyance en un Dieu justicier. Elles sont l'essence même de l'esprit, une part active de l'Univers qui ne peut exister sans l'homme.

C'est la première fois qu'ils parlent ainsi. Jusque-là, ils se sont regardés de loin pour trouver des reproches à se faire. Ils constatent que leurs pensées se complètent et qu'elles peuvent se rejoindre. En dix années, le jeune homme écartelé est devenu un adulte encore fragile, mais conscient du chemin qu'il veut suivre : il comprend que son premier acte d'homme a été de jeter le paquet de drogue dans une chambre d'hôtel à Paris. Dans le même temps, l'aventurier qui se croyait invincible prend conscience que sa dernière victoire sera sur lui-même. Ils ont fait chacun un peu du chemin qui les séparait.

— Je viens ! dit Renaud en allant chercher sa guitare dans la pièce voisine.

Il regarde l'instrument avec un air condescendant et a un sourire amer :

— Ce n'est vraiment pas le pied pour travailler du Paganini, mais enfin, on s'en contentera.

— Laisse cette guitare ici. Nous en trouverons une autre, et une bonne ! Cellia sera contente de savoir que tu t'es remis au travail.

La nouvelle tombe en même temps que l'alerte à la grippe en Europe. Plusieurs cas foudroyants font redouter le pire, mais, cette fois, les populations ne se laissent pas abuser et accusent ouvertement les Droits de la Terre d'être à l'origine de l'épidémie. Tony Lierering a été assassiné par un tireur caché à proximité de son bureau. Le meurtrier a été capturé, il s'agit d'un Français, un certain Georges Leplanchet, militaire en retraite. Il n'a pu être appréhendé que grâce aux services de protection du leader des Droits de la Terre. La police a découvert qu'il bénéficiait de la complicité d'une proche collaboratrice de Tony Lierering dont l'identité n'a pas été communiquée.

À Paris, le commissaire Vernouillet suit l'affaire de près. Il communique les caractéristiques balistiques des deux balles qui ont tué Auguste Ravenault et Loïc Lachenal. La réponse ne se fait pas attendre : c'est bien la même arme qui a abattu Tony Lierering, donc le même meurtrier. Un mystère est enfin levé et Raoul Ravenault qui croupissait en prison depuis deux ans est libéré avec les excuses de la justice.

Dans le monde entier, l'édifice construit par le fondateur des Droits de la Terre s'écroule en quelques jours. Des manifestations spontanées envahissent les rues des grandes villes ; le traité de Philadelphie est dénoncé, les locaux de Clean World à Washington sont pris d'assaut et mis à sac par une foule hystérique qui redoute la grippe. Les membres des Droits de la Terre sont poursuivis par des groupes déterminés à leur faire payer leurs nombreuses années de domination. Plusieurs sont lapidés et sauvagement traînés dans les rues comme aux pires heures du Moyen Âge. Quelques exécutions expéditives obligent de nombreux gouvernements à faire appel à l'armée pour ramener le calme. Prise par l'urgence, l'ONU se charge de distribuer les stocks de vaccins qui ont pu être saisis. Une réunion générale de tous les États est décidée pour la mise en place d'un nouveau programme international. Les hordes de misérables qui n'ont pas péri aux frontières de l'Europe et de l'Amérique du Nord, considérées comme dangereuses, sont refoulées par les troupes de la coalition internationale. On leur promet des mesures adaptées et dignes, des convois de nourriture, mais ils doivent retourner chez eux où tout sera fait pour leur offrir des conditions de vie décentes. Ces miséreux veulent croire, une fois de plus, que le monde va changer. Ainsi Albane, qui voulait supprimer le maître pour renforcer les Droits de la Terre provoque en quelques jours un effondrement du parti totalitaire que les plus optimistes des Humanistes n'osaient imaginer.

En revanche, la météo ne s'est pas améliorée. En ce début de printemps fait d'excès, des périodes de froid intense succèdent à des records de chaleur et d'humidité. Des orages s'abattent sur les reliefs, brefs et violents, porteurs de vents dévastateurs et de pluies abondantes. Des organismes internationaux, tenus à l'écart par les Droits de la Terre, incitent enfin les agriculteurs à varier leurs productions et à s'intéresser à des cultures oubliées. Les agronomes proposent des blés obtenus par sélection naturelle à croissance ultra-rapide qui permettent deux récoltes là où les blés traditionnels n'en donnaient qu'une. De même, certains riz et des sojas. Une fois de plus, la pomme de terre fait figure de légume miracle qui peut pousser sous tous les climats et toutes les latitudes. Les variétés nouvelles à cycle court se contentent des conditions extrêmes allant de la toundra sibérienne aux minuscules oasis des déserts.

Ainsi, malgré des conditions climatiques épouvantables, ce printemps est-il celui de l'espoir. La main de fer des Droits de la Terre levée, la menace de l'épidémie écartée, tout le monde est prêt à retrousser ses manches.

Dans son grand bureau donnant sur le lac de Genève, Achille Plantagrin frotte ses petites mains potelées. Il a su retirer à temps ses capitaux et couper tout lien avec l'organisation internationale désormais honnie. Il est très optimiste pour l'avenir de son affaire.

— Nous avons agi finement, dit-il à Irma Tarassi. Il est temps pour moi de me mettre au régime.

— Notre Alexandre est dans un de nos bons pensionnats suisses où l'on dispense la meilleure éducation du monde. Le danger étant passé, je crois que nous pouvons lui permettre d'aller passer les vacances scolaires chez son « père », en Champagne !

— Bonne idée. Il nous représentera au mariage de Pétronille Delprat-Montrémy puisque nous ne pouvons pas y paraître nous-mêmes.

Ce matin, Armand Montrémy arrive sur la route de Chastelnaud par laquelle, proscrit, il s'était enfui dix ans plutôt. C'est son véritable retour, au grand jour... À côté de lui, Renaud est heureux de retrouver la ville de son enfance. Sur la banquette arrière, Alexandre Plantagrin sourit. Son « père » a tenu à l'avoir près de lui durant ce voyage qui va durer plusieurs jours. Le garçon retient de la main l'étui à guitare de Renaud.

Armand Montrémy a rasé sa barbe et retrouvé sa figure d'avant. Il tient à reparaître sans le moindre fard, lavé de tout soupçon. C'est lui qui gagne en face de Lionel Delprat, lui dont la fille se marie avec un riche Américain, lui qui a surmonté l'injustice. Le clan Montrémy se reconstitue, même s'il sait, au bout du compte, qu'il ne retrouvera jamais les Eaux Saint-Jean. Cela n'a pas d'importance, le champagne ne court pas les mêmes risques qu'une source pendant un tremblement de terre !

Ils arrivent comme convenu à Chastelnaud vers midi. La voiture emprunte des rues étroites et se dirige vers la grande maison sur la hauteur, au milieu d'un parc verdoyant.

Le docteur Morenceau a tenu à héberger Armand Montrémy, Renaud et le jeune garçon qui les accompagne. Sa maison est si grande, si vide depuis que Jonathan ne fait que de brefs séjours à Chastelnaud, entre deux compétitions de moto. Le pilote a promis d'être présent au mariage de Pétronille dont il est le témoin. Sa personnalité s'est affirmée, sa détermination aussi. Le jeune amoureux qui a sauvé la jeune fille à la fin de l'épidémie de peste atypique s'est endurci en apprenant la rigueur de son sport. Le grand amour de son adolescence n'est plus qu'un souvenir émouvant. L'arrestation de sa mère à la suite de l'assassinat de Tony Lierering ne l'a pas particulièrement touché. Il a compris, lorsque Albane est venue lui proposer l'antidote de la grippe aviaire, qu'ils n'avaient jamais eu de véritables relations de mère à fils, qu'ils étaient devenus des étrangers l'un à l'autre. Cela l'a rapproché de ses grands-parents qui sont sa seule famille.

Quand la voiture arrive dans le parc, Jean Morenceau se trouve devant la porte de sa petite dépendance au fond de la propriété. C'est là qu'il se retire pour revivre ses souvenirs de pêche. Trop vieux pour aller traquer le saumon dans les pays nordiques ou en Alaska, il se contente désormais de pêcher la truite sur un parcours du Ribet d'accès facile. Ainsi, il se donne l'illusion d'être encore au mieux de sa forme. Un régime faciliterait ses déplacements sur les berges, mais il ne peut pas se résoudre à renoncer aux bons plats, à la nourriture riche qui l'a accompagné tout au long de sa vie.

Souriant, il se dirige à petits pas de vieux vers la voiture qui vient de s'arrêter.

— Mon cher ami ! dit-il en tendant les bras à Armand Montrémy qui découvre un vieillard. Quel bonheur de vous retrouver en pleine santé, toujours aussi fort !

Ils s'embrassent. Morenceau se sent libéré de ses remords, absous de ses fautes. Les circonstances de la fin des Eaux Saint-Jean sont tout à coup balayées.

Renaud sort de la voiture ainsi que le jeune Alexandre. Armand Montrémy n'a pas besoin de présenter l'adolescent, Morenceau sait qu'il l'a recueilli pendant la peste. Il le salue et se tourne vers Renaud :

— Alors, vous travaillez avec votre père à la tête des Champagnes Coste. Je crois que vous êtes particulièrement doué pour la musique !

— Renaud est un grand guitariste. Vous aurez l'occasion de l'entendre pendant le mariage.

Le plaisir que Montrémy éprouve à parler ainsi de Renaud, de ses champagnes, de sa nouvelle vie, exprime sa satisfaction d'être sorti de la pire des déchéances. Morenceau le comprend, mais n'insiste pas : l'heure n'est pas aux règlements de comptes.

— Ainsi, votre fille a eu l'excellente idée de se marier dans notre ville. Je trouve que c'est le plus beau cadeau qu'elle puisse offrir aux Chastelnais qui n'ont pas oublié votre famille.

Léonie sort à son tour, embrasse Armand Montrémy, puis Renaud et Alexandre. Jonathan vient de l'appeler, il ne peut pas venir dès ce soir, mais sera présent à la cérémonie demain, en début d'après-midi. Elle propose à ses invités d'entrer dans la maison pour prendre l'apéritif. Ensuite, ils iront dîner au Red Star. À l'évocation du restaurant de Mme Berclay, Renaud pense à Cellia et aux musiciens gitans de Gurval, puis à la belle guitare achetée à Paris qui lui procure des joies profondes ; ses doigts retrouvent peu à peu leur ancienne souplesse.

Le mariage de Pétronille Delprat-Montrémy et de William Parkers a donc lieu à Chastelnaud au début du mois d'avril. L'événement était inattendu, Pétronille n'était pas très décidée, mais William a voulu renouer avec le passé, éviter la fuite en avant. « Tes racines sont là-bas, et quand on coupe les racines d'une plante, elle meurt ! »

Toute la ville en parle. L'événement intéresse plus les Chastelnais que le mariage du président Moduhi et de Ghislaine Margeride. Ceux qui restent des deux familles rivales vont se retrouver côte à côte ; c'est ainsi que le veut Pétronille et personne n'a pu refuser.

Elle les a appelés l'un après l'autre des États-Unis dès que la décision du mariage a été prise, quelques jours après l'assassinat de Tony Lierering et l'arrestation d'Albane.

Elle a téléphoné en premier à Lionel, le cher oncle, tellement surpris qu'il a été incapable de prononcer un seul mot pendant plusieurs minutes. Enfin, il a exprimé son sentiment :

— C'est toi, Pétronille ! Je me désespérais de ne

plus jamais t'entendre ! Mais quel bonheur ! Enfin, tu as décidé de nous donner de tes nouvelles !

La joie était tellement forte que Lionel sentait son cœur battre à lui faire mal. Il s'est dit qu'il allait avoir un malaise.

— Voilà, je voulais t'annoncer mon mariage avec William Parkers. Nous avons décidé de nous marier à Chastelnaud avec nos familles. Mon père et mon frère Renaud y seront !

— Ton père ? Armand Montrémy est donc vivant ?

— Oui. Je ne te demande pas de chercher à devenir son ami, mais d'oublier le passé. Vous n'aurez qu'à vous supporter !

Lionel est d'accord pour tout : Pétronille lui revient, c'est l'essentiel.

— Aurélie m'a quitté et ne veut plus entendre parler de moi, ajoute-t-il. Après la mort du pauvre Marc, je me suis rapproché de Florence qui attend un enfant.

C'est au tour de Pétronille d'être étonnée :

— Comment ? Je croyais que...

— Un enfant que Marc a reconnu. Il est indemne du mauvais gène des Delprat. Tu comprends bien qu'il faut que je l'aide !

Pétronille n'en revient pas : elle avait découvert que Lionel et Florence s'entendaient bien, au-delà des convenances familiales – la fillette avait surpris entre eux des conversations feutrées à part des autres, des clins d'œil entendus dont le sens lui apparaît avec cette révélation, mais de là à s'associer pour élever l'enfant de personne...

— Les Eaux de Pétronille sont aussi polluées,

poursuit Lionel qui comprend le sens du silence de sa nièce. Nous avons trouvé un autre filon, mais l'exploitation est plus chère, les marges moins confortables.

— Ne te fais pas de souci, mon petit tonton. William est très riche et il t'aidera.

Elle a ensuite appelé son père, ce qui lui coûtait un peu plus, car elle ne savait pas comment l'aborder.

— Mon cher papa, il est temps de se retrouver. N'aie crainte, je t'ai reconnu lorsque je suis venue avec Albane acheter du champagne, mais c'était trop tôt. Je t'annonce mon mariage à Chastelnaud avec William. Bien sûr, c'est toi qui vas fournir le champagne !

Armand Montrémy a expliqué que Renaud travaillait désormais avec lui.

— Je sais, précise Pétronille, qu'il était du côté des Droits de la Terre et toi de l'autre. Je sais que tu as réussi à lui montrer qu'il avait tort et qu'il s'est remis à jouer de la musique. C'est ce qu'il a de mieux à faire !

L'hôtel des Charmes a été entièrement réservé pour les invités et le banquet qui réunira les familles et les amis. Le clan Parkers, composé d'une cinquantaine de personnes, est venu en jet privé. Comme ils ne parlent pas un mot de français, ils se contentent de sourire aux uns et aux autres.

Jonathan arrive enfin, une heure avant la cérémonie. Pétronille l'embrasse avec effusion et le remercie d'avoir accepté d'être son témoin. Elle le présente à William en précisant bien qu'il lui a sauvé la vie et qu'il est un des plus grands motards français.

Tous les invités se réunissent devant la mairie de Chastelnaud. Au bras de William, Pétronille est pourtant anxieuse. Elle ne cesse de scruter la place et les voitures stationnées quand son visage s'éclaire enfin. Celle qu'elle attendait, sans qui la fête n'aurait pas été complète, arrive. Sans se soucier de sa longue robe qui traîne par terre, la future mariée court au-devant de sa « tante » qu'elle retrouve après deux longues années de silence.

— Tante Ghislaine ! dit Pétronille en se précipitant dans ses bras.

— Comme je suis heureuse ! dit Ghislaine en se détachant de la jeune mariée.

Son regard est ailleurs, dans la foule des invités qui assistent à la scène. Tout à coup, elle se fige. Ses yeux s'arrêtent sur la silhouette d'Armand Montrémy qui dépasse les autres avec celle de Lionel Delprat. Il est donc là, le guerrier vaincu qu'elle a vu fuir Chastelnaud, celui qui voulait cacher sa honte. Montrémy la regarde, lui aussi, avec cette lueur dans les yeux qu'elle n'a pas oubliée. Il ne sourit pas ; toujours aussi grave, aussi détaché du monde. Ghislaine ne voit que lui. Que sont les autres à côté de ce géant ?

La foule entre dans la mairie. Pétronille donne le bras à Ghislaine qu'elle a présentée à William. Jean Morenceau regarde tour à tour Armand Montrémy, les Américains et Lionel Delprat. Les voilà réunis pour la meilleure des causes dans ce lieu où, autrefois, ils exprimaient surtout leur discorde. Le maire souhaite la bienvenue aux Américains dans un anglais dont l'accent savoyard fait fleurir un sourire peu respectueux sur le visage de Jonathan. Il se lance ensuite dans l'évocation du formidable défi que la Terre lance aux hommes :

— Humaniste de formation, je n'ai jamais adhéré aux idées radicales quelles qu'elles soient. Je fais confiance aux hommes pour prendre les mesures efficaces qui s'imposent : ils se sont sortis de situations plus graves encore dans le passé, ils sauront, une fois de plus, prendre les mesures indispensables à la santé de notre planète dont dépend la santé des hommes !

Tout le monde applaudit en pensant que Morenceau commence à radoter sérieusement : ce n'est pas le moment d'évoquer les colères du Ciel et de la Terre !

Le mariage civil terminé, le cortège se rend à pied à l'église, la famille Parkers étant catholique et tenant absolument au mariage religieux. Les badauds se pressent sur la place. Pétronille donne fièrement le bras à son père et les Chastelnais constatent qu'Armand Montrémy n'a pas changé. À peine a-t-il quelques rides plus profondes sur le front, mais son regard est toujours aussi droit.

William donne le bras à Ghislaine. Pétronille a précisé : « C'est ma seconde maman, sans elle je ne serais pas là ! » Dans l'église, l'ancienne institutrice de Chastelnaud va s'asseoir sur une chaise au premier rang réservé aux proches, à côté d'Armand Montrémy. Elle se sent détestable, horriblement laide des sévices de Moduhi en face de cet homme qui hante, malgré elle, ses rêves depuis tant d'années. Lui ne bronche pas. Il savoure le bonheur inespéré d'être dans cette église où tous les Montrémy se sont mariés depuis plusieurs siècles.

Le moment attendu arrive enfin. Renaud, sa guitare à la main, se place en face de l'assistance, juste devant les mariés.

— Quand elle était petite, Pétronille me demandait toujours de lui jouer de la musique, dit-il en regardant sa sœur. Voilà, Pétronille, je suis exact au rendez-vous de ton mariage et de la musique.

Il joue, Renaud, comme il n'a jamais joué, une musique pleine de chaleur qui fait du bien au cœur. L'assistance retient son souffle, ravie, heureuse. Armand Montrémy sent une larme se former au coin de ses paupières, mais ne bouge pas pour l'essuyer. Le dernier des Montrémy, le raté, la branche pourrie possède de l'or au bout de ses doigts.

À la fin de la cérémonie, les mariés sortent sous les cris de « Vive la mariée ! ». Lionel, au bras de Florence, redresse sa grosse tête pour la première fois et regarde la foule comme il le faisait avant, avec un petit air de défi. Il sait que ses affaires n'étant désormais plus liées à la rivalité, à la haine, peuvent reprendre. Son regard croise celui de Montrémy et il lui sourit.

Armand Montrémy reste grave. La présence de Ghislaine près de lui occupe son esprit et le dérange. Ils ne se parlent pas, pourtant tous les deux pensent à la même chose et le savent.

Au banquet, ils sont l'un à côté de l'autre. Lionel, à quelques places d'eux, ne cesse de les regarder de ses yeux sans couleur. Comme il est un des rares à parler correctement l'anglais, il bavarde avec les Américains. Le père de William, homme strict doté d'un sens aigu des affaires, l'intéresse particulièrement. Quand, sous la table, la main de Florence se glisse dans la sienne, il comprend qu'une formidable occasion lui est offerte. C'est lui qui a demandé à Florence de ne pas avorter, car il souhaite que l'enfant à naître soit le prolongement de Marc.

À la fin du repas, quand les mariés se mettent en place pour ouvrir le bal, le premier coup de tonnerre qui éclate sur le lac rappelle à tous que la Terre est malade, que le plus grand défi de tous les temps est lancé à l'Humanité. Clean World n'existe plus mais devra être remplacé par un organisme doté de pouvoirs forts pour faire appliquer des mesures décidées dans l'intérêt de l'Humanité tout entière. Les grands pays montrent enfin leur bonne volonté, mais après les Droits de la Terre, existera-t-il un mouvement mondial suffisamment fort pour convaincre l'opinion publique si facile à manœuvrer ?

L'orage se rapproche, un nouveau coup de tonnerre fait vibrer les vitres, le vent se lève. Montrémy se fige, son visage pâlit, ses mains tremblent. Ghislaine s'en aperçoit, il croit devoir se justifier :

— Une mauvaise fièvre rapportée d'Afrique qui me prend de temps en temps. Il fait si chaud dans cette salle.

La première valse domine les conversations. Pétronille et William s'élancent sur la piste. Les Américains applaudissent : la vieille Europe exprime son âme dans ces danses légères et élaborées, cela leur plaît. Ghislaine voudrait tant que Montrémy l'invite, mais le numéro 661 a perdu le sens de ces jeux mondains.

Les mariés demandent ensuite à Renaud de jouer de la guitare ; le jeune homme ne se fait pas prier. Il monte sur la scène au milieu de l'orchestre et commence à jouer. À mesure que les notes se déroulent, comme des gerbes d'étoiles, les musiciens perdent leur petit sourire amusé. Ils ont l'habitude des amateurs qui veulent montrer ce qu'ils savent faire après avoir bu quelques verres, mais cette fois, ils comprennent vite que Renaud est d'un autre niveau, qu'il leur est supérieur.

À la fin du morceau, tout le monde applaudit. Le jeune homme reprend sa place en souriant quand son téléphone sonne. Il s'excuse, porte l'appareil à son oreille. Son visage s'illumine :

— C'est Cellia. Ton père a pu me joindre par l'intermédiaire de M. Plantagrin qui m'a expliqué. Tu as donc repris la guitare, j'en suis heureuse ! Je serai bientôt en France, nous nous reverrons et, cette fois, ce ne sera pas pour les reproches. Je souhaite beaucoup de bonheur à ta sœur.

— Tu vas le faire toi-même ! dit-il ; il tend le téléphone à Pétronille et, se tournant vers son père, ajoute : C'est Cellia Correti, elle veut féliciter Pétronille.

Au nom de Cellia Correti, toute l'assistance s'étonne de cette prestigieuse relation de Renaud.

— Nous avons fait nos débuts ensemble ! explique le jeune homme, très fier.

Pétronille a rougi de bonheur en entendant la

voix de la chanteuse la féliciter et lui souhaiter beaucoup de bonheur. Elle va embrasser son frère.

— Je ne savais pas que tu connaissais Cellia Correti.

Renaud est heureux. La belle Cellia ne lui en veut pas. Il ne lui manquait plus que cela pour retrouver son niveau d'autrefois, pour le dépasser.

La soirée se passe dans le bruit, la musique, les danses. Armand Montrémy n'y participe pas. Il a perdu ce sens des autres, d'ailleurs l'a-t-il eu un jour ? C'est un solitaire bourru que la joie dérange. Il fait très chaud, alors il sort. L'orage s'est calmé. Le ciel s'est dégagé et la lune se reflète sur l'eau du lac en larges plaques lumineuses. La Terre respire après la brève pluie, des odeurs de printemps montent du sol, enivrantes. L'homme regarde le ciel, les étoiles, ces mêmes étoiles qu'il avait tant regardées dans le ciel de Sibérie. Le bruit de la musique, les rires des danseurs arrivent jusqu'à lui atténués. Il fait quelques pas au bord de l'eau silencieuse.

À la fin de la danse, Ghislaine, qui valsait avec le père de William, se retire dans un coin de la pièce pour appeler Bernard Chaurrit. Son ami prépare la première mission de la Mondass Ingénierie en Asie du Sud où la grippe a eu le temps de tuer plusieurs millions de personnes avant d'être stoppée par une campagne de vaccination. Elle avait besoin de l'entendre comme pour se disculper d'un bonheur qu'elle ne partagera jamais avec lui. Enfin, elle regagne sa place et constate que son voisin est parti. Elle qui n'a pas osé s'arrêter, il y a dix ans, à la sortie de Chastelnaud, n'envisage pas de laisser disparaître une nouvelle fois celui près de qui elle se sent apaisée, comme arrivée au bout de son chemin solitaire. Elle se trouble, cherche la haute silhouette dans l'assistance, croise le regard de Lionel Delprat, assis à côté de Florence qui ne peut danser à cause de son état, puis regarde la porte ouverte. Elle sort précipitamment, court aux voitures garées devant le restaurant, puis dans le petit sentier qui conduit au bord du lac. Montrémy est là, dans la lumière bleutée de la lune. À quoi pense-t-il, le regard perdu sur la surface immobile, à ses huit années de captivité qui le coupent à jamais des réjouissances ordinaires ? Elle fait quelques pas vers lui, il se tourne et la voit, alors, inconsciente de son audace, pareille à un enfant qui demande protection, elle s'approche de lui. Ils restent ainsi, l'un près de l'autre, très longtemps, sous la lune qui court entre les nuages, puis ils reviennent vers le restaurant sans un mot, reprennent leur place. Tard dans la nuit, quand les derniers invités se séparent, ils partent se coucher sans se dire bonsoir.

Le lendemain après-midi, Pétronille et William ont organisé une sortie en montagne pour les Américains. Y sont conviés Armand, Renaud, le jeune Alexandre Plantagrin, Ghislaine et Lionel. Florence s'est excusée à cause de son état. Ils se rendent au mont Aïzot et partent à pied sur les pentes de la montagne. Le temps est chaud, orageux, mais personne ne fait attention aux gros cumulo-nimbus qui se forment sur la montagne, sauf Armand Montrémy qui ne les quitte pas des yeux. Ghislaine sent la fatigue d'une nuit sans sommeil.

Les parents de William sont enchantés par la beauté du paysage. Après le pique-nique, les randonneurs décident de rentrer. L'orage se prépare. Le premier coup de tonnerre les surprend alors qu'ils sont encore loin des voitures. Armand Montrémy lance autour de lui un regard terrifié. Ghislaine le constate, Pétronille aussi : c'est ce regard qu'il avait, le jour où sa mère s'est tuée.

Ils arrivent à l'endroit même du drame. La crevasse a été comblée depuis l'accident dont personne ne parle. Tout à coup, les nuages se déchirent en un éclair aveuglant, suivi du claquement sec de la foudre. Armand Montrémy pousse un cri de fauve blessé. Pris de panique, il court, les mains sur la tête, ridicule devant les autres surpris par cette attitude inattendue. L'ancien alpiniste réputé pour sa témérité se terre contre un rocher, le même rocher auprès duquel Adeline a glissé.

Un nouveau coup de tonnerre claque. La foudre est tombée à proximité ; l'air sent le soufre. Alors Pétronille, confrontée à une image qu'elle porte depuis sa petite enfance, crie :

— Papa !

C'est le même cri d'angoisse que la petite fille qui a vu sa mère lâcher prise au bord de la crevasse avant de se fracasser dix mètres plus bas. La pluie s'est mise à tomber, le tonnerre roule encore ses tonneaux vides sur la montagne.

— Papa ! hurle Pétronille. Pourquoi tu l'as laissée tomber ? Pourquoi tu n'as pas couru l'aider, pourquoi tu es resté collé contre ce rocher, comme tu le fais encore, dis pourquoi ?

Personne n'a bronché. William, qui a voulu retenir sa femme quand elle a poussé son premier cri, s'est mis en retrait. Il comprend que ce qui se passe ne le concerne pas, que l'heure de vérité est arrivée. Le jeune Alexandre tremble et n'essuie pas la pluie qui ruisselle sur son visage. Un nouveau coup de tonnerre fouette la montagne.

— Dis, pourquoi tu n'as rien fait ? crie encore Pétronille en tirant son père recroquevillé contre le rocher.

Les roulements de la tempête n'en finissent pas. Tout à coup, Armand Montrémy se déplie devant une Pétronille trempée, les cheveux collés sur le crâne et les joues. Il se dresse face à l'éclair qui jaillit de nouveau.

— Eh bien oui, j'ai peur !

Surprise, Pétronille recule d'un pas. La silhouette de son père, sous le ciel sombre, couvre la montagne et les nuages qui courent. Comment un homme aussi fort, capable de vaincre les pires situations, peut-il céder à une peur ordinaire ?

— Oui, j'ai peur ! crie encore Armand Montrémy, d'une voix forte qui domine le roulement du tonnerre. Comme j'avais la trouille le jour de l'accident ! J'étais paralysé de trouille, voilà la vérité. Je suis un lâche, Lionel, j'ai laissé mourir ta sœur ! C'est plus fort que moi, dès qu'il tonne, depuis l'accident du mont Blanc, je tremble comme une feuille, je suis mou. Maintenant, laissez-moi tranquille !

Il s'éloigne sous la pluie toujours battante. William a rejoint Pétronille et la serre dans ses bras. Renaud s'est rapproché du jeune Alexandre qui claque des dents. Alors Ghislaine se met à courir en direction d'Armand Montrémy, l'appelle d'un cri qui vient du fond d'elle-même. Il s'arrête, se tourne.

— Je suis un misérable ! dit-il quand elle arrive à sa hauteur. Un pauvre type, un stupide poltron !

Elle n'hésite plus, elle se serre contre lui, s'agrippe à lui, frotte son visage mouillé contre cette figure qui vient tout à coup de craquer, de révéler son terrible secret si longtemps caché derrière un masque impassible et redevient enfin humaine.

— Je t'aime ! lui dit-elle à l'oreille. Tu es malade, comme moi. Ensemble, nous guérirons.

L'orage s'éloigne. Alexandre se secoue comme un jeune animal qui a besoin d'exercice. Des gouttes pleines de lumière s'échappent de ses vêtements trempés. Il court vers « son père » pour bien montrer qu'il a choisi son camp. Pétronille se sent tout à coup très légère.

— Nous sommes trempés ! dit-elle. Nous allons nous changer, ensuite, je vous emmène tous dîner au Red Star.

Le soleil sort entre les nuages, illumine la campagne mouillée. La chaleur brûlante, inhabituelle pour la saison, rappelle aux hommes, ceux qui viennent d'essuyer l'orage mais aussi les autres, tous les hommes que le temps des petites querelles est révolu. Ils doivent s'entendre pour cesser de malmener une grande malade qui les emporte dans ses tourments : la Terre.

Table

Cet ouvrage a été composé et mis en pages
par ÉTIANNE COMPOSITION
à Montrouge.

Achevé d'imprimer
en avril 2006
par Printer Industria Gráfica
pour le compte de France Loisirs, Paris

N° d'éditeur : 45379
Dépôt légal : février 2006
Imprimé en Espagne